KB189785

이야기를 지키는 여자

이야기를
지키는 여자

THE
KEEPER OF
STORIES

샐리 페이지
장편소설
노진선 옮김

다산
책방

내 모든 사랑을 담아
아버지에게 이 책을 바친다

차례

누구에게나 자신만의 이야기가 있다.

하지만 이야기가 없는 사람이라면? 그때는 어떻게 해야 할까? 재니스도 그런 사람인데, 그녀는 이야기 수집가가 되었다.

재니스는 아카데미 시상식에서 한 배우의 수상 소감을 들은 적이 있다. 영국에서 국보급 배우라고 불릴 정도로 유명한 여자였다. 그녀는 수상 소감에서 젊을 때 자신이 청소 도우미로 일했으며 희망에 부푼 배우 지망생이었던 그 시절에 남의 집 욕실 거울 앞에 서서 변기 세정제를 오스카 트로피인 양 들고 수상 소감을 연습했다고 했다. 만약 그녀가 배우로 성공하지 못했다면 어떻게 됐을까? 재니스와 국보급 배우 모두 40대 후반으로 나이도 비슷하고, 재니스가 생각하기에는 외모도 약간 비슷하다. (재니스는 웃지 않을 수 없다) 뭐 따지고 보면 그렇게 비슷하지는 않을 테지만, 앞으로 살이 붙으면 점점 더 땅딸막하게 변할 것을 암시하는 체형은 똑같다. 저 국보급 배우도 배우가 되지 못했다면 재니스처럼 이야기 수집가가 되었을까?

재니스는 어쩌다 자신이 사람들의 이야기를 수집하게 되었는지 기억나지 않는다. 케임브리지 외곽을 가로지르는 출근 버스에서 슬쩍 엿본 누군가의 인생 때문이었을까? 아니면 싱크대를 청소하다가 우연히 듣게 된 단편적인 대화 때문이었을까? 청소 도우미 일을 시작한 지 얼마 되지 않아 재니스는 (자신이 거실에서 먼지를 떨거나 냉장고 성에를 제거하는 동안) 사람들이 각자의 이야기를 들려준다는 사실을 깨달았다. 아마 사람들은 늘 그랬을 테지만 이제는 상황이 다르다. 이야기들이 스스로 그녀에게 다가오고 재니스는 그걸 차곡차곡 모은다. 재니스는 자신이 다른 사람의 이야기를 받아주는 그릇이라는 사실을 알고 있다. 이야기를 들으며 고개를 살짝 끄덕이는 그녀의 몸짓 역시 그녀가 아는 진실, 다시 말해 많은 사람에게 자신은 그들의 속내를 받아주는 소박하고 친근한 그릇 같은 존재라는 것을 인정하는 표시다.

이야기는 종종 예상치 못한 방향으로 흘러간다. 때때로 재미있고 흥미진진하기도 하고, 때로는 절절한 회오로 가득 찼거나 삶의 희망을 주기도 한다. 사람들이 그녀에게 이야기를 들려주는 이유는 아마도 그녀가 그들의 이야기를 믿기 때문이리라. 그녀는 예상 밖의 이야기를 좋아하고 과장된 이야기도 그대로 받아들인다. 퇴근하고 집에 돌아와 남편이 이야기가 아닌 잔소리를 퍼부어 댈 때면 재니스는 자신이 좋아하는 이야기들을 생각하며 그 이야기들을 하나씩 차례로 음미한다.

하나
이야기의 시작

월요일에는 아주 특별한 순서가 있다. 하루를 웃음으로 시작해서 슬픔으로 마무리한다. 짝이 맞지 않는 북엔드처럼 이 두 가지가 그녀의 월요일을 지탱해 준다. 웃을 일을 생각하면 아침에 침대에서 벌떡 일어날 수 있고, 앞으로 닥칠 일에 대비해 마음을 단단히 먹을 수 있기 때문에 재니스는 일부러 근무 일정을 그렇게 잡았다.

유능한 청소 도우미는 어떤 요일, 어떤 시간에 누구 집에서 일할지 직접 결정할 수 있는 법이다. 더 중요한 점은 균형 잡힌 월요일을 위해 그날 어떤 순서로 일할지까지 결정할 수 있다는 것이다. 믿을 만한 청소 도우미를 구하기가 쉽지 않다는 건 누구나 아는 사실이고, 놀랍게도 케임브리지에는 재니스가 독보적인 청소 도우미라고 생각하는 사람이 많은 듯하다. 정작 재니스는 자신이 '독보적'이라는 칭찬에 (고객이 친구와 커피를 마시면서 하는 말을 우연히 들었다) 고개를 갸우뚱한다. 그녀는 자신이 독보적인 여자가 아니라는 걸 알고 있다. 하지만 도우미로서는 독보적일까? 그렇다, 그런 것 같다. 확실히 경력이 충분히 쌓이기는 했다. 다만 "재니스는 청소를 아주 잘했어"가 그녀의 인생을 요약하는 문장이 되지 않기를 바란다. 버스에서 내리며 재니스는 자꾸 떠오르는 이 생각에서 벗어나려고 운전사에게 묵례한다. 운전사도 그녀에게 묵례한다. 순간적으로 재니스는 그가 자신에게 뭔가 말하려고 한다는 인상을 받지만 그때 버스 문이 한숨을 내쉬더니 부르르 떨며 닫힌다.

버스가 멀어지는 동안 거리에 남겨진 재니스는 신록이 우거지고 단독 주택이 길게 늘어선 길 건너편을 바라본다. 몇몇 집의 창문은 햇빛을 받아 반짝이고, 나머지는 그늘과 어둠에 잠겨 있다. 저 창문들 너머에 여러 이야기가 숨겨져 있을 테지만 오늘 아침 그녀는 하나의 이야기에만 관심이 있다. 길모퉁이의 널찍한 에드워드 양식의 집에 사는 남자의 이야기다. 조디 보먼. 그녀의 다른 고객들은 조디를 만난 적이 없을 것이다. 또한 그녀가 다른 고객에게 조디를 소개해 주는 일도 없을 것이다. (그런 일은 청소 도우미로서의 직분에 벗어난다고 생각한다.) 하지만 물론 그들은 조디 보먼에 대해 들어봤으리라. 조디 보먼을 모르는 사람은 없다.

조디는 40년 넘게 한집에서 살았다. 처음에는 그 집에 하숙으로 방을 하나 얻어 들어갔다. 그가 일하는 런던보다 케임브리지의 월세가 훨씬 저렴했기 때문이다. 그러다 결혼하면서 아예 하숙집 주인에게 집을 통째로 사버렸다. 하지만 조디와 그의 아내는 다른 하숙인들을 쫓아낼 수 없었기 때문에 가족이 점점 늘어나면서도 화가, 교수, 학생 등과 함께 살았다. 결국 하숙인들은 한 명씩 자발적으로 이사를 했다. 그때마다 곧 비게 될 방을 두고 싸움이 벌어졌다.

"존이 가장 약삭빨랐지." 조디는 종종 자랑스럽게 회상한다. "하숙인이 짐을 다 싸기도 전에 자기 물건을 옮겨놨거든."

존은 조디의 장남으로 지금은 자신이 꾸린 가족과 함께 요크셔에 산다. 조디의 나머지 자식들은 세계 각지에 흩어져 있지만 기회가 될 때마다 그를 찾아온다. 조디의 사랑하는 아내 애니는 몇 년 전에 세상을 떠났으나 그녀가 떠난 뒤에도 집은 그녀가 살아 있을 때와 똑같다. 재니스는 매주 애니가 키우던 화초에 물을 주고―그중 일부는 작은 덤불만큼 커졌다―애니가 소장했던 미국인 작가들의 책에서 먼지를 떨어낸다. 그 책들을 빌려 가라는 조디의 권유에 재니스는 가끔씩 하퍼 리나 마크 트웨인의 책을 집으로 가져가고 그 책들은 곧 그녀의 마음을 달래주는 책 목록에 포함된다.

조디는 늘 재니스가 현관 열쇠를 꺼내기 직전에 문을 열어준다.

"인생은 타이밍이지." 그가 우렁차게 외친다. 조디는 눈에 띄는 당당한 체격을 가졌고 목소리 역시 그에 걸맞았다. "어서 들어와. 커피부터 마시자고."

둘이 마실 진한 커피를 만들라는 신호다. 우유를 듬뿍 넣은 진한 커피. 그것이 조디가 좋아하는 커피이자 애니가 즐겨 마시던 커피였다. 재니스는 그의 그런 부탁에 개의치 않는다. 조디는 주로 남의 도움을 받지 않고 혼자 생활하니 (런던이나 해외에 있을 때 혹은 펍에 갈 때를 제외하고) 가끔씩 응석을 받아주는 건 애니도 괜찮다고 할 것이다.

재니스는 조디의 이야기를 좋아한다. 인간이 가진 불굴의 의지가 담겨 있기 때문이다. 재능을 발휘하라는 메시지도 담겨 있지만 그 주제는 깊이 생각하고 싶지 않다. 어릴 때 읽었던 성경 속 이야기들과 너무 비슷한 데다 자신에게는 재능이 없다는 생각으로 자꾸 이어지기 때문이다. 그래서 그런 생각은 밀쳐내고 장차 조디 보먼이 된 소년이 보여준 불굴의 의지에만 집중한다.

조디는 (당연히) 뉴캐슬 출신이다.♦ 진짜 이름은 존이거나 지미였을 텐데 이제는 재니스도 기억이 잘 안 난다. 시간이 흐르며 그냥 '조디'가 되었다. 어릴 때 조디네 가족은 아버지가 일하는 부두 근처에서 살았다. 그 집에는 아버지가 (아들보다 더) 아끼는 개 한 마리와 (플라스마 디스플레이 텔레비전을 구입하기 전까지) 집안의 자랑이자 기쁨인 곤돌라처럼 생긴 장식장이 있었다. 열네 살이던 어느 날, 조디는 저녁 일찍 뉴캐슬 거리로 뛰쳐나갔다. 집에서 키우던 개가 이웃을 물었고, 그의 아버지는 노발대발하며 죽여버리겠다고 난리를 쳤다. 개가 아니라 이웃을. 이성을 잃고 분노에 휩싸인 아버지가 싫어서 조디는 뒷문으로 도망쳤다. 땅에 눈이 쌓인 추운 밤이었고, 조디는 얇은 재킷만 입고 있었다. 그런

♦ 원래 조디(Geordie)는 뉴캐슬 및 영국 북동부 지역 출신 사람들, 그리고 그들이 사용하는 방언을 가리키는 별칭이다.

데도 집으로 돌아가고 싶지 않아서 부두가 있는 오른쪽으로 가지 않고 왼쪽 골목길로 돌아 뉴캐슬 시티홀 공연장 옆문으로 몰래 들어갔다.

공연장에 들어간 조디는 맨 위쪽 발코니 좌석으로 올라갔다. 거기라면 따뜻하고 사람들에게 들킬 염려도 없었다. 그래서 발코니 좌석의 조명 장치 뒤에(여기가 특히 더 따뜻했다) 숨어 매점에서 훔친 초콜릿 바를 먹었다. 그때 노래가 시작되었다. 고조되는 첫음절이 멀리서 던진 창처럼 그의 가슴을 꿰뚫었고, 조디는 그 자리에서 움직일 수가 없었다. 그때까지 오페라를 들어보기는커녕 오페라가 뭔지도 몰랐지만 음악은 곧장 그의 마음을 울렸다. 훗날 텔레비전 인터뷰에서 조디는 만약 자신이 죽은 뒤에 가슴을 갈라본다면 심장이 「라 보엠」 악보로 감겨 있을 거라고 말하곤 했다.

다시 집에 돌아온 조디는 며칠인가 몇 주 동안 머물렀는데 얼마나 머물렀는지는 그의 관심사가 아니었다. 그동안 조디는 계획을 세웠다. 그가 사는 영국 북동부에서는 오페라를 들어본 적이 없었으므로 여기는 자신이 있을 곳이 아니라고 판단했다. 틀림없이 런던으로 가야 할 것이다. 런던이야말로 오페라의 본고장이 아닐까? 품위 있는 것들은 전부 런던이 본고장이다. 그러니 런던으로 가야 했다. 하지만 돈이 한 푼도 없었으므로 기차나 버스를 탈 수는 없었다. 그렇다면 답은 하나뿐이다. 걸어가야 했다. 그래서 조디는 그렇게 했다. 배낭에 메고 갈 수 있는 만큼의 음식과 곤돌라 장식장에서 훔친 술을 한 병 넣고 남쪽으로 길을 나섰다.

가는 길에 한 부랑자를 만나 대부분의 시간을 그와 함께 걸었다. 그러는 동안 부랑자는 도시에서 유용하게 사용할 수 있는 정보를 알려주었고, 여행 중에 깨끗한 옷차림을 유지하는 법도 보여주었다. 그 방법은 빨랫줄에 걸린 깨끗한 옷을 훔치고 그 자리에 자기가 입었던 더러운 옷을 대신 걸어놓는 것이다. 그들은 빨랫줄에 걸린 적당한 옷을 발견할 때마다 이 방법을 반복했다.

런던에 도착한 조디는 여러 공연장을 돌아다녔고 (가볼 만한 장소 목록을 부랑자가 작성해 주었다) 마침내 한 곳에서 소품 담당으로 일하게 되었다. 그 뒤는 다들 아는 대로다.

재니스의 남편 마이크는 조디를 만난 적이 없다. 그런데도 펍에 가면 마치 조디가 오랜 친구라도 되는 듯 떠들어댄다. 재니스는 굳이 사람들 앞에서 진실을 밝히지 않는다. 그렇다고 해서 마이크가 아내의 그런 점을 고마워한다는 뜻은 아니다. 어차피 머릿속으로는 조디와 숱하게 이야기를 나눴기 때문이다. 마이크가 세계적으로 유명한 이 테너에 대해 ("한때 여왕님이 가장 좋아하는 성악가였잖아") 떠들어대는 동안 재니스는 남편이 조디를 만날 일은 절대, 죽었다 깨어나도 없을 거라고 머릿속으로 되뇐다. 가끔 남편이 '화장실로 내빼며' 그녀에게 (또) 술값을 계산하게 할 때면 재니스는 오븐을 닦는 동안 그녀가 좋아하는 아리아를 불러주는 조디를 생각한다. 요즘에는 조디의 노랫소리가 그 어느 때보다 커졌고 재니스는 그 사실이 슬슬 걱정된다. 그의 주의를 끌려면 가끔씩 큰 소리로 외쳐야 하고, 조디가 그녀의 말을 못 알아들을 때도 있기 때문이다.

커피를 다 마시자 조디는 재니스를 따라 집 안을 돌아다닌다.
재니스가 난로를 청소하고, 불쏘시개와 장작을 다시 정리하는 동
안 조디는 문간을 어정거린다. 아무래도 멍석을 깔아줘야 할 듯
하다. 저렇게 덩치가 큰데도 조디는 자신이 하고 싶은 말을 쉽게
꺼내지 못한다.

"어디 다녀오셨어요?" 재니스가 묻는다. 이 질문으로 조디가
하고 싶은 말의 물꼬가 트이기를 바라면서.

그녀의 첫 질문은 적중했고 조디는 환하게 웃는다. "런던에 잠
깐 다녀왔어. 거긴 머저리들 천지더군."

"그럴 거예요." 재니스는 이 말이 충분한 격려가 되기를 바라
는데 실제로 그렇다.

"지하철을 탔는데 거기 진짜 머저리가 하나 있었어. 객차가 붐
비기는 했지만 그렇게 심하진 않았거든. 다들 피해를 안 주려고
최선을 다하고 있었단 말이야. 그런데 문이 닫히기 직전에 잘난
척하는 놈 하나가 밀고 들어오더니 소리를 질러대는 거야……."

이 대목에서 조디는 그 잘난 척하는 놈을 꽤 그럴듯하게 흉내
내 재니스를 씩 웃게 만든다. 그녀가 옳았다. 역시 조디의 집은
하루를 시작하기에, 일주일을 시작하기에 최적의 일터다.

조디는 한창 그 잘난 척하는 머저리를 흉내 내는 중이다. "자,
다들 움직여 주세요. 안으로 조금씩만 들어가 주세요. 여러분이
조금씩만 움직여 주면 공간이 충분할 거예요. 그렇다니까요! 어
서요. 안으로 조금씩 들어가 주세요."

조디는 재니스가 자기 말을 듣고 있는지 확인하려고 잠시 멈

쳤다가 다시 말한다.

"그때 객차 안쪽에서 누군가가 외쳤어. 다른 남자, 런던 시민이었겠지. 어쨌든 그 사람이 이렇게 외치는 거야. '입을 좀 더 크게 벌려봐요, 친구. 거기에 두어 명은 들어갈 수 있겠네.'"

재니스는 박장대소한다.

"그제야 그 녀석이 입을 다물더군." 조디는 재니스의 반응을 보며 즐거워한다.

재니스는 속지 않는다. 지하철에서 저 말을 한 사람이 조디라는 걸 그녀는 알고 있다. 그 재수 없는 녀석의 기를 꺾은 사람은 조디다. 조디는 너무 겸손해서 다른 사람이라고 말했지만 재니스는 알고 있다. 객차에 우렁차게 울려 퍼지는 조디의 목소리와 그의 주변에서 터져 나오는 속 시원해하는 웃음소리가 들리는 듯하다.

재니스의 반응에 만족한 조디는 그녀가 청소를 계속하도록 자리를 비켜준다. 재니스는 먼지떨이로 손을 뻗는다. 어쩌면 조디 같은 사람들 곁에 있을 수 있다는 것만으로 충분하지 않을까? 그녀를 고용한 많은 사람이 그녀의 삶에 특별한 무언가를 가져다준다. 재니스는 자신도 그들의 삶에 작게나마 기여하는 바가 있기를 바란다. 아래 칸부터 먼지를 떨어나가던 그녀는 서가 중간에서 동작을 멈춘다. 사실 그녀는 확신이 없고 불안하다. 이건 다른 사람들의 이야기다. 만약 그녀가 그 이야기에서 맡은 역할이 있다면 엑스트라에 가까운 아주 작은 역할일 것이다. 재니스는 다시 국보급 배우를 생각하며 그녀가 조디의 음악실에서 악보가 꽂힌 서가 선반 위로 먼지떨이를 들고 있는 모습을 상상해 본다. 국민 배우는 이런 삶으로 충분했을까? 이런 삶에 안주했을까? 재니스는 그런 질문을 떠올린 것조차 민망해하며 다시 먼지를 떤다.

재니스는 이른 점심을 먹고 다음 일터로 가기 위해 조디의 집을 나서고, 조디는 그녀를 배웅한다. 바깥은 잿빛이고 문틈으로 2월의 매서운 공기가 스며든다. 조디는 그녀가 코트 입는 걸 도와준다. "고마워요. 이게 없었으면 큰일 날 뻔했어요. 감기 걸리기 딱 좋은 날씨잖아요."

"감기에 걸렸으면 관리를 잘해야지."

"아뇨, 전 감기 안 걸렸어요." 잘 못 알아듣는 조디를 위해 재니스가 최대한 큰 소리로 다시 말한다. "그냥 날씨가 춥다고요."

조디는 목도리를 건넨다. "그럼 다음 주에 봐. 감기 얼른 나으라고."

재니스는 포기한다.

"벌써 많이 좋아졌어요." 재니스는 그렇게 말한다. 실제로 조디를 만난 뒤로 기분이 많이 좋아지기도 했으니 완벽한 사실이다.

조디가 현관문을 닫는 동안 재니스는 생각한다. 인생사는 비극적인 희극일까 아니면 희극적인 비극일까?

둘

가족 이야기

"당연히 모든 도서관에는 유령이 있지. 유령이 독서를 좋아한다는 건 누구나 알잖아."

한 남자가 도서관 계단을 내려오며 스물다섯 살쯤 되어 보이는 여자 동행에게 진지하게 말한다. 재니스에게 시간적 여유가 있었다면 저들을 따라가 대화를 좀 더 엿듣고 유령에 대해 알아냈으리라. 남자는 하늘에 구름이 떠 있고, 새들이 날아다닌다고 말할 때처럼 전적으로 확신에 차 있다. 재니스는 도서관에 유령이 있다는 생각에 마음이 끌린다. 오늘 그녀도 유령을 만나게 될까? 그녀는 점심시간에 책을 빌리러 종종 도서관에 들러 뒤쪽 서가 사이에 있는 테이블에서 몰래 샌드위치를 먹곤 한다.

오늘 도서관에 유령은 없고 자매뿐이다. 저 두 사서는 누가 봐도 자매다. 둘이 머리카락 색이 똑같은데 아주 옅은 빨간색에 구릿빛이 살짝 섞였다. 한 명은 어깨까지 내려오는 단발로 끝이 안쪽으로 말렸고, 다른 한 명은 머리를 길게 땋아서 한쪽으로 늘어뜨렸다. 주로 어린 여자아이들이 하는 머리 스타일이지만 이 여자는 쉰이 다 된 나이인데도 잘 어울린다. 특히 색색의 실을 넣어서 함께 땋아 내린 방식이 재니스의 마음에 든다. 재니스는 두 사서가 친자매고, 원래 네 자매라는 사실 외에는 저들에 대해 아는 게 거의 없다. 둘 중에서 더 나이가 어린 쪽이(머리를 느슨하게 땋아 내린 쪽) 예전에 이런 말을 한 적이 있다. "엄마는 딸만 넷을 낳았죠. 아빠는 끝내 아들을 얻지 못했어요." 그녀의 언니가 강조하기 위해 이렇게 덧붙였다. "딸만 넷이라니, 정말 어마어마하죠? 가여운 아빠. 집안에 여자만 바글거렸죠." 동생 사서는 네 자매가 매우 친하고 놀랍도록 닮았다고 설명했다. "하지만 비슷해 보여도 성격은 다 달라요." 언니 사서의 말에 동생이 고개를 끄덕였다. "맞아요. 우린 서로 똑똑이, 예쁜이, 두목님, 막둥이라고 불렀죠." 둘 다 웃음을 터뜨렸다. "가족끼리 부르는 애칭이었어요." 언니 사서가 말했다. "맞아요. 가족끼리만 통하는 농담." 동생 사서가 언니를 바라보고 미소 지으며 같은 말을 반복했다.

재니스는 자신의 동생을 생각하며 둘이 함께 일하는 모습, 케임브리지 도서관에서 함께 책을 분류하는 모습을 상상해 보았다. 이뤄질 수 없는 일이라는 걸 알지만—수천 킬로미터의 거리와 입에 담지 않는 기억이 그들을 갈라놓았다—다시 음미해 보는 이야기를 고르듯이 가끔씩 그 상상을 꺼내 본다. 두 자매는 재니스에게도 자매가 있다는 사실을 모르지만 재니스가 책을 좋아한다는 건 알기에 그녀와 좋아하는 책에 대해 이야기한다. 두 자매는 도서관에서 조용히 해야 한다고 생각하는 사람들은 아니다. "책을 좋아하는 사람이라면 당연히 책에 대해 이야기하고 싶어 하지 않겠어요?" 예전에 동생 사서가 그렇게 말한 적이 있다.

재니스는 한때 두 자매가 각각 어떤 별명에 해당하는지 알아내고 싶었으나 혹시라도 자신의 짐작이 틀릴까 두려워서 묻지 않기로 했다. 그저 마음속으로 동생 사서가 예쁜이고, 언니 사서가 똘똘이 아니면 두목님일 거라고 생각한다. 언니 사서가 폐관 시간에 채 2분도 안 되어 사람들을 내보내고 도서관을 정리하는 모습을 본 적이 있기 때문이다.

오늘은 두 자매가 이구동성으로 재니스를 맞이한다. "재니스, 당신이 신청한 책이 들어왔어요."

재니스는 예전에 좋아했던 작품들을 다시 읽는 중인데 최근에 스텔라 기번스의 『춥지만 편안한 농장Cold Comfort Farm』을 신청했다.

재니스는 고맙다는 말과 함께 책을 받아 들고는 "도서관에 유령이 있을지도 모른다고 생각해 본 적 있어요?"라고 묻는다. 그렇게 말하면서 바보 같은 기분이 드는 건 어쩔 수 없다. 대체 아까 그 젊은 남자는 어떻게 이런 말을 그토록 확신에 차서 할 수 있었을까?

언니 사서가 카운터 위로 몸을 약간 내민다. "음, 당신이 그런 질문을 하다니 재미있네요. 오늘 도서관에 유령이 있다고 말한 사람은 당신이 두 번째예요."

아, 첫 번째는 그 젊은 남자일 것이다. "당신도 그렇게 생각해요? 도서관에 유령이 있다고?"

두 자매는 그 질문을 진지하게 생각하는 듯하더니 언니 사서가 먼저 입을 연다. "글쎄요, 잘 모르겠어요. 가끔씩 책들이 제멋대로 돌아다니는 것 같기는 해요. 하지만 어쩌면 그건 책을 절대 제자리에 꽂는 법이 없는 뱅크스 할아버지 때문인지도 모르죠." 동생 사서는 언니의 말을 잠시 생각한다. "하지만 유령이 독서를 좋아한다는 건 누구나 아는 사실이니까 어쩌면⋯⋯."

재니스가 다시 질문을─유령이 독서를 좋아한다는 걸 어떻게 알죠? 혹은 왜 나만 빼고 다들 그 사실을 알고 있죠? 혹은 아까 젊은 남자가 그렇게 말하는 걸 듣고 아는 건가요?─던지려는 찰나, 아이를 동반한 젊은 엄마들이 한꺼번에 몰려드는 바람에 두 자매 사서는 그들을 상대하러 간다.

재니스는 자신의 생각과 『춥지만 편안한 농장』, 치즈 샌드위치를 가지고 뒤쪽에 숨겨진 테이블로 간다. 앞에 놓인 책은 펼치지도 않은 채 한동안 앉아서 '한 사람의 이야기는 그들이 가족 안에서 어떤 역할을 하는지에 따라 정의되는 것일까?'라는 질문을 생각한다. 만약 그렇다면 그녀의 역할은 무엇일까? 재니스는 이 생각을 더는 이어가고 싶은 마음이 없으므로 대신 도서관이 문을 닫은 후에 서가를 둘러보는 유령을 상상한다. 이런 상상을 하면 걱정스럽다기보다 마음이 평온해진다. 책을 좋아하는 유령이라면 결코 나쁜 유령일 수가 없기 때문이다. 그리고 이런 평온함은 위안이 된다. 사실 재니스는 걱정이 많은 사람이다. 그녀가 걱정하는 것들의 목록은 매일 늘어나는 듯하다. 그녀는 바다의 상태, 과다한 비닐봉지 사용, 기후 변화, 난민, 정치적 혼란, 극우와 극좌, 무료 배급소에서 나눠준 음식으로 자녀를 부양하는 사람들, 경유 차량, 어떻게 하면 재활용을 더 잘할 수 있을지, 고기 섭취량을 줄여야 할지 걱정한다. 또한 국민건강보험의 재정 상태, 제로 아워 계약,♦ 왜 요즘 같은 시대에도 그녀의 많은 지인이 병가 수당이나 휴일 수당을 못 받는지 걱정한다. 또한 법적 보호를 제대로 받지 못한 채 세를 얻는 사람들, 마흔이 다 되도록 부모와 함께 사는 사람들도 매우 걱정된다. 그리고 왜 어떤 사람들은 인터넷에서 악성 댓글을 달거나 피부색이 다르다는 이유만으로 거리에서 누군가에게 소리를 지르는지도 걱정된다.

예전에는 신문을 읽고 십자말풀이를 즐겨 했지만 이제는 매일 아침 태블릿으로 뉴스를 빠르게 확인하며 혹시 지진이 일어나지는 않았는지, 주요 왕족이 죽지는 않았는지 살핀다. 하지만 헤드라인만 보고 내용은 읽지 않는다. 뉴스를 볼 때마다 걱정 목록이 늘어나기 때문이다. 그리고 그 걱정은 삶 전반에도 스며든다. 그리하여 도서관에서 재미있는 신간에 도전하기보다는 제인 오스틴, 토머스 하디, 앤서니 트롤럽, 윌리엄 새커리, F. 스콧 피츠제럴드 같은 고전 작품들과 예전에 좋아했던 친숙한 작가들의 책을 읽으며 위안을 얻는다.

재니스는 『춥지만 편안한 농장』을 펼치고 익숙하면서 재미있

♦ 정해진 노동 시간 없이 고용주가 요청할 때만 근무할 수 있는 비정규직. 최소한의 근무 시간과 조건을 정해놓지 않기 때문에 피고용인에게 불리하다.

는 이야기로 빠져들 준비를 한다. 게다가 이 책에는 정말로 공감할 수 있는 여자주인공이 등장한다. 플로라 포스트는 매사 정돈된 상태를 좋아하는데 재니스도 그렇다.

30분 후 재니스는 도서관을 나와 유령을 믿는 청년이 갔던 길을 따라간다. 다음 일터인 닥터 황의 집으로 가는 길이다. 그다음이 마침내 오늘의 마지막 일터. 재니스가 계단을 절반쯤 내려갔을 때 길 반대편에서 눈에 익은 형체가 보인다. 장신의 남자가 뒤뚱뒤뚱 걷고 있다. 한쪽 발에서 다른 쪽 발로 체중을 흔들흔들 옮기는 저 걸음걸이는 한눈에 알아볼 수 있다. 재니스는 저렇게 경쾌한 리듬으로 걷는 남편 마이크가 춤에는 영 소질이 없다는 사실이 늘 놀랍다. 그런데 왜 남편이 여기 있는 걸까? 재니스는 손목시계를 본다. 남편이 진작에 출근했어야 할 시간이다. 남편은 시야에서 사라지고, 재니스는 걱정거리가 하나 더 늘어났다는 생각에 마음이 무겁지는 않다. 남편은 이미 그녀의 걱정 목록 맨 위에 올라가 있기 때문이다.

셋

각 층의 이야기

거의 오후 4시가 다 되었을 때 재니스는 월요일의 마지막 일터에 도착한다. 슬픔의 일터. 월요일은 웃음으로 시작해 슬픔으로 마무리된다. 적벽돌로 지은 반단독 주택◆은 마치 한번 여기에 자리 잡은 이상 꿈쩍하지 않기로 마음먹은 듯 널찍하고 땅딸막했으며, 도로에서 뒤로 물러나 있다. 소박한 앞면과 달리 뒤쪽으로 확장 공사를 해 길고 환한 주방과 만찬실이 집집마다 나란히 늘어선 정원까지 뻗어 있다. 이 길에 있는 다른 주택들도 마찬가지다. 길 쪽으로 난 다락은 다른 집의 경우에는 서재나 놀이방, 손님용 침실로 사용하는데 이 집에서는 재니스가 가장 좋아하는 방이자 아마도 피오나 이야기의 중심지가 될 것이다.

◆ 하나의 벽을 옆집과 공유하는 주택.

현관문을 열자마자 재니스는 피오나와 그녀의 아들 애덤이 외출하고 없다고 확신한다. 빈집에서는 특유의 소리가 난다. 거주자가 떠난 듯한 느낌이 들 뿐 아니라 집이 어떤 면에서 자신을 봉쇄하고 어딘가로 물러난 듯한 느낌도 든다. 너무 고요해서 오히려 침묵이 귓가에 울리는 듯하다. 다른 집에서도 이런 느낌을 받은 적이 있다. 크리스마스 날 이른 아침의 집은 고요하지만 소리가 전혀 없는 것은 아니다. (거기 사는 사람들과 달리) 집은 확연히 잠에서 깨어 있지만 아주 부드럽게 숨 쉬고 있으며, 벽에서는 사람들의 야단법석으로 몸살을 앓기 전에 '제발 5분만 더'라고 애원하는 소리가 들리는 듯하다. 장례식이 있는 날 아침의 집에서도 독특한 소리가 난다. 어쩌면 소리가 아니라 분위기일 수도 있다. 어느 쪽인지는 정확히 알 수 없지만 아무튼 긴장되고 중요한 순간을 기다리며 차분한 분위기다. 재니스는 2년 전에도 이집에서 그런 분위기를 느꼈다. 피오나의 남편 장례식이 있던 날이었다. 애덤이 아빠에게 마지막 작별 인사를 한 날.

현관 테이블에 피오나가 쓴 쪽지가 있다.

애덤 데리고 치과에 다녀올게요. (교정기가 또 말썽이네요!)
돈은 식탁에 뒀어요.

재니스는 깊은 안도감과 함께 숨을 내쉬다가 금세 죄책감을 느낀다. 그녀는 피오나를 좋아하고, 서재에서 그녀와 함께 커피를 마시는 휴식 시간도 손꼽아 기다리지만 솔직히 말하면 가끔은 피오나가 집에 없기를 바란다. 곰곰이 생각해 보니 거기에는 세 가지 이유가 있는 듯하다. 첫째, 집에 피오나가 없으면 청소를 더 빨리 끝낼 수 있다. 둘째― 죄책감을 느끼는 이유가 바로 이것 때문이다―맞은편에 앉아 다홍색 프렌치프레스에서 갓 내린 커피를 홀짝홀짝 마시는 유쾌한 피오나의 얼굴에서 보이는 슬픔을 외면하고 싶기 때문이다. 사실 재니스는 피오나가 걱정된다. (피오나 역시 그녀의 걱정 목록에 있다.) 하지만 물론 피오나의 인생은 그녀와 아무런 상관이 없다. 남편이 늘 상기시켜 주듯 그녀는 그저 청소 도우미일 뿐이다.

일을 거의 다 마쳤을 무렵 재니스는 피오나가 집에 없어서 다행인 세 번째 이유를 인정하게 된다. 자신이 가장 좋아하는 방에서 더 많은 시간을 보낼 수 있기 때문이다. 길쭉하고 천장이 낮은 다락방. 물론 그 방에서도 청소를 멈추지 않지만 (재니스는 이 규칙을 절대 어기지 않는다) 피오나의 이야기도 생각할 것이다.

다락방에는 넓은 탁자가 있는데 한때 기차 세트가 진열됐었지만―초록색 펠트 천에 아직 선로 자국이 그대로 남아 있다―지금은 인형의 집이 있다. 리전시 양식의 3층 저택으로 피오나의 집처럼 지붕 아래 다락이 있다. 하지만 1층은 이 집처럼 만찬실과 부엌, 식료품 저장실이 아니라 사업장이다. 위층은 주거공간, 아래층은 업무 공간으로 사용하는 것이다. 피오나는 우아한 사업용 간판을 만들어 걸어두었는데 금박 페인트로 이렇게 적었다. "제베디아 주어리 장의사". 어디서 따온 이름인지는 몰라도 어감이 좋다는 사실은 인정하지 않을 수 없다.

그녀는 의자에 앉아 인형의 집 앞면을 연다. 대부분의 방은 완성되었고, 미니어처 형태로 흠잡을 데 없이 완벽하다. 침실, 거실, 아기방, 그리고 재니스가 가장 좋아하는 아름다운 농가풍 주방에는 식탁에 밀대로 밀다 만 페이스트리 반죽과 작디작은 자두가 담긴 그릇이 놓여 있다. 그리고 지난주 이후로 새로 추가된 부분이 있는데, 피오나가 욕실을 하나 더 만든 것이다. 푸른색과 크림색 페이즐리 무늬 벽지가 마호가니 서랍장이며 네발 달린 욕조와 잘 어울린다. 재니스는 손을 뻗어 소형 수건걸이에 걸린 조그마한 남색 욕실용 매트를 반듯하게 편다. 그것 말고도 달라진 점이 또 있다. 아래층 뒤쪽 작업실에 피오나가 관을 하나 더 만들었다. 호두나무로 된 관인데 앙증맞은 황동 손잡이가 달렸다. 인형의 집을 파는 상점에도 이런 관은 없을 것이다. 대다수 사람들이 원하는 건 소형 서랍장이나 피아노, 강아지 방석일 텐데 관을 왜 팔겠는가. 아니, 이 관은 피오나가 직접 만든 게 틀림없다. 재니스는 이 사실을 어떻게 받아들여야 할지 몰라 눈살을 찌푸린 채 앉아 있다.

남편이 죽었을 때 피오나는 로펌에서 회계사로 일하고 있었다. 남편이 사망한 지 두 달 만에 그녀는 일을 그만두고 장의사 교육과정을 밟았다. 커피를 마시며 피오나는 예전부터 그쪽에 관심이 많았지만 다른 사람들이 이상하다고 생각할까 봐 입 밖으로 꺼낸 적은 없다고 했다.

재니스는 전혀 이상하다고 생각하지 않았다. 사람들이 결혼할 때는 도움받을 잡지도 있고 인터넷에도 정보가 넘친다. 다들 충고해 주려고 안달이고 그걸 막을 방법이 없다. 반면 사람이 죽으면 다들 남의 시선을 의식해 침묵을 지키고 유가족은 그 고요한 세상에 홀로 남겨지게 된다. 재니스는 가끔 케이터링 사업을 하는 친구를 돕곤 하는데 시간이 지날수록 장례식장에 갈 때는 자진해서 돕고, 결혼식은 피하게 된다. 장례식장에서 사람들은 슬픔에 잠겨 있을 뿐 아니라, 감정을 드러내는 데 조심스러운 영국인 특성상 잘못된 말이나 행동을 할까 두려워서 어쩔 줄 몰라 하는 경우가 많다. 그럴 때 같은 조문객이 아닌 '직원'이 건네는 부드러운 말 한마디는 종종 큰 위안이 된다. 따라서, 그렇다. 재니스는 피오나가 왜 장례지도사가 되고 싶어 하는지 충분히 이해할 수 있다.

피오나는 장의사 밑에서 파트타임으로 일하다가 나중에는 풀타임으로 일하며 장례지도사가 되는 데 필요한 교육을 전부 이수했다. 재니스는 피오나가 그 결정을 후회한 적은 없을 거라고 믿는다. 하지만 관을 또 만든다고? 뒤쪽에 이미 너무 많이 쌓여 있지 않나? 그 후로 피오나는 몇 박 며칠간 이어지는 여러 세미나에 참석해 장례 사업보다는 종교의식을 따르지 않는 장례식의 진행자 역할을 주로 공부했다. 따라야 할 종교의식이 없는 사람들에게도 질서와 안정감을 제공하고 싶어 하는 피오나의 마음을 재니스는 이해한다. 그녀가 아는 무신론자 중에도 다른 선택의 여지가 없어서 종교 절차를 따르는 장례식을 치른 경우가 있다.

재니스는 앞치마 주머니에서 길고 가느다란 튜브를 꺼낸 다음 그 속에서 작은 녹색 깃털이 줄지어 달린 철사를 뽑는다. 손재주가 좋은 사람은 피오나만이 아니다. 재니스는 인형의 집을 방마다 차례로 먼지를 털며 각 방의 배경을 이루는 세세한 소품에 감탄한다. 이 작은 미니어처 세상을 만들며 피오나는 자신의 세상을 이해하게 됐을까? 재니스로서는 전혀 알 수가 없다.

그래도 새로운 직업이 피오나에게 도움이 됐을 거라고 생각한다. 또한 피오나는 분명 사람들이 죽음에 동반되는 충격과 슬픔에서 빠져나오도록 아주 친절하게 안내하고, 그들의 마음을 편하게 해주었을 거라고 확신한다. 남편이 죽은 뒤로 피오나가 처음 웃은 것도 새로 시작한 일 덕분이었다.

둘이서 피오나의 서재에서 커피를 마실 때의 일이다. 피오나는 나지막한 안락의자에 웅크린 자세로 앉았는데 두 발을 의자 위로 올려놓고 양 무릎을 한쪽으로 누인 자세였다. 트위드 치마에 연초록색 스웨터를 입은 피오나는 목에 흰 칼라만 두르면 완벽한 시골 교구 목사로 보일 터였다. 유족들이 그녀에게서 큰 위로를 받는 이유가 그 때문인지도 모른다. 피오나는 안경을 마치 머리띠처럼 잿빛을 띤 옅은 금발 위로 올려 쓰고는 무릎에 있던 종이 더미를 옆으로 치웠다. 그러더니 자신이 한 남자의 추도사를 계속 고쳐 쓰는 중인데 그를 아는 사람들은 전반적으로 그를 싫어했던 것 같다고 설명했다.

"나한테 추도사를 맡기는 집이 얼마나 많은지 알면 놀랄걸요." 피오나가 재니스를 올려다보며 말했다.

"여러 사람 앞에서 말하는 게 두려워서 그럴지도 몰라요." 재니스는 조심스럽게 말했다. 그녀는 걱정이 많을 뿐 아니라 소심하다.

"그런 것치고는 사람들 앞에서 소리 지르고 싸움은 잘하던데요?" 피오나가 싱긋 웃으며 말했다.

재니스는 고개를 끄덕였다. 그녀도 장례식에서 그런 장면을 봤다. 소심한 사람치고 재니스는 놀랄 정도로 싸움을 잘 말렸다.

"이건 어때요?" 피오나가 맨 위에 있던 종이를 집어 들며 말했다. "그는 그 시대를 살아간 전형적인 인물이었습니다."

"흠. 글쎄요."

"그는 정말 특별한 사람이었습니다?" 피오나가 확신 없는 어조로 물었다.

재니스는 잠시 생각했다. "이건 어떨까요?" 그러고는 뜸을 들이며 창밖을 응시했다. "그는 그를 잘 아는 이들에게 영원히 기억될 사람입니다."

재니스는 피오나의 웃음소리에 얼른 고개를 돌렸다. 몇 달 만에 처음으로 듣는 그녀의 웃음소리였다. 재니스는 반가운 마음에 눈물이 날 지경이었다.

"그거 딱이네요." 피오나가 씩 웃으며 말했다.

재니스는 정교한 인형의 집에 쌓인 먼지를 떨어낸 다음 문을 닫아 잠근다. 이 아름다운 집에 피오나의 이야기가 반영됐기를 바란다. 이 집이 치유와 회복으로 가는 새롭고 예상치 못한 방향에 대한 은유이기를 바란다. 이것은 재니스가 자신의 컬렉션에 포함하고 싶은 이야기다. 하지만 피오나의 이야기가 행복하게 끝날 거라는 확신은 점점 더 줄어든다. 이 이야기에는 어둠이 숨어 있다. 그것은 피오나가 절대 입에 올리지 않는 중대한 문제이며 재니스는 그녀가 그 문제를 외면한다고 생각한다. 무언가가 도사리고 있다. 그로 인해 재니스는 불안해지고, 자신의 어린 시절을 생각하게 된다. 그녀가 절대 가고 싶지 않은 곳이 있다면 바로 그 시절이다.

넷

누구에게나 부를 노래가 있다
(그리고 춤을 출 이유도)

정류장에서 버스를 기다리는 재니스는 이번에 올 버스의 운전사가 오늘 아침에 본 운전사일지 궁금하다. 문이 한숨을 내쉬고 부르르 떨며 닫히기 직전, 그 찰나에 운전사가 무슨 말인가를 하려고 했다는 느낌을 지울 수가 없다. 문이 닫힐 때 운전사도 함께 한숨을 내쉬지 않았을까? 그는 무슨 말을 하려고 했을까? 마침내 도착한 버스에 탄 재니스는 하마터면 웃음을 터뜨릴 뻔한다. 이 운전사는 오늘 아침에 본 운전사와 완전히 정반대다. 저 위에 있는 누군가가 (그게 무슨 뜻이든) 그녀를 놀리는 걸까? 이 운전사는 30대 초반으로 그야말로 거대하다. 지방보다 근육이 더 많지 않을까 싶다. 대머리에 수염은 덥수룩하고, 목 옆을 타고 올라가는 문신이 있다. 오토바이 폭주족처럼 생겼다. 반면 오늘 아침에 본 운전사는 지리 선생님처럼 생겼다.

재니스는 자리에 앉은 뒤에야 자신이 얼마나 피곤한지 깨닫고 부은 발에서 신발을 벗겨낼까 한동안 고민한다. 문제는 신발을 다시 신기가 매우 까다로울 수 있다는 점이다. 그래서 신발을 벗는 대신 좌석에 몸을 편히 기댄 채 긴장을 풀고 흔들리는 버스에 몸을 맡긴다. 머릿속을 비우고 주위 대화에 멍하니 귀 기울일 준비를 한다. 재니스는 이걸 엿듣는다고 생각하지 않는다. 그저 대화가 자신을 스쳐 가도록 내버려둘 뿐이다. 그러다 가끔씩 그녀의 마음이 손을 뻗어 어떤 이야기의 실타래를 잡기도 한다. 때로는 그 느슨한 실타래가 아무 곳으로도 이어지지 않지만, 운이 좋으면 실타래를 따라가다가 어떤 이야기의 한 조각을 감질나게 엿볼 수도 있다. 케임브리지 도심에서 그녀가 사는 마을까지는 30분밖에 안 걸리기 때문에 상상력을 발휘해 이야기의 빈틈을 메우는 것은 그녀의 몫이다. 재니스는 기꺼이 그 틈을 메웠고, 주로 버스 정류장에서 집까지 걸어가는 동안에 그 작업을 했다. 하지만 그 이야기들을 어디에 보관할지는 매우 엄격히 결정하는데 그녀의 마음속에서 픽션과 논픽션 사이 어딘가에 보관된다.

오늘 퇴근 버스는 별로 기대가 되지 않는다. 승객이 반밖에 없는 데다 지금은 희미한 대화 소리만 들리기 때문이다. 재니스에게 이야기가 어디에서 들릴지 아는 직감 같은 것은 없다. 어디에서든 예상치 못한 이야기를 발견할 수 있는 것, 그것이 곧 이야기 수집가의 즐거움이다. 문득 빨래방에서 만난 노쇠한 부인이 떠오른다. (재니스는 고객의 이불을 빨러 간 길이었다.) 알고 보니 노부인은 젊은 시절 런던에서 뉴욕으로 가는 최초의 상업용 비행기에

탑승했던 승무원이었다. 가장자리에 새틴을 덧댄 담요를(부인의 남편은 무겁고 답답한 이불을 좋아하지 않아서 이 담요만 덮는다고 했다) 조심스럽게 개키며 부인은 비행기가 뉴욕에 착륙하던 순간을 말해주었다. "알다시피 팬암 항공에서 자기들이 최초로 대서양을 횡단하는 비행기가 될 거라고 광고했죠. 당시 난 BOAC◆에서 근무 중이었는데 일주일 전쯤 상사가 날 따로 부르더니 기밀문서에 서명하게 하고는 우리 항공사가 그 기록을 먼저 세울 거라고 했어요. 그러면서 나한테 그 팀에 합류하고 싶은지 묻더라고요. 내가 뭐라고 대답했을지 짐작이 갈 거예요."

노부인은 말을 멈추고 별 특징 없는 퀼트 점퍼 매무새를 가다듬더니 마치 스튜어디스 모자를 제대로 썼는지 확인하려는 듯 손을 머리로 가져갔다. 그러나 현실을 깨닫고 희끗한 머리카락을 귀 뒤로 넘기며 말을 이었다. "우리 스튜어디스들은 늘 아주 단정하고 세련되게 차려입었죠. 요즘 스튜어디스들이 입는 유니폼보다는 군복에 가까웠어요. 하지만 아, 그날은 작정하고 멋을 부렸어요. 아직도 그때 내가 바른 빨간 립스틱의 이름이 기억나네요. '대싱 딜라이트.'◆◆ 꽤 적절한 이름이라고 생각했죠. 그리고 우린 성공했어요. 비행기가 착륙하고 우리가 비행기에서 내리자 팬암 직원들이 모두 나와서 야유를 퍼부었죠. 하지만 우린 신경 쓰지 않았어요. 난 마치 키가 180센티미터는 되는 사람처럼 당당하게 활주로를 가로질렀죠."

◆ British Overseas Airways Corporation, 영국 항공의 전신.
◆◆ Dashing Delight, 질주하는 기쁨.

노부인은 재니스를 보며 미소 지었고, 재니스는 지금처럼 의기양양하게 미소 지었을 부인의 젊은 얼굴을 상상해 보았다. 그러고는 노부인의 담요를 차까지 나르는 걸 도와주었고, 그 후로는 그녀를 본 적이 없다. 하지만 그녀의 이야기는 아직도 간직하고 있다. 도저히 미소를 지을 수 없는 날이면 재니스는 그 이야기를 꺼내본다. 노부인의 미소가 어쩌나 밝았는지 케임브리지 뒷골목 세탁소보다 훨씬 더 큰 공간도 환히 밝혔으리라. 아마, 그래, 비행기처럼 큰 공간도 환해졌으리라. 실제로도 그랬을 것이다. 재니스는 빗물이 흘러내리는 버스 차창에 비친 자신의 얼굴을 바라본다. 얼굴에서 희미한 미소가 보인다. 그렇다, 좋은 이야기다. 또한 노인들을 절대 과소평가해서는 안 된다는 사실을 일깨워 주는 이야기이기도 하다. 재니스는 노인을 무시한 적은 없지만 그래도 그 사실을 되새겨서 손해 볼 것은 없다.

그때 갑자기 대화가 들린다. 남자가 너무 큰 소리로 말하기 때문에 듣지 않을 수가 없다. 젊은 한 쌍이다. 연인이라기보다 친구 같다.

남자: "바나나 맛 잭 대니얼스가 있는 거 알아?"

여자: "듣기만 해도 구역질 나!"

남자: "맞아. 근데 나 그거 진짜 좋아해."

그걸로 끝이다. 대화는 거기서 끝난 듯하고 재니스는 그 대화를 계속 따라가고 싶은 마음이 없다.

뒤에서 두 여자의 말소리가 들린다. 나직한 어조의 중산층 영어다. 유쾌한 여자들 같고 친구 사이일 것이다.

"극장 주차장을 걸어가는데 거기서 그 남자를 봤잖아."

"누구?"

"그 사람…… 배우. 요즘 영화마다 나오잖아."

"휴 보너빌?"

저렇게 적은 정보만으로 꽤 훌륭한 추측이라고 재니스는 생각한다.

"아니, 그 사람 말고. 《옵서버》에 나왔잖아. 너도 틀림없이 그 기사를 봤을 거야."

왜 봤어야 하지?

"빌 나이?"

"아니, 빌 나이 아니야. 그 사람은 흑인이야."

"빌 나이는 흑인이 아니야! 아, 네가 주차장에서 봤다는 사람이 흑인이라고? 그럼 이드리스 엘바?"

재니스도 그렇게 말했을 것이다.

"아니, 그보다는 나이가 더 많아. 요전에 그 여배우랑 함께 영화 찍었던데. 그……." 이 대목에서 여자는 국보급 배우를 언급하고, 순간적으로 재니스는 자신이 듣고 있다는 걸 저들이 아는 건가 싶다. 재니스는 약간 불편한 듯 자리에서 몸을 뒤척인다.

"아, 나도 그 배우 좋아하는데……."

그러더니 국보급 배우를 칭찬하기 시작하고 재니스는 그럴 만하다고 생각한다. 국보급 배우는 정말로 뛰어난 배우이기 때문이다. 하지만 관심 있는 이야기가 아니므로 재니스는 다시 차창에 떨어지는 빗방울을 골똘히 바라본다. 그때 그녀를 발견한다.

처음에는 차창에 비친 그녀의 모습을 보다가 서서히 고개를 돌려 그녀를 훔쳐본다. 아까도 빈자리가 많은데 계속 서 있는 그녀를 눈여겨본 터다. 20대 후반쯤 되는 젊은 여자로 키가 크고 호리호리하다. 진녹색과 금색 줄무늬 모직 원피스에 역시 같은 무늬의 롱 카디건을 입었다. 그녀가 신은 검은색 스타킹은 손등 살갗보다는 짙고 머리카락과 같은 색이다. 여자는 눈을 반쯤 감은 채 가만히 서 있는 듯하다. 전혀 움직이지 않는 듯하지만 꼭 그렇지는 않다. 한쪽 다리를 다른 쪽 다리보다 조금 더 앞으로 뻗었는데 그 다리의 근육에 힘이 살짝 들어간 걸 볼 수 있다. 머리도 보일 듯 말 듯 하게 움직이고 있다. 앞뒤로 까딱까딱. 그제야 와인 오프너에 달린 코르크스크루처럼 꼬불꼬불한 머리카락 사이에 숨겨진 헤드폰이 눈에 들어온다. 갑자기 경련이라도 일어난 듯 여자의 팔이 웨이브를 그리며 슬그머니 움직인다. 우아하고 즐거운 움직임이다. 재니스는 그녀가 혹시 댄서가 아닐까 생각한다. 여자는 다시 팔을 몸 옆에 붙이지만 다른 미세한 움직임들은 계속된다.

재니스는 저 여자가 무슨 음악을 듣고 있는지 궁금하다. 팔이 슬그머니 움직이며 저절로 춤추게 하는 음악이라면 그녀도 꼭 듣고 싶다. 재니스도 예전에는 춤을 좋아했다. 저 여자처럼 댄서 같이 날씬한 체격이었던 적은 없지만 특정한 노래를 들으면 몸이 리듬을 탔다. 근육에 힘이 들어가고, 발가락은 바닥을 톡톡 치고, 다른 사람에게 어떻게 보이든 상관없이 음악과 완전히 조화를 이뤘다. 엉덩이가 리듬에 맞춰 씰룩거리고, 팔이 슬그머니 풀려나

자유롭게 움직이는 소중하고 황홀한 순간이면 재니스는 방 안에 있는 다른 사람, 나아가 온 세상이 자신을 어떻게 생각하든 전혀 신경 쓰지 않았다. 춤을 출 때만큼은 한 마리 암사자가 된다.

내릴 정류장이 가까워지자 재니스는 마지못해 몸을 일으킨다. 저 젊은 여자와 헤어지고 싶지 않지만 이번 삶, 지금 이 순간에 재니스는 너무도 소심하기에 도저히 저 여자의 은밀한 몽상을 방해하며 무슨 음악을 듣냐고 물어볼 수 없다. 보도에 발을 내딛는 그녀 뒤로 버스 문이 한숨을 내쉬는 소리가 들린다. 버스가 마지막으로 숨을 헉 들이쉬더니 몸을 부르르 떨고 문을 닫기 직전에 누군가의 목소리를 듣는다. 재니스는 기대에 찬 표정으로 뒤를 돌아본다.

"잘 가요, 누님." 젊은 운전사가 유쾌하게 외친다.

집으로 들어가며 재니스는 어쩌면 신들이 정말로 자신을 놀리는 건지도 모른다고 생각한다.

다섯

남편의 이야기

(겉보기에나 실제로나) 작은 반단독 주택을 향해 걸어가다 보면 가끔씩 두 손을 써야만 저 현관문을 통과할 수 있을 것 같은 날이 있다. 두 손으로 문틀 양쪽을 붙잡은 채 집에 들어가기 싫어하는 몸을 문턱 너머로 밀어주어야 한다. 문턱을 넘기도 전에 남편이 뭐라고 말이라도 걸면 두 팔에 힘을 잔뜩 줘야만 몸이 앞으로 나아간다. 언젠가는 뒤에서 누가 등 한가운데를 세게 밀어야만 문턱을 넘을 수 있을지도 모른다. 남편이 도움의 손길을 내밀어 줄 거라고는 기대하지 않는다. 가끔씩 귓가에 들리는 나직한 속삭임에도 귀 기울이지 않는다. '돌아서서 그냥 가버릴 생각은 없니, 재니스?' 무슨 이유에서인지 그 환청은 아일랜드식 억양으로 말한다. 아마도 그녀에게 친절을 베풀어준 버너뎃 수녀님과 연관이 있을 것이다. 그분은 지금까지 재니스가 만난 수녀 중에서 네 이

웃을 사랑하라는 가르침을 몸소 실천하는 드문 수녀님이었다.

오늘 저녁에는 문을 열었을 때 집 안이 고요했고 덕분에 문턱을 넘기가 더 쉽다. 절대적이고 모든 것이 정지한 빈집의 정적이 아니라 누군가 잠든 집 특유의 미묘한 정적이다. 남편 마이크가 고개를 뒤로 젖힌 채 소파에 앉아 자고 있다. 두 발은 커피 테이블에 올려놓았고, 반쯤 먹은 감자칩 그릇이 배 위에 균형 잡힌 채 놓여 있다. 재니스는 현관으로 돌아가 신발을 벗어 던지고 발가락을 구부렸다 편 다음 주방으로 향한다. 남편이 잠에서 깨자마자 제일 먼저 할 말이 무엇인지 알고 있다. "오늘 저녁은 뭐야?" 마이크는 퉁명스럽거나 까탈스러운 어조가 아닌 마치 자신도 함께 저녁을 만들 거라는 듯이 유쾌하게 묻곤 한다. 하지만 이제는 재니스도 그런 말투에 속지 않는다.

잠에서 깬 마이크가 졸린 눈으로 주방 문간에 나타나더니 놀랍게도—재니스는 정말로 깜짝 놀랐다—오늘 하루가 어땠냐고 묻는다. 그러자 아까 도서관에서 그를 봤던 일, 일하고 있어야 할 시간에 돌아다니는 남편을 봐서 걱정스러웠던 마음이 한결 가벼워진다. 재니스는 오늘 하루 있었던 일을 설명하며 왜 하필이면 오늘 남편이 이런 질문을 하는지 의아해한다. 그러자 곧 본론이 나온다. 재니스의 말이 채 끝나기도 전에 마이크가 말문을 열고, 그제야 재니스는 남편이 자신의 말을 건성으로 듣고 있음을 깨닫는다. 그렇게 오랜 세월을 함께 살았는데도 또 속다니. 남편이 관심을 보인 줄 알고 마음이 들떴다니 믿을 수가 없다.

"당신이 일을 좋아해서 다행이야."

그녀가 일을 좋아한다고 말한 적이 있나?

"바쁘다니 잘됐네. 아, 오늘 저녁은 뭐야?" 마이크는 미소를 짓는다.

"셰퍼즈 파이."

재니스는 디저트로 팬케이크를 만들 생각이었다. 아까 남편이 오늘 하루가 어땠냐고 묻는 바로 그 순간, 그 찰나에 그런 생각이 들었다.

"디저트는 없고?" 마이크는 단 음식을 좋아하는 덩치 큰 남자고, 그가 종종 일깨워 주듯이 시어머니는 늘 끝내주는 디저트를 만들어주었다.

"냉장고에 요구르트가 있어."

반항이라기에는 한심한 짓임을 재니스도 알고 있다.

"아까 내가 일을 좋아해서 다행이라고 했어?" 재니스가 묻는다. 왜 남편을 도와 이 대화를 이어나가려고 하는지 모르겠다. 아마도 남편의 속셈을 빨리 알아내기 위해서일 것이다.

"응, 응, 사실은 말이야, 잰……."

저건 그녀가 싫어하는 애칭이다.

"이 일을 언제까지 할 수 있을지 모르겠어."

저것이 남편의 이야기다.

재니스가 마이크를 알고 지낸 30년 동안 그는 스물여덟 개의 다른 직업을 전전했다. 그녀가 마이크에 대해 확실히 말할 수 있는 한 가지는—어쩌면 그녀가 매일 저 문을 통과해 집으로 돌아오는 이유도 그것이리라—그가 일을 싫어하는 사람이 아니라는 점이다. 그동안 그가 거쳐 간 스물여덟 개의 직업은 하나같이 확연히 다르다. 그는 세일즈맨, 안전관리기사, 운전사, 헬스트레이너, 바텐더, 환자이송원이었고 현재는 케임브리지의 큰 대학에서 경비로 일한다. 그 전에는 중소기업, 대기업에서도 일했고 혼자서 전국을 돌아다니며 물건을 팔기도 했다. 결혼한 후로 그들의 집 앞에는 BMW부터 중고 화물차에 이르기까지 온갖 차가 다 주차되었다. 어느 해 여름에는 아이스크림을 파는 차량이 서 있기도 했다. 트랙터와 지게차도 운전한 적 있지만 다행히 그 차들은 집으로 가져오지 않았다. 마이크는 다양한 능력을 발휘하며 여러 가게와 공장, 창고, 제과점, 대학, 병원을 여유롭게 뒤뚱뒤뚱 걸어다녔고 주위 사람들에게 충고를 남발했다. 심지어 한때 재정 고문으로 일하기도 했는데 재니스가 생각하기에는 참으로 아이러니했다.

마이크는 붙임성이 좋은 남자다. 유머 감각이 뛰어나고 처음부터 자기 생각을 다른 사람에게 강요하지 않는다. 아마 그래서 늘 새로운 일자리를 구할 수 있었을 것이다. 마이크는 얼핏 보면 매우 호감 가는 사람이고, 그가 여러 일자리를 전전한 이유도 그럴듯했으며, 마이크가 딱해 보여서 고용한 사람들도 많을 것이다. 세상이 마이크를 제대로 이해하지 못한다고 믿는 여자 고용주도 한두 명 있었다. 배가 점점 나오고 턱살이 축 처지기는 했어도 마이크는 여전히 잘생긴 남자였다.

하지만 시간이 흐르며 마이크를 고용한 사람들은 깨닫게 된다. 그가 자신을 실제보다 더 똑똑하다고 착각한다는 사실을. 취직하고 처음 몇 주는 순조롭게 지나간다. 때로는 몇 달 동안 아무 문제가 없기도 하다. 하지만 이내 그들은 마이크가 걸핏하면 가르치려 든다는 걸 알아차린다. 처음에는 사소한 제안으로 시작하지만 이내 마이크는 자기가 생각하기에 일을 끔찍이 못하는 직원을 지목하며 이 문제를 해결해야 한다고 믿는다. 그 일에 발 벗고 나서며 이게 다 회사를 위해서라고 주장한다. 문제를 규명하고 때로는 문제의 직원을 업무에서 배제하기도 한다. 하지만 이건 시작에 불과하다. 아직 몇 명 더 남았다.

시간이 흐르면서—오래 걸릴 수도 있다—고용주들은 왜 마이크가 자기 눈의 들보는 보지 못하고, 다른 사람들의 눈에만 들보가 있다고 생각하며 그걸 뽑아낼 궁리만 하는지 자문하게 된다. 그는 이따금 지각하고, 물건을 시간 맞춰 배달해야 할 때 알 수 없는 이유로 자리에 없다. (경비실에 있어야 할 한낮에 도서관 옆을 지나가는 마이크의 모습이 다시 재니스의 뇌리를 스친다.) 그제야 고용주들의 마음에 의구심이 스멀스멀 피어오르기 시작한다. 재니스는 이 과도기를 누구보다 잘 안다. 결혼 초창기에 마이크가 여러 차례 직업을 바꾸는 동안 재니스는 그를 지켜보았고, 문제와 씨름하는 그를 안타까워했으며, 그를 실망시키는 동료들에게 짜증이 났고, 그의 진가를 몰라주는 고용주들에게 화가 치밀었다. 그가 네 번째 직장에서 해고된 다음에야 비로소 불편한 진실을 퍼뜩 깨달았다. 어쩌면 문제는 저들이 아니라 마이크일지도 모른다고.

세월이 흐르며 마이크는 눈치가 점점 더 빨라져서 해고되기 전에 그만두는 법을 터득했다. 그 타이밍이 늘 재니스에게 적절했던 건 아니었다. 그녀가 아들 사이먼을 임신했을 때도 있었고, 막 주택담보대출을 받았을 때도 있었으며 지금은…… 지금은 뭐가 문제지? 재니스도 알 수 없다. 하지만 지금은 마이크가 그녀에게 대학 당국의 문제점이 무엇인지 말할 때가 아니라는 사실은 확실했다. 특히나 버너뎃 수녀님이 재니스의 귀에 속삭이는 상황에서는.

　마이크는 이번에도 역시 어떤 직원이 문제라고 통렬히 비난하고, 왜 자신에게 새로운 기회가 필요한지 떠들어댄다. 재니스는 그런 남편을 내버려둔다. 더는 그의 말을 듣지 않는다. 남편의 이야기는 정확히 뭘까? 남편은 그저 수많은 직업을 가진 남자일까? 「월터의 상상은 현실이 된다」의 주인공 월터 미티처럼 자신을 과대평가하는 몽상가일까? 확실히 마이크의 세상은 그 누구의 세상과도 다르다. 아니면 그보다 더 음흉한 이야기일까? 혹시 환상을 만드는 마술사의 이야기일까? 아니면 타인을 조종하는 최면술사? 왜냐하면 재니스는 마이크가 만들어가는 세상에서 벗어나려고 무진장 노력하지만, 아무리 노력해도 남편이 그녀의 일부를 그와 함께 거기에 박아두었다는 느낌을 떨칠 수가 없기 때문이다. 남편은 그녀의 손을 잡고 있지는 않을지라도 그 통통한 손으로 그녀의 코트 자락을 꽉 쥐고 있으며 절대 그걸 놓아주지 않을 터다. 만약 남편의 그 손이 무섭냐고 묻는다면 답은 하나다. 마이크는 물리적 폭력을 행사할 사람은 아니다. 그러기에는 너무 덩치가 크고 동작이 굼뜨다. 오히려 체구가 작은 근육질 남자들이 더 무섭다는 걸 재니스는 알고 있다.

저녁 식사가 끝나고 마이크가 그녀에게 설거지를 맡기며("그래도 괜찮지, 잰? 난 생각할 게 너무 많아.") 침실로 들어가자 재니스는 주방 문을 닫고 잠시 우두커니 서서 창밖을 바라본다. 똑같은 집들이 초승달 형태로 늘어서 있고, 그 너머로 잔디밭이 보인다. 아까 버스에서 봤던 그 아가씨는 지금 어디에 있을까? 무슨 음악에 맞춰서 춤을 추고 있을까? 재니스도 식탁을 치우는 동안 음악을 듣고 싶지만 마이크가 투덜거리며 내려올 게 뻔하다. 그러자 사이먼이 크리스마스 선물로 남편에게 사준 헤드폰이 생각난다. 아들 사이먼은 이제 스물여덟 살이고 런던에서 일한다. 정확히 무슨 일을 하는지는 알 수 없지만. 아들이 그들 부부와 함께 제대로 시간을 보낸 지도 오래되었다. 마이크가 세운 왕국의 한 가지 토대는 외아들 사이먼이 사립학교에 진학해야 하며, 그것도 다른 사람들이 다 아는 유명한 학교여야 한다는 것이었다.

"우리 아들에겐 최고로 좋은 것만 줘야지, 잰."

"우리가(말만 그렇지 사실은 '그녀가') 최선을 다하지 않았다는 이유로 사이먼이 고통받기를 원하지는 않잖아."

그래서 재니스는 청소 도우미 일을 시작하게 되었다. 다른 재능이 거의 없었고, 더 나은 직장을 얻기 위해 공부를 해야겠다는 생각은 일찌감치 접었다.

"사이먼을 일 순위에 둬야 해, 잰. 그리고 내 일이 바라는 대로 풀리지 않으니까……. 내 동료들은 정말 무능해. 이 회사의 운영 방식에 대해 내가 이사회에 할 말이 얼마나 많다고……."

아이러니하게도 교육 수준이 높은 아들은 이제 부모님과 어울리고 싶어 하지 않는다. 아마도 아빠가 어떤 사람인지 간파했기 때문일 테고, 엄마는 어린 그를 타지의 기숙학교로 보내도록 동조한 점이 원망스럽기 때문일 것이다. 사이먼이 그들을 찾아오는 일은 매우 드물고, 몇 해 전부터는 크리스마스에 선물이 아니라 그냥 가계수표를 보냈다. 넉넉한 액수였지만 재니스는 수표를 갈기갈기 찢어서 재활용 쓰레기봉투 깊숙이 밀어 넣었다. 사이먼은 그녀가 수표를 현금으로 바꿔 가지 않았다는 사실을 알았는지 그 이후로는 수표 대신 백화점 상품권을 선물했다. 보내기도 편하고 사용 여부도 알 수 없으니 말이다. 재니스는 작년 크리스마스에 받은 상품권을 아직도 지갑에 넣어서 다니지만 마이크는 그걸로 고가의 헤드폰을 구입했다.

"이것 좀 보라고, 친구들." 그는 펍에서 만난 친구들에게 자랑했다. "사이먼이 사준 최신식 헤드폰이야. 우리 아들은 최고급 물건만 사준다고."

마이크의 헤드폰을 찾아 집 안을 뒤지면서 재니스는 생각한다. 더는 사랑하지도 심지어는 좋아하지도 않는 남자와 계속 사는 건 그가 불쌍해서일까? 아니면 남편과 한통속이 되어 사이먼을 타지로 보내버린 것을 속죄하는 마음에서일까?

(21세 이하 인도 크리켓 대표팀에서 선수로 활약했던) 무케르지 씨는 반려견 부마를 기다리려고 걸음을 멈춘다. 옆에 쪼그리고 앉아서 볼일을 보는 부마에게서 예의상 눈을 돌려 이웃 재니스를

본다. 그녀는 불이 켜진 부엌 창문 앞을 가로지르며 몸을 흔든다. 그러더니 제자리에서 한 바퀴 돌고는 부드러운 곡선을 그리며 팔을 머리 위로 들어 올린다. 그녀의 율동은 어딘가 아름다운 구석이 있고, 그 사실이 무케르지 씨에게는 꽤 놀랍다. 이젠 그만 봐야 할 것 같지만 춤추는 머리와 어깨가 (그가 볼 수 있는 것은 그것뿐이다) 너무 매혹적이라서 그는 잔디 위에 선 채 차가운 겨울 공기 속에서 빙그레 미소 짓는다.

여섯

모든 이야기에는 악당이 필요하다
(확실한 예외)

유능한 청소 도우미는 대체로 고객을 골라가며 일할 수 있다. 재니스는 자신의 고객을 모두 좋아했으나 확실한 예외가 딱 하나 있다.

그녀 앞에 우뚝 솟아 있는 현대적인 저택은 위에서 봤을 때 V자 형태로, 레고처럼 생긴 콘크리트 블록을 쌓아서 만들었다. 한때 비교적 현대에 세워진 대학 부지의 일부였던 땅을 가로질러 오만하게 뻗은 이 집을 보면 재니스는 다리를 떡 벌린 채 필요 이상으로 혹은 예의에 어긋날 정도로 많은 공간을 차지한 거구의 남자가 떠오른다. 브라질산 판석을 깐 진입로를 또각또각 걸어가는 동안 재니스는 두려운 동시에 행복한 기대로 마음이 설렌다.

문을 열어주는 사람은 이 집의 주인이다. (그녀는 재니스에게 집 열쇠를 주지 않는다.) 매력적인 50대 여성으로 직접 만든 옷을 입고 있다. 사방에 오줌색 황동 지퍼가 달린 남청색 원피스형 코트다. 열린 지퍼 사이로 형광색 말 머리 무늬의 실크 안감이 보인다. 그녀는 매주 다른 코트를 입고, 친구들 집에서 열리는 파티에서 다양한 코트를 판매한다. 코트를 판매하지 않을 때는 자선단체에 '환원하기'를 좋아한다. 그래서 여러 자선단체의 직원들을 집으로 불러 모아 자신이 터득한 지혜를 기부한다. "내 지혜에는 가격을 매길 수 없어요. 말 그대로 수천 파운드는 나갈 테니까요." 가끔은 자선단체에 코트를 기부하기도 하는데 재니스는 그 순간을 놓치지 않으려 한다. 자선단체 직원들의 표정을 볼 수 있기 때문이다.

집주인에게도 이름이 있지만 재니스에게는 늘 그래그래그래 부인일 것이다. 전화 통화할 때, 친구들과 말할 때, 그달에 제일 잘 나가는 자선단체 직원들에게 자신의 지혜를 앞세워 설교할 때면 집주인은 늘 "그래그래그래"라고 말한다. 아마 그녀가 실제로 하려는 말은 '네'일 것이다. 혹은 '그래'일 수도 있고. 하지만 그래그래그래 부인에게는 한 번만 말하는 것으로는 결코 충분치 않다.

그래그래그래 부인의 남편도 재택근무를 한다. 재니스 생각에 그는 런던 금융가에서 큰 성공을 거두고 돈을 쓸어 담은 다음, 그 중 일부로 지금 집이라고 부르는 흉물을 지었다. 이 집은 넓은 공간과 아무것도 없이 반짝거리는 표면이 많아 재니스 입장에서는 불평할 이유가 없다. 저택이 넓긴 해도 청소하기는 매우 쉽다. 저택 뒤쪽에는 남편이 사무실로 사용하는 정육면체 모양의 대형 별채가 있다. 재니스가 (그래그래그래 부인의 지시에 따라) 청소하려고 조심스럽게 다가가면 그는 종이나 폴더, 손가락을 흔들어대며 고개를 들지도 않고 호통친다. "아니, 아니! 지금은 안 돼." 한마디로 그래그래그래 부인은 아니아니지금은안돼와 결혼했다. 둘 사이에 아이가 없는 것도 아마 남편 때문이 아닐까.

그래그래그래 부인은 보수를 넉넉히 준다. 또한 재니스에게 소리를 지르지도 않고, 지저분한 냄비나 변기, 욕실, 오븐을 치우라고 남겨둬서 재니스를 진땀 빼게 하지도 않는다. 하지만 절대로 용서할 수 없는 두 가지 중대한 죄를 저질렀다. 주방 조리대에 놓아둘 수 있는 몇 안 되는 물건 중 하나가 최신식 이탈리아산 커피머신인데 정말 아름다운 제품이다. 재니스는 이 제품을 분해해 부품을 전부 닦을 수 있지만 이걸로 내린 커피는 한 번도 맛본 적이 없다. 커피머신 위쪽 찬장에 재니스가 마실 수 있는 커피가 따로 놓여 있다. 대형마트 테스코의 자체 생산 인스턴트커피다. 그녀가 아는 한 (그리고 그녀가 본 바로는) 그래그래그래 부인이 지금까지 테스코에서 구입한 물건은 그 커피가 유일하다.

그래그래그래 부인이 저지른 두 번째 죄는 재니스를 'P 부인'이라고 부르는 것이다. 재니스는 그렇게 불러도 된다고 허락한 기억이 없지만 자신의 성격상 똑 부러지게 항의하지 못하리라는 것도 알고 있다. 게다가 이제 와서 항의하기에는 너무 늦었다. 머릿속으로는 그래그래그래 부인을 아무리 비난해도 소심한 재니스는 부인 앞에서는 절대 내색하지 않는다.

이 모든 이유 때문에 그래그래그래 부인의 이야기는 없다. 원칙적으로 재니스는 꼭 필요한 만큼만 그녀에게 관심을 가질 것이며 머릿속의 소중한 도서관에 절대 그녀를 들이지 않을 것이다. 다만 그래그래그래 부인이 어떤 사람인지 잘 보여주는 한 가지 '일화'만 도서관에 들이는 것을 허락했는데 이야기라고 하기에는 턱없이 짧다.

그 일화는 다음과 같다. 한 아동 자선단체에서 기부금을 모으는 담당자들이 그래그래그래 부인의 집에 모였다. 부인이 자기 집에서 팀워크 강화 프로그램을 마련했기 때문이다. 그중 하나가 지금 다 함께 나룻배를 타고 바다에서 표류 중이라고 상상하는 훈련이었다. 여러 개의 쪽지에는 그들과 함께 나룻배에 탄 가상의 인물들에 대한 설명이 적혀 있었다. 자선 사업가에서부터 아동 인권운동가, 여러 아이들은 물론 정치인이나 언론인처럼 덜 호감 가는 인물들도 있었다. 이 토론의 목적은 배가 가라앉고 있으므로 거기 있는 사람들을 포함해 누구를 배에 남기고, 누구를 바다로 던질지 결정하는 것이었다.

아무도 먼저 시작하려 하지 않았다. 그러자 아동 자선단체에서 일하는, 검은 머리에 체구가 자그마한 여자가 머뭇거리며 제안했다. 토론의 난도를 낮추기 위해 일단 아이들은 제외하고 어른 중에서 누가 희생해야 할지 결정하는 게 어떻겠냐고. 그러자 그래그래그래 부인이 즉각 반발하며 재빨리 끼어들었다. "왜요? 내 목숨이 아이들의 목숨보다 가치가 낮다는 건가요?" 그렇게 그녀의 주장은 계속되었다. 토론이 끝날 무렵이 되자 그래그래그래 부인은 낭포성 섬유증을 앓고 있는 가상의 아이를 포함해 여러 사람을 배 밖으로 던져버렸다. "어차피 오래 살지 못할 사람들이에요."

그러자 아까 그 검은 머리에 체구가 작은 여자가 만약 아이를 배 밖으로 던진다면 자신도 아이를 따라 바다에 뛰어들겠다고 말했다. 그 말을 들은 재니스는 흐뭇했다. 하지만 그래그래그래 부인은 달가워하지 않았다. "그럴 순 없어요. 그냥 바다로 뛰어든다고요? 현실에서 그런 사람은 없어요." 하지만 그 여자는 단호했고, 나룻배에 다시 타지 않겠다고 했다. 그녀가 그렇게 단호한 이유가 그래그래그래 부인과 같은 배에 타고 싶지 않아서인지 아니면 어른은 아이를 위해 희생해야 한다고 굳게 믿고 있기 때문인지 재니스는 알 수 없었다. 후자라고 믿고 싶었고, 그래서 그래그래그래 부인이 손님들에게 커피를 좀 더 따라주라고 했을 때 그여자에게만 초콜릿 비스킷을 하나 더 주었다.

오늘은 재니스가 청소하는 동안 그래그래그래 부인이 계속 주변을 맴돈다. 아주 드문 일이다. 아니, 그 이상이다. 재니스는 불안해진다. 마음이 매우 불편하다. 그래그래그래 부인은 일주일 동안 있었던 일과 자신이 보러 간 연극에 대해 이야기한다. 마치 재니스도 연극을 보러 다니고, 심지어 이탈리아산 커피머신으로 카푸치노를 마실 수 있는 여자라도 된다는 듯이. 이건 지극히 비정상적인 일이다. 부인이 떠들어대는 동안 재니스는 점점 더 자신의 행동을 의식하게 된다. 기다란 손잡이와 캐시미어 술이 달린, 특별히 고안된 바닥용 물걸레로 마룻바닥에 그리는 원 하나하나를 의식하게 된다. 만약 그래그래그래 부인이 마이크처럼 그녀에게 오늘 하루가 어땠냐고 묻는다면 코트를 집어 들고 나가버릴 것이다.

마침내 그래그래그래 부인이 본론을 꺼낸다. "P 부인, 당신에게 제안할 게 있어요."

순간적으로 재니스는 그래그래그래 부인과 아니아니지금은안돼 씨가 스와핑*을 즐기는 사람들인가 하는 터무니없는 생각이 든다. 그래서 부인에게 등을 돌린 채 웃음을 감추려고 일부러 더 큰 원을 그리며 바닥을 닦는다. 그것 말고는 달리 아무 말도 하지 않는다. 할 말이 생각나지 않는다.

등을 돌리고 있어도 재니스는 그래그래그래 부인이 평소와 달리 긴장한 걸 알 수 있다. (돌이켜 보면 그게 경고 신호였다.)

"P 부인, 수입이 늘어나는 건 언제나 좋은 일이죠. 그래서 곧바로 당신이 생각났어요."

재니스의 머릿속은 완전히 백지가 된다. 대체 무슨 부탁을 하려고 저러지? 왜 이렇게 불안한 걸까?

"당신 시간을 많이 뺏지는 않을 거예요. 그리고 우리가 수고비도 넉넉히 드릴 거고요. 시간도 편하게 조정하세요. 일주일에 대여섯 시간이면 충분해요. 사실은 우리 시어머니를 도와줄 사람이 필요해요. 연세가 아흔이 넘으셨는데, 음, 집이……."

그래그래그래 부인은 움찔하며 말을 끝맺지 못하는 듯하다가 이내 자신의 실수를 깨닫고 재빨리 수습한다. "상태가 그렇게 나쁘지는 않아요. 물건이 좀 많기는 한데 당신은 그보다 더 심한 집

◆ 부부나 연인 사이에 상대방을 교환하여 성관계를 갖는 행위를 일컫는 용어.

도 봤을 거예요. 일단 당신이 한번 정리하고 나면 그다음부터는 관리하기가 훨씬 쉬울 거예요."

잠시 침묵이 흐른 뒤에 부인이 덧붙인다. "대학 부속 건물이고 여러모로 아주 아름다워요."

재니스는 아주 천천히 걸레질하며 대답할 시간을 번다. "죄송하지만 지금은 제 일정이 거의 다 찼어요." 그녀가 겨우 생각해 낸 대답이다.

"하지만 다 찬 건 아니잖아요." 그래그래그래 부인이 기회를 포착하고 악어가죽 펌프스의 발끝을 논리의 틈새로 밀어 넣는다.

"그게, 제 말은 안 바쁜 날이 없다고요." 재니스가 재차 설명한다.

"원하는 날에 가면 돼요. 보수도 넉넉할 거고요."

그 말에 재니스는 멈칫한다. 마이크는 또 실직자 신세가 될 테고, 그러면서도 펍은 계속 드나들 것이다.

그래그래그래 부인은 아직 할 말이 남았다. "문제는 말이에요, P 부인, 어머님 집에서 일해줄 청소 도우미를 구하지 못하면 어머니를 양로원에 보내야 해요. 우리도 그걸 원치는 않아요. 하지만 어머님 연세가 아흔둘이다 보니……."

미치겠네. 이제는 자신 때문에 어떤 할머니가 지린내와 양배추 악취가 진동하는 양로원으로 쫓겨날지도 모른다는 사실이 재니스의 걱정 목록에 새롭게 추가된다.

"제가 한번 가보기는 할게요. 하지만 아무것도 약속은 못 드려요."

그래그래그래 부인은 그녀의 말을 귀담아 듣지 않는다. "정말 잘됐네요, P 부인. 당신이 해줄 줄 알았어요. 내가 상세하게 다 알려줄게요." 그러더니 조리대 가장자리를 손끝으로 두어 번 문지르며 먼지가 있는지 확인한 뒤에 이렇게 덧붙인다. "우리 어머님이 나이 많은 노인이란 사실을 기억해야 해요. 그런 노인들이 어떤지 당신도 잘 알 거예요. 하지만 당신이라면 당황하지 않을 거예요. 어떤 상황에서도 지극히 침착하고 안정적이니까요."

재니스는 그래그래그래 부인의 마지막 말은 거의 듣지 못한다. 왜냐하면 그녀가 이 집에 계속 청소하러 오는 이유이자 행복한 기대감의 원천이 갑자기 나타났기 때문이다. 작고 지저분한 폭스테리어 한 마리가 재니스의 발치에 앉아서 그녀를 올려다본다. 강아지는 표정이 풍부하고 가끔은 (솔직히 말하면 꽤 자주) 그녀에게 직접 말하는 듯하다. 표정이 모든 것을 말해준다. 지금은 방금 자신의 주인이 재니스에 대해 했던 말을 비난하는 듯하다. 그래그래그래 부인 쪽을 힐끗 보는 강아지의 표정에서 무언의 말이 들린다. '재니스가 어떤 사람인지 네가 뭘 안다고 나불대는 거야? 넌 씨발 재니스랑 제대로 대화해 본 적도 없잖아!'

일곱
어느 황당한 강아지 이야기

"이 아이는 데키우스라고 해요. 폭스테리어죠."

재니스가 이 집에 처음 발을 들였을 때 그래그래그래 부인이 한 말이었다. 그리고 곧바로 이렇게 말했다. "당신이개를좋아하면좋겠네요데키우스를산책시켜주세요."

"당신이 개를 좋아하면 좋겠네요"라고 말한 뒤 잠시 쉬었다가 "데키우스를 산책시켜 주세요"라고 말한 것이 아니다. 심지어 "데키우스를 산책시켜 줄 수 있을까요?"라고 정중하게 말한 것도 아니다. "그래그래그래"라고 말하는 그녀의 버릇처럼 이 모든 말을 붙여서 했다. 어서 말을 끝내고 재니스에게 개를 떠넘기고 싶은 간절한 마음에.

재니스의 입에서는 "이름이 데키우스라고요?"라는 말밖에 안 나왔다.

"네. 로마 황제의 이름에서 따왔죠."

그때 처음 알아차렸다. 데키우스가 보통 개가 아니라는 걸. 그녀가 데키우스를 바라보자 데키우스도 그녀를 바라보았고 데키우스의 표정은 이렇게 말했다. 마치 큰 소리로 짖은 것처럼 똑똑하게 들렸다. '아무 말도 하지 마. 씨발, 한마디도 하지 말라고.' 재니스는 데키우스를 나무라지는 않지만 오랜 시간이 흐른 지금도 강아지가 걸핏하면 욕을 한다는 사실이 놀랍다. 폭스테리어가 이럴 리 없는데.

이제 데키우스를 안 지 4년이 되었고, 지금은 자신이 데키우스를 사랑한다는 사실을 솔직하게 인정한다(적어도 자기 자신에게는). 재니스는 두 손으로 강아지의 얼굴을 감쌀 때 느껴지는 복슬복슬하고 뻣뻣한 털의 감촉을 사랑한다. 발레리나처럼 발끝으로 사뿐사뿐 걷는 모습도 좋아하고, 배에 실을 묶어서 위에서 잡아당기듯이 통통 튀는 걸음걸이도 너무 사랑스럽다. 데키우스를 데리고 케임브리지의 들판과 초원을 산책할 때가 제일 행복하다. 마음속 도서관에 데키우스의 이야기를 넣기 위해 동물을 위한 코너도 만들까 생각 중이다.

한번은 데키우스라는 이름이 너무 딱딱한 것 같아서 '데키'라고 부른 적이 있다. 게다가 벌판에 서서 강아지의 이름을 큰 소리로 불러야 하는 사람은 그래그래그래 부인이나 아니아니지금은안돼 씨가 아닌 그녀이니 말이다. 그러나 덥수룩한 눈썹 아래로 보이는 데키우스의 눈은 조용히 하지만 강렬하게 이렇게 말했다. '제발 부탁인데 그렇게 부르지 마.' 데키우스가 뒷발로 진흙을 맹

렬하게 걷어차며 자리를 뜨는 동안 재니스는 강아지가 중얼거리는 소리를 들은 듯했다. '환장하겠네.'

처음에는 재니스가 그 집에 일하러 가거나 그 집에서 열린 자선 행사에 다과를 준비하러 갈 때만 데키우스를 산책시켰다. 대략 일주일에 두 번 정도였다. 하지만 그 정도로는 재니스에게나 데키우스에게 충분하지 않았다. 그래서 재니스는 자발적으로 개를 좀 더 자주 산책시키러 오겠다고 했고, 그래그래그래 부인은 그 제안을 덥석 받아들였다. 그래서 그 집에 청소하러 가지 않는 날에는 다른 집을 청소하는 일정 사이에 데키우스를 산책시키고, 주말에는 종종 차를 몰고 찾아간다.

재니스가 진입로에 주차하는 걸 처음 본 그래그래그래 부인은 "어머, 운전도 하는군요!"라고 외쳤다. 마치 (재니스가 나중에 데키우스에게 말했듯이) 원숭이가 운전하는 장면이라도 봤다는 듯이. 재니스가 데키우스에게 그 이야기를 해줄 때 둘은 숲속 벤치에 앉아 닭고기를 나눠 먹는 중이었다. 원래 데키우스는 채식을 해야 하는데 (정작 그래그래그래 부인과 아니아니지금은안돼 씨는 채식을 하지 않는다) 데키우스가 그녀를 좋아하는 (그녀도 데키우스를 좋아한다) 이유 중 하나도 자기가 실제로 먹고 싶은 음식을 가져다주기 때문인 것 같다. 그때 데키우스가 묻는 듯한 눈으로 그녀를 올려다봤다. 운전할 수 있다면 왜 다른 날에는 차를 타고 오지 않았냐고. 특히나 개를 산책시키기 좋지 않은 날씨에. 재니스는 설명해야 할 필요를 느꼈고, 그래서 상황이 복잡하다고 말했다.

그녀와 마이크는 자동차 한 대를 함께 사용한다. 오래된 폭스바겐 왜건이다. 마이크는 늘 출퇴근할 때 이 차를 독차지한다. 문득 앞으로 그는 실직자가 될 테니 상황이 바뀔지도 모른다는 생각이 들지만 왠지 그럴 것 같지 않다.

"차를 가져가지 않는 게 좋을 거야, 잰. 장점보다 단점이 많아. 도심에서 주차하는 건 악몽이라고."

맞는 말이다. 하지만 그녀의 고객은 대부분 손님용 주차 공간이 따로 있거나 집으로 들어가는 진입로에 주차할 수 있다. 재니스는 예전에도 그 사실을 설명한 적이 있다.

"당신이 뭐라고 하든 내 말이 맞다는 걸 알게 될 거야." 마이크는 온화한 미소를 지었다. "그럼 이렇게 하지. 내가 출퇴근길에 당신을 데려다줄게."

재니스는 어리석게도 그 방법이 통할 거라고 믿었다. 마이크는 경비로 일하는 대학에 주차할 수 있었고, 차를 함께 타고 다니면 탄소발자국도 줄일 수 있을 것 같았다. 하지만 그녀와 마이크는 한 번도 시간이 맞지 않았다. 또 남편 퇴근 시간에 맞춰 대학으로 찾아가면 그가 알 수 없는 이유로 자리에 없는 경우가 많았다. 다른 직원들은 남편의 들쑥날쑥한 출퇴근 시간에 점점 더 짜증을 냈고, 재니스는 그런 그들의 따가운 시선을 견디기가 너무 힘들어졌다.

재니스는 숲속 벤치에 데키우스와 함께 앉아 있던 날을 다시 떠올린다. 데키우스는 그녀의 무릎에 얼굴을 괴고 있었고, 그녀는 위안을 얻기 위해 데키우스의 북슬북슬한 털에 얼굴을 묻었다. 차 문제를 생각하다 보니 다른 문제, 즉 자신에게 친구가 거의 없다는 사실이 떠올랐기 때문이다. 마이크처럼 여러 직업을 전전하다 보면 케임브리지가 꽤 작은 도시라는 걸 알게 된다. 놀랍게도 마이크는 예전 동료나 일하면서 알게 된 지인들을 만나도 모른 척하지 않는다. 그런 남편을 보며 재니스는 그가 정말로 수치심을 모르며, 예전 직장에서 벗어난 자신을 일종의 승자로 생각한다는 걸 알았다. 그래서 남편 몫의 수치심까지 대신 짊어지고 다니는데 그 무게가 온몸을 짓누르는 탓에 더는 다른 사람의 눈을 바라볼 수가 없다. 정말로 친해지고 싶은 사람 앞에서도.

예전에 조디 보먼의 집에 은제 와인 쿨러[*]를 배달하려고 온 사람이 있었다. 조디의 친구라는 그 남자는 마이크를 알지만 재니스가 그의 아내라는 사실은 모르고 있었다. 지나가는 말로 마이크의 이름이 나오자 남자는 호탕하게 웃더니 (마이크가 그에게 했던 짓을 생각하면 정말 너그러운 반응이라고 재니스는 생각했다) 코웃음을 치며 이렇게 말했다. "그 친구는 현실감각이 없어요! 완전 빵점이죠." 그러고는 다시 조디가 와인을 보관해 뒀던 낡은 제빵용 오븐에 와인 쿨러를 하나씩 넣기 시작했고, 재니스도 다시 사포로 오븐 문의 녹을 제거했다. 하지만 마음은 한결 가벼웠다. 다른 사람도 마이크의 문제점을 알고, 그걸 솔직히 말할 수도 있음을 알게 되니 덜 외로웠다.

지금 재니스는 데키우스와 함께 부엌에 혼자 있고(따라서 결코

---

[*] 와인을 차갑게 보관하는 용기.

혼자가 아니다), 일은 거의 다 끝났다. 아까 대화 아닌 대화가 끝나자 그래그래그래 부인은 몽블랑 볼펜으로 최대한 빠르게 시어머니와 관련된 정보를 적어두고 쇼핑하러 나갔다. 재니스는 현관 고리에 걸린 목줄을 데키우스에게 채운 다음 뒷문을 열고 나간다. 데키우스와 함께 들판을 가로질러 피오나 집까지 산책할 작정이다. 피오나가 걱정된다. 피오나의 집은 다음 주 월요일에 다시 방문할 예정이지만 그녀에게 줄 선물이 있으니 며칠 일찍 찾아가도 괜찮을 것이다.

재니스가 초인종을 눌렀을 때 집 안은 어둡고 인기척이 없다. 우편물 투입구로 선물을 넣어두고 갈까 고민하지만 너무 작은 선물이라 밟히기 십상이다. 그래서 현관문을 두드리고 몇 번 더 초인종을 누른 뒤에 열쇠로 문을 열고 들어간다. 피오나는 기분 나빠하지 않을 것이다. 오히려 인형의 집을 열고 살펴보다 그녀의 선물을 발견하면 빙그레 웃을 것이다. 재니스는 코트에 넣어 가지고 다니는 수건으로 데키우스의 발을 조심스럽게 닦아주고, 목줄을 바싹 잡아당겨 데키우스가 그녀 옆에 붙어 있도록 한 다음, 다락으로 올라간다. 선물을 주려고 잠깐 들르는 건 몰라도 낯선 사람의 개가 피오나의 집을 마음껏 돌아다니게 둘 수는 없다.

인형의 집 문을 열어보니 그동안 피오나가 바쁘게 지냈다는 걸 알 수 있다. 집 전체에 전기 장치가 설치되었고, 몇몇 방에는 플로어 스탠드와 테이블 스탠드가 세심하게 비치되었다. 인형의 집 오른쪽, 테이블 상판에 설치된 스위치를 발견한 재니스는 홀린 듯이 스위치를 눌러본다. 그러자 인형의 집 어딘가에서 스파크가 튀더니 '따닥' 소리가 난다. 깜짝 놀란 재니스는 얼떨결에 인형의 집 문을 더 활짝 열어 무슨 일이 일어났는지 확인하고 금방 문제점을 파악한다. 교차하는 전선 두 개에서 스파크가 튀면서 분리되어 회로가 끊긴 것이다. 전선 하나는 *꼬아서* 연결할 수 있을 것 같고, 다른 하나는 납땜을 해야 할 듯하다. 피오나의 아들 애덤이 미니 로봇 피겨를 만들 때 사용하는 납땜용 인두가 애덤의 침실에 있다. 하지만 열두 살짜리 남자아이의 침실에 들어가 물건을 뒤지는 일은 그녀의 청소 규칙에 크게 위배된다.

납땜인두 없이 전선을 고칠 수 있을지 생각하느라 몰두한 나머지 재니스는 한참 지난 후에야 아래층에서 소리가 난다는 걸 깨닫는다. 의자 옆을 보니 데키우스가 없고 다락문이 살짝 열려 있다. 재니스는 벌떡 일어난다. 해명할 생각을 하니 벌써 얼굴이 벌겋게 달아오른다. 데키우스는 아래층에 있고, 그 옆에는 애덤이 무릎을 꿇고 앉아 데키우스에게 말을 걸고 있다. 데키우스는 앞발을 애덤의 허벅지에 올린 채 애덤의 손에 코를 비비고 있다.

"애덤, 정말 미안하구나. 집에 사람이 있는 줄 몰랐어. 엄마에게 드릴 물건이 있어서 잠깐 들른 거야."

재니스가 갑자기 나타났는데도 애덤은 전혀 당황하지 않는다. (아무래도 자신에게 일일이 말하지 않고 집을 드나드는 사람들이 많다는 사실에 익숙해진 모양이다.) 애덤에게는 재니스도 그런 부류에 속하는 듯하고, 애덤은 데키우스에게 훨씬 더 많은 관심을 보인다.

"아줌마 강아지예요?"

재니스는 '응'이라고 말하고 싶은 충동을 느낀다. 사실 '당연하지!'라고 외치고 싶지만 그냥 솔직히 말한다. "나는 그냥 산책 도우미야."

그 말에 그녀를 돌아보는 데키우스의 눈빛이 약간 상처받은 듯하다고 재니스는 생각한다. 그녀가 덧붙일 말을 생각해 내기 전에 애덤이 말한다. "강아지가 좀 이상하게 생겼어요. 그리고 발끝으로 걷는 거 같아요. 원래 개들이 그런가요?"

재니스는 데키우스에게 제발 욕하지 말라는 무언의 기도를 보내지만 데키우스는 애덤이 마음에 드는지 아예 그의 무릎 위로 올라간다. 그다음에는 무슨 일이 벌어질지 뻔하다. 데키우스는 곧 애덤 무릎에 편히 누울 것이다. 아니나 다를까 정확히 그렇게 되고, 애덤은 웃음을 터뜨린다. 애덤이 웃는 모습을 보자 재니스는 가슴이 아프지만 마음을 다잡으며 그들 옆에 가서 앉는다. "이 녀석은 폭스테리어야. 그리고 그렇게 걷는 건 품종이 좋다는 뜻이지."

"맙소사, 제 눈엔 좀 덜떨어져 보이던데."

재니스는 데키우스의 눈을 쳐다볼 엄두가 나지 않는다.

하지만 다행히 애덤은 "그래도 좀 멋진 강아지 같아요. 그렇죠?"라고 말하며 위기를 모면한다. 그리고 저 말은 동의를 구한다기보다 확신에 찬 말이었고, 데키우스는 마치 '내가 뭐랬어'라고 말하는 듯한 표정으로 재니스를 본다. 그러자 재니스는 데키우스가 아이 앞에서는 절대 욕하지 않을 것이며, 팔다리가 길고 발이 크기는 해도 애덤은 여전히 아이라는 생각이 든다. 후드티

위로 솟은 목은 길고 가늘며, 머리카락은 풍성하면서도 축 처졌지만 작은 얼굴은 아직 여드름 하나 없이 깨끗하다. 사실 애덤은 아름답고 매끄러운 복숭앗빛 피부를 가지고 있다. 또한 '맙소사' 같은 전통적 영국식 감탄사와 '쿨하다' 같은 십 대들 표현을 쓰면서 자신의 정체성을 드러낸다. 그러면서도 (목사님처럼 생긴) 엄마가 종종 사용하는 점잖은 감탄사를 아직 기꺼이 따라 할 정도로 어리다.

"교정장치는 고쳤니?" 재니스가 묻는다.

"아, 그거요." 애덤은 그렇게 말하며 무의식중에 혀로 재빨리 이를 훑지만 더는 말하지 않는다.

그러자 예전에 애덤과 대화를 나눴던 일이 생각난다. 더 이상 대화가 이어지지 않는 애덤의 답변에 결국 둘은 어색한 침묵 속에서 대화를 피했다. 하지만 아까 봤던 애덤의 웃음을 떠올리며 재니스는 더 노력하자고 자신을 다독인다.

"혹시 납땜인두 있니?"

애덤은 놀란 표정으로 데키우스에게서 고개를 든다. "네."

"그걸 좀 빌릴 수 있을까?"

"뭐…… 그러세요."

애덤은 데키우스의 따뜻한 몸을 마지막 순간까지 껴안고 있다가 바닥에 내려놓고 마지못해 자리에서 일어난다. "제가 가져올게요." 그러더니 반쯤 몸을 돌려 불안한 표정으로 재니스를 바라본다. "강아지 여기 있을 거죠? 어디 가지 않을 거죠?"

아, 귀여워라. 재니스는 또다시 가슴이 먹먹해진다. 이번에는 애덤이 딱해서 그러기도 하지만 사이먼과 자신 때문이기도 하다. 재니스는 밝은 어조를 유지하며 말한다. "내 생각에는 강아지가 너랑 함께 가고 싶어 하는 것 같은데?"

애덤은 환히 웃고, 데키우스는 마치 '냄새 나는 남자아이 침실에 가라고? 장난해? 당연히 가야지'라고 말하는 듯한 표정으로 그녀를 돌아본다.

재니스는 둘을 애덤의 침실에 남겨둔 채 인형의 집 배선을 고치러 다락에 올라간다. 수리는 오래 걸리지 않는다. 모든 걸 제자리에 돌려놓은 뒤 가방에서 피오나를 위해 가져온 작은 선물을 꺼낸다. 미니어처 생일 케이크다. 물론 거기에 마흔다섯 개의 초를 꽂을 수는 없지만 내일 피오나가 인형의 집을 열어보고 식탁에 놓인 이 케이크를 발견하면 무슨 의미인지 알 것이다. 인형의 집 문을 닫으려던 재니스는 제베디아 주어리의 작업실 벽에 세워놓은 새 관을 발견한다. 익숙한 불안이 슬금슬금 그녀를 덮친다. 자신은 그저 청소 도우미에 불과하다는 사실을 (누구보다도 잘) 알고 있다. 이 일은 그녀와 아무 상관이 없다. 이 가족에게 애덤의 아빠이자 피오나의 남편인 존 없이 살아가는 일이 얼마나 힘든지 재니스로서는 짐작조차 할 수 없다. 하지만 골짜기에 핀 안개처럼 불안감이 그녀 안에 자리 잡는다.

존은 애든브룩스 병원에서 흉부외과 의사로 근무했다. 가족과 함께 캠핑이나 자전거 여행을 떠나는 걸 좋아했고, 아들을 위해 이 다락에 모형 기차 세트를 설치해 줬으며, 침실에서 아들이 미니 로봇 피겨를 조립하는 걸 도와주었다. 그런 남편과 아버지를 잃는다는 게 어떤 기분일지 도저히 알 수 없지만, 그들 주위로 답을 알 수 없는 질문이 맴돌고 있다는 강한 느낌이 든다. 그 질문이 이 가족을 병들게 하며 이 집을 짓누르는 걸 느낄 수 있다. 재니스도 그 질문을 자꾸 되뇌게 된다. 왜 그토록 좋은 사람이 자살했을까?

납땜인두를 돌려주려고 애덤의 방으로 가보니 애덤이 침대에 누워 있고, 그 위에 데키우스가 누워 있다.

"고맙다, 애덤. 우린 그만 가볼게."

데키우스가 펄쩍 뛰어내려 재니스 옆에 선다. 실망하는 애덤의 얼굴을 본 재니스는 한 가지 제안을 하기로 마음먹으면서 지금 자신이 뭐 하는 짓인가 생각한다. 이건 분명 깊은 수렁으로 들어가는 짓이다.

"언제 아줌마랑 함께 함께 데키우스를 산책시킬래?"

"그래도 돼요?" 애덤이 묻고, 데키우스는 승낙하는 표정으로 애덤을 바라보는 듯하다. 왜냐하면 애덤에게 저 말은 단연코 "졸라 당연하죠!"와 같은 뜻이기 때문이다. 그때 애덤이 "근데 이름이 좀 깨네요"라고 말하며 좋은 분위기를 망친다. 이제는 정말 가야겠다고 재니스는 생각한다. 폭스테리어의 인내심에는 한계가 있으니 말이다.

절대 겉만 보고 판단하지 마라

보도에 서 있는 재니스의 신발에서 3센티도 안 되는 지점에 걸쭉한 침이 툭 떨어진다. 그래그래그래 부인의 시어머니가 일부러 비켜서 맞혔거나 빗나간 것이리라. 재니스는 열린 현관문에 서 있는 자그마한 체구의 노부인을 바라보며 귓가에 속삭이는 버너뎃 수녀님의 목소리를 무시하려고 노력한다. '저 여자 꼴 좀 보렴.' 어김없이 다음 질문이 그 뒤를 따른다. '휙 돌아서서 그냥 가버릴 생각은 없니, 재니스?' 재니스는 버너뎃 수녀님의 말이 일리가 있다고 생각한다. 그것도 매우. 내가 정말로 여기 있어야 할까? 그리고 대체 저 옷차림은 뭐란 말인가? 노부인은 (발목까지 여러 번 걷어 올린) 남성용 코듀로이 바지를 입고 그 위로 기모노 같은 것을 걸쳤다. 머리에는 체리 모형이 달린 빨간 모자를 썼는데 체리는 곰팡이로 의심되는 물질로 덮여 있는 듯하다.

입을 연 노부인의 말투는 딱딱하고 짧게 끊어지며,[*] 단어 하나하나를 정확하게 다듬었다가 가래처럼 입 밖으로 거칠게 뱉어낸다. 재니스는 노부인의 말투가 꼭 1950년대 BBC 아나운서 같다고 생각한다. 아주 머리끝까지 화가 난 아나운서.

"내 집 청소를 다른 사람에게 맡길 생각 없어. 이건 내 집이고, 난 내 생활 방식에 간섭받지 않을 거야."

재니스는 묻지 않을 수 없다. "제가 청소 도우미라는 건 어떻게 아셨어요?"

"꼬락서니를 봐." 노부인은 그렇게 말하더니 재니스의 가방 위로 삐죽 튀어나온 물건을 가리킨다. 진공청소기의 먼지 봉투 한 묶음과 고무장갑이다. "당신이 청소 도우미가 아니면 뭐겠어?"

재니스의 귀에 버네뎃 수녀님의 못마땅한 코웃음 소리가 들린다. 불현듯 노부인이 입은 기모노의 색깔이 눈에 들어온다. 밝고 강렬한 보라색이다. 물론 아까도 보기는 했지만 제대로 보진 못했다. 그러자 노년에 관한 유명한 시가 떠오른다. 나이를 먹으면 보라색 옷을 입고 빨간색 모자를 쓰고 침 뱉는 법을 배운다고 했던가. 재니스는 그 시의 또 다른 구절을 찾아 기억을 더듬다가 이렇게 묻는다. "혹시 브랜디와 여름용 장갑을 사는 데 연금을 쓰시나요?"[**]

---

[*] 주로 영국 상류층이 구사하는 영어.

[**] 제니 조지프의 「경고」라는 시로 영국인들이 가장 좋아하는 시에 두 번이나 뽑혔다. "나이를 먹으면 나는 보라색 옷을 입을 거예요. / 그 옷에 어울리지 않고, 내게도 어울리지 않는 빨간 모자를 쓰겠어요. / 그리고 브랜디와 여름용 장갑을 사는 데 연금을 쓰겠어요……"로 시작한다.

문간에 서 있던 노부인은 한동안 재니스를 빤히 바라보더니 좀 더 누그러진 말투로 대답한다. "브랜디는 좋아하지만 장갑은 더는 필요 없어." 그러고는 재니스를 좀 더 바라보다가 단호히 말한다. "난 집에 바보를 들이지 않아. 특히 내 며느리는 둘째가라면 서러운 바보고." 노부인은 그렇게 말하더니 홱 돌아서서 느릿느릿 복도를 걸어간다. 재니스는 따라오라는 뜻일 거라고 짐작하며 안으로 들어가 문을 닫는다.

물건이 어지럽게 널린 좁은 공간을 지나가기란 여간 고역이 아니다. 잡지 더미, 골프 클럽, 받침대가 부서진 앵글포이즈 스탠드,♦ 여러 개의 여행 가방, 박제된 다람쥐, 발판 사다리 두 개, 당구봉 두 개로 받쳐둔 디저리두♦♦처럼 생긴 물건이 있었다. 재니스의 직업병이 발동하지 않을 수 없다. 이 노부인에게는 수납공간이 더 필요하다. 이 대학 어딘가에 빌릴 수 있는 창고가 있지 않을까? 복도 끝에 다다른 노부인은 거기 숨겨둔 지팡이 두 개로 손을 뻗더니 지팡이에 체중을 실으며 '끙' 하는 고통스러운 신음을 낸다. 아까 지팡이의 도움 없이 연기를 하느라 굉장히 힘들었으리라. 노부인은 모퉁이를 돌아 집 안쪽으로 들어가기 전에 모자와 기모노를 벗어 바닥에 널린 다른 물건들 사이로 홱 던져버린다. 재니스는 본능적으로 허리를 숙여 물건을 집고 싶은 충동을 꾹 누른다. 대신 보란 듯이 그걸 밟고 지나간다. 발아래서 모

♦ 앵글포이즈는 1932년에 설립된 영국의 조명 브랜드로, 방향과 높이를 자유자재로 조정할 수 있는 디자인이 특징이다. 애니메이션 스튜디오 픽사 타이틀에 등장하는 램프 캐릭터의 모델이기도 하다.
♦♦ 오스트레일리아 토착민의 전통 관악기로 긴 원뿔형이다.

형 체리가 빠각하고 쪼개지자 만족스럽기까지 하다. 이 할머니를 위해 일하지 않을 것이다. 만약 돈이 궁하다면 다른 단골을 통해 쉽게 다른 일자리를 구할 수 있다.

이 집은 케임브리지의 오래된 대학 건물의 한쪽 벽에 붙어 있는 듯하다. 아까 재니스가 들어온 문은 길을 마주 보는 적벽돌 외벽 쪽으로 났다. 복도 끝에서 안쪽으로 들어서자 이 집이 캠퍼스 사각형 잔디밭의 한 면을 이루고 있음을 알 수 있다. 거대한 내부는 바닥부터 서까래까지 탁 트인 구조고, 실내 전체를 빙 돌아 위쪽에 설치된 내부 회랑을 제외하고 위층은 따로 없는 듯하다. 회랑으로 이어지는 나선형 계단이 있고, 회랑 끝에 정돈되지 않은 듯한 침대의 다리가 보인다. 침대 아래쪽에는 간이 부엌이 있다. 어디까지나 그녀의 짐작이다. 수북이 쌓인 물건에 가려서 잘 보이지는 않지만 대부분이 접시와 프라이팬이므로 부엌이지 않을까? 내부 벽은 벽돌로 만든 외벽과 마찬가지로 따뜻한 적갈색이다. 길가 쪽으로 그녀의 키보다 훨씬 높은 곳에 창문 세 개가 있다. 캠퍼스 사각형 잔디밭을 마주 보는 제일 큰 내부 벽에 격자틀이 있는 거대한 유리창이 있는데, 창문 상단에는 스테인드글라스로 만든 여러 가지 문장이 일렬로 배열되어 있었다. 실내로 들어오는 빛은 눈부시게 아름답지만 그 때문에 집 안의 어수선한 상태가 더욱 적나라하게 드러난다. 공중에는 먼지가 떠다니고, 보는 곳마다 책이 잔뜩 쌓여 있다. 줄지어 늘어선 서가에 이미 책이 빼곡히 꽂혀 있는데도.

그때 고통스러운 듯한 신음이 들려 재니스는 다시 책의 주인에게 주의를 돌린다. 그녀는 어깨가 구부정한 채 간신히 자신을 지탱해 주는 지팡이에 몸을 기대고 있다. 그러고는 덥수룩한 흰 눈썹 아래에 자리한 눈으로 재니스를 바라볼 뿐 아무 말도 하지 않는다. 이 부인은 모든 면에서 공격적인 듯하다. 쉽지 않은 상대다. 저런 몸으로 매일 밤 저 나선형 계단을 어떻게 올라갈까? 아마 지독한 고집 덕분이리라. 그 생각을 하자 재니스는 마음이 누그러져서 노부인에게 일단 자리에 앉자고 나직이 제안한다. 커피를 내오겠다는 말은 하지 않는다. 저런 부엌은 근처에도 가고 싶지 않다.

노부인은 발을 끌며 작은 전기난로 옆에 놓인 가죽 안락의자로 가서 앉는다. 의자에 감싸인 그녀는 아까 현관에서 자주색 기모노를 입고 빨간 모자를 썼을 때보다 훨씬 더 작고 연약해 보인다. 밑단을 걷어 올린 바지 아래로 삐죽 나온 작은 발은 어린아이의 발 같다. 재니스가 맞은편 의자로 가자 노부인이 소리를 지른다. "아니, 아니, 거긴 안 돼." 불현듯 저 노부인이 누구의 엄마인지 기억난다. 책이 쌓여 있지 않은 의자는 몇 개 되지 않는데 그중 하나를 골라―아름다운 식탁 의자로 아무래도 치펀데일◆ 진품 같았다―난롯가로 끌고 가 앉는다. 그제야 이건 실수임을 깨닫는다. 노부인은 청소 도우미가 필요하지 않다고 했으므로 재니스는 그저 작별 인사를 하고 떠나면 그만이다. 1분도 걸리지 않을 것이다.

재니스가 그만 가겠다고 말하기도 전에 갑자기 노부인이 코를

◆ 토머스 치펀데일은 18세기 영국의 가구 제작자로 치펀데일 양식을 창시했다.

홀쩍이더니 묻는다. "그래, 자네의 이야기는 뭐야?"

생전 처음 듣는 질문에 재니스는 당황한다. 사람들 앞에서 알몸이 되는 악몽이나 마이크가 함께 무대에서 노래방 기기에 맞춰 노래하자고 우겨놓고서 그녀 혼자만 무대에 남겨두고 가버린 기억마저도 지금 그녀가 느끼는 이 감정에 비하면 약과다. 그저 대화를 시작하려는 예의 바른 질문으로 받아들이려 하지만 지금까지 노부인의 행동으로 보아 그럴 것 같지 않다. 그녀의 고객들은 (마이크와 달리) 대체로 그녀의 안부를 묻고, 함께 이야기를 나눈다. 영화, 음악, 날씨, 휴가에 대해. 재니스의 휴가 말고, 그들의 휴가. 하지만 아무도 그녀의 인생에 대해 물어본 적은 없다. 아까 이 불쾌한 노부인의 질문이 정말로 그런 의미였다면.

"귀먹었어? 그건 내 특권인 줄 알았는데."

그 말에 재니스는 억지로 입을 뗀다. "저는 유능한 청소 도우미예요. 부인이 알아야 할 사실은 그걸로 충분할 텐데요." 왜 그렇게 말했을까? 어차피 이 노부인을 위해서 일하지도 않을 텐데. 평소의 소심한 성격은 어디로 갔지? 그녀의 말이 도발이라는 걸 두 사람 다 알고 있다. 맙소사, 이런 식으로 가다가는 빨리 도망치지 않으면 이 끔찍한 노부인도 그녀를 'P 부인'이라고 부를 것이다.

"아, 하지만 세상에 이야기가 없는 사람은 없어." 노부인이 도발을 무시한 채 그렇게 우기며 재니스를 훨씬 더 난처하게 한다. 마치 재니스의 약한 살갗 아래로 (아주 더러운) 손톱을 쑤셔 넣어 살갗을 붙잡고 재니스의 몸뚱이에서 벗겨내려는 듯하다.

재니스는 그저 어설프게 웃으며 "들어봐야 엄청 지루할 거예요. 저한테는 이야기가 없어요"라고 대답할 수밖에 없다.

좀 더 똑 부러지게 말했더라면 좋았을 텐데 다시 소심한 성격으로 돌아가서 어쩔 수 없었다. 자신이 이야기 수집가라는 사실을 확실하게 주장하고 싶다. 자신은 이야기가 없기 때문에 다른 사람의 이야기를 모은다고. 그렇게 큰 소리로 외쳐서 내면의 작은 목소리를 잠재우고 싶다. 그 목소리는 이렇게 말하려고 한다. '특히나 당신에게 들려줄 이야기는 없어요.'

두 사람은 팽팽한 대치 상태에 빠진 듯하다. 노부인은 천장을 올려다보고, 재니스는 천장을 올려다보는 노부인을 바라본다. (아마도 진품일) 치펀데일 의자가 자신의 떨리는 다리를 지탱해 줘서 다행이라고 생각한다.

재니스는 이 떨리는 다리로 일어설 수 있을지 확신이 없으나 그래도 간신히 일어난다. "이제 그만 가봐야겠어요. 부인에게는 청소 도우미가 필요 없는 듯하네요."

노부인은 결론을 내린 듯하다. 여전히 천장을 바라보며 그녀가 말한다. "그런 말은 안 했어. 내 생활 방식을 간섭받지 않겠다고 했지. 난 나이가 아주 많지만 정신적으로 모자라진 않아. 혼자 이 집을 관리하기가 힘들다는 건 알아. 상황이 바뀌지 않는 한 아들은 날 양로원에 보낼 거야. 한때는 나도 이 대학에서 어느 정도 지위가 있었어. 죽은 남편이 오랫동안 이 대학의 총장이었거든. 하지만 이제 남편을 기억하는 사람은 거의 없는 것 같고, 대학 측에서는 이 건물을 '더 생산적인 용도'로 사용하기 위해 돌려받고 싶어 하는 모양이야."

노부인은 이제 재니스를 똑바로 바라본다. "우리 아들이 그런 프로젝트를 후원할 생각인가 보더군. '새로운 통합 프로젝트'에 자기 이름이 붙길 원하거든."

재니스는 노부인을 바라보며 무슨 말을 해야 할지 몰라 자신에게 익숙한 방식으로 대처한다. "아주 파란만장한 삶을 사신 것 같네요. 틀림없이 제게 들려줄 이야기가 있으실 거예요." 그러고는 반사적으로 덧붙인다. "커피 내올까요?"

노부인은 몸을 앞으로 내밀더니 힘겹게 자리에서 일어난다. "아니, 자넨 책을 보고 있어. 나에 대해 알아야 할 모든 건 책이 말해줄 거야." 그러더니 식탁으로 보이는 테이블에 쌓인 책 더미를 가리킨다. "저기서부터 시작해. 난 커피를 내올 테니까."

그 말을 한 뒤 노부인은 발을 끌며 저쪽 끝으로 간다. 노부인은 물을 끓이지 않고 싱크대 근처에 있는 스툴에 앉는다. 아니아니지금은안돼 씨의 어머니가 지금 내게 혼자만의 시간을 주는 건가? 문득 지금 그냥 일어나 이 집에서 나갈 수도 있다는 생각이 든다. 하지만 식탁 위의 책들을 살펴본 뒤에 나갈 수도 있다. 안 그래도 이 집에 들어온 후로 호화로운 도서관처럼 보이는 이곳을 좀 더 자세히 들여다보고 싶었다.

식탁에는 두툼한 책들이 수북이 쌓여 있다. 하지만 방 전체에 책이 가득해서 이 정도는 빙산의 일각이다. 프랑스어 그리고 러시아어로 짐작되는 언어로 쓴 책들도 있고, 고전 영국 소설들도 있는데 트롤럽이 쓴 『바셋셔 연대기』의 아름다운 가죽 장정 세트도 있다. 카라바조와 베르니니를 주제로 한 묵직한 양장본도 있다.

하드리아누스 성벽에 관한 책들, 이탈리아 헤르쿨라네움에 있는 로마 시대 목욕탕을 설명하는 가이드북도 있다. 책 더미 바닥으로 갈수록 예술서가 더 많은데 주로 현대 예술가들을 다룬 책들이다.

"어때?"

재니스가 알아차리지 못한 사이에 아니아니지금은안돼 씨의 어머니가 이쪽으로 와서 테이블 한쪽 끝에 앉아 있다.

"여행을 많이 하셨고, 확실히 책을 많이 읽으셨네요." 재니스는 서가가 있는 쪽을 향해 고갯짓한다. "예술과 역사에 관심이 있으신가 봐요, 부인과 남편 모두 혹은 두 분 중 한 분은 러시아어와 프랑스어를 할 줄 아시는 것 같고요."

"우리 둘 다 러시아어와 프랑스어를 해……. 이제 한 사람은 못 하지만."

이제 그만 가야 한다. 저 짧은 침묵, 그리고 이제 한 사람은 못 한다는 말에 관심이 가기 때문이다. 무엇보다 이 까다로운 노인네와 필요 이상으로 함께 있고 싶지 않다.

갑자기 재니스가 큰 소리로 웃는다. 현대미술에 관한 책 하나가 눈에 띄었기 때문이다.

"왜?" 노부인은 그렇게 묻지만 아마도 이유를 알고 있을 거라고 재니스는 생각한다. 노부인이 자신을 은근히 시험하고 있다는 느낌을 지울 수 없다.

재니스는 책을 집어 들고 큰 소리로 제목을 읽는다. 현대미술가가 쓴 책이다. "『당신의 침은 고통의 바닷속에서 나를 보호해 주는 잠수복』."

테이블 맞은편에서도 코웃음이 터져 나온다. "그래, 세상 사람들이 얼마나 엿같이 우스꽝스러운지 잊지 않으려고 그 책을 샀지."

재니스는 참지 못하고 질문을 던진다. "데키우스를 만난 적 있으세요?"

"데키우스가 누구야?"

재니스는 바보가 된 기분이다. 대체 무슨 말을 하려고? '제가 아는 폭스테리어가 있는데 제 상상 속에서 그 강아지는 당신처럼 욕을 한답니다. 부인의 눈썹도 데키우스와 비슷해요'라고 하려고?

"아, 아무것도 아니에요. 그냥 아드님이 키우는 반려견이에요."

노부인은 두 손을 식탁에 올리더니 그 위로 고개를 숙인다. 그녀의 쌕쌕거리는 숨소리에 재니스는 깜짝 놀라서 노부인이 천식 발작을 일으킨 것인지, 약을 가져다줘야 하는 건 아닌지 고민한다. 그러다 마침내 그게 웃음소리임을 깨닫는다. 기침을 하는 듯한 요란한 폭소다. 마침내 노부인은 눈물을 닦고 말한다. "그러니까 티베리우스가 자기 개를 데키우스라 부른다고? 우리 남편이 아주 좋아했겠네." 노부인은 설명하듯 이렇게 덧붙인다. "남편이 로마사에 관심이 많았거든."

티베리우스? 재니스는 그 이름을 도저히 받아들일 수 없다. 악당에게 사연이 있는 건 원치 않는다. 그렇게 끔찍한 이름을 가진 어린아이가 학교에 다니기가 얼마나 힘들었을지 생각하고 싶지 않다. 혹은 왜 그 아이가 어른이 돼서 로마 황제의 이름을 개 이름으로 지었는지도 생각하고 싶지 않다. (아버지를 조롱하는 걸까? 아니면 아버지를 기리기 위해?) 갑자기 궁금해진다. 만약 그가 '새로운 통합 프로젝트'에 자기 이름을 붙이려 한다면, '티베리우스'라고 지으려는 걸까? 아니면 아버지의 성으로 지으려는 걸까?

재니스는 자리에서 일어난다. 정말이지 이런 대화는 나누고 싶지 않다. "그만 가야겠어요." 가방을 집어 들며 그녀가 말한다.

하지만 티베리우스의 엄마는 아직 용건이 끝나지 않았다. "마지막 질문이야. 무인도에 관한 질문." 그녀는 재니스의 표정을 보더니 (아마도 덫에 걸린 쥐의 표정이리라) 얼른 말을 잇는다. "무인도에 딱 한 권의 책, 딱 한 권의 소설책만 가져갈 수 있다면 뭘 가져가겠어?"

"『허영의 시장』이요." 대답하지 않을 작정이었는데 참지 못하고 말이 튀어나왔다.

티베리우스의 엄마가 놀란 표정을 짓는다. 그러더니 천천히 고개를 끄덕인다.

"잘 골랐어. 여러 이야기가 복잡하게 얽힌 작품이지. 문장도 좋고, 유머도 뛰어나고, 터무니없는 상황을 유쾌하게 그려내는 능력이 있어. 게다가 등장인물들은 또 얼마나 개성이 넘치는지."

재니스는 자신이 가장 좋아하는 책이 이런 식으로 해부당하는데 화가 나서 문 쪽으로 슬쩍 더 다가간다.

"그래, 말해 봐. 자네는 베키 샤프야, 아니면 어밀리아야?"♦

재니스는 '누굴 닮았다고 말하고 싶은데요?'라는 말이 튀어나

♦ 윌리엄 새커리의 장편소설 『허영의 시장』에 나오는 두 주인공. 베키 샤프는 목표를 달성하기 위해 수단과 방법을 가리지 않고, 어밀리아는 타인을 위해 희생하지만 지나치게 의존적이다.

올까 두려워서 아무 말도 하지 않는다. 자신이 베키 샤프처럼 되기를 열망하지만 어리석고 착각에 빠진 어밀리아임을 알고 있다.

이제 재니스는 복도 입구까지 왔지만 이 노부인에게서 벗어날 수 없는 듯하다. 노부인은 발을 끌며 그녀에게 다가온다.

"자네에게 들려줄 아주 멋진 이야기가 있어. 그래, 완벽한 이야기라고 할 수 있지. 자네에게 딱 맞는 이야기야. 베키 샤프 같은 여자에 관한 이야기. 편의상 그 여자를 베키라고 부를 거야. 두 왕자와 한 가난뱅이에 관한 이야기야. 한 명은 진짜 왕자고 나중에 왕이 되는데 다른 하나는 진짜 왕자와 거리가 멀어. 그러니 이것이 음모와 미스터리에 관한 이야기라는 걸 알 수 있을 거야."

이제 재니스는 자주색 기모노를 넘어서, 여행 가방들과 박제된 다람쥐를 피해 현관 쪽으로 다가간다.

하지만 노부인은 그녀를 집요하게 따라온다. "우리 여주인공 베키는 파리에서 자랐어. 파리는 정말로 아름다운 도시지. 베키의 어머니는 모자 장인이고 아버지는 변호사 사무실의 사무장이야. 화목한 가정이었지. 베키에게는 두 오빠가 있었는데 동생을 보호해 주는 용감한 소년들로 나중에 군인이 돼."

이제 재니스는 현관문 밖으로 나왔으나 습관적으로 작별 인사를 하려고 뒤를 돌아본다.

"물론 우리는 베키가 어떤 사람인지 알지. 그러니 그 이야기, 다시 말해 가족과 오빠와 용기에 관한 모든 이야기는 당연히 전부 거짓말이야."

노부인은 그렇게 말하고는 재니스의 코앞에서 문을 쾅 닫는다.

아홉
여주인공을 찾아서

오늘은 목요일이고, 재니스는 잘 관리된 아르데코 양식의 연립주택 앞에 서 있다. 그녀는 1층에 사는 여자의 이야기에 집중하려고 하지만 베키 이야기가 자꾸 떠올라 그녀를 방해한다. 베키는 무슨 거짓말을 했을까? 왜 노부인은 그것이 날 위한 이야기라고 했을까? 재니스는 발끝으로 뒤꿈치를 눌러 능숙하게 신발을 벗고, 두 겹의 완충제를 덧댄 부드러운 순모 카펫에 발을 내디디며 이 현관과 그래그래그래 부인의 시어머니의 집 현관이 얼마나 대조적인지 깨닫는다. 여기는 모든 것이 흰색이고, 모든 것이 티끌 하나 없이 깨끗하다. 현관문 오른쪽에 있는 작은 주방에서 캐리루이즈가 그녀를 부른다. "자기 왔어? 재니스……. 오늘은 나한테 정말 친절하게 대해줘야 해."

캐리루이즈의 말투는 느리고, 각 단어들을 한껏 늘려서 발음

한다. '정말'이 길게 늘어졌다가 도중에 잔잔히 울리고, 무릎에 있을 때조차 한시도 가만히 있지 않는 손처럼 떨린다. 주방에서 모습을 드러낸 캐리루이즈의 몸동작은 침착하고 안정적이어서 그녀의 목소리나 손과 묘한 부조화를 이룬다. 캐리루이즈를 생각하면 재니스는 늘 '정갈하다'는 표현이 떠오른다. 캐리루이즈는 결코 곰팡이투성이 체리가 달린 모자를 쓸 사람이 아니다. 옷도 마찬가지다. 세월이 흐르며 체중이 살짝 늘기는 했지만 여전히 젊은 시절의 가녀린 곡선이 자연스럽게 드러나는 옷을 입는다. 재니스가 매주 먼지를 떠는 은색 사진틀 속 사진은 젊은 시절 그녀의 숨 막히는 아름다움을 증언한다. 캐리루이즈가 몇 살인지는 모르지만 아마도 80대 후반일 것이다. 그 노부인과 비슷한 나이일 테지만 재니스는 그녀를 생각하고 싶지 않다.

캐리루이즈가 다시 말문을 연다. 물결처럼 퍼져 나가는 웃음을 터뜨리며 느릿하고 귀족적인 말투로. "자기야, 오늘 내가 늙은 거북이처럼…… 동작이 굼떠도…… 이해해 줘. 어젯밤에…… 술을 잔뜩 마셨거든……. 정말이지 다리 아래서…… 노숙자들이랑 함께 있었어도 몰랐을 거야." 캐리루이즈는 고개를 끄덕이고 재니스를 보며 한쪽 눈썹을 치켜세운다. "오늘은 메이비스가 올 거야."

메이비스는 캐리루이즈의 가장 오랜 친구다. 기숙학교에 입학한 첫날 만난 두 사람은 수십 년이 지난 후 케임브리지 인근 교외에 각자 가정을 꾸리게 되었다. 서로의 약점에 대해서라면 전문가가 되고도 남을 시간을 함께 보낸 셈이다. 라크로스 경기장에서 날아다니던 소싯적에 비하면 두 사람은 훨씬 느리게 움직이지만 상대의 새로운 약점을 찾아낼 때는 여전히 재빠르다. 요즘 들어 메이비스는 자신이 훨씬 더 잘 걷는다는 사실을 캐리루이즈 앞에서 자랑하곤 한다. "5월의 마데이라섬은 정말 좋아. 며칠 동안 정원만 산책해도 기운이 난다니까. 이제 너한테는 그게 너무 힘든 일이라니 아쉽구나. 예전에 네 남편이 살아 있을 때는 우리 부부끼리 정말 재미있게 다녔잖아. 꽃들 사이로 걸어 다닐 때면 우린 늘 네 부부를 생각해." 메이비스는 남편 조지가 건강하다는 사실을 굳이 자랑하진 않는다. 만약 그랬다면 캐리루이즈는 박장대소했으리라. 사실 재니스는 캐리루이즈가 조지의 단점을 지적하지 않는 게 놀랍다. 어쩌면 친구 사이에는 넘어서는 안 될 선이 있고, 세상에서 가장 지루한 남자와 50년 넘게 살았다는 사실을 친구에게 일깨워 주는 것도 그중 하나일지 모른다.

오늘 찾아올 메이비스를 위해 캐리루이즈는 오래전부터 즐겨 쓰던 방법으로 메이비스를 공격하기로 하고 요리 노트를 펼친다. 메이비스는 요리에 서툴고, 둘 다 그 사실을 알고 있다. "자기야…… . 우리…… 예쁜…… 마들렌 만들까?" 이번에는 낄낄거리는 웃음이다. 메이비스는 이 까다로운 프랑스 과자를 한 번도 제대로 만든 적이 없다.

"아, 그럴까요?" 복도 청소함에 머리를 반쯤 집어넣은 재니스는 진공청소기로 손을 뻗으며 미소 짓지 않을 수 없다. "먼저 거실을 정리한 다음에 시작할게요. 주방을 청소하면서 마들렌이 잘 구워지는지 지켜볼 수 있어요." 요즘 재니스가 난도가 더 높은 빵도 척척 만들어낸다는 사실을 메이비스는 몰라야 한다. 그건 캐리루이즈와 재니스, 둘 사이의 암묵적인 약속이다. 하지만 캐리루이즈는 걱정할 필요가 없다. 왜냐하면 메이비스는 재니스를 슈퍼에서 싸구려 케이크나 사 먹는 여자로 생각하기 때문이다. 그 생각을 하자 재니스는 "마들렌을 두 종류로 만들까요?"라고 덧붙인다.

캐리루이즈가 신난다는 듯이 웃음을 터뜨린다. "아, 좋아, 그럴까?" 그러고는 재니스가 진공청소기의 플러그를 꽂고 있는 거실로 고개를 내밀며 말한다. "그러면…… 메이비스가 충격받을 거야."

캐리루이즈는 부엌으로 돌아가고 찬장 문이 여닫히는 소리, 캐리루이즈가 즐겁게 혼잣말하는 소리가 들린다. 하지만 이내 진공청소기의 소음이 다른 모든 소리를 지워버린다. 청소기를 다 돌리고 푸른색과 흰색의 태피스트리 쿠션을 톡톡 두드려 부풀리는 동안 캐리루이즈의 노랫소리가 들린다. 과연 하나의 이야기만으로 캐리루이즈의 다양하고 복잡한 성격을 다 담을 수 있을까? 재니스는 마지막 쿠션을 완벽한 위치에 배치하며 그 생각도 쿠션과 함께 소파에 내려놓는다. 질서는 중요하다. (가끔씩 그것만이 밀려드는 두려움을 막을 유일한 방법이라는 생각이 든다.) 규칙도 중요하다. 재니스는 쿠션 가장자리를 매만진다. 한 사람마다 이야기 하나씩, 이것이 그녀의 규칙이다. 이야기가 아예 없는 것보다는 하나라도 있는 편이 낫다.

캐리루이즈의 이야기는 재니스가 소장한 이야기 중에서 오래된 축에 속한다. 캐리루이즈를 만나고 얼마 되지 않아, 재니스가 본격적으로 이야기를 수집하기 훨씬 전에 이 이야기를 듣게 되었다. (재니스는 욕실 바닥의 줄눈을 표백제로 닦는 중이었고, 캐리루이즈는 욕조 가장자리에 걸터앉아 있었다.) 훌륭한 이야기이며 재니스는 어떤 이들에게는 사랑이 평생 지속된다는 확신을 다시 얻고 싶을 때 이 이야기를 떠올린다.

지금보다 훨씬 젊은 시절에 런던 극장가를 걷던 캐리루이즈는 야구방망이를 든 갱단에게 공격받는 한 남자를 보게 되었다. 눈앞에 펼쳐진 그 끔찍한 광경을 제외하면 거리에는 인적이 없었다. 캐리루이즈는 가방을 뒤져 제일 먼저 손에 잡히는 물건을 꺼냈는데 알고 보니 하비 니콜스 백화점 회원 카드였다. 그녀는 그 얇은 플라스틱 카드를 높이 쳐든 채 "경찰이다!"라고 외치며 그들에게 달려갔다. 갱단은 도망쳤지만 그 전에 야구방망이로 그녀의 옆통수를 후려쳤다. 그 충격으로 캐리루이즈는 의식을 잃고 쓰러졌다. 정신을 차려보니 눈앞에 젊은 의사의 얼굴이 있었다. 그는 극장에서 쏟아져 나온 관객 중 하나였고, 이제 관객들은 쓰러진 두 사람 주위를 에워싸고 있었다.

재니스는 캐리루이즈가 발꿈치로 욕조 측면을 즐겁게 두드리며 흐뭇한 목소리로 했던 말이 떠올랐다. "자기야, 난 그때 내가 죽어서 천국에 간 줄 알았어. 그이는 정말로 세상에서 제일 잘생긴 남자였거든. 그런 남자가 내 손을 잡으면서 괜찮을 거라고, 날 두고 가지 않겠다고 말하는 거야." 캐리루이즈의 웃음소리가 작은 욕실을 가득 채웠다. "그이 말이 맞았어. 나는 '당신을 놓아주지 않을 거예요'라고 생각했고 그래서 그이의 손을 꽉 잡았지.

50년이 지난 후에도 난 그 손을 잡고 있었어." 그녀는 한숨을 쉬더니 웃음기가 전혀 없는 목소리로 덧붙였다. "마지막 순간까지 그이의 손을 잡고 있었지. 암튼," 캐리루이즈가 말을 이었고, 그녀의 목소리에 다시 미소가 감돌았다. "고집불통인 우리 아버지가 틀렸다는 게 증명됐어. 아버지는 우리 결혼에 질색했지. 당시 어니스트는 그저 보잘것없는 인턴이었거든. 우리 아버지가 생각해 둔 내 신랑감과 거리가 멀었어. 하지만 난 그이의 손을 놓지 않았고, 아무도 우리 결혼을 실패라고 말할 수 없었지. 아버지조차도 어니스트가 날 돌보는 데 지극정성이라고 인정하지 않을 수 없었어."

재니스는 그 말이 그녀가 수년에 걸쳐 받았던 병원 치료를 돌려서 말하는 것임을 알고 있었다. ("다 얘기하기엔 너무 지루해, 자기야.") 이제야 재니스는 알게 되었다. 신경과 전문의들은 캐리루이즈의 말과 움직임이 돌이킬 수 없이 악화된 것을 그때 당한 부상의 장기적 후유증으로 본다는 사실을.

캐리루이즈의 이야기를 마음속에 다시 떠올릴 때면 재니스는 가끔씩 세부 사항 몇 가지를 살짝 바꾸기도 한다. (야구방망이에 맞은 남자를 돌봐준 의사도 한 명 더 있었다는 식으로.) 하지만 절대 바꾸지 않는 한 가지가 있는데 "마지막 순간까지 그이의 손을 잡고 있었지"라는 구절이다. 누군가 자신의 손을 잡아준 것이 언제인지 재니스는 기억나지 않는다.

오븐 타이머가 울리며 그녀의 상념을 방해한다. 마들렌이 잘 부풀었는지 확인하는 동안 캐리루이즈의 이야기는 단 하나의 사건이 아니라, 그녀의 삶 전체에 나타난 용기에 관한 것이라는 생각이 든다. 위험을 향해 달려가게 하고, 자신이 한 행동의 신체적 대가를 견디게 해준 특별한 용기. 그녀도 그런 캐리루이즈에게서 영감을 받아야 하지 않을까? 몇 년 동안 캐리루이즈의 물건들을 닦고 먼지를 떨면서 재니스는 그녀의 용기가 자신에게 조금은 스며들었기를 바랐다.

재니스는 미간을 찌푸린 채 두 종류의 마들렌을 제일 좋은 쟁반에 완벽한 대칭으로 배열한다. 완벽한 질서 속에 놓인 아름다운 과자. 그런 다음 깨끗한 흰색 앞치마를 두르고 억지로 미소를 짓는다. 앞치마 끈을 허리에 묶는 동안 미소가 입술에 좀 더 자연스럽게 번진다. 그녀가 가진 것은 지금, 여기뿐이고 캐리루이즈의 용기에 비하면 이런 게임 정도는 얼마든지 할 수 있다. 이 게임의 일부는 메이비스가 왔을 때 재니스가 주인에게 충성하는 가신처럼 행동하는 것이다. 실제로는 1950년대 드라마에 나오는 '가정부'처럼 보였을 테지만. 재니스는 그 역할을 곧잘 한다. 비록 캐리루이즈는 한쪽 발을 빼고 무릎을 굽혀 인사할 필요까지는 없다고 말했으나 재니스는 그녀를 웃기려고 딱 한 번 그렇게 했다. 그 방법은 효과가 아주 좋았고, 마들렌을 먹던 캐리루이즈가 웃음을 터뜨리는 바람에 메이비스는 과자 파편을 뒤집어썼다. 그 모습을 본 캐리루이즈는 당연히 더 크게 웃었다. 재니스는 앞치마를 반반하게 펴고 머리를 매만지며 생각한다. 앞으로 어떤 일이 생기든 캐리루이즈는 이렇게 말할 수 있으리라. 나는 내 이야기의 주인공으로 살았다고. 아, 재니스도 그렇게 말할 수 있다면 좋으련만.

거실로 들어가는 문을 열자 메이비스가 단조롭고 지루한 목소리로 최근 채널제도로 다녀온 여행에 대해 이야기하는 소리가 들린다. 재니스는 턱을 치켜들고 캐리루이즈처럼 살기로 결심한다.

누구나 처음 들었을 때보다
더 나은 이야기를 남겨야 한다

버스에 올라탄 재니스는 눈에 확 띄는 큼직한 연두색 헤드폰을 쓰고 온 걸 후회한다. 바보 같은 생각이라는 걸 알지만 지리 선생님처럼 생긴 운전기사를 봤을 때 헤드폰 때문에 머리카락이 머리에 착 달라붙어 있지 않기를 바란다. 연두색 헤드폰까지 써서 개구리처럼 보이는 건 아닐까? 그는 재니스에게 친절하게 묵례하지만 아무 말도 하지 않는다. 당연한 일이다. 어차피 재니스는 헤드폰 때문에 그의 말을 들을 수 없으니까. 하지만 그의 얼굴에서는 그녀와 이야기하고 싶어 하는 기색도 전혀 보이지 않는다. 그때 버스 문이 한숨을 내쉬며 닫히던 순간, 그도 한숨을 쉰 것 같았다는 그녀의 생각은 솔직히 터무니없다. 재니스는 민망함에 손바닥이 축축해지고, 그저 마음속으로 '아무도 몰라. 괜찮아. 아무도 몰라. 저 기사는 전혀 몰라'라는 말을 반복할 수밖에 없다. 설상가상으로 그는 재니스가 기억하는 것보다 훨씬 더 멋져 보인다. 정말로 지리 선생님 같았다. 그것도 곧 은퇴를 앞두었으며, 사무실에는 스노든산이나 벤네비스산 중턱에서 미소 짓는 제자들과 함께 찍은 사진이 걸려 있는 선생님. 재니스는 버스 안쪽으로 들어간다. 더는 그를 지켜봐야 아무 소용 없다. 그저 창피하고 불안해질 뿐인데 오늘 아침에는 그런 기분을 느끼고 싶지 않다.

재니스는 음량을 키우고 음악에 집중해 본다. 헤드폰은 사이먼이 보내준 존 루이스 백화점 상품권 몇 장을 써서 구입했다. 앞으로 닥칠 일을 위해 헤드폰이 필요할 것이다. 마이크가 산 헤드폰과는 비교도 안 되게 저렴한 가격이지만—아마 너무 진한 연두색이라서 싼값에 나온 듯하다—제 역할을 완벽하게 수행한다. 캐리루이즈의 집에서 자신과 한 약속을 지키는 데 이 헤드폰이 도움이 되기를 바란다. 그녀는 스포티파이에서 신중하게 고른 곡들로 플레이리스트를 채웠다. 샘 쿡(기분 좋고 부드러운 시작, 훌륭한 멜로디)으로 시작해 스틸러스 휠(저절로 발끝이 바닥을 툭툭 두드리게 되는, 거부할 수 없는 매력), 조지 에즈라(활기차고 기분 좋은)로 넘어갔다가 셔플 재생으로 워크 더 문, T. 렉스, 파올로 누티니 등으로 이어지는 댄스곡 모음이다. 더 커미트먼츠의 「머스탱 샐리」가 나올 무렵 재니스는 아무것도 자신을 막지 못하고, 티베리우스의 엄마를 마주할 마음의 준비가 되었기를 바란다. 왜냐하면 그 노부인에게 할 말이 있기 때문이다. 사실 하나가 아니라 네 개나 된다.

재니스는 이 문제를 마이크와 의논하려고 했지만 그는 다른 일에 정신이 팔린 상태였다. 다음에 무슨 일을 할까 하는 생각뿐이다. '협상을 마무리한다'느니 '만반의 준비를 한다'느니 '돌아가는 상황을 계속 알려주겠다'고 하는데 재니스는 마이크가 대체 무슨 일을 할 생각인지 종잡을 수가 없다. 그런 말들은 그녀를 전혀 안심시키지 못하지만 그래도 재니스는 긍정적인 마음으로 마이크를 격려하고, 냉소적인 태도를 보이지 않으려고 노력한다. 재니스의 이야기에서 유일하게 마이크의 관심을 끄는 것은 티베리우스의 아버지 이름뿐인 듯했다. 그는 단지 대학에서뿐 아니라 국가적으로도 중요한 인물이었던 모양이고, 평생 많은 영예를 누린 것 같았다.

"MI6◆인가 뭔가 하는 단체의 수장이었잖아."

재니스는 미처 몰랐지만 그 집에 있던 러시아 책들을 생각하면 놀랍지 않았다. 자연스럽게 다시 노부인을 생각하게 되었다. 그 노부인도 스파이였을까? 솔직히 그 부인이라면 그러고도 남으리라.

지난 며칠 동안 재니스는 그녀를 많이 생각했다. 보라색 기모노, 교활한 성격, 지저분한 집, 책이 빼곡히 꽂힌 아름다운 공간, 그리고 인정하기는 싫지만 흥미로운 베키의 이야기. 또 노부인의 칼날처럼 예리한 눈빛과 "자네의 이야기는 뭐야?"라는 질문도. 재니스에게는 그녀의 무례한 태도보다 그 질문이 훨씬 더 신경 쓰였다. 하지만 그래봐야 상대는 아흔둘의 노인일 뿐이다. 무서워

◆ 영국 비밀정보국.

봤자 얼마나 무섭겠는가. 언제든 일어나서 나올 수 있다. 노부인이 그녀를 쫓아올 수도 없다. 하지만 재니스는 불안하고 결정을 내릴 수가 없었다. 이 일을 해야 할까? 그래그래그래 부인은 시어머니가 그녀를 청소 도우미로 승낙했다는 메시지를 보냈다. 재니스는 그래그래그래 부인에게 연락하지 않았고, 고맙게도 청소하러 가거나 데키우스를 산책시키러 갈 때면 부인은 집에 없었다.

데키우스와 들판을 거닐며 재니스는 노부인의 일을 맡을 때의 장단점을 모두 정리해 봤지만, 처음으로 데키우스의 표정을 읽을 수 없었다. 어떤 때는 데키우스의 표정이 '그냥 해. 그래봤자 일에 불과하잖아. 인생에 훨씬 더 중요한 일들이 있는데 왜 그렇게 신경 쓰는 거야? 나만 해도 그렇잖아?'라고 말하는 듯하지만 또 어떤 때는 단호하게 '그냥 꺼지라고 해. 괴팍한 할망구 같으니'라고 말하는 것 같았다. 아마 데키우스도 결정을 내리지 못했으리라.

결국 재니스는 캐리루이즈의 집에서 자신과 했던 약속을 떠올렸다. 좀 더 용기를 내서 주도적으로 살아보자고. 그렇게 살다 보면 어쩌면, 정말로 어쩌면 그녀도 자기 삶의 주인공이 될 수 있을지 모른다. 그 약속을 염두에 둔 채 재니스는 결정을 내렸다. 괴팍한 할망구가 그녀의 네 가지 질문에 올바른 대답을 해야만 이일을 맡을 것이다.

헤드폰에서 데이비드 보위의 노래가 쩌렁쩌렁 울릴 때 재니스는 현관문 앞에 도착한다. 자신이 이 일을 해낼 수 있다고 굳게 믿는다. 현관문을 열어주는 여자는 며칠 전 보라색 기모노를 입고 빨간 모자를 썼던 미치광이와 확연히 다르다. 여전히 낡은 코듀로이 바지를 입었고, 밑단을 발목까지 걸어 올렸지만 상의는 남성용 브이넥 스웨터를 입은 듯하다. 짧은 백발은 빗질이 되었고, 손톱은 깨끗하다. 아, 교활한 여자 같으니. 그것도 모두 연기였나 보다. 겁을 먹고 물러나기 전에 재니스는 말문을 연다. "일자리를 주셔서 감사합니다. 하지만 일을 맡기 전에 네 가지 질문을 드리고 싶어요."

티베리우스의 엄마는 고개를 갸웃한 채 그녀를 바라본다. "해봐."

"베키 이야기를 마저 해주실 건가요?"

"그래."

여기까지는 순조롭다.

"베키의 이야기가 실화인가요?" 재니스는 실화만 수집하기 때문에 이는 중요한 질문이다. 그녀는 이 문제를 오랫동안 심사숙고했고, 이야기는 현실에 기반해야 한다고 믿는다. 그래야만 우리 삶에 예상치 못한 일이 일어날 수 있고, 보통의 평범한 사람에게도 비범한 힘과 선의가 있으며 그로 인해 늘 희망이 있다고 믿게 되기 때문이다.

"그래, 실화야. 하지만 입에서 입으로 전해진 이야기가 다 그렇듯 여기저기 과장된 부분이 있을 거야."

그 점은 재니스도 이해할 수 있다. 그녀 역시 어떤 과장이든 기꺼이 받아들인다. 스토리텔링에도 기술과 규칙이 있다. 재니스는 고개를 끄덕인다.

노부인은 말을 잇는다. "다시 말하는 과정에서 몇 가지 세부 사항이 추가될 수 있어. 이야기에 생동감을 더하기 위해서라고 해두지. 나는 소설가이자 참정권 운동가인 메리 오거스타 워드의 견해에 동의해. '누구나 처음 들었을 때보다 더 나은 이야기를 남겨야 한다.' 하지만 이야기의 본질적 사실은 정확해야 해." 노부인은 그렇게 말하며 한쪽 지팡이에 지탱한 몸의 무게를 반대쪽으로 옮긴다. 서 있기가 점점 더 불편한 것이다. 재니스는 "들어가서 얘기하죠. 앉아서도 말할 수 있으니까요"라고 말하고 싶지만 지금 여기서 멈추면 영영 끝내지 못하리라.

"세 번째 질문은?"

"제가 책 정리하도록 허락해 주실 건가요?"

"그래."

이제 까다로운 마지막 질문이 남았다. 처음에는 청소의 대가로 터무니없이 많은 돈을 요구할까도 생각했지만 그건 마음이 불편하다. 그러고 나면 늘 도덕적으로 떳떳하지 못할 텐데 재니스는 당당하고 싶다. 이 노부인과 함께 있을 때 기가 죽고 싶지 않다.

그래서 대신 이렇게 말한다. "절 재니스라고 불러주시면 이 일을 맡을게요. 그리고 전 당신을 B 부인이라고 부를 거예요."

"그건 질문이 아닌데?" 노부인이 재니스에게 쏘아붙인다. 얼굴은 무표정하지만 실룩이는 왼쪽 입꼬리로 보아 웃음을 참는 것일 수도 있다.

"질문이 아닌 건 알아요. 어쨌든 싫으세요?"

"내가 싫어하고 안 하고가 중요한가?"

파울로, 데이비드, 존, 폴, 링고, 조지의 노래를 들으며 대담해진 재니스는 "아뇨, 상관없어요"라고 말한다.

"그럼 B 부인이라고 불러." 그녀는 그 말과 함께 고개를 살짝 숙이더니 다시 한번 재니스 면전에서 문을 닫는다.

알고 보니 질문이 아닌 조건이었던 네 번째 질문은 세 가지 이유로 재니스에게 중요했다. 첫째, 그래그래그래 부인이 지난 몇 년간 그녀를 'P 부인'으로 부른 것에 대한 불만이다. 재니스가 그녀의 시어머니를 B 부인이라고 부른다는 걸 알게 되면 그래그래그래 부인은 노발대발할 것이다. 그리고 B 부인은 재니스가 자신을 뭐라고 부르는지 틀림없이 그래그래그래 부인에게 말할 것이다. 원래 문제를 일으키는 사람들은 그런 법이다. 두 번째 이유는 마이크가 이미 펍의 다른 손님들에게 MI6 전직 수장의 아내 레이디 B♦가 곧 자신과 친구가 될 것 같다고 말했기 때문이다. 자신이 존경하는 레이디 B를 재니스가 이런 하찮은 별명으로 부르면 마이크는 짜증을 낼 것이다. 마지막 이유는 B 부인이 했던 말, "당신이 청소 도우미가 아니면 뭐겠어?"라는 말의 단순한 보복이다. 이번만큼은 청소 도우미가 최후의 승자이고 싶다.

재니스는 후들거리는 다리로 자리를 뜬다. 어떻게 해냈는지 모르겠지만 기분은 좋다. 재니스는 다시 헤드폰을 쓰고 음량을 높인다.

(지리 선생님은 해본 적이 없지만 스노든산과 벤네비스산을 등반한

♦ 여기서 레이디는 귀족 여성에게 붙이는 경칭이다.

경험이 있는) 버스 기사는 길 반대편에서 연두색 헤드폰을 쓴 여자가 (눈이 예쁘고 엉덩이가 끝내준다) 폴짝 뛰었다가 옆으로 한 발 내딛은 뒤 다시 걸어가는 모습을 지켜본다. 그도 그녀가 듣는 음악이 듣고 싶다. 그는 다시 도로로 주의를 돌리고 버스 문을 닫으며 동시에 부드러운 한숨을 내쉰다.

열하나

내 이야기 선택하기

데키우스는 애덤과 함께 2층 애덤의 침실에 있고, 재니스는 아래층에서 피오나와 커피를 마시고 있다.

"생일 케이크 고마워요. 그걸 보고 「구두장이와 요정」 이야기가 생각났어요. 어릴 때 그 동화 읽어본 적 있어요?"

재니스는 읽은 적이 없다. 그녀의 어린 시절에는 아주 다른 종류의 동화들이 있었다.

"마음에 들었다니 다행이에요. 당신이 없을 때 집에 다녀갔다고 기분 나빠하지 않았으면 좋겠어요."

"아, 전혀요." 피오나가 그녀를 안심시킨다. "덕분에 애덤이 그…… 강아지 이름이 뭐라고 했죠? 데키우스?" 피오나는 불안한 눈으로 위를 바라본다. 마치 천장을 꿰뚫어 2층 침실에 있는 애덤을 확인해 보고 싶다는 듯이. "그리스식 이름인가요?"

"아뇨. 로마 황제 이름을 따서 지었대요." 재니스는 '티베리우스라는 이름의 주인이요'라는 말을 덧붙이지 않는다. 대신 피오나에게 다른 걸 묻고 싶다. "애덤에게 가끔씩 나하고 함께 데키우스를 산책시켜 줘도 된다고 했어요. 그래도 되겠어요?"

"물론이죠." 피오나는 몸을 앞으로 내밀어 커피를 좀 더 따른다. 하지만 잔이 다 찼는데도 뒤로 물러나지 않고 그대로 정지한 채 잔 속에서 고요히 어른거리는 커피를 바라본다. 재니스는 차라리 자신이 블라인드의 먼지를 떨거나 책상을 닦고 있었더라면 좋았을 거라고 생각한다. 만약 그녀가 다른 데 주의를 쏟는 것처럼 보였더라면 피오나가 속내를 털어놓기 훨씬 쉬웠으리라. 재니스는 종종 그런 식으로 이야기를 수집한다. 규칙이라기보다 효과적인 접근법에 가깝다. 하지만 지금은 그럴 수가 없으므로 움직이지 않고 조용히 앉아 있다.

"애덤은 아빠가 없어서 힘들어해요. 난 최선을 다하지만 애덤은 좀처럼 입을 열지 않아요. 애를 설득해서 상담을 받게 하기는 했지만 한 번 받더니 다시는 가지 않겠대요. 상담사가 '내가 하는 개소리를 다 믿는 똥멍청이'라는 거예요." 피오나는 위를 바라보며 애써 미소 짓는다. "내 생각에는 존이…… 아니, 애덤이," 그녀는 말을 멈춘다. "맙소사, 미안해요, 계속 이러네요. 애덤을 자꾸 존이라고 불러요. 애덤에게 별로 도움이 안 될 텐데." 피오나는 어깨를 으쓱하며 여전히 애써 미소 짓는다.

그 모습에 재니스는 마음이 아프다.

"어쨌든 애덤은 상담사에게 그가 듣고 싶은 말을 해줬고, 상담사는 그 말을 믿을 정도로 멍청하대요. 아빠가 그 상담사를 봤다면 머저리라고 생각했을 거라네요."피오나는 고개를 절레절레 흔든다. 얼굴에서 미소가 사라졌다. "하지만 당신이 데키우스랑 다녀간 뒤로 그 개에게 푹 빠졌어요. 품종이 좋은 폭스테리어의 특징이 뭔지 말해주더군요. 당신에게 전화해서 데키우스를 데려오게 해달라고 했어요."

재니스는 민망하다. 데키우스를 애덤에게 소개해 준 뒤 일주일이 넘어서야 다시 찾아왔기 때문이다. "언제든 연락해요. 그 집에 들러서 데키우스를 데리고 나오는 건 어렵지 않아요. 데키우스를 산책시켜 주는 사람은 나뿐이거든요. 애덤은 언제든 나와 함께 산책시킬 수 있어요."데키우스를 산책시키는 대가로 재니스는 그래그래그래 부인에게 돈을 받는데 그 일부를 애덤에게 주는 게 좋을까? 그러다가 이건 돈이 문제가 아니라는 생각이 든다. 이건 사랑의 문제다. 그리고 사랑은 돈으로 살 수 없다.

피오나는 다시 커피가 가득 담긴 잔을 골똘히 바라본다. 재니스는 커피가 너무 마시고 싶지만 감히 잔을 들어 올릴 엄두가 나지 않는다.

"사실 난 그 일로 애덤의 삶이 규정되는 걸 원치 않아요. 평생 아빠가 자살한 아이라는 낙인이 찍히는 걸 바라지 않는다고요."

마침내 그 주제가 등장한다. (지역 도예가가 만든) 옅은 녹청색 커피잔 두 개와 웨이트로즈에서 만든 버터 100퍼센트 헤이즐넛 쿠키가 놓인 테이블 위로.

"애덤에게도 계속 그렇게 말하고 있어요. 그 사건으로 네 삶이 규정돼서는 안 된다고요." 피오나가 다시 한번 말한다.

"애덤은 뭐래요?"

"그게 마음대로 되는 게 아니래요. 사람은 자기 이야기를 선택할 수 없대요."

재니스는 아무 말도 하지 않는다. 애덤의 말이 맞을까 두렵다고 할 수는 없으니까.

"당신은요?" 재니스가 부드럽게 묻는다.

"아, 나요?" 피오나는 한숨을 쉰다. "난 날 벌주려고 이 일을 시작한 것 같아요. 마치 존과 애덤을 실망시킨 것을 속죄라도 하듯이 일부러 고통스러운 일을 자처했죠."

재니스는 그 말에 반박하듯 고개를 젓지만 피오나는 무시하고 말을 잇는다. "그런데 신기하게도 유가족들과 일하는 건 정말로 도움이 되더라고요. 자살한 사람의 장례도 몇 번 치른 적이 있어요. 엄마는 나한테 대체 어떻게 그런 일을 견디는지 모르겠다고 했지만, 오히려 그 일을 통해 죽음을 삶의 일부로 받아들이게 됐어요. 그리고 존을 망각으로 내모는 느낌도 들지 않고요. 난 존 이야기를 꺼낼 수 있고, 유가족들은 내가 그들의 고통을 이해한다는 걸 알아요."

재니스는 피오나가 생각에 깊이 빠져 있는 걸 알아차리고 커피는 나중에 마시기로 한다. 커피 같은 건 아무래도 상관없다.

피오나가 다시 입을 연다. "아마 난 이 일을 받아들이기가 더 쉬울 거예요. 그동안 존이 어떤 일을 겪었는지 훨씬 잘 아니까요. 그이에게 우울증이 있고, 약을 복용하고, 의심과 절망의 나날을 보낸다는 걸 알고 있었어요. 우리 부부는 그 사실을 최대한 애덤에게 숨겼죠. 존이 저지른 일은 내게 엄청난 충격이었지만 어떤면에서는 오랫동안 예상했던 일이기도 해요." 그녀는 재니스를올려다본다. "오해하지는 말아요. 어떤 일을 생각하는 것과 실제로 겪는 건 다르니까요. 앞으로 겪게 될 감정에 대비할 수는 없지만 그 일이 벌어진 맥락은 알죠. 하지만 애덤에게는 그게 없었어요. 애덤 입장에서 보자면 존은 세상에서 제일 훌륭한 아빠였는데 어느 날 곁을 떠나버린 거예요. 대체 그 사실을 어떻게 이해할수 있겠어요?"

재니스는 할 말이 없다. 비록 마음속 어딘가에서 과연 애덤이정말로 아빠가 무슨 일을 겪는지 전혀 몰랐을까 하는 의심이 들기는 하지만. 그녀도 직접 겪었다시피, 아이들은 어른들이 생각하는 것보다 훨씬 더 많이 알아차린다.

이런 생각을 피오나에게 설명하는 건 고사하고 자기 자신도납득할 수 없으므로 대신 자신이 할 수 있는 두 가지 일을 생각해 낸다. "괜찮으면 내일 애덤 하교 시간에 맞춰서 데키우스를 데려와 오랫동안 산책할게요." 그러고는 청소 도우미로서의 본분에충실하게 덧붙인다. "그런 다음에 냉동실 성에를 제거해도 될까요? 성에가 껴서 문이 잘 안 닫히더라고요."

그날 저녁 버스를 타고 집에 가는 길에 (지리 선생님처럼 생긴 운전기사는 보이지 않는다. 오전에만 근무하는 걸까?) 재니스는 피오나를 생각한다. 일에서 삶의 목적을 찾는 것이 피오나에게 얼마나 도움이 되는지 이해할 수 있다. (조디의 아들 존의 친구인) 어떤 젊은 여자의 이야기가 떠오른다. 여러 차례 유산 끝에 마침내 그녀는 아이를 포기했다. 그 후로 동물학자인 남편과 보츠와나로 이주해 이제는 코끼리를 화나게 하는 여자가 되었다. 이 일은 상당한 기술이 필요한데 코끼리를 살짝 짜증 나게 해야 할 때도 있고, 약간 화나게 해야 할 때도 있고, 제대로 화나게 해야 할 때도 있고, 데키우스의 표현을 빌리자면 '존나 열받게' 해야 할 때도 있기 때문이다. 당연히 코끼리에게 밟히지 않고 이 모든 일을 해내야 한다. 그녀의 남편은 코끼리들이 귀를 이용해 의사소통하는 법을 연구하는데 분노가 관찰하기 가장 쉬운 감정이라고 한다. 조디에게 마지막으로 그녀의 소식을 들었을 때 그녀에게는 생후 9개월 된 아기가 있다고 했다.

재니스는 코끼리 귀를 연구하는 그 부부처럼 분석적이고 과학적으로 이야기를 수집하려고 하지만 사실은 해피 엔딩을 사랑한다. 문제는 과연 피오나가 애덤에게 해피 엔딩을 안겨줄 수 있을지 잘 모르겠다는 것이다.

열둘

모든 이야기에는 시작이 있다

B 부인의 집을 두 번째로 방문했을 때 재니스는 복도에 어질러진 물건들을 치웠다. 비교적 쉬운 업무였다. 그녀의 짐작대로 대학에는 B 부인이 사용할 수 있는 창고가 있었다. 경비들, 청소부들과 이야기를 나눠본 결과 (땅딸막한 아줌마는 사람들이 경계심을 풀고 쉽게 속을 터놓을 수 있는 상대로 보이는 법이다) 대학 측에서는 이번 일이 B 부인의 생활 방식이 바뀌는 첫 단계이기를 바라고 있었다. 그리하여 어쩌면, 바라건대, 행운이 따른다면 그녀가 다른 곳으로 이사하기를 기대했다. 왜냐하면 그녀는 정말로 눈엣가시 같은 존재이기 때문이다. 재니스는 그들의 생각에 반박하지 않고 계속 모호하게 대답했다(상대가 '눈엣가시'라는 표현을 쓸 때 말없이 공감하는 표정을 짓는 것만 제외하고). (B 부인의 책에서 읽은 바에 따르면) 로마 장군들이 실제로는 전투에 대비해 방어를

더 강화하면서도 적의 주의를 돌리기 위해 기만 전술을 사용했다는 사실은 굳이 언급하지 않았다. 그래도 창고를 얻을 수 있었고, 재니스의 설득에 못 이긴 B 부인은 그녀의 짐을 창고까지 옮겨준 두 대학생에게 꼬깃꼬깃한 20파운드 지폐를 몇 장 주었다.

주방 청소는 시간이 좀 더 걸리는 중이다. 재니스가 조리대에 눌어붙은 마지막 음식 찌꺼기를 긁어내려고 씨름하고 있을 때 B 부인이 주위를 맴돌기 시작한다. 이 의자에서 저 의자로 이동하며 재니스에게 조금씩 더 다가간다. 그러더니 평소와 달리 정중한 태도로 대화의 실마리를 풀어나가려고 한다.

"재니스, 집에서 여기까지 먼가?"

"아뇨, 전 케임브리지 외곽 동네에 살아요. 여기까지 오는 버스가 있어요."

"고향은 어디지?"

"주로 노샘프턴에서 자랐어요."

"아, 거긴 구두로 유명하지."

재니스는 말없이 그녀를 보며 한쪽 눈썹을 치켜세운다.

여기까지는 전부 본격적인 이야기로 들어가기 전의 워밍업이다. 재니스는 B 부인에게 베키의 이야기를 들려달라고 하지 않는다. 듣고 싶어 죽을 지경이지만. B 부인도 그 주제를 꺼내지 않는다. 어느 모로 보나 그 이야기를 하고 싶은 게 틀림없는데도. 서로 먼저 말을 꺼내기 싫어서 버티는 신경전이 돼버렸다. 하지만 놀랍게도 B 부인이 먼저 말을 꺼낸다. 아마 아흔두 살이 되면 이런 쓸데없는 짓에 낭비할 시간이 없다고 생각할 것이다.

"그래서, 베키 이야기를 듣고 싶은 거야, 아닌 거야?"

재니스는 자기도 모르게 환히 웃는다. "아시잖아요." 그러고는 감사의 의미로 이렇게 덧붙인다. "핫초콜릿 한잔 만들어드릴까요?" B 부인이 70퍼센트 다크초콜릿이 들어간 음식이라면 뭐든 좋아한다는 걸 알게 되었기 때문이다. 그러나 이 제안은 B 부인에게 너무 과한 호의였고, B 부인은 한번은 물러섰으니 이제는 균형을 되찾고 싶다는 듯이 이렇게 말한다. "아니, 필요 없어. 난 자네처럼 엉덩이가 커지기 싫다고." 그러더니 자신의 무례한 발언에 이의를 제기해 보라는 듯이 재니스를 노려본다.

재니스는 다시 조리대에 눌어붙은 음식 찌꺼기를 긁어내며 쾌활하게 대답한다. "맞는 말씀이세요, B 부인."

부인에게서 작은 코웃음 소리가 들린 것 같은데 화가 나서 그런 것인지 웃겨서 그런 것인지 분간할 수 없다.

재니스는 그녀를 딱하게 여기고 맞춰주기로 한다. "그래서 베키가 무슨 거짓말을 했죠?"

"아, 거의 전부 다 거짓말이지. 그래도 정말로 파리에서 자라기는……."

"그때가 언제인가요?" 재니스가 끼어든다.

"1890년대. 내 이야기를 들을 거야 말 거야?" B 부인이 다시 노려본다.

재니스는 침묵을 지키며 B 부인이 의자에 좀 더 편안히 자리 잡는 모습을 지켜본다. "세상에 행복한 가정은 없었어. 적어도 베키가 생각하기에는 그랬지. 내 생각에 베키는 가족 안에서도 아웃사이더 같은 기분을 느꼈던 것 같아. 새로운 세기가 시작되기 직전이었던 당시 파리는 아름다운 도시였지. 공원과 쭉 뻗은 대로의 도시였고 햇살과 향기로 가득했어. 하지만 물론, 삶의 많은 부분이 그렇듯이 어떤 수저를 물고 태어나느냐가 관건이었지. 베키는 분명히 더럽고 냄새나고 낡은 흙수저를 물고 태어났어. 베키의 엄마는 모자 장인이 아니었고, 고급 모자를 파는 우아한 가게를 운영하지도 않았어. 아빠도 명망 있는 로펌의 중요한 직원이 아니었고. 사실 엄마는 청소부였지." B 부인은 참지 못하고 이렇게 덧붙인다. "자네처럼 말이야."

B 부인이 필요 없다고 했는데도 재니스는 우유를 끓여 핫초콜릿을 만들 생각이었지만 그 말에 마음을 바꾼다.

"베키의 아버지는," 잠시 침묵한 뒤에 B 부인은 말을 잇는다. "당시 서민들의 교통수단인 마차의 마부였어. 베키에게는 장차 군인이 된 용감한 오빠들은 없었어. 그런데도 훗날 베키는 1차 세계대전에서 두 오빠가 전사했다는 이야기로 많은 사람을 울렸지. 오빠 대신 베키가 지독하게 질투했던 여동생이 하나 있었는데 아무래도 그 여동생은 다른 가족과 잘 지낸 모양이야. 금발의 어린 남동생은 토실토실하고 쾌활한 성격이었지. 자네에게도 형제자매가 있나, 재니스?" 갑자기 B 부인이 묻는다.

"여동생이 있어요." 재니스는 자기도 모르게 대답한다. 그러고는 더 느릿하게, 더 신중히 말을 잇는다. "캐나다에 살아요. 저보다 다섯 살 어리고 소아과 간호사로 일하죠. 남편은 의사예요."

"자주 만나?"

"아뇨. 동생 부부가 2년에 한 번씩 영국에 오는데 당연히 그때 는 꼭 만나죠. 주로 런던에서요." 하지만 동생이 마이크를 만나려 고 하지 않아서 이렇게 떨어져 살면서 가끔씩 만나는 편이 더 낫 다는 말은 하지 않는다. "몇 년 전에 동생 집에 가서 3주 동안 머 물다 온 적이 있어요. 그때……." 재니스는 말을 끝맺지 못하고, B 부인의 분위기가 달라진 걸 느낀다. 갑자기 눈이 초롱초롱해진 노부인의 모습을 보니 사냥감을 몰래 뒤따라가는 고양이가 생각 난다. 단순한 고양이가 아니다. 뼈만 앙상하고 연약해 보여도 노 부인은 고양잇과에 속하는 큰 동물이다. 암사자까지는 아니어도 소리 없이 움직이는 위험한 포식자다. 재규어 같은.

"그때?" B 부인이 어울리지 않게 예의 바르게 묻는다.

"그때 정말 좋았다고요." 재니스는 그렇게 마무리하고 욕실을 청소하러 자리를 뜬다.

청소를 마치고 퇴근하려는데 마치 중단 없이 지금까지 계속 대화를 나눴다는 듯 B 부인이 이야기를 이어간다. 그녀는 전기난 로 옆, 늘 앉는 안락의자에 앉아 있다. "베키의 남동생은 부모님 의 자랑이자 기쁨이었어. 종일 일하느라 지친 부모님에게 늘 기 운을 북돋아 주는 존재였지. 세상에는 그런 아기들이 있어. 그들 의 행복은 가족이나 물리적 환경과 관계없이 내면에서 비롯된 듯 하고, 어두운 구석을 비추는 빛처럼 주변에 기쁨을 퍼뜨리지. 장 녀인 베키는 부모님이 일하러 가셨을 때 남동생 돌보는 일을 맡 았어. 가족 중에서 누구보다 남동생을 사랑했지만 동생이 네 살 쯤 되자 동생을 향한 애정은 점점 시들어갔어. 베키는 도시를 탐

험하고 싶었고, 상상 속에서 더 흥미로운 또 다른 세상을 창조하고 싶어 하는 소녀였어. 그래서 동생을 돌보는 대신 위층에서 창밖을 바라보며 화려한 드레스와 마차를 꿈꾸고 있었지. 바로 그때 대형 화물 마차가 그들이 사는 집 앞의 좁은 도로로 들어와 남동생을 들이받은 거야. 남동생은 배수로로 날아갔지."

재니스는 한 팔을 재킷 소매에 집어넣는다. "그래서 어떻게 됐나요?"

B 부인이 대답이 없자 재니스는 못 들었나 보다고 생각한다. "B 부인, 동생은 죽었나요?" 여전히 대답이 없지만 부드럽게 코고는 소리가 난다. B 부인이 정말로 자는지 아니면 자는 척하는 건지 알 수 없지만 그래도 재니스는 조용히 현관문을 닫는다.

집으로 가는 길에 재니스는 이번만큼은 이야기를 수집할 여유가 없다. 머릿속이 베키 생각으로 가득 찼기 때문이다. 베키의 동생은 어떻게 됐을까? 아마 좋은 결말은 아닐 테지만 그래도 확실히 알고 싶다. 부모님은 베키를 탓했을까? 그때 베키는 몇 살이었을까? 하지만 재니스의 경험상 어린아이일 때는 그 점이 중요하지 않다. 자신이 결코 어리다고 생각하지 않기 때문이다. 나는 그냥 나일 뿐이고, 죄책감과 책임도 기꺼이 떠안는다. 그 짐이 자신에게 너무 버거우며 사실은 어른들이 짊어져야 할 짐이라는 사실을 모른 채.

하지만 재니스는 베키가 아니다. 그녀는 분명 동생을 보호했다. 재니스는 자꾸 그 생각, 그리고 어떤 사건을 곱씹는다. 그녀가 캐나다를 떠나기 전날 일어난 사건이다. 캐나다에 머무는 동안 그녀는 즐거운 시간을 보냈다. 그런데 그날 밤, 동생이 책상 앞에 앉아 낡은 만년필을 꺼내더니 재니스가 똑똑히 볼 수 있도록 깨끗한 흰 종이에 이렇게 적었다.

난 언니가 한 일을 기억해

그러더니 펜을 치우고 자리에서 일어나 둘이 먹을 저녁을 차렸다.

열셋

모든 이야기는 죽음으로 끝난다

"그래서 베키의 동생은 어떻게 됐나요, B 부인?"

경비실에 들러 B 부인의 우편물을 찾아온 재니스는 현관에서
외투를 벗고 있다. B 부인이 흥미를 보일 만한 정보도 하나 들었
지만 그 이야기는 나중에 해도 된다. 일단은 그 아이가 어떻게 됐
는지 알고 싶다. 좋은 결말은 기대하지 않지만.

B 부인은 아무 말 없이 테이블에 펼쳐놓은 어제 자《타임스》를
계속 훑어본다. 재니스는 방 가장자리에 즐비한 책 더미를 아직
치우지 않았지만 창 옆에 놓인 대형 떡갈나무 테이블은 치워두었
다. 덕분에 B 부인에게는 앉아서 먹고 신문을 읽을 수 있는 공간
이 생겼다.

B 부인은 여전히 침묵을 지킨다.

재니스는 기다린다.

지난번 왔을 때를 생각해 보면 그때 B 부인이 정말로 자고 있었을지 점점 더 의심스럽고, 자신의 질문도 틀림없이 들었을 거라는 확신이 든다. B 부인의 청력이나 이해력에 문제가 있다고는 생각하지 않는다.

하지만 부인은 여전히 대답하지 않는다.

재니스는 짜증이 난다. 약속했으면 지켜야지. "B 부인, 약속하셨잖아요. 베키의 이야기를 들려주겠다고 약속하셨어요."

"약속한 적 없어. 그리고 부탁인데 여섯 살짜리가 떼쓰듯 말하지 마. 여긴 놀이터가 아니야." B 부인이 그렇게 쏘아붙이자 재니스는 보라색 기모노를 입었던 노부인이 떠오른다. B 부인은 좀더 누그러져서 말을 잇는다. "하지만 베키 이야기는 해주겠다고 했으니 할 거야."

그러더니 억지로 말을 끌어내듯이 이렇게 덧붙인다. "어젯밤에 몸이 좋지 않았어. 등과 다리가 아파서 말이야. 그러니 이따 진통제 약효가 나타나면 그때 이야기를 해줄게." 그러고는 신문을 내려다본다. "그리고 침대에 똥을 지렸으니까 시트를 갈아주면 좋겠어." B 부인은 태연한 척 신문지를 넘기지만 재니스는 속지 않는다. 그녀의 붉게 달아오른 얼굴을 똑똑히 보았다.

"따뜻한 물주머니를 가져다드릴게요." 재니스는 건조용 벽장♦에서 물주머니를 본 적이 있다. "그런 다음에 침대를 정리하고 빨래를 할게요."

♦ 시트나 옷 등을 건조하게 보관할 수 있도록 온수 파이프 주변에 만든 벽장.

B 부인은 고개를 들지 않은 채 "흠" 하고 시큰둥하게 반응한다.

재니스는 얼른 지붕 밑 침실을 정돈한다. B 부인은 혼자서 치우려고 했던 것 같은데 혼자 힘으로 시트를 벗기는 것은 분명 그녀의 능력 밖의 일이다. 냄새가 진동하지만 이보다 더 더러운 현장도 치운 적이 있다. 예전에 조디가 배탈이 났을 때도 뒤처리를 했다. B 부인은 참새 모이만큼 먹지만 조디는……

시트를 세탁기에 넣은 뒤 재니스는 B 부인에게 돌아간다. 이제 그녀는 평소에 앉는 안락의자에 앉아 있다. 재니스가 카모마일차를 마시겠냐고 묻자 B 부인이 차분하게 "고마워, 재니스"라고 말한다.

재니스는 걱정이 된다. B 부인이 정말 의사를 불러야 할 정도로 아픈 건지, 아니면 그냥 민망해하는 건지 알 수가 없다. 차를 내오면서 재니스는 실험을 해보기로 한다. "경비실에서 스탠과 이야기를 했는데 아드님이 이 집을 멀티미디어 가상현실을 체험할 수 있는 상호작용 공간으로 바꾸기 위한 제안서를 제출했대요. 정확히는 모르지만 그 비슷한 얘기였을 거예요." 재니스는 그렇게 말하며 힘없는 노부인을 유심히 바라본다. "아드님의 말을 인용하자면 '옛 학문과 새 학문을 결합하여 조화를 이루되 외부 구조를 보존하면서 그 공간을 이용하는 사람들에게는 지적 자극을 주기 위해서'라고 했어요. 스탠이 제게 재무 담당자용 제안서 사본을 보여줬고요."

그 말에 B 부인은 마치 전기에 감전된 듯하다. "그 녀석이 뭘 어쨌다고? 태어났을 때 바로 물에 빠뜨렸어야 했는데."

재니스의 충격이 노부인에게 고스란히 전달됐는지 그녀는 이제 의자에 등을 꼿꼿이 세운다.

"그냥 비유야, 재니스. 난 어떤 상황에서도 내 아들을 벽돌과 함께 자루에 넣어서 캠강에 던지지는 않았을 거야."

하지만 그녀의 말투에서 B 부인이 그런 상황을 상상하며 꽤 만족해한다는 느낌을 지울 수가 없다.

"뭐가 더 화가 나는지 모르겠군. 아들이 내 뒤에서 그런 짓을 벌이고 있다는 사실인지, 아니면 저렇게 허황되고 과장된 표현을 쓴다는 사실인지. 교육비로 쓴 수십만 파운드가 물거품이 됐군. 어쩌면 저렇게 사람이 가벼울 수가 있지? 그 애 아빠를 생각하면……" B 부인은 잠시 말을 멈춘다. "생각 좀 해봐야겠군. 알려줘서 고맙네. 자, 자넨 베키의 동생이 어떻게 됐는지 알고 싶겠지?"

재니스는 B 부인 의자 옆에 놓인 작은 서랍장을 정리하려고 그 앞에 앉는다. 오랫동안 이 서랍장은 굴러다니는 나사, 손전등, 열쇠, 오래된 엽서 등 온갖 잡동사니를 보관하는 장소였던 것 같다. 재니스의 주방에도 '언젠가 유용하게 쓰일 것 같은' 물건들을 보관하는 서랍이 있는데 B 부인은 아예 서랍장 하나가 다 그랬다.

"당연히 그 애는 죽었어." B 부인이 담담하게 말한다.

물건을 정리하던 재니스는 고개를 든다. "그럴 줄 알았어요."

"그래, 모든 이야기는 죽음으로 끝나. 그리고 유감스럽게도 그 애의 이야기는 아주 짧았지."

"베키는 어떻게 됐나요?"

B 부인은 다시 등받이에 몸을 기대더니 배 위로 따뜻한 물주머니를 끌어안는다. "더 중요한 질문은 베키의 부모가 어떻게 됐느냐지. 베키의 아버지와 어머니……. 자식을 잃는다는 건 끔찍한 일이야. 더구나 그런 아이를 잃는다는 건…… 상상도 할 수 없는 일이지. 안 그래, 재니스?"

재니스는 자신의 의견을 묻는 B 부인의 말에 놀라 몸을 돌린다. 그러다 B 부인이 그녀의 얼굴을 보고 싶어 한다는 생각이 든다. 자식을 잃는다는 말이 그녀의 마음을 건드리는지 확인하려는 것이다. 교활한 할망구. 재니스는 다시 몸을 돌린다. 자신의 얼굴에서 아무것도 읽지 못했으리라는 건 알지만 앞으로 조심해야겠다는 생각이 든다. "네, 그렇죠." 재니스는 짤막하게 답한다.

B 부인은 코를 훌쩍이며 말을 잇는다. "베키의 부모는 가난하고 교육도 제대로 못 받은 파리지앵이었지만, 그런 점이 자식을 향한 사랑에 장애물이 되진 않았어. 삶이 고단하고, 죽음과 궁핍을 자주 겪었다고 해서 아들을 덜 사랑하진 않았지. 오히려 그 애가 잠시나마 특별한 광채로 그들의 삶을 밝혀주었기 때문에 아들을 더 사랑했어. 덕분에 삶의 고귀하고 행복한 면을 엿볼 수 있었고, 삶의 비참한 나머지 부분은 그림자 속으로 사라졌었지. 하지만 사랑하는 아들을 잃고 나니 현실이라는 가혹하고 냉정한 빛 속에서 모든 것이 적나라하게 드러났어. 그리고 눈을 돌리는 곳마다 베키가 있었지. 멀쩡하게 살아서 돌아다니는 베키가."

"그래서 어떻게 됐나요?"

"베키의 부모는 더는 견딜 수 없어서 베키를 수녀원에 보내버렸어. 자비의 수녀회라고 들어본 적 있나, 재니스?"

이번에 재니스는 뒤돌아보지 않고 "알 만큼은 알죠"라고 짤막히 대답한다.

"그래. 그들보다 더 독실한 척하고 위선적인 노파는 찾기 힘들지."

그 말에 재니스가 참지 못하고 돌아본다. 버너뎃 수녀님을 생각해서 이 말은 해야 할 것 같다. "전부 다 그런 건 아니에요."

B 부인은 한동안 그녀의 얼굴을 빤히 바라본다. "맞아. 일반화에 굴복하는 건 지적으로 경솔한 일이지. 하지만 우리 이야기의 전개를 위해 베키의 부모님이 베키를 맡긴 수녀들은 참으로 고약한 할망구들이었다고 가정해도 될 거야."

B 부인은 큭큭 웃는다. "몇 년이 지난 후 베키는 예전에 그 수녀원이 있었던 건물을 지나가게 됐는데 그곳은 이제 자동차 영업장이 됐어. 베키는 영업장 안으로 들어가 거기서 제일 크고 비싼 빨간색 자동차를 시승해 보고 싶다고 하면서 상당한 만족감을 느꼈지."

"베키가 수녀원에 얼마나 있었나요?"

"아, 오래 있었어. 그리고 거기 머무는 동안 수녀들은 베키의 삶을 비참하게 하려고 최선을 다했지. 기회가 있을 때마다 베키에게 네 손에는 동생의 피가 묻었고, 넌 살 자격이 없다는 사실을 상기시켰어. 베키는 구원받을 수 없는 존재였어. 그녀를 기다리는 건 지옥뿐이었지. 하지만 베키 또한 그동안 수녀들의 삶을 비참하게 하려고 최선을 다했어. 이 이야기는 베키가 직접 들려줬다는 사실을 잊지 말아야 해.

열다섯 살 생일이 되었을 때 수녀들은 베키에게 짐을 싸서 나가라고 했어. 자네도 짐작이 가겠지만 아무도 베키가 수녀원에 계속 남아 종신서원을 할 거라고는 생각하지 않았지. 만약 수녀들에게 유머 감각이 있었다면, 누가 그런 이야기를 했을 때 허벅지를 치면서 폭소를 터뜨렸을 거야. 그래서 수녀들은 베키를 길바닥으로 내쫓고 육중한 나무문을 닫아버렸어. 그런 다음 예배당으로 가 무릎 꿇고 감사 기도를 올렸지. 나는 훗날 베키가 시승했던 빨간 자동차가 천박한 아름다움을 과시하며 주차됐던 자리가 바로 거기였다고 생각하고 싶어. 하지만 그건 아마도 나의 상상에서나 가능하겠지. 하지만 이거 하나는 믿어. 수녀들이 예배당에서 머리 숙인 채 기도했을 때 문 너머로 베키의 웃음소리가 들렸을 거야."

"그래서 베키는 어떻게 됐나요?"

"베키는 부유한 귀족의 집에 들어갔어. 이거야말로 베키가 얼마나 기막히게 이야기를 지어내는지 보여주는 훌륭한 사례지. 그 이야기를 반복하면서 결국엔 베키도 그 이야기가 사실이라고 믿게 됐을까? 베키는 그 집에서 가족 모두, 특히 젊은 도련님에게 사랑받는 소중한 가족 구성원이었을까? (베키의 이야기에는 종종 그녀에게 푹 빠진 젊은 도련님이 등장해.) 아니면 그저 그들의 냄새나는 요강이나 비우는 하녀였을까? 어느 쪽이든 오래가지 못했고, 얼마 지나지 않아 이제 열여섯이 된 베키는 부모님의 집 앞에

서서 문을 두드렸어."

"부모님은 아직 같은 집에 살고 있었나요?"

"그랬지. 그리고 베키가 문을 두드리자 어머니가 내려와 문을 열었어……."

"그래서요?" 재니스는 이제 서랍장 정리를 다 끝냈지만 일어나고 싶지 않다. 누가 보면 참으로 이상한 한 쌍일 것이다. 낡은 가죽 의자에 파묻힌 작은 노부인과 빛바랜 앞치마를 두르고 기대에 찬 표정으로 그녀의 발치에 앉아 있는 땅딸막한 여자.

"베키의 엄마는 한동안 베키를 바라보더니 성모님께 기도하고 성호를 그었어."

"그렇게 오랜 시간이 지났는데도요? 딸을 용서할 수는 없었대요?"

"자네가 모르는 사실이 하나 있어. 그 어머니에게는 장녀의 불룩 나온 배가 먼저 눈에 들어온 거야."

"아."

"엄마는 베키의 손을 잡고 다시 자비의 수녀회에 찾아갔지만 그들은 문을 열어주지 않았어. 아마 베키의 엄마가 두드린 노크 소리는 「실레아트 옴니스 카로 모르탈리스」라고 부르는 열띤 합창 소리에 묻혀버렸을 거야. 자네가 라틴어를 잊어버렸다면 내가 번역해 주지. '모든 필멸의 육신은 침묵하게 하소서.'"

"아이 아빠는 누구였나요?"

"우린 영원히 알 수 없을 거야. 젊은 귀족 도련님이 아이 아빠라는 베키의 말을 난 믿지 않아. 하지만 베키가 지어낸 이 기발한 이야기를 감상할 때 잊지 말아야 할 사실이 하나 있어. 베키는 아직 어린아이에 불과하다는 사실이야. 가족에게 버림받고, 수녀들에게 학대당하고, 친구 하나 없이 거리로 내던져진 아이. 난 베키가 강간당했을 거라고 생각해. 결국 그 애를 보호해 줄 사람이 아무도 없었으니까. 만약 우리가 현실에서 어린 베키가 들려주는 허풍 섞인 이야기를 들었다면 비웃고 싶은 마음은 들지 않았을 거야."

"그래서 베키의 엄마는 어떻게 했나요?"

"그런 상황에서 보통 엄마들은 어떻게 할까? 만약 자네가 임신해서 집으로 갔다면 어머니가 어떻게 했을까?"

아마 엄마는 그녀의 임신을 알아차리지도 못했을 것이다. 하지만 물론 B 부인에게는 이런 이야기를 하지 않는다. B 부인과 엄마 이야기를 하고 싶은 마음은 추호도 없다. 재니스는 자리에서 일어나고, 이젠 자신이 변화구를 던지기로 마음먹는다. "남편분은 어떻게 만나셨어요?"

B 부인은 놀란 얼굴로 그녀를 올려다보지만 재니스는 자신이 그녀의 관심을 끌었다는 걸 알고 있다. B 부인은 이 질문을 거부하지 못한다. 마치 털실 뭉치를 얻은 고양이를 지켜보는 듯하다.

"난 아우구스투스를 처음 만난 때를 절대 잊지 못할 거야……."

아우구스투스, 티베리우스, 데키우스. 이제는 재니스도 어떤 패턴인지 알 수 있다.

"난 모스크바에 막 도착했고, 강가 찻집에서 접선 대상과 만나기로 되어 있었지. 그런 추위는 평생 처음이었고, 찻집에 들어가서 한동안은 얼굴을 감싸는 습한 온기만 느껴졌어. 사모바르♦에서 나오는 김 때문에 아무것도 보이지 않았지. 카운터 뒤쪽, 금테 거울에 비친 희미한 빛을 제외하고는. 사모바르의 붉은색과 금색 에나멜 표면에 반사된 빛이었어. 그때 그이를 봤고 처음 보는 순간에 알았지."

"곧바로요?" 재니스는 이 여자가 스파이였다는 사실을 잠시 잊은 채 이야기에 빠져든다.

"그래. 왜? 자네는 첫눈에 반하는 사랑을 안 믿는 거야, 재니스?"

아마도 가능하긴 할 것이다. 하지만 그녀에게는 일어나지 않을 일이다. 재니스는 뭐라고 대답해야 할지 모른다. "믿기야 믿지만……." 자신이 수집한 이야기에도 종종 등장한다고 덧붙이려다가 그 직전에 멈춘다. "모스크바에서 무슨 일을 하셨어요?"

"뭘 했겠어, 재니스? 자네는 똑똑한 여자야. 비록 멍청하게 보이려고 최선을 다하지만."

약간 잔인한 말이지만 적어도 B 부인은 그녀가 바보라고 생각하지는 않는다.

"내 남편이 MI6의 수장이었다는 건 자네도 알 거야. 우린 남편이 러시아에서 내 사수였을 때 만났지. 난 전쟁이 끝난 후에 케임브리지에서 프랑스어와 러시아어를 공부했고, 모스크바에서 시행된 작전에서 작은 역할을 맡아 채용됐어. 그때도 지금처럼 여

♦ 러시아에서 차를 끓일 때 쓰는 큰 찻주전자.

성은 종종 과소평가됐지. 하지만 난 작게나마 변화를 일으켰다고 생각하고 싶군."

B 부인은 그렇게 말하더니 이 위엄 있으면서도 다소 거만한 연설을 망치려고 작정한 듯 신나게 덧붙인다. "그리고 정말 짜릿한 임무였어. 그렇게 살아 있는 기분을 느낀 적은 처음이었지."

"모스크바에 얼마나 계셨나요?"

"총 5년 있었어. 그다음에는 아우구스투스와 결혼했고 그걸로 끝이었어. 더 이상 내가 원하는 일은 할 수 없었지. 아우구스투스가 승진하면서 우리는 여러 나라에 파견됐고, 나는 그와 관련된 특정한 업무를 맡았어. 내가 정말로 즐길 수 있는 일은 아니었지만. 그래도 그이와 결혼한 걸 단 한 순간도 후회하지 않았어. 아우구스투스도 마찬가지라고 했고. 그 찻집에서 피어오르던 김을 뚫고 나타난 날 본 이후로 말이야." 그러더니 B 부인이 재니스를 약간 의식한 듯 이렇게 덧붙인다. "당시 난 일반적인 여자들과 아주 달랐어. 결코 미인이라고 할 수는 없었지만 아우구스투스는 늘 내가 존재감이 대단하다고 말했지."

"음, 그건 지금도 마찬가지예요." 재니스가 그녀를 내려다보며 말한다.

B 부인은 놀란 표정으로 그녀를 올려다보더니 부드럽게 말한다. "고마워, 자기야."

재니스는 감정을 숨기려고 고개를 돌린다. 그녀는 놀라면서도 감동했으며, 상대의 이야기를 들어봐야 그 사람을 진정으로 알게 된다는 사실을 다시 한번 확인한다. 그렇다면 B 부인의 이야기는 무엇일까? 스파이 이야기? 인생에서 고작 5년을 제외하고 좌절감에 사로잡힌 스파이로 살았던 여자의 이야기? 아니면 단순한 사랑 이야기? 아마 후자일 것이다. 남편을 저렇게 열렬히 사랑했는데 과연 아들까지 신경 쓸 여유가 있었을까?

B 부인의 남편과 스파이 활동에 관한 이야기를 듣자 재니스의 머릿속에 다른 생각이 떠오른다. 베키는 잠시 잊어버렸다. "B 부인, 부인과 남편분은 틀림없이 엄청난 인맥을 가지고 계실 텐데요. 대학 측 계획과 관련해 제대로 된 조언을 받아보셨어요?"

"내가 바본 줄 알아?" B 부인이 호통친다. 분명 아까 부드럽게 굴었던 일을 후회하는 것이다. "당연히 법률 자문을 구했지만 다들 '이럴 수도 있고 저럴 수도 있다'는 말뿐이었어. 문제는 내 나이가 되면 의논할 수 있는 친구들이 대부분 세상을 떠났다는 거야." B 부인은 의자 팔걸이를 손가락으로 두드려댄다. "물론 마이크로프트◆가 있기는 하지."

"마이크로프트가 누구예요?"

B 부인이 웃음을 터뜨린다. "아우구스투스가 그에게 붙인 별명이야. 본명은 프레드 스핑크지만 아우구스투스는 늘 그가 자기가 아는 사람 중에 가장 똑똑하다고 했지. 키가 작고 눈에 띄지 않기는 해도 MI5◆◆에서 오랫동안 법률 고문으로 일했어. 물론 오래전에 은퇴했을 테지만 아직 살아 있을 거야. 죽었다면《타임

◆ 셜록 홈스의 형으로 셜록보다 더 두뇌가 뛰어나며 영국 정보기관의 핵심 인물로 묘사된다.

◆◆ 영국 보안국.

스》에서 부고를 읽었을 테니까. 그래, 마이크로프트에게 전화를 해봐야겠군.” B 부인이 미소 짓는다. “날 약간 좋아했던 것 같아.” 그러더니 그 말을 하지 말걸 그랬다는 표정을 짓고는 아니나 다를까 짜증을 내며 말한다. “계속 그렇게 우두커니 서 있을 거야? 아니면 청소를 할 생각이 있는 거야?”

재니스는 마룻바닥을 닦기 시작하고 스파이나 베키의 이야기는 더는 나오지 않는다. 그녀가 막 퇴근하려는데 B 부인이 그녀를 불러 세운다. “내가 생각을 해봤는데 말이야. 그 경비라는 친구, 이름이 뭐라고 했지? 스탠? 스탠이 자네에게 비밀을 털어놓는 게 아주 유용하군그래.”

대체 무슨 말을 하려고 그러지? 재니스는 생각한다. 그리고 이 집에 그렇게 오래 살았는데 어떻게 스탠의 이름을 모를 수가 있을까? 그는 평생 이 학교에서 일했다.

“문득 자네가 정보를 알아내기에 아주 유리한 위치에 있다는 생각이 들었어…….”

“이미 그러고 있죠.” 재니스는 지적하지 않을 수 없다.

“그래, 자기야, 이미 그러고 있지.”

재니스는 속지 않는다. 아까 충동적으로 말했던 부드러운 ‘자기야’와 달리 이 ‘자기야’는 매우 의도적으로 계산되었다. 이 할망구가 무슨 꿍꿍이지?

“자네가 티베리우스의 집을 청소하니까 먼지를 털거나 하다가 유용한 정보를 우연히 듣거나 발견할 수도 있다는 생각이 드는군.”

"안 돼요!" B 부인 못지않게 큰 소리로 재니스가 호통친다. "저는 청소에 관해서 아주 엄격한 규칙이 있어요. 아드님을 염탐하진 않을 거예요." 하마터면 '부끄러운 줄 아세요'라고 덧붙일 뻔한다. 하지만 그럴 필요도 없다. B 부인은 침대에 똥을 지렸다고 말했을 때처럼 얼굴이 붉어졌기 때문이다.

열넷

완벽한 순간

"어머, 당신이군요."

불쑥 튀어나온 그 말을 재니스는 다시 입안으로 주워 담을 수
없다. 그녀는 저 두 마디가 빨랫줄에 걸린 빨래처럼 버스 운전사
의 머리 위에 걸린 모습을 상상한다. 자신도 예전에 조디가 그랬
듯이 저 빨래를 재빨리 걷어낸 다음, 지루하고 낡아빠진 무언가
를 대신 걸었으면 좋겠다고 생각한다. 무엇이든 상관없다. "리버
사이드 한 명이요"라고 말했으면 좋았을 텐데. 데키우스를 데리
러 갔다가 애덤을 만나기로 한 곳이 거기니까. 지리 선생님을 만
나게 될 거라고는 전혀 예상하지 못했다. 완전히 다른 것, 임신한
베키를 생각하고 있었기 때문이다. 왠지 모르게 다 B 부인 탓 같
다. 불공평하다. 재니스는 그를 생각하고 있지도 않았다. 이 버스
는 평소에 그가 운전하는 노선도 아니고, 지금은 오후 중반이기

때문이다.

 "도와드릴까요?" 운전기사가 미소를 짓고, 그의 미소는 재니스를 불안하게 한다. 얼마나 서 있었던 걸까? 뒤에서 "빨리 좀 타세요"라고 말하는 소리에 정신이 든다. 재니스는 단말기에 카드를 대고 최대한 뒷자리로 가서 앉는다. 심장이 피스톤 엔진처럼 빠르게 뛴다.

 두 번째 정차 후 재니스는 앞으로 이동한다. 운전기사는 그녀를 볼 수 없지만 이제 재니스는 그의 왼쪽 어깨를 볼 수 있다. 그다음 정류장에서는 앞으로 한 줄 더 이동한다. 여전히 기사는 그녀를 볼 수 없지만 여기서는 그의 등이 거의 다 보인다.

 재니스는 버스 안을 둘러보다가 문득 사람들이 자신을 보고 있을지 모른다는 생각이 든다. 하지만 아무도 보고 있지 않다. 모스크바의 찻집에서 뿌연 김 사이로 모습을 드러냈던 B 부인이 떠오른다. 스파이와 스파이의 만남. 로맨스가 듬뿍 담긴 이야기다. 하지만 이건? 방금 그녀에게 일어난 사건은 뭘까? 따분하고 추운 목요일 오후에 그녀는 버스에 탔다가 바보 같은 짓을 저질렀다.

 불현듯 그녀를 항상 딜레마에 빠지게 하는 이야기가 생각난다. 좋아하는 이야기지만—어쨌든 해피 엔딩이니까—마지막에는 늘 물음표가 남는다. 그녀의 가치관을 뒤흔들 만한 의문이.

 아서 리더는 80대 할아버지다. 그분의 고정 청소 도우미인 앤절라가 휴가를 갈 때면 재니스가 그 집을 대신 맡는다. 리더 씨는 질서와 정해진 일과를 좋아하는 사람인데 재니스는 그런 그를 이해할 수 있다. 자신도 그렇기 때문이다. 어느 날 (재니스가 그의 셔츠를 다리고 있을 때) 리더 씨는 아내를 만나게 된 사연을 이야기해 주었다.

장차 리더 부인이 될 아가씨는 남자 친구와 영화를 보러 극장에 갔다. 영화를 보고 돌아와서야 차에 도둑이 들어 남자 친구의 레인코트를 훔쳐 갔다는 사실을 알게 되었다. 그들은 경찰에 신고해야 할지 말지 고민하다가 결국 동네 경찰서에 갔다. 그날 근무 중이었던 젊은 형사가 리더 씨였다. 그는 앞에 있는 여자를 보았고 (남자는 눈에 들어오지도 않았다) 그녀가 마음에 들었다. 갈색 머리의 매력적인 여자는 산뜻한 파란색 줄무늬가 있는 빳빳한 흰색 원피스를 입었다. 리더 순경은 세부 사항을 적어 내려갔고, 남자 친구에게 법의학 팀이 조사할 수 있도록 경찰서에서 그의 자동차를 보관할 것이라고 설명했다. 재니스는 리더 씨의 셔츠 어깨 속으로 다림판을 집어넣으며 미소 짓지 않을 수 없었다. 참 세상이 많이 변했다. 예전에는 저렇게 수사했다니.

설명을 마친 리더 씨는 갈색 머리 아가씨의 손을 잡고 지문 채취하는 걸 도와주었다. 차량에서 나오는 지문 중에서 그녀의 지문을 제외하기 위해서였다. 잉크가 묻은 그녀의 손가락을 지문 채취 카드에 누르면서 그는 깨달았다. 그는 이미 그녀와 평생 함께하기로 마음먹었다. 진술을 정확히 기록한 후에―리더 형사는 늘 철두철미한 사람이었고, 당시에는 몰랐지만 장차 경찰 서장까지 승진할 인물이었다―순찰차로 그녀를 (자신의 연정과 함께) 집까지 바래다주도록 했다. 순찰차를 운전하는 순경에게 그녀가 어디 사는지 잘 적어두라고 당부하면서. 리더 씨는 늘 이렇게 말했다. 레인코트는 찾아서 돌려줬지만 여자 친구는 훔쳤다고. 오랜 세월이 흘러 아내의 장례식에서야 그는 처제를 통해 새로운 사실을 알게 된다. 그날 저녁 집으로 돌아간 아내가 처제에게 계획했던 오스트레일리아 이민은 갈 수 없겠다고, 방금 결혼하게 될 남자를 만났다고 말했다는 것을.

이 이야기가 재니스에게 남긴 딜레마는 이것이다. 어쩌면 인생에서 중요한 것은 이야기를 갖는 것이 아니라 완벽한 순간을 찾는 것일지 모른다. 본머스 경찰서에서의 그런 순간. 발이 꽁꽁 얼 정도로 추운 오후, 러시아 찻집에서의 그런 순간. 재니스는 "어머, 당신이군요"라는 말이 허공에 맴돌던 순간과 그의 미소를 생각한다. 그는 분명 그녀에게 미소 지었다. 그게 완벽한 순간이었다고 착각할 생각은 없다. 그래도 의미 있는 순간이기는 했다. 데키우스를 데리러 걸어가는 길에야 재니스는 자신이 유부녀라는 사실을 떠올린다.

그래그래그래 부인의 집에 도착하니 현관문이 열려 있다. 데키우스가 밖으로 나가 도로를 걸어 다니고 있을지 모른다는 생각이 제일 먼저 든다. 그래서 얼른 집으로 들어가 주위를 둘러보는데 마룻바닥에 강아지 발톱이 톡, 톡, 톡 부딪치는 소리가 들린다. 재니스는 안도하며 바닥에 주저앉는다. 이내 데키우스가 주방에서 나와 모습을 드러내더니 작은 다리를 앞으로 경쾌하게 툭툭 뻗으며 그녀에게 다가온다. 발레리나처럼 우아하면서도 엉뚱한 저 걸음을 볼 때마다 재니스는 저절로 미소가 지어진다. 데키우스는 그녀를 보더니 그 뒤로 열린 문을 올려다본다. 마치 '뭐야?

내가 바보인 줄 알아?'라고 말하듯이.

재니스가 데키우스의 곱슬머리를 쓰다듬으며 달래주는 동안 개방형 거실에서 목소리가 흘러나온다.

"왜 날 탓하는 거야?"

틀림없이 그래그래그래 부인이다.

"이건 누구를 탓하고 말고의 문제가 아니야……." 짜증 섞인 티베리우스의 목소리다. (예전처럼 그를 *아니아니지금은안돼* 씨로 생각하고 싶지만 이제 그건 불가능하다) "……일만 더 복잡해졌잖아."

"하지만 어머님을 도와드릴 사람을 구하라면서." 그래그래그래 부인이 심통 난 목소리로 말한다.

"그래, 그랬지. 하지만 정말로 누군가 그 일을 할 줄은 몰랐어. 특히나 P 부인은. 그 여자는…… 뭐랄까, 완전 쭈그리잖아. 그리고 당신도 마미가 어떤지 알지? 난 마미가 P 부인을 가차 없이 몰아붙여서 쫓아낼 줄 알았다고."

재니스는 경악한다. 감히 저런 막말을 하다니! 그리고 저 나이에 엄마를 '마미'라고 부른다고?

"그래서 팁스, 어머니에게 도우미가 필요하다는 거야, 필요 없다는 거야?"

팁스!

"내가 원하는 건 마미가 그 집에서 나오는 거야. 마미 혼자 그 집에 사는 건 안전하지 않아. 마미는 제대로 걷지도 못하잖아. 그 계단으로 오르락내리락하다가는 언젠가 사고가 나게 되어 있다고."

"그럼 계단에 리프트를 설치해 드리면 어때?"

"말도 안 되는 소리!" 티베리우스가 호통치자 재니스는 과연 B 부인의 아들답다고 생각한다. "문화재로 지정된 건물이잖아."

"그냥 내 생각에는……."

"아니, 당신은 제발 생각하지 마. 이 문제를 해결할 방법은 내가 찾아야 해. 그 집은 학문적 목적으로 사용되어야 해. 대디도 그걸 원했을 거야. 돈 때문이 아니야. 마미가 그렇게 오해해서는 안 돼."

재니스는 '대디'라는 말을 듣고도 놀라지 않는다. '쭈그리'라는 말에 아직도 화가 풀리지 않았기 때문이다. 그리고 돈 때문이 아니라는 건 또 뭐지? 당최 이해가 되지 않는다.

이제 티베리우스는 일사천리로 쏟아낸다. "그렇게 가치 있는 공간이 있는데 대학에서는 손도 못 대고 있어. 마미 혼자만 그 큰 집에서 외롭게 살고 있지. 어느 날 밤, 그 전기난로에 뭔가 걸려서 집 전체가 다 타버린다고 해도 놀랍지 않아. 우리 엄마긴 하지만 존나 골칫거리니까."

데키우스는 티베리우스에게 욕을 배운 걸까?

티베리우스가 좀 더 차분한 어조로 덧붙인다. "그만 가야겠어. 이러다 기차 놓치겠어."

재니스는 재빨리 일어나 다시 문밖으로 나간다. 그러고는 '지금 뭔 지랄이야?'라는 표정으로 그녀를 바라보는 데키우스를 놓아둔 채 현관문을 닫고 초인종을 누른다. 손이 덜덜 떨린다.

잠시 후 애덤과 함께 들판을 걷는 동안 재니스는 평소와 다르게 조용하다. 하지만 아마 애덤은 눈치채지 못했으리라. 애덤은 마치 데키우스를 폭스테리어 경연 대회에 출전시키려는 듯이 데키우스와 경주하고, 데키우스가 뛰어넘을 장애물을 만드느라 정신이 없다. 애덤의 쉴 새 없는 중계를 들으며 재니스는 마음이 가벼워진다. 애덤은 여전히 아이 같다. 그리고 재니스는 적어도 이 30분 동안은 애덤이 끔찍한 마음의 짐을 떨쳐냈다고 진심으로 믿는다. 재니스는 애덤이 덤불 사이로 힘차게 뛰어다니고, 쓰러진 나무 위에서 뛰어내리고, 데키우스에게 장애물을 깔끔하게 통과하라고 격려하는 모습을 바라본다. 그러면서 전혀 예기치 못했던, 소소하게 완벽한 순간을 맞이한다.

재니스는 계속 애덤과 강아지가 노는 모습을 지켜보며 아까 들은 대화를 곱씹는다. 자신을 속일 수는 없다. 그녀는 분명 그들의 대화를 엿들었다. 애덤이 데키우스에게 정신이 팔려서 다행이다. 왜냐하면 그녀에게는 생각할 시간이 필요하기 때문이다. 티베리우스의 말이 맞을까? B 부인이 거기에 혼자 사는 게 위험할까? 그리고 그 공간은 괴팍한 할머니 하나가 아니라 학생들을 위한 공간이어야 하지 않을까? 인정하기는 싫지만 어쩌면 아들의 말이 일리가 있는지 모른다. B 부인의 남편이 살아 있었다면 어떻게 했을까? 이 문제에 있어서 지금까지 재니스는 B 부인의 관점에서만 생각했다. 그리고 돈에 대해 한 말은 무슨 뜻일까? 만약 B 부인에게 돈이 있다면 훨씬 더 멋지고 적절한 집을 마련할 수 있지 않을까? B 부인이 아들에 의해 집에서 쫓겨나 냄새나는 요

양원으로 들어가는 장면은 빠르게 사라진다.

재니스의 마음은 다른 곳으로 흘러간다. 버스에서 본 그 미소. 자꾸만 그 미소로 돌아가게 된다. 멋진 미소, 다정한 미소였다. 그때 버스에서 바보가 된 기분이 들기는 했어도 지리 선생님처럼 생긴 그 버스 기사가 자신을 비웃었다고 생각하지는 않는다. 그보다는 무언가를 그녀와 공유하는 듯했다. 다만 그게 무엇인지 모를 뿐이다.

열다섯

세상에서 가장 오래된 이야기

마이크가 웬일로 집을 일찍 나선다. 층계참에 서 있는 재니스를 지나치며 그녀의 코앞에서 파일 몇 개를 흔들어댄다. "만나야 할 곳, 가야 할 사람이 있어."◆

남편이 종종 하는 농담에 재니스는 기계적으로 미소 짓는다. 남편이 대체 무슨 일을 할 작정인지 여전히 모르겠지만 누구를 만나야 한다고 자꾸 사라지는 걸 보면 (적어도) 몇 군데에서 면접은 보려는 모양이다. 남편이 사라진 덕분에 침실을 독차지할 수 있어서 다행이다. 오늘 입을 옷을 마음 편히 고를 수 있기 때문이다.

그녀가 원하는 옷차림은 까다롭다. 허리를 숙이고 변기를 들

◆ 원래 '만나야 할 사람, 가야 할 곳'인데 바꿔서 말했다.

여다보기 편한 복장이면서 동시에 혹시라도 지리 선생님을 닮은 버스 기사를 우연히 마주칠 경우를 대비해 다음과 같은 분위기를 풍겨야 한다. '난 다정한 여자예요. 아름다워지기는 글렀지만 그래도 일말의 가망이 남아 있으면 좋겠어요. 나는 걷기를 좋아하고, 당신이 너무 빨리만 걷지 않으면 스노든산도 등반할 수 있을 거예요. 그리고 난 절대 불쑥불쑥 말을 내뱉는 여자가 아니랍니다.' 이 모든 조건을 만족하면서도 너무 젊게 차려입은 아줌마처럼 보이지 않아야 하고, 또 너무 꾸민 듯한 인상을 주지 않아야 한다.

캐리루이즈가 그녀를 맞이하며 이렇게 말한다. "어머나…… 말해봐, 자기야……. 뭔가 달라졌어. 머리가 바뀌었나? 그게 뭐든지…… 난 찬성이야!" 재니스는 그녀를 꼭 안아주고 싶다. 오늘 아침에 탄 버스의 기사는 폭주족처럼 생긴 남자였고, 그는 이번에도 "좋은 아침이에요, 누님"이라고 인사했다. 재니스는 실망해야 할지 안도해야 할지 알 수 없었다. 하지만 지금은 그걸 생각할 겨를이 없다. 오늘 메이비스가 커피를 마시러 올 예정이라서 과자를 구워야 했기 때문이다.

재니스는 망치를 내려놓고 캐리루이즈를 위해 수선 중인 발 받침대의 천을 더 팽팽하게 잡아당긴다. 그녀는 만찬실에서 일하고 있고, 거실과 만찬실을 분리하는 미닫이문이 닫혀 있지만 캐리루이즈와 메이비스의 대화를 꽤 또렷이 들을 수 있다. 둘의 대화를 듣는 게 재미있기는 하지만 솔직히 말해서 이번 판은 메이비스

가 앞서는 것 같다. 재니스가 제일 좋은 쟁반에 직접 구운 플로랑
틴♦을 내놓기는 했어도 메이비스는 캐리루이즈 면전에서 계속 자
랑을 늘어놓는다. 곧 오리엔트 특급 열차를 타고 떠날 여행, 글라
이드본 오페라하우스에서 보게 될 공연, 댄스 수업. 캐리루이즈
는 이렇게 받아친다. "어머나…… 조지랑 기차 안에서 닷새나 함
께 보낸다니. 아냐, 아냐…… 정말 재미있겠다……." 그러자 메이
비스는 비장의 카드를 꺼내기로 하고 핸드백에서 새 스마트폰을
꺼낸다. 그러더니 새로운 기기를 두려워하는 캐리루이즈에게 자
신이 사용하는 앱이 무엇인지, 오디오북 서비스가 얼마나 좋은지
이야기한다. "넌 많이 돌아다닐 수 없으니까 오디오북이 아주 유
용할 거야." 메이비스가 약 올리듯이 말한다.

그때 메이비스의 휴대전화가 울린다. (벨 소리가 어니타 워드의
「링 마이 벨」이다.)

"어머, 우리 조시는 정말 장난꾸러기야. 내 벨 소리를 계속 바
꾼다니까." 이것만큼은 메이비스의 완벽한 승리다. 그녀의 손주
들은 워딩♦♦에 사는 반면 캐리루이즈의 손주들은 만 마일 떨어진
멜버른에 살기 때문이다. 메이비스가 딸과 통화하는 시간이 길어
지자 재니스는 메이비스가 조금 무례하다고 생각한다. 다시 흰
앞치마를 두르고 커피를 더 내갈까? 캐리루이즈의 기운을 북돋
아 주기 위해 한쪽 다리를 뒤로 빼고 무릎을 굽혔다 펴는 인사를
할 수도 있다.

  ♦ 견과류와 과일을 넣어 만든 쿠키.
 ♦♦ 잉글랜드 남동부에 위치한 도시.

하지만 걱정할 필요 없었다. 메이비스의 전화가 끝나자 캐리루이즈가 공격을 시작한다. "너 있잖니……. 꼭 딴사람 같다."

"무슨 말이야?"

"방금…… 새 휴대전화로…… 통화할 때…… 말이야."

"아, 그래?" 메이비스가 확신 없는 목소리로 묻는다.

"응……. 완전히, 완전히…… 다른 사람 같았어."

"어떻게?"

"알잖아……. 그냥 달라……. 네 딸하고 통화할 때는."

"그러니까 어떻게 다르냐고?"

"아, 글쎄……. 모르겠어……. 그냥 달라." 이번에는 캐리루이즈가 애매하게 말한다.

"그래, 그건 알겠어. 근데 어떻게 다르냐고?" 메이비스가 살짝 짜증을 내며 다시 묻는다.

"글쎄…… 네 목소리가……."

"목소리가?" 메이비스는 점점 더 조바심을 낸다.

"음…… 네 목소리가…… 아주, 아주…… 듣기 좋았어."

재니스는 웃음소리를 감추려고 다시 망치질을 시작한다. 의심의 여지가 없다. 막판에 이뤄진 캐리루이즈의 케이오 승이다.

재니스는 일찌감치 B 부인의 집에 도착해 경비실에 들러 스탠을 만난다. 캐리루이즈의 집에서 그에게 줄 플로랑틴을 챙겨왔다. 두 사람은 커피를 마시며 가벼운 대화를 나눈다. 어젯밤 아스널과 리버풀의 경기가 어땠는지, 곧 눈이 내릴지, 이번 주말에 코번트 가든에서 공연하는 「레 실피드」의 주연 발레리나는 누구일지. 스탠과 그의 아내 갈리나는 발레를 무척 좋아해서 이번 주말에도 보러 간다고 한다. 이쯤 해서 재니스는 B 씨의 이야기를 꺼낸다.

"그분이 여기 총장이었을 때는 자주 보셨겠어요."

"물론이죠. 그분은 이 대학에 꽤 오래 계셨어요. 좋은 분이었죠. 남들과 잘 어울리지 않기는 했지만. 아마 본인이 하는 일 때문에 어쩔 수 없었을 거예요. 그분이 계실 때는 온갖 추가 보안 조치가 필요했죠."

"근데 그분도 저 집에 사셨죠?" 재니스는 대략 B 부인의 집이 있는 방향으로 고갯짓한다. 원래는 B 씨가 기사 작위를 받았으므로 B 부인을 레이디라 불러야 하는데 도저히 그 말이 나오지 않는다. 그렇다고 스탠 앞에서 'B 부인'이라고 부른다면 무례한 일일 것이다.

스탠은 고개를 끄덕인다. "맞아요. 두 분이 그 집에 살았죠. 그때는 레이디도 지금처럼 고약하지 않았어요. 약간 거만하기는 했지만 두 사람은 그런 커플 있잖아요……. 그 왜……."

재니스는 기다린다.

"이 세상에 둘만 있으면 되는 커플."

다른 이야기가 더 있을 듯해서 재니스는 계속 침묵을 지킨다.

"그래서 그 아들이 늘 약간 딱해 보였어요. 물론 재수 없는 녀석이긴 한데 두 사람은 아들에게 거의 신경 쓰지 않는 것 같았거든요."

"그 집과 관련된 계약에 대해 혹시 아세요? 총장님이 돌아가시면서 재산을 어떻게 정리했는지?"

"아, 그건 잘 모르겠어요. 유언장이나 계약과 관련해서 꽤 복잡했던 것 같아요. 하지만 내가 아는 건 그게 전부예요."

재니스가 마지막으로 확인하고 싶은 것이 하나 더 있다. "제가 여기 없을 때, 그러니까 다른 요일에 저 집을 봐주는 사람이 있나요?"

"아뇨. 2주에 한 번씩 아들이 오기는 해요. 예전에는 며느리도 함께 왔는데 레이디가 며느리를 너무 힘들게 해서 더는 찾아오지 않아요."

"만약 무슨 일이 일어나면 화재경보기…… 같은 게 울리겠죠?"

스탠은 고개를 끄덕인다. "아이고, 당연하죠. 이렇게 오래된 건물은 안전 규정이 매우 엄격해요. 대학 건물이 대부분 다 그렇죠." 스탠은 기침을 하더니 자세를 고쳐 앉는다. "레이디는 전혀 모르지만 사실 난 순찰을 돌 때 늘 그분 상태를 확인해요. 레이디가 쓰러지거나 하지 않았는지 창문으로 슬쩍 들여다보죠. 그러니까 너무 걱정 마요." 스탠은 손을 뻗어 그녀의 손을 토닥여 줄 것 같았으나 그저 자신의 두 손만 맹렬히 비비는 것으로 마무리한다. "그래도 이거 하난 확실해요. 당신이 오고 나서 레이디가 기운을 좀 차린 것 같아요. 레이디도 외로웠던 모양이에요."

과연 B 부인은 자신이 이름조차 기억하지 못하는 경비에게 저런 친절을 받을 자격이 있을까? 재니스는 그만 가려고 자리에서 일어나며 결정을 내린다. "커피 잘 마셨어요, 스탠. 유감스럽지만 앞으로 절 좀 더 자주 보게 될 거예요. 지금까지는 일주일에 한 번 왔지만 앞으로는 근무시간을 쪼개서 일주일에 두세 번은 올 생각이거든요. 그게 저한테 더 나을 것 같아요."

스탠은 생각에 잠긴 표정으로 그녀를 바라볼 뿐 아무 말도 하지 않는다.

위층 회랑을 돌며 선반의 먼지를 떠는 동안 재니스는 어제 들었던 티베리우스와 그의 아내의 대화를 곱씹는다. 오늘 유달리 심통을 부리는 B 부인은 아래층의 늘 앉는 의자에 앉아 책을 읽고 있다. 어젯밤에도 잠을 설쳤나? 어쩌면 이 집에서 혼자 사는 게 그녀에게 버거울 수도 있다. 어쩌면 그녀의 아들이 한 말이 맞을지 모른다. 하지만 아들 집에서 무언가를 듣게 되더라도 절대 전하지 않겠다고 단칼에 거절한 마당에 어떻게 그 얘기를 꺼낼 수 있겠는가. B 부인은 분명 재니스의 태도가 달라졌다는 걸 눈치챌 테고, 어쩌면 그녀가 자기 몰래 아들과 쑥덕거린다고 생각할 수도 있다.

아래층으로 내려가 먼지를 떠는 재니스는 자신을 주시하는 B 부인의 눈길을 느낄 수 있다. 한참 후에 B 부인이 단언한다. "오늘 달라 보이네."

재니스는 계속 먼지만 떨 뿐 아무 말도 하지 않는다.

B 부인 근처로 다가가자 그녀가 능글맞게 말한다. "그러니까, 이따 남편을 만나기로 해서 이렇게 차려입은 거야? 아마 빙고 게임을 하러 갔다가 스테이크 행사를 하는 펍에 가겠지."

재니스는 B 부인이 자신을 도발한다는 걸 알고 있으며 그녀가 원하는 반응을 보이지 않을 작정이다.

"내 기억이 맞다면 목요일에는 스테이크를 하나 주문하면 하나는 공짜로 주는 행사를 할 거야."

재니스는 그저 계속 먼지만 떤다. 하지만 그녀의 표정에서, 태도에서 나오는 무언가가 포식자인 B 부인의 촉을 건드린 게 분명하다.

"아, 그럼 남편이 아닌가 보군. 그런 거였어?"

그 말에 그날 하루의 기쁨이 순식간에 사라진다. 자신이 추잡하고 싸구려가 된 느낌, 빨간 스웨터에 청바지를 입고 손에는 먼지떨이를 든 우스꽝스러운 여자라는 느낌만 남는다.

"욕실 청소할게요." 재니스는 그렇게만 말한다.

다시 거실로 나와 책 더미를 정리하기 시작하자 B 부인이 그녀에게 핫초콜릿을 만들어준다. 부인은 핫초콜릿을 테이블로 가져오는 동안 거의 다 흘려버린다. 재니스는 화가 풀리지 않아서 도저히 핫초콜릿을 마실 수가 없다.

"이제 베키는 곧 엄마가 될 예정이었어." B 부인이 이야기를 시작한다. 재니스는 그녀가 자신을 지켜보고 있다는 걸 알지만, 조금 전에 자신만의 소소한 행복을 훔쳐 간 노인네를 보고 싶지 않다.

B 부인은 평소와 달리 나직한 목소리로 이야기한다. "베키의 출산은 결코 즐거운 경험이 아니었어…… 출산이란 게 원래 그

렇기는 하지만⋯⋯. 베키는 파리에서 제일 열악한 병원에서 아이를 낳았지. 만약 열여섯 살 베키가 힘겹게 병원으로 들어가는 모습을 찰스 디킨스가 봤다면 신이 나서 두 손을 비비며 깃펜을 집어 들었을 거야. 물론 그때는 1907년이고, 찰스는 거의 40년 전에 이미 세상을 떠났지만."

B 부인은 마치 찰스 디킨스가 친구라도 된다는 듯이 이야기한다. 더는 이야기에 빠져들고 싶지 않아 재니스는 옆으로 이동하며 계속 일한다.

B 부인의 목소리가 더 커진다. "난 베키의 아버지가 마차로 베키를 병원까지 데려다줬을지 궁금해. 그 아버지 속을 누가 알겠어? 어쨌든 중요한 건 베키가 건강한 딸을 낳았다는 거야. 만약 아들이었으면 상황이 달라졌을까? 그래, 곱슬거리는 금발의 손자였다면 그 집에서 살 수 있었을지도 몰라. 하지만 베키는 딸을 낳았고, 집에 베키와 똑같이 생긴 아기가 돌아다니는 걸 부모님이 어떻게 생각했을지 짐작이 가지. 그래서 얼마 지나지 않아 베키의 불명예인 아기를 파리에서 멀리 떨어진 시골의 한 농장에 숨겼어. 그리고 베키는 거리로 내쫓았지."

B 부인은 몸을 숙여 전기난로를 켠다. "이쯤 되면 베키를 가여워하지 않기가 힘들 거야. 하지만 흔한 말로 날 죽이지 못하는 건 날 더 강하게 만들 뿐이라고 하잖아. 베키는 자신에게 허락된 유일한 직업, 세상에서 가장 오래된 직업을 선택했어. 파리 거리에서 몸을 팔기 시작한 거야. 창녀들 사이로 비집고 들어가서, 어두운 문가에 자리를 잡고, 첫 번째 손님을 맞이했지⋯⋯. 이 모든 걸

웃는 얼굴로 해냈어. 베키는 다른 창녀들에게 우는 모습을 보이지 않았을 거야. 틀림없이 강한 정신력이 있어야만 가능했겠지. 어쩌면 수녀들의 교육이 나름대로 쓸모가 있었는지도 몰라. 아까도 말했듯이, 날 죽이지 못하는 건 날 더 강하게 할 뿐이니까.

얼마 지나지 않아 베키는 자신이 발을 들인 이 세계에 분명한 위계질서가 있다는 사실을 깨달았지. 그리고 베키답게 그 계층의 사다리를 오르고 싶어 했어. 운 좋게도 그쪽 바닥에는 베키처럼 진취적인 소녀를 찾아 지하 세계를 샅샅이 뒤지는 여자, 즉 마담이 늘 있었지. 이들은 전업 매춘부에서 피유 도카지옹*을 거쳐 마침내 쿠르티잔**이라는 최고의 자리까지 올라."

재니스는 셋의 차이가 무엇인지 묻고 싶지만 참는다.

B 부인은 기대에 찬 표정으로 잠시 뜸을 들였다가 계속한다. "일단 마담에게 발탁된 후 베키는 본격적으로 교육을 받았어. 16구의 우아하고 은밀한 시설에서 수업이 시작됐지. 아니, 자네가 생각하는 성적 기술에 관한 교육만 받은 게 아니야, 재니스. 물론 그것도 포함되긴 했지만."

재니스는 정리하던 책 더미 위에 책을 탁 내려놓는다.

"주된 교육은 발성, 옷 입는 법, 춤, 가장 돋보이도록 머리를 손질하는 법이었지. 베키는 어떤 굽과 보석 장식이 달린 신발이 남자의 시선을 발목으로 *끄*는지, 각기 다른 상황에서 어떤 이국적

♦ 기회가 있을 때만 몸을 파는 여자.
♦♦ 단순한 매춘부가 아니라 상류층 남자와 장기적 관계를 맺으며 첩의 대우를 받는 여자.

인 향수가 가장 잘 어울리는지 배웠어. 그리고 그걸 몸의 어느 부위에 뿌려야 하는지도. 베키는 이 새롭고 낯선 역할을 한껏 즐겼고, 태어나서 처음으로 반에서 가장 재능 있고 인정받는 학생이 되었어. 그리고 빠르게 실력을 쌓아가며 유혹의 기술을 파헤쳤어. 완벽한 타이밍에 속눈썹을 천천히 내리는 법, 손을 나른하게 뻗어 백설 같은 손목 안쪽을 살짝 보여주는 법, 언제 턱을 기울이고 웃으며 옆을 슬쩍 봐야 하는지, 아, 베키는 이 모두를 배우는 게 너무 좋았어. 베키가 배울 필요가 없는 건 노래뿐이었어. 그건 수녀들에게 충분히 배웠거든. 베키는 목소리가 예뻤어.

베키처럼 피유 도카지옹으로 일하는 여자들은 찾아오는 고객들을 '접대'해야 했지만 그것만이 전부는 아니었어. 폴리 베르제르◆에 등장해 자리를 빛낼 수도 있었지. 극장의 경영진은 늘 베키 같은 여자들에게 고객과 어울리라고 권했어. 그리고 파리라는 세상에서 그들은 구석에 숨겨진 존재가 아니었다는 사실을 기억해야 해. 그런 여자들과 어울리는 남자들은 그들을 세상에 과시하고 싶어 했지. 베키는 그 점이 아주 마음에 들었어. 베키의 하루는 불로뉴숲에서의 승마로 시작해서(베키는 말을 매우 좋아했어), 카페 드 파리에서 점심을 먹은 다음 경마장으로 향했지. 베키는 평생 이렇게 즐거웠던 적이 없었어. 늦은 오후가 되면 16구에 있는 은밀한 저택에서 '일할' 준비를 했어. 어쨌든 베키는 '생크 아세트'였으니까."

◆ 파리의 음악당이자 버라이어티쇼 극장.

B 부인은 말을 멈춘다. 재니스는 먼지 떨기를 멈춘다. 저 말이 무슨 뜻인지 알고 싶다. B 부인도 그녀에게 말해주고 싶을 것이다. 두 사람은 또다시 신경전을 벌이는 중이다. 하지만 재니스는 이 신경전에 관심이 없다.

"자네라면 매춘부가 되겠나, 아니면 청소부가 되겠나?" 갑자기 B 부인이 묻는다.

재니스는 가끔 둘이 별로 다르지 않다고 생각한다. 아니다, 말도 안 된다. 자기 연민에 빠진 생각이다. 다른 사람들이 어지른 자리를 청소하는 일은 몸을 파는 일과 다르다. 그러자 어쩔 수 없이 이런 생각이 든다. 과연 몸을 파는 일이 한 남자에게 자신의 성적 욕구를 해소할 수 있는 편리한 도구 같은 취급을 받는 것보다 더 나쁠까? 재니스는 이런 생각이 드는 걸 견딜 수가 없다. 어젯밤 어둠 속에서의 짧은 섹스가 생각나며 넌덜머리가 난다. B 부인이 자기를 지켜보고 있다는 건 알지만 베키처럼 재니스도 다른 사람에게 우는 모습을 들키지 않을 것이다. 더군다나 B 부인에게는. 재니스는 B 부인의 질문에 대답하지 않은 채 애써 무시한다.

"자네가 독보적인 여자라는 걸 자네도 알 거야, 재니스."

이번에는 재니스도 그녀를 돌아본다. 저 말에 너무 놀랐기 때문이다.

"난 자네를 몰라. 그러니까 자네 삶에 대해 섣부르게 추측한 것은 잘못된 일이지. 내가 사과할게. 하지만 사실을 이야기할 수는 있지. 그리고 자네가 독보적인 청소 도우미라는 건 사실이야. 자넨 독보적인 여자이기도 해. 하지만 지금은 객관적으로 확인된 증거만 다루도록 할게." B 부인이 무뚝뚝하게 덧붙인다. "자넨 자신을 과소평가하고 있어. 하지만 과연 내 의견을 귀담아들을지는 의문이군. 자네에게 난 무신경하고 몰상식한 늙은이일 테니 말이야. 그러니 내 의견보다는 객관적인 증거만 다루도록 하지.

자네는 뛰어난 수준의 베이킹 솜씨를 가진 독보적인 청소 도우미야. 납땜인두와 다목적 전동 공구를 사용할 줄 알고 실제로도 사용하지. 심지어 전기톱도 다룰 수 있다고 했어. 발 받침대에 천을 씌우는 법도 알고, 청소 장비를 직접 만들지. 비록 인형의 집을 왜 청소하는지 나로서는 이해가 안 가지만. 내 며느리조차도 그 괴상한 커피머신의 부품을 전부 분해해 청소하는 자네의 능력에 감명받았어. 내 며느리와 티베리우스는 손도 못 대게 복잡한 그 커피머신을 말이야. 자네의 또 다른 고객은 자네에게 어떤 사람이든 편안하게 해주는 능력이 있다고 했어. 또 싸움을 말리는 능력을 구체적으로 언급하기도 했고. 자네의 특별한 감수성과 친절에 관한 많은 기록이 있지만, 그걸 다시 말해서 자네를 민망하게 하지는 않을 거야."

"근데 그걸 다 어떻게 아세요?" 재니스가 외친다.

"내 남편은 MI6의 수장이었어. 나도 한동안 비밀 작전을 수행했고. 그런 내가 낯선 사람을 집에 들이는데 평판 조회나 뒷조사도 안 할 거라고 생각했어?"

재니스는 원치 않았지만 B 부인을 보며 미소를 짓지 않을 수 없다.

"정말이지, 재니스, 자네는 청소 도우미로는 훌륭하지만 가끔

은 지능이 의심될 때가 있어." 하지만 그 말을 하는 B 부인의 입
꼬리가 실룩거리며 웃음을 참고 있다는 걸 말해준다.

"핫초콜릿 드실래요?" 재니스가 할 수 있는 말은 그것뿐이다.
고객들이 해준 칭찬을 다 받아들이기가 벅차다.

"좋지. 그리고 자네 것도 타 와. 아까 내가 자네에게 타준 건
거의 다 바닥에 흘린 것 같아."

테이블에 앉아 핫초콜릿을 홀짝이던 재니스는 B 부인에게 묻는
다. "그래서, 생크 아 세트가 무슨 뜻이에요?"

"베키 같은 여자들을 일컫는 표현 중 하나야. 왜냐하면 5시에
서 7시 사이인 그 시간대에 남자들이 16구에 있는 그 은밀한 저
택을 찾아와 초저녁을 누구와 함께 보낼지 고민하곤 했으니까.
아마 다양한 여자들을 보여주는 앨범이 있었을 거야. 그리고 고
객은 사진 속 여자의 포즈를 보면서, 뭐랄까, 여자들의 취향을 가
늠했겠지. 고객이 선택한 여자에게 메시지가 전달되면 여자는 손
님을 접대하려고 나타나지."

"아고스의 주문 방식과 약간 비슷하네요." 재니스는 끼어들지
않을 수 없다.

"아고스? 아, 카탈로그를 보고 물건이 매장에 있는지 확인해
서 구입하는 상점 말이지? 그래, 아고스와 똑같아. 아마 그 앨범
속 베키의 사진은 레즈비언 취향과 결박당하는 걸 좋아한다고 암
시했을 거야. 결박당하는 사람이 베키인지 고객인지는 모르겠지
만."

갑자기 B 부인은 말을 멈추더니 생각에 잠겼다가 천천히 말한다. "아니, 알 것도 같아. 베키는 다른 사람을 지배하는 걸 좋아했거든." 그러고는 재니스를 바라보며 의미심장하게 말한다. "그 점을 기억해 둬, 재니스. 나중에 이 이야기에 또 나올 테니까."

B 부인은 핫초콜릿을 한 모금 마신다. "자, 이제 베키가 피유 도카지옹에서 쿠르티잔으로 넘어가는 과정을 살펴볼 차례야. 피유 도카지옹인 베키는 매춘 업소에 소속된 몸이었지만 독립적인 쿠르티잔이 되는 게 목표였지. 하지만 그건 한순간에 바뀌는 게 아니라 점진적으로 이뤄져. 남자는 베키 같은 여자에게 단순한 호기심 이상을 가질 수 있지. 그녀를 다른 사람에게 과시하고 싶어 했을 거야. 주로 5시에서 7시가 지난 후에 말이야. 저녁 식사나 오페라 관람에도 데려갈 수 있지. 더 자주 만날 수도 있고. 점심을 사주거나 경마장에도 데려가고, 심지어 집을 얻어줄 수도 있어. 그렇게 여자에게 '중요한 남자'가 되는 거야. 하지만 이런 경우에도 독점적인 관계를 맺는 경우는 매우 드물어. 여자가 완전히 독립적인 쿠르티잔이어도, 다시 말해 한 남자나 마담의 소속이 아니어도 가끔 예전에 살았던 그 '저택'으로 돌아가서 약간의 '초과 근무'를 할 수 있지."

"그래서 베키도 '중요한 남자'를 만났나요?"

"아, 한둘이 아니었지. 독점적인 관계는 거의 없었지만 가끔씩 더 중요한 남자들이 있기는 했어. 베키가 쿠르티잔으로 바뀐 초창기에 만난 남자가 그중 하나였지. 마흔 살 유부남이었는데 누가 봐도 아주 부자였어. 그의 집안은 와인 사업으로 돈을 벌었는데 내가 알기로는 바티칸에도 와인을 공급했지. 틀림없이 베키는 그 말을 듣고 미소 지었을 거야. 베키가 이 남자의 쿠르티잔이라는 사실을 그 수녀들이 알았다면 성찬을 먹다가 목이 막혔을 테니까. 남자는 자신이 소유한 호화로운 저택 중 하나를 베키에게 줬는데 거기에는 아주 멋진 마구간이 있었어. 베키가 승마를 아주 좋아한다고 말했지? 남자는 베키를 데리고 모로코와 베네치아로 여행을 떠났어. 아까 말했듯이 남자들은 멋진 쿠르티잔과 함께 있는 모습을 보이는 것만으로도 상당한 사회적 위신을 얻었지. 베키의 머리카락은 적갈색에 윤기가 흘렀고, 관능적인 입술과 몸매는 젊은 남자들을 얼굴 붉히게 하고, 어머니들은 성호를 긋게 했지. 절세미인은 아니었지만……."

"존재감이 대단했겠죠." 재니스는 끼어들지 않을 수 없다.

B 부인은 그녀를 힐끗 보더니 다시 쳐다본다. "내가 말했듯이 베키는 특출나게 매력적인 여성이었어. 하지만 모든 남자가 원하는 이상적인 여자로 미화하기 전에 한 가지 상기해야 할 사실이 있어. 베키는 성질이 더럽고, 오로지 자기 자신이라는 하나의 강박관념에만 지배당하는 여자라는 사실이지."

"와인 파는 남자는 어떻게 됐나요?"

"둘은 매우 격정적인 관계였어. 공공장소에서 서로 치고받고 싸우는 걸로 유명했고, 한번은 남자가 너무 화가 난 나머지 베키를 집에 가둬버렸지. 하지만 최후의 승자는 베키였어. 베키는 마구간의 말들을 모두 풀어서 집 안을 뛰어다니게 했어. 아름다운 실크 가운을 입고 깔깔 웃으며 말들을 쫓아가는 베키의 모습이 상상돼. 말을 타고 집 안을 돌아다니지 않았을까? 베키가 루이 15세 양식으로 만든 서랍장을 장애물경주의 울타리인 양 뛰어넘었다고 상상하면 기분이 좋아. 결국 남자는 베키의 성질을 감당할 수 없어서 헤어지기로 했지. 아마 베키에게 상당한 돈을 주었을 거야."

"베키에게 질려서 헤어지는데도요?"

"그래. 그리고 이건 아까 말했던 결박과 마찬가지로 나중에 이 이야기에 다시 나올 거야. 이런 유형의 관계에는 엄격한 규칙들이 있다는 걸 유의해야 해."

청소 도우미와 고객의 관계와 약간 비슷하군. 재니스는 그렇게 생각하지 않을 수 없다.

"베키 같은 여자와 의미 있는 관계를 맺은 신사라면 헤어질 때 여자에게 두둑하게 챙겨주는 게 당연한 일이었지."

그러니까 청소 도우미와 고객하고는 다르네.

"자, 당분간은 베키가 세간의 화제가 되도록 내버려두자고. 베키를 행복한 무지의 상태로 남겨두는 게 최선이야. 왜냐하면 베키가 모르는 사이에 폭풍우가 몰려오고 있었으니까. 전쟁이 다가오고 있었어. 자네가 퇴근해야 할 시간이 한참 지났군. 지금 가지 않으면 버스를 놓칠 수도 있어."

손목시계를 확인한 재니스는 벌써 시간이 이렇게 됐다는 걸 믿을 수가 없다.

"마지막 한 시간도 돈을 받을 생각은 아니겠지?" B 부인이 다시 호통친다.

"아뇨. 그건 생각도 안 했어요, B 부인."

B 부인의 입꼬리가 다시 실룩이며 웃음을 참고 있다는 걸 말해준다. "내가 정말 자넬 P 부인이라고 부르면 안 되는 거야? 아주 그럴듯하게 들리는데 말이야. 자네에게 어울려."

재니스는 대꾸도 하지 않는다.

그녀가 코트를 가지러 가자 B 부인이 말한다. "마이크로프트에게 간신히 연락이 닿았는데 2주 뒤에 날 보러 오겠다는군. 자네도 마이크로프트를 만나면 좋아할 거야."

아, 그러니까 그를 만나는 자리에 있어달라는 거로군. 여기도 전쟁이 다가오고 있고, B 부인은 재니스가 자신의 전략적 동맹이 되어주길 원한다.

재니스는 코트를 입고 돈을 챙긴다. 문을 닫으며 티베리우스를 생각한다. 또한 이 집에 혼자 사는 어머니를 두고 그가 보인, 어쩌면 타당할 우려를 생각한다. 오늘 그녀를 모욕한 동시에 깊이 감동시킨 노부인을 생각한다. 만약 전쟁이 일어난다면 그녀는 누구 편에 서게 될까?

열여섯

앞으로 문제가 생길 수도 있다

오늘은 우편물이 일찍 도착해 현관 매트에 편지 몇 통이 쌓여 있다. 우선 늘 오는 청구서가 잔뜩 있다. 그걸 보니 명치 아래 어딘가가 철렁 내려앉는 느낌이다. 그다음은 계단 리프트를 탄 할머니가 표지 그림인 카탈로그다. 카탈로그 하니 베키가 생각나서 재니스는 슬그머니 미소를 짓는다. 마지막으로 동생에게서 온 엽서가 있다. 재니스는 다른 우편물은 옆으로 치우고 엽서를 든 채 맨 아래 계단에 앉는다. 안티과에서 보낸 엽서로 동생 부부는 즐거운 시간을 보내는 듯하다. 그녀의 눈은 다이빙 투어와 럼 펀치에 대한 설명을 읽기보다 동생 필체의 익숙한 곡선과 직선을 따라간다. 머릿속에는 "난 언니가 한 짓을 기억해"라는 문장만 떠오른다.

그녀가 얼굴을 찡그린 채 계단에 앉아 있을 때 마이크가 계단을 내려온다. "출근하기 전에 함께 커피나 마실까?"

재니스는 이 말을 '난 설탕 두 개에 크림을 넣어줘. 그리고 하는 김에 비스킷 두 개도 준비해 주고'로 해석한다. 다만 함께 커피를 마시자고 제안하는 남편의 속셈이 무엇인지는 해석 불가다. 남편과 마지막으로 커피나 술을 마시며 대화를 나눈 것이 언제인지 기억도 나지 않는다. 새 직장을 구했나? 재니스는 아직 현관 옆 작은 테이블에 놓인 청구서를 보며 제발 그랬기를 간절히 바란다. 또한 남편이 B 부인을 안다고 떠들어댄 바람에 그의 새 고용주가 평판 조회를 하려고 B 부인에게 연락하는 일은 없기를 바란다.

그 뒤에 이어진 남편과의 대화는 지금껏 그와 나눈 대화 중에서 가장 기이하다. 사실 그녀는 거의 말하지 않았으므로 대화라기보다 마이크의 독백이라고 해야 더 맞을 것이다.

마이크: "당신도 알다시피 난 당신이 청소 도우미로서의 커리어를 꿋꿋이 지켜가는 걸 늘 존경해 왔어."

'커리어? 언제부터 내 일이 커리어가 됐지? 그리고 날 존경했다고? 당신은 내가 청소 도우미라는 걸 부끄러워했잖아. 그래서 난 당신과 함께 펍에 가지도 않았다고. 술이 몇 잔만 들어가면 내 입장에서는 아주 재미없는 농담을 해대면서 내가 부끄럽다는 사실을 분명히 밝혔으니까.'

마이크: "당신은 철저한 프로야. 가사 노동 분야에서는 그게 중요한 것 같아."

'무슨 말이 하고 싶은 거야? 웬 가사 노동 분야?'

마이크: "어떤 면에서 당신은 완벽한 브랜드나 마찬가지야. 늘

신뢰할 수 있고, 항상 똑같지."

'당신 취했어?'

이쯤에서야 재니스는 질문한다. "마이크, 무슨 말이 하고 싶은 거야?"

마이크: "곧 알게 될 거야."

재니스: "언제?"

마이크: "요즘 내가 누굴 만나고 다니는지 궁금했을 거야."

재니스: "글쎄, 취업과 관련된 만남이기를 바라." (하지만 지금 생각해 보니 알코올의존증 모임에 나간 게 아닐까?)

마이크(커피잔과 비스킷 두 개를 집어 들고 주방 문으로 걸어가며): "조금만 참아. 아직 몇 명 더 만나야 해. 이번 주에 며칠 늦을 수도 있어."

재니스는 바람을 피우는 거냐고 묻고 싶지만 아무래도 자신의 말투가 그러기를 바라는 사람처럼 들릴 것 같아서 묻지 않기로 한다.

마이크(이제 복도에 서 있지만 주방 문 사이로 다시 고개를 내밀며): "우리가 이런 대화를 나누게 되어서 다행이야. 당신은 늘 날 많이 지지해 줬어. 나도 알아. 우린 좋은 팀이 될 수 있을 거야."

재니스는 어디서부터 이야기를 시작해야 할지 감도 잡히지 않는다. 마치 형편없는 동기부여 강사가 하는 말 같다. 어쩌면 그쪽 사람들을 만나고 다니는 건지도 모른다. 맙소사, 제발 그런 일은 없기를. 설마 마이크가 동기부여 강사를 하려는 건 아니겠지? 그가 아직 해보지 않은 몇 안 되는 분야 중 하나다. 천 개의 직업을 거친 남자라니. 생각만 해도 끔찍하다. 재니스는 가로등 기둥과 빈 상점 쇼윈도에 그의 얼굴이 찍힌 포스터가 붙어 있는 광경을 상상한다. 그의 강연을 들으러 지역 센터와 여러 도서관으로 오라는 홍보 포스터다. 재니스는 자신이 데키우스와 함께 포스터를 따라다니며 다 떼어버리는 모습을 상상한다.

만약 남편이 정말로 강사를 할 작정이라면 과연 그만두라고 설득할 수 있을지 생각하며 재니스는 버스 정류장으로 걸어간다. 남편이 그녀의 말을 듣기나 할까? 확실히 지금까지는 듣지 않았다.

"아, 당신이군요."

그녀는 생각에 푹 잠긴 나머지 운전기사가 지리 선생님을 닮은 남자라는 사실도 몰랐다. 그가 말을 걸기 전까지는. 그가 다시한번 "아, 당신이군요"라고 말하더니 미소를 짓는다. 그 미소를 본 재니스는 가슴이 철렁 내려앉다 못해 버스 바닥까지 뚫고 떨어진다.

"아, 그건요……." 재니스가 말문을 연다.

그때 뒤에서 어김없이 "빨리 좀 타요!"라는 말이 들린다.

"그럼죠!" 재니스는 간신히 그렇게 말하고 버스에 올라타 자리에 앉는다. 대체 무슨 생각이지? 그럼죠? 요즘 누가 '그럼죠'라는 말을 쓰나. 애거사 크리스티 원작 드라마에 등장하는 헤이스팅스 대위가 아니고서야. 데키우스가 옆에 있었더라면 좋았을 텐데. 그랬다면 '제기랄, 대체 무슨 생각을 하는 거야, 이 여자야?'라는 눈빛으로 그녀를 올려다보았으리라.

이제 어떻게 해야 할까? 내릴 때 기사에게 무슨 말이라도 해야 할까? 하지만 그러려면 다른 사람들처럼 뒷문으로 내리지 않고 앞문으로 가서 내려야 한다. 아니면 뒷문으로 내리면서 그냥 손만 흔들까? 기사가 그녀를 돌아봐 주기를 바라면서? 하지만 그녀가 어느 정류장에서 내릴지 그가 알까? 재니스는 데키우스가 뭐라고 충고했을지 생각해 본다. 비록 데키우스는 멀리 떨어져 있지만 어떤 표정을 지을지 상상할 수 있다. '카르페 디엠'이라고 아주 분명하게 말하는 표정일 것이다. 데키우스가 하기에는 심오한 충고지만 생각해 보면 로마 황제의 이름을 딴 개니까 라틴어를 알겠지.

재니스는 내리기 직전에 자리에서 일어난다. 기사에게 '좋은 하루 보내세요'라고 기분 좋게 인사하기로 마음먹었으니 빨리 해치울 것이다. 그녀가 버스 앞문 쪽으로 다가가자 기사가 고개를 들어 미소를 짓는다. 인사를 건네려던 재니스는 운전석 앞에 버스 내부를 실시간으로 보여주는 여러 개의 CCTV 화면이 있는 것을 발견하고 경악한다. 그걸 가리키며 그녀가 할 수 있는 말은 이것뿐이다. "당신은 다 볼 수 있네요."

"네." 기사가 고개를 끄덕인다.

"지난번에 날 봤겠군요."

"네."

"내가 버스 앞으로 이동하면서 당신을 지켜보는 모습을요."

"네."

체면이란 체면은 다 구긴 채 재니스는 내리려고 몸을 돌린다.

"일주일 중에서 가장 기분 좋은 날이었어요." 그가 나직이 말한다.

재니스는 자신이 제대로 들었는지 확신할 수 없어서 그를 돌아본다.

"사실은 1년 중에서 가장 행복한 날이었죠." 그가 좀 더 단호하게 말한다. 재니스는 그의 말에 약간 억양이 있는 것을—스코틀랜드인가?—알아차린다. 그의 녹색 빛이 도는 회색 눈동자는 마치 그녀와 둘만 아는 농담을 공유하는 듯하다. 저 남자는 스노든 산을 오르는 것뿐 아니라 춤도 좋아할까? 그러더니 그녀가 하려던 말을 그가 훔쳐 간다. 그도 무슨 말을 할지 생각하고 있었을까?

"좋은 하루 보내세요."

재니스는 데키우스를 데리러 갔던 길이 기억나지 않는다. 그래그래그래 부인과 무슨 이야기를 나눴는지도 기억에 없다. 그녀의 면전에 대고 '그러든지 말든지요'라고 말하지는 않았을 테지만 마음속으로 그렇게 생각하고 있었던 건 확실하다. 피오나와 애덤의 집에 도착할 무렵에는 마음이 좀 더 진정된다. 오늘따라 데키우스는 유독 활기차다. 애덤이 나타나길 기다리는 동안 마치 발에 스프링이 달린 개처럼 뛰어다닌다. 발이 땅에 닿을 때마다 그녀를 올려다보는 데키우스의 얼굴은 미소 짓는 듯하다. 만약 폭스테리어가 웃을 수 있다면 아마 저 얼굴일 거라고 재니스는 생각한다. 데키우스가 어떤 기분인지 알기에 그녀도 함께 웃고 싶다.

피오나와 애덤이 현관으로 나오고, 애덤과 데키우스가 서로

쫓고 쫓기는 동안 피오나가 재니스의 팔을 톡톡 친다. "오늘은 애덤 혼자 데키우스를 데리고 동네 한 바퀴 돌아도 될까요? 멀리 가지 않을 거예요. 당신과 커피를 마시고 싶어서요."

재니스는 피오나가 무슨 말을 하려는지 궁금하다. 할 말이 있는 게 틀림없다. 하지만 오늘 아침에 남편과 나눈 대화처럼 기이하지는 않을 것이다.

"좋아요." 재니스는 그렇게 대답하고 덧붙인다. "하지만 데키우스에게 목줄을 계속 채워두는 게 좋을 것 같아요." 티베리우스에게 그의 혈통 좋은 개가 없어졌다고 설명하고 싶지 않다. 애덤을 믿을 수 있다는 건 알지만 그래도 재니스는 이렇게 말한다. "널 믿지 못해서가 아니야, 애덤. 다만 내 개가 아니라서 무슨 일이 생기면 안 되거든." 분위기를 조금이나마 부드럽게 하려고 재니스는 웃으며 덧붙인다. "그랬다가는 아줌마가 감당 못 해."

애덤은 재니스를 바라본다. 아마 그 '머저리' 상담사를 바라볼 때도 저런 표정이 아니었을까? "저도 마찬가지예요." 애덤은 그렇게 말하더니 데키우스의 목줄을 손에 단단히 감은 채 자리를 뜬다.

피오나는 이미 프렌치프레스로 커피를 내려놓았고, 접시에 비스킷도 준비해 두었다. 처음부터 재니스와 커피를 마시려고 작정한 것이다. 대체 무슨 말을 하려는 걸까?

피오나는 한동안 무릎에 놓인 안경을 만지작거린다. "본론은 천천히 꺼내려고 했는데……." 그러고는 고개를 들어 한쪽 입꼬리만 올라간 미소를 짓는다. "처음에는 날씨 얘기도 하고 말이에요. 하지만 마음이 급해서……." 피오나는 애덤과 데키우스가 떠난 방향으로 창밖을 내다본다. "애덤이 괜찮을까요?"

두 사람이 마실 커피조차 따르지 않았다는 사실을 잊은 채 그녀가 말을 쏟아낸다. "데키우스가 오면 애덤은 너무 행복해 보여요. 한동안은 예전의 애덤으로 돌아간 것 같아요. 혹시 애덤이 당신에게 무슨 말이라도 했나요? 이런 질문 하면 안 된다는 거 알아요. 애덤이 알았다가는 날 미워하겠죠. 하지만 애가 너무 걱정돼요. 학교에서는 잘 지내고, 선생님들도 정말 잘 대해주고 있어요. 축구부에 친구가 몇 명 있는데 그렇게 친하지는 않은 것 같아요. 그 친구들을 집에 초대하라고 했더니 '왜? 유치원 때처럼 걔들 엄마들도 함께 초대하게?'라고 대꾸하고는 쿵쾅거리며 방으로 가버렸어요."

이제 피오나는 울고 있다. 시끄럽게 꺽꺽거리며 흐느끼는 게 아니라 마치 이렇게 흐르는 게 익숙하다는 듯이 눈물만 줄줄 흐른다. "내가 애덤에 대해 이야기할 수 있는 단 한 사람, 그리고 나만큼 애덤을 사랑하는 단 한 사람은 빌어먹게 애덤 곁을 떠나버렸어요. 그리고 난 이제 어떻게 해야 할지 모르겠어요."

재니스는 바닥으로 내려와 무릎을 꿇은 채 두 손으로 피오나의 손을 잡는다. "애덤에게는 당신이 있잖아요." 할 수 있는 말은 그것뿐이다. "자신을 사랑해 주고 늘 곁에 있어주는 엄마가 있어요." 재니스는 몸을 약간 빼지만 여전히 피오나의 손을 잡고 있다. "당신이 어떻게 해야 할지 나도 모르겠어요." 그러고는 본능적으로 덧붙인다. "난 그저 청소 도우미일 뿐인걸요." 그녀의 본능이 옳았다. 그 말에 피오나가 반쯤 웃는다. "그건 그렇고 평판 조회에 응해줘서 고마워요."

"천만에요. 근데 나랑 통화한 그 노부인은 약간 쌈닭 같던데요? 그런 사람하고 일해도 괜찮겠어요?"

괜찮지 않지만 재니스는 설명 대신 이렇게 말한다. "그분은 전직 스파이였어요."

"아." 피오나는 완벽하게 납득이 간다는 듯이 고개를 끄덕인다. 하지만 사실 전혀 납득이 가지 않는 설명이라는 걸 재니스는 알고 있다. 재니스는 다시 의자에 앉아 두 개의 커피잔에 커피를 따른다. 피오나는 유가족들을 위해 늘 준비해 두는 티슈에 손을 뻗더니 "티슈가 여기 있으니까 편하네요"라고 말하며 한 장을 뽑는다.

재니스는 말 그대로 뭐라고 말해야 할지 모른다. 그래서 고민하지 않고 그냥 말해버린다. "데키우스랑 산책할 때 애덤은 가끔씩 그저 강아지랑 노는 열두 살 아이로 돌아가는 거 같아요. 존의 죽음이 애덤의 삶을 규정하는 걸 원치 않는다고 했죠? 우리가 자신의 이야기를 선택할 수 있는지 없는지 그 답은 나도 몰라요. 하지만 데키우스랑 들판에서 함께 노는 동안에는……."

"강아지 이름이 진짜 괴상하네요." 피오나가 끼어든다.

"주인의 이름은 티베리우스예요."

"맙소사! 누가 더 불쌍한지 모르겠네요."

재니스는 그 답을 알지만 말하지 않는다. "내가 하려던 말은, 들판에서 노는 애덤을 보면 아빠의 자살로 그 애의 삶이 규정되지 않는 순간이 있다는 거예요." 재니스는 일부러 직설적으로 말한다. 지금은 '세상을 떠났다'라거나 '더는 우리와 함께하지 않는다'는 말을 할 때가 아니기 때문이다. "물론 그 사실을 잊지는 않았겠죠. 그건 아마 혈관을 흐르는 피처럼 애덤의 일부일 거예요. 하지만 애덤은 그 사실을 받아들이면서도 어느 정도 평화를 찾았어요."

피오나는 고개를 끄덕인다.

"나도 답을 몰라요. 누군들 알까요. 하지만 애덤을 보면 괜찮아질 거라는 생각이 들어요. 앞으로 살면서 그런 순간이 점점 더 많아질 거예요." 재니스는 이렇게 덧붙인다. "당신도 가끔 우리랑 함께 산책해요."

피오나는 갑자기 매우 피곤한 듯 한숨을 내쉰다. "그러고 싶어요."

재니스는 한 가지 더 말하고 싶다.

"내가 애덤 나이였을 때는 엄마가 곁에 있어주지 않았어요. 당신 같은 엄마를 가질 수만 있다면 난 뭐든 했을 거예요."

"아, 고마워요." 피오나가 말한다. 하지만 재니스는 아마도 저 말이 무슨 뜻인지 피오나가 절대 이해할 수 없을 거라고 생각한다. 남편이 자살하는 것이 어떤 일인지 자신이 결코 이해할 수 없듯이.

데키우스를 집에 데려다주려고 갔더니 그래그래그래 부인이 뒷문 안쪽에서 그녀를 기다리고 있다. 재니스는 녹초가 되었지만 그래그래그래 부인을 보는 순간 즉시 경계 태세에 들어간다. '쭈

그리'로 보이려고 노력한다. 앞으로 어떤 일이 일어나든 과소평가하는 편이 더 나을 거라는 느낌이 든다.

이번만큼은 데키우스가 그녀에게 너무 바짝 붙어 앉지 않았더라면 좋았으리라. 데키우스는 그녀의 왼쪽 신발에 엉덩이를 올린 채 앉아 있다.

"데키우스가 당신을 무척 좋아하네요." 그래그래그래 부인이 의아한 목소리로 말한다.

"아, 아마 제가 밥을 줘서 그럴 거예요." 재니스는 그렇게 말하고는 곧바로 후회한다.

"하지만 데키우스는 특별한 채식 식단을 따르고 있어요. 혹시 간식을 주는 건 아니겠죠?" 그래그래그래 부인이 미심쩍은 표정으로 말한다.

"아뇨, 부인이 외출한 날에 제가 밥을 주는 걸 말하는 거예요." 재니스는 최대한 모자라고 보잘것없는 사람처럼 보이려고 애쓴다. 데키우스에게 어서 눈치채고 주방에 있는 강아지 방석으로 가라고 발끝을 들어 올린다.

하지만 데키우스는 엉덩이를 조금 더 올려 그녀의 발목 쪽에 자리 잡는다.

"시어머니를 잘 보살펴 줘서 정말 고마워요. 어머니가 쉬운 분이 아니라는 거 알아요……." 그래그래그래 부인이 맞장구를 쳐 달라는 듯이 말을 멈추고 기다린다.

왠지 모르게 재니스의 머릿속에서 지하철역의 '발 빠짐 주의' 안내 방송이 큰 소리로 들린다. "괜찮아요. 이제 그만 가봐야겠어요." 재니스가 최대한 밝게 말한다.

그래그래그래 부인은 밖으로 한 발짝 더 나오며 그녀를 붙잡는다. "요즘 어머니와 대학 사이에 많은 일이 있어요. 아주 복잡하죠. 우린 어머니가 걱정하는 걸 원치 않아요. 그러니까 혹시라도 어머니를 속상하게 하는 일이 있으면 꼭 우리 남편에게 말해주세요. 노인들이 어떤지 알잖아요. 오해를 잘하죠. 그러니까 우리 남편에게 말해주는 게 옳은 일이에요. 사실상 남편이 모든 일을 다 처리하고 있거든요. 법적 대리권도 가지고 있고, 어머니의 법적 문제들도 챙기고요. 어머니 혼자 다 처리하기는 힘드니까요⋯⋯."

재니스는 믿을 수가 없다는 표정을 짓지 않으려고 노력하며 최대한 멍한 눈으로 그녀의 왼쪽 귀만 뚫어지게 바라본다.

그래그래그래 부인은 코트에(오늘은 에메랄드그린색 코트에 지퍼 안쪽은 죽은 꿩 무늬 안감이다) 달린 여러 개의 오줌색 지퍼 중에서 하나를 만지작거리며 말한다. "맞아요, P 부인, 그이가 책임자예요." 그러더니 천천히 의미심장하게 덧붙인다. "당신이 말해주면 우리 남편도 그냥 지나치진 않을 거예요."

재니스는 어딜 봐야 할지 몰랐지만 이 소름 끼치는 여자를 계속 바라볼 수 없다는 건 알고 있다. 그래서 데키우스를 내려다본다. 데키우스가 그래그래그래 부인을 어떻게 생각하는지 얼굴 전체에 또렷이 적혀 있다. '이런 개쌍—'

"안 돼!" 자기도 모르게 재니스가 소리친다. 그 욕만은 도저히 듣고 싶지 않다.

그래그래그래 부인은 뺨이라도 맞은 듯이 뒤로 물러난다.

충격이 감도는 침묵 속에서 두 여자는 서로를 바라본다. 뒤늦게 재니스는 무릎을 꿇고 데키우스의 입속을 뒤지기 시작한다. '그냥 가만히 있어.' 재니스는 마음속으로 데키우스에게 애원한다. 다른 손으로는 코트 주머니에서 휴지를 슬쩍 꺼낸 다음 어설픈 마술사처럼 과장된 동작으로 일어난다. "정말 죄송해요. 데키우스 입안에 뭐가 있는 줄 알았어요."

데키우스는 매우 못마땅하다는 듯 재채기를 하고는 총총 가버린다. 그럴 만도 하다. "데키우스가 질식할까 봐서요." 재니스가 구차하게 변명한다.

나중에 집 밖으로 나온 재니스는 택시를 부른다. 택시비가 얼마가 나오든 상관없다. 그저 빨리 집에 가고 싶다. 제발 마이크가 '동기부여를 위한 모임'에 참석해 집에 없게 해달라고 기도한다. 길에 서서 택시가 도착하기를 기다리는 동안 눈이 내리기 시작한다. 재니스는 고개를 든 채 가로등 불빛 속에서 푸슬푸슬 내리는 진눈깨비를 바라본다. 그걸 멍하니 보고 있자니 초점이 나가면서 시야가 흐릿해진다. 감정도 이렇게 흐릿해진다면 좋으련만. 오늘 하루 극단적인 감정을 다 겪은 듯하고 그 때문에 완전히 지쳐버렸다. 머릿속을 비우려고 노력하는데 한 가지 생각이 자꾸 끼어든다. 틀림없이 오늘 밤 그래그래그래 부인은 '팁스'에게 어쩌면 P 부인은 그렇게 '쭈그리'는 아닐지 모른다고 말할 것이다. 재니스는 그 생각에 자신이 너무 불안해하지 않기를 바란다.

열일곱

이야기는 다른 사람에게 들려주지 않으면 소멸한다

"다른 옷은 없어?"

남편마저도 재니스가 일주일 넘게 매일 그녀가 좋아하는 빨간 스웨터를 입고 있다는 사실을 알아차린다. 재니스는 이틀에 한 번씩 밤마다 그 스웨터를 빨아 욕실의 온열 수건걸이에 걸어 아침까지 말린다. 다 마르지 않아도 아침이 되면 그냥 입는다. (재니스가 공기를 빼는 밸브를 교체했음에도 이 수건걸이는 제대로 작동한 적이 없다.) 지리 선생님처럼 생긴 운전기사는 통 보이질 않지만 오늘 아침에는 폭주족처럼 생긴 기사가 그녀를 보더니 은밀하게 속삭인다. "브레컨 비컨스 산맥이요."

재니스는 화끈거리는 얼굴로 버스 뒤쪽에 앉는다. 다들 그녀가 무슨 생각을 하는지 아는 걸까? 그녀는 지리 선생님 기사가 휴가라도 갔나보다고 생각하던 차였다. 버너뎃 수녀님 말대로 그녀가 '완전히 웃음거리'가 된 걸까? 아니면 저 폭주족이 지리 선생님 친구라서 지리 선생님이 그녀에게 그 말을 전해달라고 부탁한 걸까?

재니스는 계속 그 생각을 하며 또 다른 책 한 무더기를 테이블로 가져간다. B 부인의 서재 정리 작업을 절반쯤 마친 상태다. 지난 몇 번의 방문을 통해 두 사람은 보라색 기모노를 입은 노부인이 처음 현관문을 열어줬을 때는 가능할 거라고 생각지도 못했던 다정한 공존 관계를 구축한 듯하다. B 부인은 재니스에게 여기 있는 책의 목록을 만들어달라고 부탁했다. B 부인에게는 컴퓨터가 없고, 컴퓨터 사용법을 배울 생각도 없었으므로 재니스는 구닥다리 색인 카드를 작성하는 중이다. 그걸 작성하려면 (진품으로 밝혀진) 치펀데일 의자에 앉아 큼직한 떡갈나무 테이블에 책을 펼친 채 하나씩 검토해야 한다. B 부인은 철저하게 검토하라고 독려한다. "책이 무슨 내용인지 모르면서 어떻게 정확히 분류할 수 있겠어?"

따라서 재니스는 집 안을 정돈된 상태로 유지하는 데 필요한 약간의 청소를 마친 후에 그날 기분에 따라 두 사람이 마실 커피나 핫초콜릿을 만든 다음 책을 읽기 시작한다. B 부인은 자신이 좋아하는 안락의자에 앉아 《타임스》를 읽다가 어이없는 기사를 볼 때마다 큰 소리로 코웃음을 치거나 욕설을 내뱉는다. 재니스는 단어와 삽화를 살피는 일뿐 아니라 책을 손으로 만졌을 때의 촉감도 좋아한다. 책마다 촉감이 다 다르다. 책의 DNA는 무게, 감촉, 종이의 냄새를 통해 드러난다. 면지의 색과 질감, 손바닥에 닿는 책등이 평평한지 맛조개처럼 둥근지, 손끝에 닿는 표지의 올록볼록한 글씨와 인쇄된 글씨의 각기 다른 촉감, 책마다 손때를 가장 많이 탄 페이지가 저절로 펼쳐지며 주인이 제일 좋아하는 이야기, 작가, 레시피가 무엇인지 보여주는 방식까지. 재니스가 앉은 자리에서는 창문 너머로 사각형 잔디밭이 보이고, 지나다니는 학생들을 지켜볼 수 있다. 순찰을 도는 스탠이 지나가며 손을 흔든다. 그에게 손을 흔들어주며 재니스는 지금 이 시간이 의심의 여지 없이 일주일 중에서 가장 행복한 시간임을 깨닫는다. 하지만 곧 데키우스의 얼굴을 떠올리며 ('날 잊어버리다니! 어이가 없네.') 얼른 생각을 고쳐먹는다. 가장 행복한 시간은 아니고 데키우스와 산책할 때만큼이나 행복한 시간이다.

오늘은 격자 틀이 있는 유리창으로 햇살이 쏟아져 들어온다. 태양이 무늬를 만들면서 그녀의 스웨터를 말리고, 살갗에 닿는 털실을 따뜻하게 달군다. 조금 전에 재니스는 B 부인과 공유하고 싶은 이야기를 발견했다. 이런 이야기를 재니스가 큰 소리로 읽어주는 것도 일상이 되었다. 반드시 이야기여야 하고, 반드시 실화에 바탕을 두어야 한다(이야기 수집가로서 재니스가 요구하는 조건과 일치하기도 한다).

"이 이야기가 마음에 드실 거예요, B 부인. 주인공이 부인이랑 비슷하거든요."

"그게 무슨 말이야?" B 부인이 호통치고, 재니스는 세상에는 절대 변하지 않을 것들이 있다고 생각한다.

"여기 퍼스셔 역사책에서 발견한 이야기예요. 남편분이 스코틀랜드 출신인가요? 서재에 스코틀랜드에 관한 책이 많은 것 같은데……."

"자네가 스코틀랜드인이 아니듯이 우리 남편도 스코틀랜드인이 아니야. 홈 카운티스* 출신이지." B 부인은 마지못해 덧붙인다. "하지만 하일랜드**에 사냥할 때 머무는 시댁 소유의 산장이 있기는 해."

"아, 그렇군요."

"어서 시작해. 낭비할 시간이 없어. 자네는 눈치 못 챘겠지만 난 점점 늙어가고 있다고."

재니스는 빙그레 웃으며 이야기를 시작한다. "이건 쇼걸과 결혼한 백작의 이야기예요. 쇼걸은 당시 표현대로 하자면 '빛 좋은 개살구' 같은 여자였죠. 전성기가 훨씬 지났지만 백작은 쇼걸을 사랑했어요. 쇼걸도 백작을 사랑했고요."

재니스는 효과적인 이야기 전달을 위한 새로운 지침을 발견했다(이제 자신의 이야기를 공유할 준비가 됐으므로). 그건 바로 이야기를 특정한 방식으로 다시 들려줘야 한다는 것이다. 마치 커다란 동화책을 소리 내어 읽듯이.

"말해봐. 그 재미있는 이야기에서 나는 백작이야, 매춘부야?"

"아, 당연히 매춘부죠. 미인은 아니지만 존재감이 대단하니까요."

재니스는 저러다 핫초콜릿을 마시던 B 부인이 사레들릴지도

　✦　런던을 둘러싼 주변 지역.
　✦✦　스코틀랜드 산악지대.

모른다고 잠시 생각한다.

"마을 사람들은 새로운 백작 부인을 달가워하지 않았고, 슬프게도 열렬히 환영해 주지도 않았어요. 솔직히 그들은 백작 부인의 모습을 창피하다고 생각했죠. 그녀는 백작의 어머니나 누이들 같은 옷을 입으려고 하지 않았고, 대신 무대의상 같은 옷을 선택했는데 이제 쓸 수 있는 돈이 더 많다 보니 전보다 색깔이 더 밝아지고 화려해졌어요. 시가 식구들과 지역 상류층 인사들은 그녀를 경멸했고, 마을 사람들은 등 뒤에서 그리고 종종 면전에서 그녀를 비웃었죠. 사람들이 비웃을수록 백작 부인은 그들을 더욱 충격에 빠뜨렸어요. 마차를 밝은 분홍색으로 칠한 다음, 남편에게 결혼 선물로 받은 밤색 말들 대신 유랑 서커스단을 운영하는 친구에게 빌린 얼룩말을 그 마차에 맸죠. 그러고는 얼룩말이 이끄는 마차를 타고 교회에 갔어요. 그녀 옆에 행복하게 앉아 있는 백작과 함께. 목사가 천박한 과시가 얼마나 위험한지 훈계하는 설교를 하자 백작 부인은 다시 서커스단 친구에게 연락해 호랑이 한 마리를 빌렸어요. 그러고는 어느 날 밤늦게 교회 문에 호랑이를 묶어두었죠. 그래서 가여운 목사는 교회에 들어가지 못했대요."

"왜 '가여운 목사'라고 하는 거야? 내 생각에는 그런 일을 당해도 싼 것 같은데."

"백작 부인을 마음에 들어 하실 줄 알았어요." 재니스는 B 부인을 보며 씩 웃는다. "바야흐로 백작 부인에게 인생 최고의 순간이 찾아와요. 어느 날 목사와 교구 사람들은 교회 본당 창문을 수리하는 데 아주 많은 돈이 들 거라는 사실을 깨닫죠. 성모마리아 그림이 그려진 스테인드글라스를 교체해야 했던 거예요. 지역 교구에서 감당할 수 없을 정도의 돈이 들기 때문에 교회에서는 자연스럽게 백작에게 부탁했어요. 백작은 늘 시민으로서의 의무감이 투철했으니까요. 백작은 창문 수리비를 지원하는 조건으로 아내를 위원회 임원으로 받아달라고 했어요. 목사는 그 조건을 거절하지 못하고 수락했죠. 또한 백작은 마지막에 이렇게 말했어요. 위원회 임원으로서 아내가 창문에 그릴 디자인을 감독하는 역할을 맡을 거라고요. 그 때문에 석 달 뒤 창문 제막식에 참석한 교구민들은 성모마리아가 아닌 육감적이고 화려한 백작 부인이 그려진 스테인드글라스를 보게 되었죠."

B 부인이 폭소한다. "이거 참 자네가 수집하기 좋은 이야기로군."

재니스는 B 부인에게 자신이 이야기 수집가라고 말한 기억이 없지만 말할 필요가 없는 듯하다.

나중에 재니스가 수프를 만들고 있을 때 B 부인이 절뚝거리며 다가와 근처 스툴에 앉는다.

"베키의 전쟁 시절을 들을 준비가 됐나?"

"네, 준비됐어요." 양파와 도마를 향해 손을 뻗으며 재니스가 말한다.

"오늘은 전쟁 초창기에 집중해야 할 것 같아. 왜냐하면 전쟁 후반부에 이르면 외국인 왕자가 극적으로 등장하니까."

"왕자는 잊고 있었네요." 재니스는 그렇게 말하고는 덧붙인다. "진짜 왕자 말하는 거죠? 두 명이라고 했던 것 같은데요."

"그래, 나중에 왕이 될 진짜 왕자야."

양파를 썰던 재니스는 이 이야기가 점점 더 동화 같다는 생각이 든다. "이거 실화 맞아요?" 그녀가 확신 없는 목소리로 묻는다.

"아무렴."

"그럼 전쟁은요? 1차 세계대전을 말하는 건가요?"

"자네를 가르친 수녀들이 자기들의 가르침이 헛되지 않았다는 걸 알면 아주 자랑스러워하겠어." B 부인이 잔뜩 비꼬며 말한다.

"전 수녀님에게 배웠다고 말한 적 없는데요."

"그랬나?" B 부인이 모호하게 말한다. 재니스는 노부인이 교활한 사람이라는 사실을 다시 한번 상기한다. 방심해서는 안 될 상대다.

"그래서 전쟁이 일어났을 때 베키는 어디에 있었나요?" 재니스가 묻는다.

"여전히 파리에서 끝내주게 즐거운 시간을 보내고 있었지. 돈과 영향력이 있는 사람에게는 전쟁 중의 삶이 의외로 즐거울 수 있거든. 한때 전쟁 중이라는 이유로 탱고가 금지되기는 했지만."

"참 불쌍하기도 하네요." B 부인을 흉내 내며 잔뜩 비꼬는 말투로 재니스가 말한다.

"얼마 지나지 않아 베키는 전쟁 지원 활동에 참여하기로 결심하고 한 남작 부인을 도왔어. 그 부인은 의사들이 병원을 오갈 수 있도록 교통편을 마련하고 있었지. 베키는 그 여자와 일하는 게 좋았을 거야. 평상시였다면 남작 부인은 베키를 거들떠보지도 않았을 테지만. 그때쯤 우리의 베키는 멋진 신형 르노를 소유하고 있었어. 수녀원 자리에 있던 자동차 영업장에서 샀을까? 그랬으면 좋을 텐데. 어쨌든 그녀는 봉사활동을 했고, 운전기사가 되어 용감하게 의사들을 실어 날랐어."

"베키는 전투가 벌어지는 곳 근처에서 살았나요?"

"그럴 리 없지. 베키의 첫 번째 규칙을 기억해. '내 살길이 먼저다.' 베키는 개인 요리사와 베트남 출신 하녀를 데려갔어. 그러니 별로 큰 어려움을 겪지 않고 살았을 거라고 볼 수 있지."

한창 이야기를 하던 B 부인이 갑자기 생각에 잠긴 표정으로 말을 끊는다. "우리 베키가 베키 샤프와 다른 점이 그게 아닐까? 베키 샤프는 하인들에게 관심을 보인 적이 없었어. 안 그래?"

재니스는 고개를 끄덕이고 당근을 썰기 시작한다.

"이상하게도 베키의 하인들은 그녀에 대해 나쁜 말을 거의 하지 않았어. 오히려 좋은 말을 많이 했지. 베키가 적어도 그들에게는 친절했던 모양이야. 난 그 점이 흥미롭더라고."

"뭐가요? 자기가 고용한 사람들에게 친절할 수 있다는 사실이요?" 재니스가 참지 못하고 대꾸한다.

"자네는 매일 점점 더 베키 샤프처럼 되어가고 어밀리아와 멀어지고 있어."

재니스는 말문이 막힌다. 이번 판은 B 부인이 이겼다는 걸 둘다 알고 있다.

이야기를 계속하는 B 부인은 활기가 넘치는 듯하다. "유감스럽게도 사람들을 보살피는 천사라는 베키의 역할은 오래가지 못했어. 마침 날씨가 추워지자 베키는 남작 부인과 그녀의 선행을 뒤로하고 떠날 구실을 찾았지. 그래서 병에 걸렸다는 핑계를 댄 게 아닌가 싶어. 왜냐하면 갑자기 어떤 젊은 의사가 그녀에게 건강을 위해 추운 나라를 떠나 유행의 중심지 카이로로 가야 한다고 말했기 때문이야. 마침 카이로는 베키가 가고 싶은 도시였지."

"베키가 의사를 어떻게 설득했을까요?"

"그건 상상에 맡기지. 일단 카이로에 도착한 베키는 또 다른 '중요한 남자'를 사귀었어. 당연히 유부남이었는데 이번에는 이집트 왕족과 결혼한 유부남이었지. 그 이집트인 친구에게 말이 가득한 마구간이 있었는지는 모르겠지만 롤스로이스가 가득한 차고는 있었어. 그러니 어떤 면에서는 봉사활동을 계속할 수 없었던 베키의 실망감을 달래줬을 거야." B 부인의 말에서 빈정거림이 잔뜩 묻어난다. 그녀가 말을 잇는다. "그리고 여기서 베키가 어떤 사람인지, 또 앞으로 어떤 일이 일어날지 흥미로운 단서를 제공하는 사건이 일어나게 되지."

B 부인은 말을 멈추더니 갑자기 주제를 바꾼다. "정말 육수 없이 수프를 만들 거야?"

"네, 절 믿으세요. 전 청소 도우미니까요." 재니스가 씩 웃는다. "그래서, 무슨 사건이 일어났나요?"

"그 사건은 카이로의 전통시장에서 일어났어. 베키는 그 이집트인 친구와 외출했는데 그의 목숨을 노린 암살 시도가 있었어. 아마 처음이 아니었을 거야. 암살 미수범이 친구를 향해 돌진하자 베키는 몸을 던져 그를 막고 친구를 구했어."

"그 친구를 사랑했나 보네요."

"글쎄, 바로 그게 문제야. 내 생각에 베키는, 이건 그냥 내 의견이야, 어떤 남자들과는 연인보다는 친구로서 더 좋은 관계를 맺었던 것 같아. 나는 이 행동이 사랑이라기보다는 우정에 기인했다고 생각해. 그녀의 인생에는 그런 남자들이 있었어."

"어떤 남자들이요? 연인이라기보다 친구에 가까운 남자들?"

"그래. 하지만 이 사건은 베키가 이집트인 친구를 아주 소중히 여겼다는 걸 분명히 보여준다는 점에서 중요하다고 생각해. 그리고 다시 한번 말하지만, 이야기가 전개될수록 그 사실을 기억해 둬야 해."

"B 부인, 꼭 『천일야화』에 나올 법한 말씀을 하시네요." 재니스는 웃음을 터뜨린다.

별생각 없이 던진 말이지만 B 부인은 예사롭지 않은 반응을 보인다. 스툴 위에서 몸을 빙글 돌리더니 재니스를 뚫어지게 바라보며 묻는다. "무슨 뜻이야?"

B 부인은 아주 의심스럽다는 말투고, 재니스는 부인이 저렇게 나오는 이유를 도무지 알 수가 없다. 그냥 넘어가려는데 문득 어떤 생각이 떠오른다. "물론 베키가 동성애자일 수 있죠. 남자와의 섹스는 개인적인 취향이라기보다 직업적 선택이었을 수도 있고요."

B 부인은 긴장이 풀린 듯하다. "맞아. 우린 베키의 카탈로그를 잊어서는 안 돼. 그 뒤에도 베키는 앨범과 카탈로그를 많이 만들

었는데 그녀의 포트폴리오에는 레즈비어니즘, 도미나트릭스* 역할 수행과 함께 항문 성교도 포함되었지."

"그게 카이로에서 있었던 일인가요?"

"아니, 참을 수 없이 더운 이집트의 여름이 찾아오자 베키는 카이로를 떠나 파리로 돌아왔어."

"건강 때문이겠죠?" 재니스가 웃으며 말한다.

"맞아. 파리로 돌아온 베키는 원래 일했던 마담과 헤어지고 다른 마담과 관계를 맺었어. 아주 고급스러운 업소를 운영하는 마담이었는데 아마 파리에서 최고급일 거야. 베키는 자기 아파트와 살롱도 마련했지. 예전에도 말했듯이 고용인에서 사업가로 변신하는 과정은 대개 복잡해. 쿠르티잔이 되면서 베키는 막대한 부를 쌓은 사람들뿐 아니라 작위가 있는 귀족들과도 교제할 수 있었어. 그리고 가끔 운이 좋으면 둘 다 가진 남자를 만나기도 했고." B 부인은 시계를 본다. "시간이 늦었으니 오늘은 여기까지 하지."

"B 부인, 베키의 딸은 어떻게 됐나요? 계속 궁금했어요."

"여전히 농장에 살고 있어."

"베키가 딸을 만나러 농장에 자주 갔나요?"

"아니, 한 번도 가지 않았어."

재니스는 천천히 수프를 젓는다.

"무슨 생각을 하는 거지?" B 부인이 다그친다.

   ◆   성행위에서 남성을 지배하고 학대하는 역할을 맡는 여자.

"그러니까 그동안 딸을 한 번도 만나지 않았다고요? 베키는 돈이 많죠?"

"상당히 많은 액수의 돈과 재산을 모으고 있었지." B 부인은 재니스에게서 눈을 떼지 않은 채 고개를 끄덕인다. "그게 왜 그렇게 거슬리는데?"

뭐라고 말해야 할까? 딸을 만나지 않았다는 사실 때문에 모든 게 바뀌었다고? 지금까지는 영화를 보듯 베키의 삶을 순수한 오락 거리로만 여겼는데 갑자기 정신이 번쩍 든다. 아까는 탱고가 금지되었다는 말에 웃기까지 했는데 생각해 보니 불과 몇 킬로미터 떨어지지 않은 곳에서 군인이 수천 명씩 학살당하고 있었다.

베키가 제멋대로 사는 동안 농장에는 딸이 있었다. 엄마가 곁에 있어주기를 원하며 살아 숨 쉬는 아이가. 어떻게 자식을 모른 척할 수 있을까? 예전에도 재니스가 여러 번 자문했던 질문이기도 하다. 자신을 바라보는 B 부인의 따가운 시선이 느껴지고 재니스가 할 수 있는 말은 이것뿐이다. "이게 실제로 일어났던 일이고, 베키에게도 부정적인 면이 있다는 걸 잊고 있었던 것 같아요."

"뭘 기대한 거야? 자넨 실화를 원했잖아. 인간은 복잡한 존재야. 흑백논리처럼 단순하지 않다고. 원하는 게 뭐야?" B 부인은 초조한 기색을 보인다.

재니스는 뭔가 하고 싶은 말이 있는데 그것이 도무지 손에 닿지 않는 기분이다. 자신의 엄마에 대해 말하고 싶은 건 아니다. 그건 그냥 그대로 묻어둬야 한다. 엄마 문제가 아니라 지금 이 순간과 훨씬 밀접한 무언가가 그녀를 괴롭히고 있다. 재니스는 다시 시도한다. "제 이야기에는, 전 이야기를 수집하거든요……." 이 사실을 소리 내어 말하니 안도감이 느껴진다. "전 평범한 사람들이 예상치 못한 일을 하는 걸 좋아해요. 그들이 용감하고 재미있고 친절하고…… 이타적인 사람들이라는 사실을요. 그들에게도 단점이 있다는 건 알아요. 당연하죠. 인간은 원래 그런 존재예요."

재니스는 부엌을 서성거리며 자신이 말하고자 하는 바를 명확하게 표현하려고, 붙잡으려고 노력한다. "하지만 그들의 이야기에서 선한 본성과 기쁨을 발견할 때면 위안을 받아요. 지극히 평범한 사람들, 그저 묵묵히 살아가며 최선을 다하려는 사람들이죠. 하지만 지금 부인은 철저히 이기적인 사람의 이야기를 하고 있어요. 악당이 되어야 할 사람을 데려다가 '이봐, 이 사람한테는 이런 장점도 있다고'라고 말하고 있다고요." 재니스는 서성이며 주먹을 불끈 쥔다.

"착한 사람에게 단점이 있듯이 악당에게도 장점이 있는 거야, 재니스. 순진하게 굴지 마. 나쁜 사람이든 악당이든 자네가 뭐라고 부르든 간에 그들도 나쁜 점만 있는 건 아니야." 이제 B 부인은 화가 난 듯하다. "자네가 하고 싶은 말이 뭔지 말해봐." B 부인이 다시 말한다. 이번에는 더 진지하게.

재니스는 공포에 가까운 눈빛으로 그녀를 바라본다. 짜증이 나고 불안하다. 살갗 밑에서 무언가가 기어다니는 듯하다. 그러더니 갑자기 말이 쏟아져 나온다. "부인의 말을 듣고 기뻐해야 정상이죠. '어머나, 나쁜 사람에게도 좋은 점이 있구나' 하고요. 하지만 왠지 그런 말은 듣고 싶지 않아요. 책 속 이야기일 때는 그냥 받아들일 수 있어요. 당차고 못된 성격에 그걸 보완하는 장점은 거의 없는 베키 샤프도 좋아할 수 있죠." 일단 말문이 터지자 멈출 수가 없다. "하지만 실화일 때는 누군가가 '하지만 저들도 나쁜 점만 있는 건 아니야'라고 말하는 걸 견딜 수 없어요. 왜냐하면 현실에서, 네, 바로 그거예요, 제 삶에서 저는 하루도 빠짐없이 나쁜 사람과 힘든 일을 견디며 살아야 하니까요."

심장이 두근거리고 귀에까지 심장박동 소리가 들린다. 그 소리가 그녀를 몰아붙인다. "전 오랫동안 저 자신에게 이렇게 말해 왔어요. '사람은 단순히 선악으로 나눌 수 없어. 그이는 망상에 빠져 있고, 사람들에게 상처를 주고, 이기적이고, 사람들을 실망시키고, 형편없는 아빠고, 거짓말하고, 과장하고, 내가 마룻바닥을 닦아서 번 돈을 물 쓰듯이 쓰면서 내가 하는 일을 무시하지.' 그러면서 또 '하지만 나쁜 점만 있는 건 아니야'라고 말하면서 그이의 장점을 찾죠. '계속 새 직장을 구하고, 백수 상태로 오래 있지 않고, 날 때리지 않고, 다른 여자를 쫓아다니지 않고, 가족끼리 외출도 하고, 꽤 유쾌한 성격이기도 하고, 펍에서 만나는 그이의 친구들은 그이를 좋아하는 것도 같고, 내가 부탁하면 쓰레기도 버려주잖아.' 근데 그거 아세요?"

재니스는 이제 소리를 지르고 있다. "그걸로는 충분하지 않아요. 충분하기는 개뿔. 그러니까 '균형 있게 봐야 해' 그리고 '이봐, 네가 쓰레기라고 생각한 사람도 사실은 장점이 있어'라는 부인의 말을 난 견딜 수가 없어요. 왜냐하면 난 그렇게 이성적인 사람이 되려고 이미 오랫동안 노력해 왔으니까요. 지금 부인이 내게 요구하는 태도로 이미 살아왔다고요. '아, 이건 흑백논리가 아니야, 재니스.' 하지만 빌어먹을 균형 잡힌 시각을 가지려고, 엿 같은 상황에서도 좋은 점을 보려고 모든 에너지를 다 쓰고 나면 나를 알지도 못하는 할머니가 균형 잡힌 시각을 가지라고 훈계하는 말이 듣기 싫을 때가 있죠. 가끔은 지붕에 서서 이 모든 게 엿 같고, 더 이상 못 해 먹겠다고, 아무것도 할 수 없다고 외치고 싶어요."

재니스는 걷잡을 수 없이 몸이 떨리고 순간적으로 싱크대에 토할 것 같다. 그러다가 우리에 갇힌 동물처럼 빙빙 돌더니 바닥에 쪼그리고 앉는다. 울고 있다고 생각하지 않았는데 얼굴이 축축하고, 인중에 콧물이 고여 있다. 재니스는 손으로 얼굴을 급히 닦으며 피오나를 생각하지만 얼른 그 생각을 떨쳐내려 한다. 만약 피오나를 계속 생각한다면 죄책감에 시달릴 것이다. 피오나의 상황이 훨씬 더 힘들기 때문이다. 그녀와 비교하면 재니스는 울어야 할 이유도 없다. 그렇다고 계속 자신에게 '너보다 더 힘든 사람들도 있어'라고 말하고 싶지도 않다.

싱크대 옆 바닥에 몸을 둥글게 말고 누워 차가운 바닥에 머리를 대고 싶다. 그래서 재니스는 그냥 그렇게 한다.

앙상한 손이 그녀의 어깨를 잡더니 목소리가 들린다. B 부인의 목소리와 너무 달라서 처음에는 다른 사람인 줄 알았다. "난로 옆 의자에 가서 앉아. 내가 브랜디를 가져다줄 테니까." 재니스는 잠시 이 사람이 커다란 푸른색 담요를 어디서 가져왔는지 의아해하다가 말을 건 사람이 B 부인임을 깨닫는다. 나선형 계단을 올라 갔다 내려온 것이 분명하다. B 부인을 봤더니 힘들었는지 얼굴이 하얗게 질려 있다. "우린 더블로 몇 잔씩 마실 거야. 우리 둘 다." B 부인이 단호하게 말한다.

누가 누굴 부축하는지 모르겠지만 어쨌든 그들은 난롯가로 가고, B 부인은 재니스를 남편이 앉던 낡은 의자에 밀어 넣은 다음 담요를 둘러준다. 그러고는 자기 의자에 털썩 앉아 세인즈버리스 슈퍼마켓 비닐봉지를 잡아당기더니 거기서 머그잔 두 개와 브랜디 한 병을 꺼낸다. "머그잔이라서 미안해. 하지만 브랜디 병과 유리잔을 함께 들고 오다가는 잔이 다 깨질 것 같아서."

"병째 마셔도 상관없어요." 재니스가 솔직하게 말한다. 이제 몸은 떨리지 않지만 교통사고를 당했다 구조된 사람처럼 온몸이 아프다.

B 부인은 브랜디가 가득 든 머그잔을 건네며 말한다. "이렇게 마시니 색다르군."

재니스는 웃기 시작하고, B 부인도 웃는다. 하지만 재니스는 자신들이 웃는 건지 우는 건지 분간할 수 없다.

열여덟

마음이 머무는 곳이 곧 집이다

재니스는 낯선 크림색 천장을 바라보며 깨어난다. 온수 파이프에서 이상하게 꿀렁거리는 소리가 나자 그쪽으로 고개를 돌린다. 휴대전화를 봤더니 오전 7시 14분이다. 지금 그녀가 있는 방은 대학에서 운영하는 게스트룸이다. 침대 두 개가 놓인 이 방에는 영국 심장 재단의 자선 가게에서 사 왔을 법한 가구들이 놓여 있는데 오래되기는 했어도 아직 쓸 만하다. 그녀가 누워 있는 침대는 좁고 딱딱하지만 이 순간만큼은 가장 마음 편한 곳이다.

어젯밤 B 부인은 그녀의 잠자리를 마련하려고 스탠을 불러 (부인은 그의 이름을 기억했다) 대학의 게스트룸 하나를 강제로 얻어냈다. 그 비용도 자기가 지불하겠다면서. 스탠은 푸른 담요를 두른 채 B 부인의 의자에 웅크리고 앉아 있는 재니스를 걱정스러운 눈으로 바라본다.

"재니스가 갑자기 사경을 헤맸어." B 부인이 스탠에게 설명했다.

그 말을 들은 재니스는 웃음을 참으려고 노력한다. 저 표현 자체가 너무 과장된 데다 브랜디 탓도 있다.

스탠이 구급차나 의사를 부르려고 하자 B 부인이 조용히―하지만 재니스에게 충분히 들릴 정도로―속삭인다. "한 달에 한 번 있는 그날이야."

쏜살같이 방에서 나가는 스탠을 보며 재니스는 웃을 뻔한다. 스탠이 도망친 뒤 B 부인은 자신이 짧게나마 스파이로 활동하는 동안 저 핑계만 대면 실패할 염려가 없었다고 말한다. "게다가 생리대 안에 많은 걸 숨길 수 있지. 물론 예전에는 생리대가 훨씬 컸지만." B 부인은 아쉬움이 역력한 얼굴로 덧붙인다.

그 말에 둘 다 웃음을 터뜨렸고, B 부인은 브랜디 두 잔을 더 따른다.

B 부인은 마이크에 대해서 혹은 재니스가 감정적으로 폭발한 이유에 대해 묻지 않는다. 하지만 자기가 마이크에게 전화해 재니스가 여기서 자고 갈 거라는 사실을 알리겠다고 우긴다. B 부인이 재니스의 휴대전화를 집어 들자 재니스는 담요를 더 단단히 두른다. 손가락으로 귀를 틀어막고 싶지만 그렇게 하면 지금보다 더 바보가 된 기분이 들 것 같아서 참는다.

재니스는 바지를 걷어 올린 쇠약한 노부인이 마이크에게 지시를 내리는 모습을 지켜본다. 통화하는 동안 B 부인은 작은 발을 앞뒤로 흔들고, 그걸 보며 재니스는 그녀가 이 상황을 즐기고 있다고 확신한다. B 부인의 태도는 대공작부인이라고 해도 손색이 없고, 그녀가 내뱉는 말 한마디 한마디는 유리라도 자를 듯이 날카롭다. 그녀는 어떠한 반박도 용납하지 않고, 마이크에게 입을 열 기회를 거의 주지 않는다.

재니스가 약간 어지럽다고 하는데 걱정할 정도는 아니다, 아마도 일을 너무 많이 한 것 같다. 버스를 타고 집에 갈 필요가 없도록 오늘 밤 내 손님으로 대학 게스트룸에서 잘 것이다. 아니, 당신이 차로 재니스를 데리러 올 필요 없다. 당신을 번거롭게 하고 싶지 않다.

재니스는 남편이 B 부인과 대화를 나눴다는 사실에 감동하리라는 걸 알고 있다. 그날 저녁 펍에 가면 마이크는 "레이디와 긴 대화를 나눴다"라고 과장해서 떠벌릴 것이다. 올해 크리스마스를 레이디와 함께 보내기로 했다고 말해도 놀랍지 않다.

재니스가 그만 자려고 자리에서 일어났을 때야 비로소 B 부인이 묻는다.

"왜 자네가 남편이랑 헤어지지 않는지 물어봐도 될까, 재니스? 무례한 질문이라고 생각한다면 그렇다고 말해줘."

뭐라고 말해야 할까? 동정심? 사이먼을 집에서 멀리 떨어진 기숙학교로 보내는 데 공모한 것에 대한 속죄? 둘 다 별로 설득력이 없는 듯해서 재니스는 그냥 이렇게 말한다. "물어보셔도 괜찮아요. 그리고 제가 그 이유를 알았다면 아마 말씀드렸을 거예요." 재니스는 문가에서 그녀를 돌아보며 말한다. "고마워요, 레이디 B."

B 부인은 다시 호통친다. "한 번만 더 그렇게 불러봐. 그랬다

가는 나도 자네를 P 부인이라고 부를 거야."

재니스는 게스트룸 침대에 누워 천장을 바라본다. 자신이 마이크
와 헤어지지 않는 이유를 콕 집어낼 수가 없다. 어젯밤의 감정적
폭발로 한 가지 분명히 알게 된 사실은 자신이 마이크와 헤어지
길 원한다는 것이다. 거대한 시소 위에 두 발을 벌린 채 서서 인
생의 균형을 잡으려고 애쓰는 대신 재니스는 그냥 시소에서 뛰어
내렸다. 시소 한쪽이 귀가 찢어질 듯한 굉음과 함께 바닥에 쾅 떨
어지도록 내버려뒀다. 그랬더니 약간 후련하다.

　자신이 동정심 때문에 마이크와 함께 산다고는 생각하지 않는
다. 동정심도 말라버린 지 오래다. 사이먼도 어린아이가 아니라
다 큰 성인이다. 만약 사이먼에게 속죄할 마음이 있다면 지금처
럼 멀찍이 떨어져서 마이크만 바라만 볼 것이 아니라 사이먼에게
손을 내밀어야 한다. 물론 경제적 문제도 있다. 마이크가 그녀에
게 말하지 않고 집을 또 저당 잡힌 적이 있기 때문에 그 돈을 갚
으려면 아직 몇 년 더 남았다. 하지만 저축해 둔 돈은 있다. 많지
는 않아도. 왜냐하면 다시 한번 말하지만 마이크가 걸핏하면 써
버리기 때문이다. 그래도 재니스는 꾸준히 몇천 파운드를 모았
다. 하지만 그 돈으로 어디에 갈 수 있을까? 집을 사기도 어렵고,
월세를 내기에도 부족하다. 몇 명 안 되는 친구들도 그녀를 도와
줄 형편이 못 된다. 그녀 역시 친구들에게 부탁하지 않을 것이다.
입주 도우미로 들어가 고용인과 함께 살 수도 있겠지만 그게 정
말로 그녀가 원하는 걸까? 24시간 내내 그래그래그래 부인 같은

사람이 부르기만 하면 재깍재깍 달려가라고? 그리고 데키우스랑 헤어질 수는 없다. 생각만 해도 패닉에 빠진다. 그리고 피오나랑 애덤도 있다. 그들과도 계속 연락하며 지내고 싶다. B 부인이나 캐리루이즈, 조디 같은 사람들도 잊고 싶지 않다.

한 시간쯤 지나자 재니스는 골치가 아프다. 문제들이 끝없이 돌고 돌 뿐 해답에 가까워지지 않는 듯하다. 어제 마신 브랜디도 도움이 되지 않는 것 같다. 이 모든 문제의 발단이었던 B 부인과의 대화를 돌이켜 본다. 무언가 바뀌어야 하는 상황이라는 걸 B 부인은 알았을까? 그래서 일부러 그 앙상한 손가락을 뻗어 허술하게 지어진 재니스의 세상을 지탱하는 헐거운 벽돌 하나를 쿡 찌른 걸까? B 부인이라면 그러고도 남는다.

그렇다면 B 부인의 세상은 어떤가? 그녀에게도 나름의 고민이 있다. 티베리우스에게도 숨겨진 미덕이 있을까? 재니스는 여전히 자신이 엿들은 대화를 B 부인에게 말할 생각이 없다. 아니아니지금은안돼라는 거만한 태도에도 불구하고 어쩌면 티베리우스는 정말로 아버지의 유지를 받들고, 아버지의 이름으로 교육적 유산을 남기고 싶은 건 아닐까? 어쩌면 어머니가 계단에서 떨어져 죽을까 봐 잠을 설치는 건 아닐까? 다른 선택지를 고려하지 않는 B 부인이 이기적인 걸까? 재니스의 마음은 또다시 빙글빙글 돌아간다. 해결의 실마리는 전혀 보이지 않은 채.

방에서 나오니 마이크가 스탠과 함께 경비실에서 그녀를 기다리고 있다. 두 사람은 축구 이야기를 하는 중이다. 아마 그녀가 다음번에 경비실을 찾아오면 스탠은 마이크가 좋은 사람이라고 말할 것이다. 마이크가 경비로 잠깐 일했던 대학에 스탠이 아는 사람이 있다면 좋을 텐데. 그러면 속으로는 '미안하지만 스탠, 당신은 마이크가 어떤 사람인지 전혀 몰라요'라고 말하고 싶으면서도 겉으로는 마이크를 열심히 칭찬하는 대화를 하지 않아도 될 것이다.

"자, 잰, 그만 집에 가자고." 마이크는 걱정스러운 표정으로 재니스를 차에 태워주며 가방을 받아 든다. 이 순간만큼은 남편이 진심이라는 걸 알고, 재니스는 자신도 모르게 다시 시소로 올라간다. 그렇게 나쁘기만 한 남자는 아니다. 아내를 데리러 오지 않고 혼자 버스를 타고 집에 오라고 하는 남자들도 있다. 재니스는 이 차를 자신의 돈으로 샀으며 기름도 자기 돈으로 넣는다는 사실을 억지로 되새긴다. 하지만 그 생각도 별로 도움이 되지 않는다. 자신이 이기적이라는 생각이 들기 때문이다. 결혼은 팀워크를 발휘해야 하므로 네 점수, 내 점수 나눠서 따지지 말아야 한다.

재니스는 차에 타서 차가운 유리창에 머리를 기댄다. 머리가 쪼개질 듯하고 녹초가 된 기분이다. 눈을 감고 마이크가 무슨 말을 하든 흘려듣는다. 마이크가 손을 내밀어 그녀의 어깨를 살짝 건드린다. "다 됐어. 이제 좀 자." 그러고는 라디오를 크리켓 중계방송에 틀어둔다. 그것도 큰 소리로.

집에 도착하자 재니스는 외출할 거라고 말한다. 지금은 도저히 저 현관문을 통과할 수 없다. 설령 뒤에서 누가 그녀의 등 한가운데를 떠민다고 해도. "신선한 공기 좀 마시고 싶어. 그 개랑 산책

하고 올게." 마이크 앞에서는 데키우스를 '그 개'라고 부른다. 마이크가 이름을 듣고 비웃거나, 펍에서 데키우스를 농담거리로 자주 사용하는 일이 없도록 하기 위해서다. 부디 데키우스가 이런 그녀를 용서해 주기를.

"커피도 안 마시고 가겠다고?"

'그래, 마이크. 네 염병할 커피는 네가 타서 마셔.' 재니스는 속으로만 그렇게 생각한다. 왜 지금은 자신의 분노를 말로 표현하지 않을까? 그녀에게서 분노가 서서히 스며 나오고 있다. 그저 길한복판에 누워 아무도 자신을 건드리지 않았으면 좋겠다. 하지만 대신 남편에게서 차 키를 빼앗아 그대로 떠난다.

재니스가 개를 좋아하는 이유는—사실은 데키우스를 좋아하는 이유는—개가 사람의 기분을 귀신같이 알아차리기 때문이다. 오늘 데키우스는 단 한 번도 점프하지 않고, 맛있는 냄새를 쫓아가지도 않는다. 그저 재니스 옆에 딱 붙어서 걷는다. 마치 다른 일은 안중에도 없다는 듯이. 그러고는 가끔씩 고개를 들어 재니스의 상태를 확인한다. 한쪽 입꼬리만 올라간 입과 갸웃거리는 머리를 보건대 데키우스는 그녀를 웃기려는 게 틀림없다. '나만 믿어, 꼬마야. 내가 널 스타로 만들어줄 테니까.' 하지만 이 농담이 효과가 없고, 재니스가 기진맥진한 상태로 강이 내려다보이는 벤치에 앉자 데키우스는 그녀의 무릎에 올라간다(주머니에 간식이 있는지 뒤져보지도 않고). 그러고는 그녀가 자신의 털에 얼굴을 묻도록 내버려둔다.

데키우스를 다시 집에 데려다주면서 재니스는 그래그래그래 부인이 집에 없기를 기도한다. 다행히 그래그래그래 부인은 집에 없다. 하지만 티베리우스가 부엌에서 커피를 마시며 태블릿을 보고 있다. "산책은 즐거웠나요?" 티베리우스가 고개를 들어 그녀를 바라보며 묻더니 다시 태블릿을 바라본다. 그가 재니스에게 말을 건 것은 4년 만에 처음이다. 재니스는 마치 그가 그녀의 발을 걸어서 넘어뜨리려 하는 듯한 기분이 든다. 그래도 대답은 해야 할 것 같아서 "네, 고맙습니다"라고 웅얼거리고는 자리를 뜬다. 예전에는 그가 가끔 인사라도 건네주면 좋겠다고 생각했지만 이제는 계속 투명 인간으로 취급해 주길 바란다.

집으로 가는 길에 정차 공간을 발견해 차를 세우고 하염없이 앞 유리창을 바라본다. 시간이 얼마나 흘렀는지도 모른 채 모여드는 빗방울만 바라본다. 집에 가고 싶지 않지만 달리 갈 곳이 없다. 그래서 계속 차에 앉아 차창에 떨어지는 빗방울만 바라본다. 마침내 버스 한 대가 지나가며 차 옆으로 물을 뿌린다. 재니스는 지리 선생님처럼 생긴 버스 기사를 잠시 생각하지만 동화가 그저 유치한 헛소리일 뿐이라는 사실을 너무 일찍 들어버린 아이처럼 쓸쓸한 실망감만 든다.

마침내 재니스는 집 진입로에 차를 세운다. 마이크가 현관에서 그녀를 기다리고 있다. 그의 얼굴을 보니 걱정했다는 걸 알 수 있고 그러자 다시 죄책감이 든다. 차에서 내리며 재니스는 자신의 삶을 가장 크게 지배한 감정이 죄책감임을 깨닫는다.

마이크는 현관문으로 걸어오는 그녀를 지켜본다. 그녀에게 왜 이렇게 오래 있다 왔는지 묻지 않는다. 재니스는 그가 불안해하는 걸 알 수 있다. 심지어 '오늘 저녁은 뭐야?'라고 묻지도 않는다.

재니스는 코트를 걸며 말한다. "난 위층으로 올라갈게. 몸이 별로 안 좋아."

"저녁은 걱정하지 마." 마이크가 말한다. 마치 그게 재니스의 가장 큰 걱정거리라는 듯이. "음식 포장해 올게."

재니스는 '그럴 돈이 어딨어? 우리에겐 음식을 포장해 올 돈도, 그걸 사러 가는 길에 당신이 펍에 들러서 술 마실 돈도 없어'라고 말할까 생각하지만 이젠 그러거나 말거나 아무래도 좋다.

욕조에 뜨거운 물을 받아 몸을 담근다. 잠시 따뜻한 물속으로 머리를 넣자 주변 모든 소리가 아득해지고 재니스는 거기서 위안을 얻는다. 마이크가 현관문을 닫고 시동을 거는 소리가 아주 멀리서 들리는 듯하다. 다시 물 밖으로 나와 고개를 뒤로 젖힌다. 재니스는 자신에게 도움이 될 이야기를 찾는 중인데 마침내 적당한 이야기를 찾아낸다. 자신을 이 집에서 멀리 떨어진 곳으로 데려가 줄 이야기여야 한다. 몸을 낮춰 따뜻한 물속에 어깨를 담근 다음, 자신이 B 부인에게 이 이야기를 들려준다고 상상한다.

이것은 비행기를 만든 한 남자의 이야기이다. 그는 자신이 실제로 비행기를 만든 건 아님을 알지만, 그의 아이들은 학교에서 돌아가며 자기 아빠에 대해 이야기하는 시간이 되면 아빠가 비행기를 만들었다고 말했다. 또한 훗날 그의 손자들이 혹시 그와 친척이냐는 질문을 받았을 때도 "네, 그분이 저희 할아버지세요. 할아버지가 비행기를 만드셨죠"라고 말했다. 그는 특이한 이름을 가졌고, 뉴스에 자주 등장하는 비즈니스계의 거물이기 때문에 손주들은 그런 질문을 받는 데 익숙했다.

비행기를 만들지 않은 이 남자는 대다수 비행기에 들어가는 아주 작은 부품을 만들었다. 이 부품은 비행기가 더 적은 연료로 더 오래 하늘을 날 수 있게 해주었고, 그 결과 불티나게 팔렸다. 그는 엄청난 부자가 되었다. 그러나 대부분의 사람들이 몰랐고, 그가 말하지 않았던 사실은 그가 비행기 타는 걸 무서워한다는 것이다. 그가 애초에 그 부품을 발명한 이유도 그 때문이었다. 비행기를 더 안전하게 만들기 위해서. 그는 여행할 때 배를 이용하는 걸 좋아했고, 사람들은 그가 환경보호를 위해 그렇게 한다고 생각했다. 실제로 환경보호에 신경을 쓰기는 했다(그리고 그는 자신의 발명품이 탄소 배출량을 줄이는 데 도움이 됐다는 사실을 자랑스러워했다). 하지만 그가 배를 좋아하는 주된 이유는 아니었다.

그에 대해 글을 쓴 많은 언론인은 비행기와 환경보호가 그의 삶의 주된 두 가지 이야기라고 말했다. 그는 크게 성공한 데다 부자였으므로 사람들은 그에게 두 가지 이야기가 허용될 만하다고 생각했다.

하지만 그의 진짜 이야기는 그가 새소리를 사랑한 사람이었다는 것이다. 새소리는 그를 가장 행복하게 했고, 그는 가능한 한 많은 새소리를 듣고 싶어 했다. 따라서 거대한 저택과 빠른 자동차에 (전용기에는 더더욱) 돈을 쓰지 않았다. 대신 새소리를 녹음한 음반을 모조리 사들이는 데 돈을 썼다. 방대한 새소리가 녹음된 옛 음반이 경매에 나오면 그는 두 번의 이사회 그리고 교통부

장관과의 점심을 취소하고 음반을 사러 경매에 참석했다.

그 희귀한 음반을 구입하고 나면 (다른 사람은 그의 상대가 되지 않았다), 거의 같은 돈을 들여서 음반의 리마스터링 작업을 진행해 최상의 음질로 만들었다. 그런 다음 대형 유람선을 사서 스피커를 장착한 다음, 일요일에 자신과 함께 집 근처 호수를 돌며 새소리를 듣고 싶은 사람들을 초대했다.

재니스는 새소리와 배 옆면에서 출렁이는 물소리를 상상하다 욕조에서 잠이 든다.

갑자기 욕실 문이 벌컥 열리며 마이크가 들여다보는 바람에 그녀는 잠에서 깼다. "좀 어때?" 그가 활기차게 묻는다. 욕조에서도 그에게서 나는 맥주 냄새를 맡을 수 있다. "몸은 좀 괜찮아?" 마이크는 대답도 기다리지 않고 욕실로 들어오더니 욕조 가장자리에 균형을 잡아 커피잔을 내려놓는다. "커피 마시고 싶을 것 같아서."

마이크는 기대에 찬 표정으로 기다린다.

"고마워." 재니스는 커피를 한 모금 마신다.

우유와 설탕 두 스푼을 넣은 커피다. 평소 마이크가 즐겨 마시는 대로.

열아홉

귀가 들리지 않는 사람에게는
절대 이야기를 들려주지 마라

그 뒤로 며칠간은 반복적인 주기로 흘러간다. 아침에 일찍 일어나서 마이크를 피하기 위해 집을 일찍 나서고, 버스 정류장까지 걸어간다. 이제 더는 지리 선생님을 닮은 운전기사를 찾지 않는다. 카페에서 일찍 커피를 마신 다음 가능한 한 많은 집을 방문해 청소하고, 데키우스랑 산책하고—데키우스와 산책할 생각으로 하루를 버틴다—다시 집으로 돌아온다. 아주 늦게. 곧바로 손님방 침대에 들어가 버리고 다시 아침 일찍 일어나 일과를 반복한다. 아직 B 부인의 집에 갈 날이 되지 않았지만 재니스는 종종 그녀를 생각한다. 마이크는 집을 들락날락하고, 집에 있을 때면 쾌활했다가 뚱했다가 한다. 재니스는 어느 쪽이 더 우울한지 결정하기 힘들다. 그를 딱하게 여기고, 심지어 말도 걸어야 한다는 걸 알지만 B 부인의 책을 분류하다 우연히 발견한 격언이 계속 떠오른다. "귀가 들리지 않는 사람에게는 절대 당신의 이야기를 들려주지 마라." 따라서 그녀는 지금까지 마이크에게 한 번도 자신의 이야기를 들려줄 수 없다.

다시 목요일이 되었다. 늘 그렇듯이 버스 문은 한숨을 내쉬는 듯한 소리와 함께 열리고, 재니스가 올라타자 부르르 떨며 닫힌다. 오늘의 운전기사는 젊은 아시아계 여자로 머리를 양 갈래로 길게 땋아 오렌지색 리본으로 묶었다. 버스에서 내린 재니스는 길 건너편, 잘 관리된 아르데코 양식의 연립 주택이 늘어선 거리를 바라본다. 묘한 기시감이 든다. 하지만 이건 이미 여러 번 봤던 광경이라는 사실을 상기한다.

다만 저건 본 적이 없다. 로비로 이어지는 공동 현관문이 열려 있고, 그 앞에 지리 선생처럼 생긴 운전기사가 서 있다. 건물 안쪽에서 나오는 빛이 마치 그를 무대에 서 있는 사람처럼 비춘다. 그는 검은 바지에 갈색 운동화처럼 생긴 신발을 신었다. (스노든산을 등반할 때 입으면 좋을 듯한) 남색 재킷을 입고 손에는 자전거 헬멧을 들었는데 엄지와 검지로 헬멧 끈을 만지작거리고 있다. 그녀를 향해 다른 쪽 손을 반쯤 들어 올렸다가 내린다. 멀리서도 그가 미소 지으려 노력하지만 잘 안 된다는 걸 볼 수 있다. 갑자기 바람이 불자 헬멧이 그의 앞에서 좌우로 흔들린다. 하지만 지리 선생님처럼 짧게 깎은 희끗희끗한 머리카락은 움직이지 않는다.

재니스는 몇 초 만에 이 모든 걸 파악하지만 마치 몇 시간 동안 도로 반대편에 서 있었던 것 같은 기분이 든다. 이제 곧 길을 건너야 한다. 재니스는 집중하려고 노력한다. 이런 상황에서 사고가 일어나는 법이다. 정신이 팔린 사람들이 도로로 발을 내디뎠다가…… 쾅! 그녀는 저 남자에게 말을 걸기도 전에 자신이 버스에 치여 공중으로 우스꽝스럽게 날아오르는 장면을 상상한다. 그러자 어쩔 수 없이 웃음이 나온다. 그도 재니스가 웃는 걸 봤는지 허리를 좀 더 똑바로 펴고 그녀에게 미소 짓는다. 재니스는 조심스럽게 오른쪽을 살피고, 왼쪽을 살핀 다음 길을 건넌다. 공동 출입문까지 가는 짧은 길이 런웨이처럼 느껴진다. 하지만 그녀의 꿈에 여러 번 나왔던 런웨이이다. 꿈에서 그녀는 패션쇼 무대 한복판으로 떠밀려 들어가는데 손에 대걸레와 양동이를 든 채 런웨이를 걸어야 한다. 꿈에서 그녀는 늘 제일 초라한 옷을 입고 있으며 그녀가 좋아하는 빨간 스웨터는 한 번도 입은 적이 없다.

이런 생각을 하다 보니 재니스는 어느새 공동 현관문 앞에 도착한다. 달리 할 말이 떠오르지 않아서, 그리고 버스 기사가 웃었으면 좋겠다는 생각에 (그가 다시 걱정스러운 표정을 짓고 있다), 또한 이게 그들만의 농담이라는 생각이 들어서 이렇게 말한다. "아, 당신이군요."

그는 미소를 짓더니 머뭇거리며 말한다. 스코틀랜드 억양이 살짝 섞인 목소리로. "내가 기다리고 있어서 놀라지는 않았나요?"

"근데 이 시간에 내가 여기 올 거라는 걸 어떻게 알았죠?"

"난 버스 기사니까요."

"그건 알아요." 재니스는 그에게 혹시 지리를 가르쳐본 적이 있는지 묻고 싶지만 지금은 그럴 때가 아니다. "하지만 내가 오늘 여기 올 거라는 걸 어떻게 알았죠?"

"오늘은 목요일이니까요." 마치 그 말로 모든 것이 설명된다는 듯이 그가 말한다.

재니스는 멍하니 그를 바라본다.

그는 다시 걱정스러운 표정으로 돌아간다. "난 스토커나 그런 이상한 사람이 아닙니다. 그냥 시간표를 잘 지킬 뿐이죠. 직업병인 것 같아요." 그러고는 머뭇거리더니 이렇게 덧붙인다. "난 지난 7개월 동안 당신이 탄 버스를 운전했습니다."

"그랬어요?" 재니스는 정말로 놀라서 그를 바라본다.

그가 웃음을 터뜨린다. "당신이 모를 줄 알았습니다."

하지만 재니스는 마음속으로 생각한다. '7개월이라고? 어떻게 이 멋진 남자를 못 알아봤을 수가 있지?' 하지만 대신 이렇게 말한다. "전 청소 도우미예요." 왜 그 말을 했는지 모르겠다. 데키우스가 옆에 있었다면 '씨발, 정신 좀 차려, 이 여자야'라는 표정으로 그녀를 바라봤으리라.

지리 선생님은 그냥 이렇게 말한다. "압니다."

"어떻게 알죠?"

"전 버스 기사니까요."

이 남자는 정말 정말 좋은 사람이지만 상황이 점점 이상해진다.

재니스의 표정을 본 그가 웃음을 터뜨린다. "버스를 몰다 보면 온갖 소문을 다 듣게 되죠. 내가 그 일을 좋아하는 이유 중 하나예요. 사람들은 늘 놀라움을 주죠. 버스를 운전하는 건 택시를 운전하는 거나 마찬가지예요. 단지 크기만 더 클 뿐이죠. 그리고 택시 기사와 달리 손님에게 내 의견을 말할 필요가 없고요. 당신이 케임브리지 최고의 청소 도우미라는 말을 적어도 두 명에게 들었어요." 그는 갑자기 멋쩍은 표정을 짓는다. "이름은 버스 패스를 보고 진작 알았고요. 하지만 집 주소를 찾아보거나 일부러 당신 집 근처를 돌며 운전한다든가 그러진 않았습니다."

재니스는 저 말이 농담이라는 걸 알지만 덕분에 현실이 2월의 비처럼 차갑게 내려앉는다. 오늘은 목요일이고, 여기는 살을 에는 듯이 추우며, 바람에 그녀의 머리카락이 휘날리고, 그녀는 숱한 직업을 거친 남자의 아내다. 그리고 그와의 결혼 생활에는 출구가 보이지 않는다. B 부인 앞에서 폭발하기는 했어도, 조금 전까지만 해도 결혼 생활에 회의적이었어도 그녀의 일부는 여전히 마이크의 대체 우주에 박혀 있다. 그의 세상에서는 재니스가 그와 함께 사는 것을 감사해야 하고, 그가 그녀를 농담거리로 삼는 것을 즐겨야 한다. "왜 이렇게 심각하게 받아들여, 잰? 좀 가볍게 생각해. 유머 감각을 발휘하라고." 과거에 얽매여 있지 않았다면 그녀에게도 탈출할 희망이 있었을까? 그 과거는 마이크보다 훨씬 더 큰 소리로 '넌 더 나은 대우를 받을 자격이 없어'라고 외쳐댄다. 그렇게 생각하니 울고 싶어진다. 왜냐하면 재니스는 이 남자를 보는 게 좋기 때문이다. 하지만 사실 이 남자를 만난다는 건 동화 같은 바람일 뿐이다.

"언제 함께 차라도 마실 수 있을까요?" 그의 말투는 마치 그녀가 거절할 거라고 예상하는 듯하다.

그 말투 때문인지 아니면 그의 눈에서 보이는 불안감 때문인지 재니스의 입에서는 "네, 좋아요"라는 말이 나온다.

그는 정말로 충격을 받은 듯하다. "잘됐네요, 정말…… 잘됐어요!"

재니스는 "네"라고 말한다. 그 말은 진심이지만 부연 설명을 해야 한다.

"근데 상황이 복잡해요……. 난 결혼했어요." 드디어 그 말이 나왔다. '하지만 우리는 각방을 써요'라든가 '남편은 날 이해하지 못해요' 같은 진부한 말은 도저히 할 수 없다. 그래서 그저 "상황이 복잡해요"라는 말만 반복하고 "미안해요"라고 덧붙인다.

"그렇군요." 그가 손에 든 자전거 헬멧을 바라보며 천천히 말한다. "그냥 만나서 차를 마시는 친구로 지낼 수도 있죠. 그것도 괜찮으니까 걱정하지 마세요. 난 여자에 미친 남자는 아니니까요."

아, 게이로구나. 재니스는 전혀 예상하지 못했다.

재니스의 표정을 읽은 그가 다시 말한다. "아뇨, 아뇨, 게이는 아닙니다." 그러고는 반쯤 웃는다. "단지 여자 친구들이 꽤 많아요……. 당신 말대로 상황이 복잡해요." 그의 표정이 밝아진다. "나중에 차를 마시면서 설명할게요. 다만 내가 여자관계가 문란한 괴짜는 아니라는 걸 알려주고 싶었어요."

"그냥 버스 운전사죠." 재니스가 말한다.

그가 고개를 끄덕인다. "청소 도우미와 차를 마시고 싶어 하는 버스 운전사요."

캐리루이즈의 아파트 문을 열면서야 재니스는 자신이 지리 선생님의 이름도 모른다는 사실을 깨닫는다.

스물

깊은 순간과 얕은 순간

애덤은 재니스에게 자신이 수집하는 SF 만화 시리즈에 대해 이야기한다. 마치 자신이 무슨 말을 하는지 재니스가 조금이라도 이해할 거라는 듯이. 재니스는 그 사실에 감동하고, 행여라도 잘못 대답해서 자신이 전혀 이해하지 못한다는 진실이 드러나지 않기를 바란다. 꽤 잘 대꾸했다고 생각했는데 마침내 애덤이 조급하게 말한다. "아뇨, 그건 『디센더』에 나오는 인물이라니까요. 아줌마는 『매스 이펙트』를 생각하고 있잖아요." 사실 재니스는 지리 선생님이 어디에서 차를 마시자고 할지, 그 자리에 무슨 옷을 입고 가야 할지 생각하고 있었다. 재니스는 적당히 미안해하는 표정을 짓고 『디센더』에 대해 좀 더 묻는다.

갑자기 애덤이 웃으며 고개를 절레절레 흔든다. "아줌마도 엄마랑 똑같아요. 틀림없이 우리 엄마처럼 「미드소머 살인사건」이나 보겠죠." 분노에 차서 한 말은 아니다. 그저 나이 든 사람이 실제로 그런 드라마를 좋아한다는 사실을 이해하지 못하는 어린아이의 당혹감에서 나온 말이다. 애덤은 데키우스에게 줄 나뭇가지를 찾으러 뛰어가고, 데키우스는 '빨리도 간다'라는 표정을 짓더니 애덤을 쫓아간다. 다행히도 애덤과 함께 있을 때는 데키우스가 욕을 하지 않는다.

앞서 달려가는 애덤을 보며 재니스는 사이먼을 생각한다. 사이먼은 늘 「스타워즈」 이야기를 했다. 놀랍게도 남자아이들은 자기가 집착하는 세상의 세세한 것까지 파고든다. 문득 이야기를 수집하고 그걸 머릿속의 방대한 도서관에 보관해 두는 자신이 할 말은 아니라는 생각이 든다. 재니스는 충동적으로 휴대전화를 꺼내 아들에게 전화한다.

"안녕, 엄마."

재니스는 아들의 말투에서 감정을 읽을 수가 없다. 엄마의 전화를 받아서 기쁜 걸까? 그러자 지난 몇 주 동안 아들에게 전화하지 않았다는 사실이 떠오르며 그녀의 기본적인 감정인 죄책감이 든다.

"별일 없니? 웬일인지 「스타워즈」를 생각하다가 네 생각이 나서."

"무슨 일이 있었기에 「스타워즈」를 생각하신 거예요? 'Yousa thinking yousa people gonna die?'"✦

✦ 「스타워즈: 에피소드 1」에 등장하는 자자 빙크스의 대사. 'yousa'는 영화 속 건간족이 사용하는 말로 이들은 인칭대명사 뒤에 전부 'sa'를 붙인다.

반갑게도 그 말을 하는 아들이 미소 짓는 게 느껴지지만 무슨 말인지는 통 알아들을 수가 없다. 예전에도 사이먼이 인용하는 영화 속 대사들은 하나도 알아들을 수 없었다. 하지만 애덤과 대화할 때처럼 그 애가 무슨 말을 하는지는 중요치 않은 듯하다. 그저 둘이 이야기를 나눈다는 사실만으로 충분하다. 어떻게 이제야 그걸 알았을까.

"저기, 그동안 전화 못 해서 미안……." 재니스가 말문을 연다.

"걱정하지 마세요, 엄마. 저도 연락을 잘하는 편은 아니잖아요. 저기, 지금은 통화하기 곤란해요. 회의에 들어가야 하거든요."

재니스는 어쩔 수 없이 어색하고 실망스러운 기분이 든다. "지금 회사니까 당연히 그렇겠지. 먼저 문자를 보낼걸 그랬구나."

"아뇨, 괜찮아요. 주말에 시간 되세요? 그때 전화해서 밀린 얘기 나눠요."

재니스는 기분이 급격히 좋아진다. "그래, 그거 좋겠다. 언제든 너 편할 때 전화하렴."

갑자기 집안 분위기가 생각나 재니스는 "내 휴대전화로 전화해라"라고 덧붙인다.

전화를 끊고 걸어가면서 재니스는 큰 나뭇가지를 두고 데키우스와 씨름하는 애덤을 바라본다. 애덤에게 엄청난 애정이 샘솟는다. 부모는 자식과 계속 대화해야 한다는 사실을 저 열두 살 소년이 일깨워 준 것이다.

지난번에 커피를 마시면서 이야기를 나눈 뒤로 피오나는 그들의 산책에 두세 번 동참했다. 그리고 기쁘게도 애덤을 지켜보던 피오나에게도 변화가 있었다. 처음에는 피오나가 애덤에게 질문 공세를 퍼부었다. 마치 대화가 끊기는 걸 두려워하는 듯했다. 방금 전 자신도 애덤에게 비슷했다는 사실을 재니스는 깨닫는다. 그러다가 시간이 흐르며 대화가 더 자연스럽게 흘러갔다. 재니스와 피오나는 이야기를 나누며 뒤처지고, 애덤과 데키우스는 앞에서 뛰어다녔다. 피오나의 어깨는 점차 내려가고 차츰 애덤의 일거수일투족을 감시하지 않게 되었다. 재니스가 본 것을 피오나도 본 것 같았다. 강아지와 행복하게 노는 열두 살 소년의 모습을. 물론 그것만으로 애덤의 상태가 어떤지 완전히 파악할 수는 없지만 피오나는 희망을 얻은 듯하다.

이런 산책의 추억이 손상된 이유는 전적으로 재니스의 탓이다. 그리고 재니스는 자신이 왜 그런 행동을 했는지 피오나와 애덤에게 도저히 설명할 수 없다. 그날은 애덤이 잔디밭에 펼친 코트에 등을 대고 누운 동안 재주를 잘 부리는 데키우스가 애덤의 무릎 위에 아슬아슬하게 균형을 잡고 서 있었다. 그러다 (잠깐) 두 발로 서 있기도 했다. 피오나와 재니스는 근처 벤치에 앉아 인형의 집 다락방에 새로 추가된 물품에 대해 이야기를 나누다가 필요할 때는 관객이 되어 손뼉을 쳤다. 그때 재니스는 애덤이 주머니에서 봉지를 꺼내 데키우스에게 상으로 무언가를 주려는 장면을 보았다. 벤치에서 벌떡 일어난 기억도 없는데 어느새 그녀는 애덤 앞에 서 있었고, "당장 데키우스 입에서 그걸 꺼내! 데키우스가 먹었니?"라고 소리치며 애덤의 손에서 봉지를 쳐냈다. 그러고는 데키우스를 애덤에게서 떼어낸 다음 미친 듯이 개의 입안을 뒤졌다.

그러자 피오나가 곁으로 다가와 그녀의 어깨에 손을 올렸다. "괜찮아요, 재니스. 그냥 개들이 먹는 간식이에요. 내가 애덤에게 사도 된다고 했어요. 데키우스에게 우리가 모르는 알레르기가 있어요?" 재니스는 애덤의 하얗게 질린 얼굴과 피오나의 차분한 얼굴을 보면서 계속 중얼거렸다. "개는 초콜릿을 먹으면 안 돼요. 절대 먹어서는 안 돼요. 큰일 나요." 피오나는 재니스의 어깨에 계속 손을 올린 채 마치 어린아이를 달래듯이 말했다. "괜찮아요, 재니스. 이건 초콜릿이 아니에요. 괜찮아요."

나중에 재니스는 두 모자에게 사과했지만 자신이 왜 그렇게 흥분했는지는 설명하지 않았다. 무슨 말을 하겠는가. 그다음 산책은 예전보다 좀 더 경직되고 어색한 분위기였지만 이내 경이로운 개 데키우스에게 다 함께 감탄하다 보니 분위기가 부드러워졌고, 그 일에 대해서는 더는 아무 언급도 없었다.

데키우스를 집에 데려다준 후 재니스는 케임브리지 시내에 다녀오기로 마음먹는다. 아직 사이먼이 크리스마스 선물로 준 존 루이스 백화점 상품권이 꽤 많이 남아 있었고, 지리 선생님이 차를 마시자고 할 경우에 대비해 무언가를 사고 싶었다. 비록 그의 이름 묻는 것은 잊었지만 다행히도 자신의 전화번호는 잊지 않고 알려주었다.

온종일 고민한 끝에 재니스는 치마를 입기로 한다. 평소 치마는 거의 입지 않지만, 자신이 변기를 청소하는 사람이라는 사실을 상기시키는 옷은 입고 싶지 않다. 옷장에 너무 화려하지 않으면서도 입으면 더 날씬해 보이는 치마가 두어 벌 있다. 그 치마에 가죽 재킷을 입으면 괜찮을 것이다. 아끼는 빨간 스웨터를 입을 수도 있다. 하지만 대체 신발은 뭘 신어야 할지 감이 잡히지 않는다. 잘 고르면 존 루이스 상품권으로 검은 부츠를 살 수 있을 것 같다.

재니스를 도와주러 온 30대 초반의 여자 점원은 너무 비싸지 않으면서도 그녀에게 잘 어울릴 듯한, 무릎까지 올라오는 부츠를 곧바로 추천해 준다. 점원이 상자 더미를 들고 돌아오는데 키가 작은 40대 여성 고객이 점원을 불러 세운다. 그녀는 재니스가 먼저 고른 것과 비슷해 보이는 부츠를 들고 있다. 깡마른 체구에 머리부터 발끝까지 검은색 차림이다. 그걸 보자 재니스는 즉시 긴장한다. 예전에도 부츠가 종아리에서 더 올라가지 않아 애를 먹은 적이 있기 때문이다. 한번은 젊은 남자 점원이 부츠 지퍼를 올려주려고 거의 바닥에 드러누운 적도 있었지만, 재니스의 종아리는 그가 들고 있던 손바닥만 한 가죽 속에 도저히 들어가지 않았다. 남자 점원은 지퍼를 올리는 일에 도전 의식을 불태운 듯했지만 결국에는 패배했다. 재니스는 신데렐라 언니가 된 심정으로 매장 한가운데 서서 극도의 당혹감을 느꼈으나, 남자 점원은 전혀 눈치채지 못했다. 맙소사, 그때와 같은 일이 또 벌어지는 걸까? 만약 저 부츠에 날씬하고 아주 세련돼 보이는 저 여자의 다리가 들어간다면 재니스에게는 절대 맞지 않을 것이다.

저 여자 고객은 그래그래그래 부인을 연상시킨다. 그녀는 재니스를 도와주는 점원을 슬쩍 빼가려고 이미 여러 차례 시도한 터였다. 마치 재니스가 투명 인간이라는 듯이.

그러더니 다시 시도한다. "아가씨! 이리 좀 와줄래요?" 말은 저렇게 하지만 부탁이 아니라 명령이다.

점원이 "곧 갈게요, 손님. 지금은 이분을 도와드리는 중입니다"라고 말하며 공손하게 거절하자 재니스는 너무 기뻐서 하마터면 점원을 껴안을 뻔한다.

점원이 가지 않는데도 여자 손님은 매장 전체에 쩌렁쩌렁 울릴 정도로 계속 점원을 불러댄다. "그래도 말은 해줄 수 있잖아요. 이 부츠가 흘러내릴까요? 이 부츠 말이에요. 전에도 이탈리아 가죽으로 만든 다른 부츠를 샀는데 내 다리가 너무 가늘어서 부츠가 그냥 흘러내리더라고요."

재니스는 검은 가죽과 스웨이드로 된 멋진 부츠를 신겨주는 점원을 향해 미소 지으며 말한다. "난 저런 고민은 한 번도 한 적이 없는데."

"저도요." 점원이 씩 웃으며 동의한다.

재니스가 점원과 유대감을 느끼는 동안 깡마른 여자 고객이 다시 매장이 떠나가게 소리친다. "지금 내 다리가 너무 가늘다는 거예요? 그게 문제라도 된다는 건가요? 난 흘러내리는 부츠는 싫다고요."

"잠시만 기다려주세요, 손님." 점원은 그렇게 말하고 재니스에게 윙크한다.

재니스는 이 아가씨가 마음에 쏙 든다. 벌써 세일 중인 멋진 부츠를 추천해 준 데다 이 까다롭고 돈도 훨씬 더 많을 듯한 손님이 불러대도 흔들리지 않는다. 둘이서 재니스가 신은 부츠의 지퍼를 간신히 올리고 나자—딱 맞긴 하지만 신을 만하다—재니스는 예전에 남자 점원이 바닥에 누웠던 이야기를 들려준다.

점원 아가씨가 갑자기 벌떡 일어나자 그 여자 손님이 자극을 받았는지 다시 외친다. "말해봐요. 아가씨! 이거 이탈리아 가죽인 가요?"

점원은 여자 손님이 있는 쪽으로 돌아서지만 여전히 재니스에게서 눈을 떼지 않은 채 말한다. "저도 손님처럼 부츠 살 때마다 애를 먹어요." 그러더니 런지 자세를 취하며 앞으로 몸을 내민다. 재니스는 놀라서 몸을 뒤로 뺀다.

"예전에 스쿼시를 많이 했거든요." 점원은 그렇게 설명하며 다른 자세를 취한다. 이번 자세는 까다로운 공을 받아내려는 선수처럼 보인다. 그러고는 다시 똑바로 선다. "덕분에 아주 건강하지만 다리가 엄청나게 굵어졌죠. 다 이 런지 자세 때문이에요."

재니스는 웃는다. "이해해요. 하지만 난 그런 핑계도 없네요."

점원이 재니스를 내려다보며 미소 짓는다. "그 부츠가 아주 잘 어울리시는 거 같아요." 그러더니 나직이 덧붙인다. "전 예전에 스쿼시 국가대표 선수였답니다."

점원이 여자 고객을 돌아보며 말한다. "자, 손님. 뭘 도와드릴까요?"

재니스가 부츠와 새로운 이야기를 들고 백화점을 나오는 동안 아직도 그 여자 고객의 짜증 난 목소리가 들린다. "하지만 정말로 흘러내리지 않겠어요?"

스물하나

결단을 내려야 할 때

재니스는 몇 년 만에 그 어느 때보다도 빠르게 현관문을 통과한다. 새 부츠 상자를 눈에 띄지 않는 곳에 놓아두고 싶기 때문이다. 계단을 올라가는 동안—마이크의 흔적은 보이지 않는다—존 루이스 백화점에서 봤던 점원 아가씨를 생각한다. 어쩌면 인생에서 중요한 일은 이야기를 갖는 것이 아닐지도 모른다. 훗날 되돌아보며 자랑스럽게 여길 일을 한 가지 해내는 것일지 모른다. 내가 어떤 사람인지 말해주는 일. 재니스는 이웃사촌 무케르지 씨를 생각한다. 그는 세탁소를 운영하지만 열여섯에 인도에서 크리켓 선수로 활약했다. 그 점원 아가씨는 미소를 지으며 자신이 국가대표 스쿼시 선수였던 일을 떠올리고는 '그래, 난 그 일을 해냈어'라고 생각할까? 앞으로 흘러내리는 부츠 타령을 했던 그 여자 같은 손님들을 상대할 때 저 생각이 그 아가씨에게 힘이 되어주기를.

마이크가 거실로 나오는 소리가 들리자 재니스는 재빨리 손님
방으로 들어간다. 하지만 문 너머 몇 인치밖에 들어갈 수가 없다.
사방에 큼직한 갈색 골판지 상자가 널려 있기 때문이다. 침대에
도, 서랍장에도, 바닥에도 상자가 잔뜩 쌓여 있다. 그녀의 책, 헤
드폰, 옷가지는 침대 옆 바닥에 아무렇게나 팽개쳐져 있었다.

"왔어, 자기야? 아래층으로 좀 내려와 봐, 잰. 할 말이 있어. 상
자는 신경 쓰지 말고. 내가 다 설명할게."

재니스는 자신의 물건을 집어 들어 부츠 상자 위에 가지런하
게 올려놓은 다음, 제일 큰 상자 위에 부츠 상자를 내려놓는다.
물건을 정리하는 이 과정에서 머릿속도 정리할 시간을 벌 수 있
기 때문이다. 어쩌면 마이크는 영업직에 취직했고, 이게 그가 판
매할 물건일지도 모른다. 그가 참석한다던 미팅이며 동기부여 연
설이 모두 영업에 관한 것이었는지 모른다. 재니스는 가슴이 철
렁 내려앉는다. 마이크는 전에도 영업직을 한 적이 있다. 무슨 일
이 있든 간에 절대 저 상자들을 이 방에 두지는 않을 것이다. 이
방은 이제 그녀의 방이다. 마이크와 헤어질 수는 없어도 절대 그
와 같은 방에서 자고, 한 침대를 쓰지는 않을 것이다.

"빨리 와봐, 잰. 좋은 소식이야. 우리에게 필요한 새출발이야.
새로운 모험이라고."

어쩌면 마이크는 이민을 가자고 할지도 모른다. 이민이라면
마이크 혼자 갈 수 있다. 재니스는 여기 남을 수 있다. 하지만 이
건 너무 지나친 기대고 이제는 진실을 알아야 한다.

거실에 있는 마이크 옆에도 상자가 있는데 안에 뭐가 들었는지는 보이지 않는다. 재니스는 소파에 앉는다. 마이크는 벌써 짐을 싸기 시작한 걸까?

재니스는 문득 지난 몇 시간 동안 먹지도 마시지도 못했다는 사실이 생각난다. "이야기 시작하기 전에, 마이크, 나 차 한 잔만 마시고 싶은데."

"조금 이따가 함께 마시자고. 아니, 더 좋은 생각이 있어. 펍에 가서 축하하는 의미로 한잔하는 거야."

재니스는 그가 뉴질랜드로 이민 가기를 바란다. 그녀가 생각할 수 있는 가장 먼 곳이기 때문이다.

"요즘 당신이 좀 지쳐 있는 거 알아." 마이크가 말문을 연다. "그동안 난 당신을 기운 나게 해줄 수 있는 무언가를 준비해 왔어. 프랜차이즈 사업이 어떻게 한 사람을 지역사회의 중심인물로 만들어주는지 보여주는 전문가 팀과 브레인스토밍을 해왔지. 물론 일단 지역사회에 자리를 잡으면 판매 기회는 자연스럽게 따라오는 법이야. 이를 기반으로 제품 포트폴리오를 확장하면 기하급수적인 성장을 이룰 수 있어."

좋아, 그러니까 동기부여 연설을 할 생각은 아니로군. 하지만 여전히 이해가 되지 않는다. 프랜차이즈 사업을 하겠다는 건가? 마이크가 오스트레일리아나 뉴질랜드에 갈지도 모른다는 희망은 빠르게 사라진다. 그녀는 방에 있던 그 많은 상자를 생각하며 천장을 올려다본다. 말을 들어보니 이 새로운 사업계획은 돈이 많이 들 것 같다.

"저 상자에는 뭐가 들어 있지, 마이크?"

"내 얘기 아직 안 끝났어." 마이크는 뚱한 표정이지만 심호흡을 하더니 다시 활기찬 마이크가 나타난다. "내게 길을 보여준 건 사실 당신이야. 그래서 당신 공로도 있어."

재니스는 멍하니 그를 바라본다.

"가사 노동 분야에서⋯⋯." 마이크는 말을 잇더니 웃음을 터뜨린다. "미안, 전문용어를 너무 많이 썼네. 내가 계속 들은 조언이 '알아듣기 쉽게 말해, 마이크'⁺였어."

저 말을 들으니 막을 새도 없이 이런 생각이 떠오른다. '계속 그렇게 살아, 멍청한 마이크.'⁺⁺

"그러니까 간단히 말해서 난 멋진 새 사업을 시작하려고 하는데 우리의 재능을 결합한 사업이야."

마이크는 그녀 옆에 앉더니 손을 잡으려고 하지만 재니스는 재빨리 피한다.

"상자에 뭐가 들었어, 마이크?" 재니스가 할 수 있는 말은 그것뿐이다.

"그래, 맞아, 거기서부터 시작하는 게 좋겠다. 제일 중요한 문제가 눈앞에 있는데 시간 낭비하지 말자고."

마이크는 상자를 열더니 여러 가지 청소용품을 꺼낸다. 처음 보는 브랜드다.

"이게 다 뭐야?" 재니스는 가슴이 철렁한다. 마이크가 무슨 말

　⁺　Keep it simple, Mike.

　⁺⁺　Keep it. Simple Mike.

을 하려는지 감이 온다.

"이건 프리미엄급 청소용품으로 구성된 통합 제품군이야……." 마이크는 그녀의 눈치를 보며 서둘러 말을 잇는다. "당신이 생각하는 그런 게 아니야……."

마이크는 재니스가 어떻게 생각하는지 전혀 모른다. 만약 알았다면 이런 상황 자체가 벌어지지 않았으리라.

"나는 단순히 청소업의 원재료에 투자했을 뿐 아니라 부가가치를 창출하는 영역, 즉 청소 도구에 대해서도 많이 고민했어. 그러다 프랜차이즈를 통해 이 영역을 확대해야 진짜 수익이 발생한다는 걸 알게 됐지."

이제 마이크는 상자에서 형광 꽃무늬 천으로 만든 더플백을 꺼낸다. 그 무늬를 보니 그래그래그래 부인의 끔찍한 코트에서 봤던 지퍼 속 안감이 생각난다. 마이크는 더플백 지퍼를 열더니 재니스에게 가방을 가져온다. 다섯 개의 거대한 전동 칫솔처럼 생긴 물건이 들어 있는데 헤드 크기가 각기 다르다. 브러시 손잡이는 가방과 같은 형광 꽃무늬다.

"그래서?" 재니스가 불안한 마음으로 묻는다.

"이 다양한 전자 브러시 제품군은 우리의 청소용품과 함께 집안일에 혁명을 일으킬 거야."

재니스는 어디서부터 시작해야 할지 막막하다. 우선 가장 큰 걱정거리부터 시작하기로 한다. 바로 이 청소용품들이 정말 싸구려로 보인다는 것이다. 반면 저 브러시는 훨씬 더 비싸 보인다. "무슨 짓을 한 거야, 마이크. 저걸 전부 얼마에 샀어?"

"당신이 부정적으로 생각할 줄 알았어. 당신은 큰 그림을 볼 줄 몰라." 마이크는 브러시를 재니스에게 건네주려는 듯 하나 집어 들더니 생각을 바꿨는지 주지 않는다.

"얼마에 샀냐고, 마이크."

"청소용품은 할인 행사 중이라 초기 투자금은 750파운드밖에 안 돼. 우린 그 몇 배에 달하는 금액을 회수할 거야." 이제 마이크는 뻐딱하게 말한다. "이 브러시는 내가 직접 디자인한 거라서 더 많은 금액을 투자할 수밖에 없었어."

"그러니까 얼마야?"

"한 팩의 소매가는 59.99파운드니까 이걸 팔아서 들어오는 수익이 투자비를 훨씬 초과할 거야. 우린 투자금의 두 배 이상을 벌어들일 거라고."

"그러니까 얼마냐고." 재니스는 아무런 감정도 느껴지지 않는다. 그저 온몸이 아주 차가울 뿐이다.

"당연히 대량으로 주문해야 하기는 했지만 그래도 가격을 29파운드까지 낮췄어."

"그래서 얼마?" 재니스는 이 싸구려 가죽 소파에 콕 박힌 채 청소 제품에 둘러싸여 죽을 때까지 '그래서 얼마야?'라고 묻는 자신의 모습이 떠오른다. 『위대한 유산』에 나오는 미스 해비셤처럼.♦

"초기 투자금은 2만 9000파운드였어……."

♦ 미스 해비셤은 결혼식 날 신랑에게 버림받은 충격으로 평생 웨딩드레스를 입은 채 집에만 틀어박혀 밖으로 나가지 않는다.

"맙소사, 마이크! 그건 우리의 전 재산이잖아. 어떻게 그럴 수가 있어?" 재니스는 몸이 떨리기 시작한다. 지금까지 그녀가 한 노동, 그 시간. 게다가 마이크는 그녀와 상의조차 하지 않았다.

"당신은 지금 이 일을 제대로 보지 못하는 거야. 이 투자를 손해 보는 거래로 보지 말고 3만 파운드 이상의 순이익을 벌어들일 기회로 봐야 해."

재니스가 다급하게 묻는다. "지금이라도 반품하고 돈을 돌려받을 수 있어?"

"현실을 직시해, 재니스. 비즈니스는 그런 식으로 하는 게 아니야. 난 이 물건들을 대량으로 수입했다고. 당신 같은 한낱 청……." 마이크는 '한낱 청소 도우미'라는 말을 하려다가 멈칫하고는 말을 잇는다. "당신에게 비즈니스 마인드가 있다면 제품 출하 전에 선불로 투자금을 지급해야 가장 좋은 가격에 구입할 수 있다는 사실을 알 거야. 이건 그냥 테스코에 들러서 살 수 있는 물건이 아니라고."

"테스코에서는 살 수 없다는 거 알아."

"뭐?" 마이크는 어리둥절한 표정이더니 좀 더 희망에 부푼다. "이제야 깨달았네, 잰. 시간이 걸릴 거라고 생각은 했지만 결국 당신이 이해할 줄 알았……."

"테스코가 아니라 리들⁺에서 살 수 있지."

"뭐?"

✦ 테스코보다 가격이 저렴한 마트.

"내가 가지고 있는 세트도 거기서 샀어. 계단 밑에 보관해 둔 회색과 흰색 세트. 7.99파운드였어. 그리고 유용해. 모든 경우에 다 쓸 수 있는 건 아니지만 샤워기에 붙은 석회질을 제거하기에는 아주 좋아."

하지만 마이크는 이 청소용품에는 별로 관심이 없는 듯하고 충격을 받은 표정이다. 하지만 마이크가 늘 오뚝이처럼 다시 벌떡 일어나는 점은 칭찬하지 않을 수 없다.

"이 제품의 품질이 훨씬 더 뛰어나다는 걸 당신은 몰라, 재니스. 무엇보다 이건 여자들이 좋아하는 색상이라고. 그리고," 마이크가 자신감을 되찾으며 덧붙인다. "당신이 간과하는 가장 중요한 특징은 이 용품들을 넣어서 가지고 다닐 수 있는 편하고 예쁜 가방이 있다는 점이야."

"무슨 말을 하는 거야? 청소용품을 가방에 넣어 가지고 다니는 사람이 어디 있어?"

그는 묘한 승리의 눈빛으로 재니스를 올려다본다.

"왜 없어? 당신도 가끔씩 가지고 다니잖아."

"마이크, 난 염병할 청소 도우미잖아." 재니스는 자신이 느꼈던 한기가 사실은 얼음장 같은 분노였음을 깨닫는다.

"당신이 염병할 청소 도우미인 거 알아." 마이크가 외친다. 이제 그의 유쾌한 태도는 온데간데없다. "누구는 식모살이하는 아내를 둔 게 좋은 줄 알아? 당신은 마치 내가 아무런 생각 없이 이런 일을 저지른 것처럼 구는데……."

재니스는 믿을 수 없다는 표정으로 그를 바라본다. "하지만 사실이잖아."

"나도 나 나름대로 조사를 했고, 이 일에서 확실한 가능성을 봤다고. 심지어, 내가 정말 바보였지, 우리가 함께 이 일을 할 수 있을 거라고 생각했어. 당신이 청소 도우미로 일하면서 쌓은 인맥을 활용하면 당신이 가는 집마다, 그리고 만나는 고객들에게 내 제품을 팔 수 있다는 걸 모르겠어?"

마이크는 이제 거실을 서성인다. 덩치가 큰 탓에 갑자기 거실이 너무 좁아 보인다. 그는 앞에 있던 청소용품이 든 상자를 발로 걷어차 버린다.

"그래, 나도 조사를 했어! 당신 고객 몇 명에게 전화해서 의견을 들어봤다고. 그 사람들은 내 아이디어에 당신만큼 부정적이지 않았어."

"뭘 했다고?"

그녀의 말투에 마이크는 온몸이 굳는다. 아내에게서 한 번도 들어본 적 없는 말투다.

이제 그녀의 분노는 얼음 파편으로 변했고, 재니스는 이 파편들이 살갗을 뚫고 나올까 두렵다. 재니스가 벌떡 일어나자 마이크는 무의식적으로 뒤로 물러선다. 거울에 비친 둘의 모습이 재니스의 눈에 들어온다. 키가 크지만 머뭇거리는 마이크와 키는 작지만 온몸에 힘을 준 채 잔뜩 긴장한 자신. "누구랑 통화했어?" 재니스는 마이크를 때려눕혀서라도 이 대답을 들어야 한다.

마이크는 그녀를 한 번만 보고도 이 질문에 반드시 대답해야 한다는 걸 깨닫는다.

"당신 휴대전화 연락처에서 맨 위에 있는 네 명이야." 이렇게 말하는 그는 아까보다 용기를 얻었는지 허리를 똑바로 편다. "당신이 이 일로 왜 이렇게 난리를 피우는지⋯⋯."

하지만 재니스의 눈빛에 그는 말을 멈춘다.

"마이크, 난 떠날 거야."

드디어 그렇게 말하자 재니스는 갑자기 침착해진다. 앞으로 무슨 일이 일어나든 그녀는 이 집에서 벗어날 것이다. 이 남자와 한순간이라도 같은 집에 있기보다는 차라리 노숙을 하리라.

재니스는 거실에서 나와 계단 밑에 있던 여행 가방을 꺼낸다. 재빨리 방마다 돌아다니며 효율적으로 물건을 선택하고 짐을 싼다. 위층으로 올라가 옷장에서 큼직한 더플백을 꺼내 거기에 옷과 세면도구를 담는다. 유일한 문제는 책이다. 어떤 책을 가져가야 할지 결정하기가 힘들고, 전부 가져갈 수도 없다. 일단 낡은 와인 상자에 좋아하는 책을 담는다. 나머지는 나중에 가져갈 수 있다. 이 가방과 상자를 대체 어디로 가져갈 것인지는 생각하지 않으려고 애쓴다. 현재 통장에 약간의 돈이 있는데 그게 전부다.

계단 밑에 마이크가 나타난다.

"그만해, 잰. 진심으로 하는 말은 아니지? 우린 대화로 풀 수 있어. 내 아이디어를 조정해야 할 수도 있지만 내가 옳다는 걸 알게 될 거야."

재니스는 대답하지 않는다. 가져갈 물건을 최종적으로 고르느라 그의 말을 흘려듣기 때문이다.

"내려오라니까. 함께 커피나 마시자고."

그 말이 재니스의 평온함을 깨뜨린다.

"마이크, 네 염병할 커피는 네가 직접 타서 마셔." 이번만큼은 재니스가 이 말을 입 밖에 내뱉는다. "그리고 난 커피에 설탕 안 넣어. 한 번도 넣어서 마신 적 없어."

"맙소사, 재니스. 지금 그것 때문에 이러는 거야? 내가 당신 커피를 잘못 타서?" 마이크가 계단 위에 서 있는 그녀를 올려다본다.

"빌어먹을 커피 때문이 아니야!" 재니스는 고함을 친다. 마침내 내면의 암사자가 깨어난 듯하다. 심지어 헤드폰으로 음악을 들을 필요도 없었다. "내가 이러는 이유는 당신이 늘 나와 사이먼을 실망시켰기 때문이야. 당신이 실수를 할 때마다 교묘하게 그걸 내 탓으로 돌리고, 당신이 날 보잘것없는 사람 취급하면서 당신 같은 남자와 사는 걸 행운으로 알라는 듯이 말했기 때문이야. 당신이 이 직장에서 저 직장으로 옮겨 다니는 동안 난 우리를 위해 할 수 있는 모든 것을 다했어. 맙소사, 마이크, 나라고 더 많은 것을 원하지 않는 줄 알아? 하지만 내가 아무리 열심히 일해도 당신은 늘 날 수치스러운 존재, '한낱 청소 도우미'로 만들었지."

"하지만 당신은 한낱 청소 도우미가 맞잖아."

재니스는 남편이 그 말을 그녀에게 상처 주려고 하는 것이 아니라 정말로 그렇게 생각한다는 것을 깨닫는다. 대체 왜 그걸 이제야 알았을까? 마음이 다시 차분해진다. 사이먼은 그녀를 '그저 청소 도우미'로 취급한 적이 한 번도 없다. 그렇게 비싼 학교에 다니고 상류층 친구들을 사귀었어도 절대 그런 적이 없다. 불현듯 청소 도우미와 차를 마시고 싶다던 버스 기사가 떠오른다.

재니스는 차분하고 확신에 찬 목소리로 다시 말한다. "난 떠날 거야, 마이크."

"당신은 떠날 수 없어." 그가 한 번에 두 계단씩 올라온다.

재니스는 겁이 덜컥 나서 숨이 쉬어지지 않고 말문이 턱 막힌다. 마이크 앞에서 몸을 움츠린다.

그녀의 표정을 본 마이크가 동작을 멈추고 정말로 당황한 표정을 짓는다. 그러더니 퉁명스럽게 말한다. "잰, 난 당신을 때리지 않을 거야. 내가 그런 사람 아니라는 거 알잖아."

그제야 재니스는 허리를 똑바로 편다. 심장이 두근거린다. 재니스는 간신히 속삭이듯 말한다. "알아."

"대체 왜 그러는 거야, 잰? 저기, 우린 이 일을 잘 해결할 수 있어." 마이크가 애원한다.

갑자기 재니스는 그 어느 때보다 피곤하다.

"아니, 그럴 수 없어, 마이크. 난 떠날 거야."

재니스는 짐을 챙겨 어색한 걸음으로 계단을 내려간다. 마이크는 계단 꼭대기에 앉아 그녀가 떠나는 모습을 지켜본다. 마지막으로 재니스는 아직 현관 탁자에 놓여 있던, 동생이 보낸 엽서를 집어 들고 집을 나선다.

스물둘

방황의 기록

재니스는 케임브리지 외곽 마을을 돌며 한 시간 동안 운전한다. 정해진 경로 없이 좌회전과 우회전을 되풀이하다 마침내 완전히 길을 잃는다. 길을 잃는 것은 좋은 일이다. 하지만 아직은 오늘 밤에 어디서 잘 것인가와 같은 현실적인 문제와 씨름할 엄두가 나지 않는다. 수중에 돈이 거의 없으니 어쩌면 차에서 자야 할지도 모른다. 아니면 저렴한 비앤드비♦를 찾을 수 있을까?

버려진 헛간들로 이어지는 널찍한 갈림길이 나오자 재니스는 차를 세운다. 어떻게 마이크는 그런 짓을 할 수 있을까? 고객들이 그녀를, 또 마이크를 어떻게 생각하겠는가. 돈보다도 이게 더 속상하다. 일터는 마이크와 분리된 그녀만의 세상이었다. 버너뎃

♦ B&B, 'Bed and Breakfast'의 약자로 숙박과 아침 식사를 제공하는 숙박 시설을 뜻함.

수녀님이 생각나면서 지금 수녀님의 목소리가 들리기를, 귓가에 수녀님의 속삭임이 들리기를 바라지만 차를 스쳐 가는 바람 소리와 헛간 옆 울타리가 삐걱거리는 소리만 들릴 뿐이다. 불현듯 체구가 자그마하고 화를 잘 내던 버너뎃 수녀님이 B 부인과 비슷하다는 생각이 든다. B 부인이 덮어줬던 푸른색 담요가 생각난다. B 부인에게 가도 될까? 하지만 지금까지 그녀는 고객들과 거리를 두고 자신의 개인 사정을 일절 이야기하지 않는 세상을 구축해 왔고―비록 이제는 마이크가 그 세상을 침범했지만―그 세상에서 고객들에게 그녀는 한낱 청소 도우미일 뿐이다. 더군다나 지금은 그녀에게 '넌 한낱 청소 도우미가 아니야'라고 말해주는 내면의 암사자가 없다. 고객들에게 도움을 청해보라고 제안하는 버너뎃 수녀님의 속삭임도 들리지 않는다. 그보다는 연락처 명단을―마이크가 훔친 명단―확인하고 그들에게 전화해 마이크가 한 짓을 사과해야 한다. 재니스는 마이크가 자신의 가방을 뒤져 휴대전화를 찾아낸 다음, 전화번호를 훔치는 모습을 상상한다. 그때 그녀는 뭘 하고 있었을까? 요리? 세탁기에 빨랫감을 넣고 있었을까? 재니스는 농장 건물들의 검은 형상을 바라보며 바람 소리에 귀를 기울인다. 만약, 만에 하나라도 자신의 한심하고 죄책감에 시달리고 소심한 자아가 마이크에게 다시 돌아가라고 설득한다면 버려진 헛간 옆 어둠 속에서 차에 홀로 앉아 있던 이 순간만 기억하면 될 것이다. 이걸로 충분하리라.

재니스는 휴대전화로 손을 뻗는다. 어차피 해야 할 일이다. 마이크는 연락처 맨 위의 네 사람에게 전화했다고 했다. 재니스는 제발 그래그래그래 부인은 없게 해달라고 기도한다. 그녀에게 전화하는 일만 아니라면 어떤 일이든 견딜 수 있다. 재니스가 화면을 건드리자 휴대전화에 불이 들어온다.

상황이 나쁘기는 해도 두려워했던 만큼은 아니다. 하지만 네 사람의 이름을 보자 다시 분노가 불타오른다. 무슨 일이 벌어졌는지 소름 끼칠 정도로 실감이 난다. 연락처 목록은 이렇게 시작한다. 앨런 소령, B 부인, 닥터 황, 조디. 아, 마이크는 조디와 통화해서 신났을 것이다. 남편이 세계적으로 유명한 성악가에게 알랑거렸을 일을 생각하면 견딜 수가 없다. 조디한테는 맨 마지막에 전화할 것이다.

먼저 B 부인에게 전화한다. 적어도 B 부인은 마이크가 어떤 사람인지 알고 있다. 마이크는 언제 B 부인에게 전화했을까? 지난번에 재니스가 감정적으로 폭발하기 전이었을까, 아니면 후였을까? B 부인은 마이크가 전화해서 그가 판매하는 청소용품에 관심을 불러일으키려 했다는 내색은 전혀 하지 않았다. 하지만 다시 생각해 보면 B 부인은 과거 스파이였으니 무슨 일이든 쉽게 발설하지 않으리라. 전화번호를 누르는 그녀의 손이 점점 축축해진다. 신호음이 울리지만 B 부인은 전화를 받지 않는다. 재니스는 불안해졌으나 B 부인이 가끔씩 전화를 받지 않는다는 사실이 기억난다. 나중에 직접 만나서 말하리라.

그다음 앨런 소령과의 통화는 오히려 재니스를 웃게 한다. 곤혹스러운 상황을 설명하기도 전에 소령은 그녀의 말을 막는다.

"더 말할 필요 없네, 재니스. 난 곧바로 알아차렸어. 우리 아들이 예전에 그런 전화에 대해 경고해 줬고,《텔레그래프》에도 기사가 자주 실렸거든. 그런 전화를 보이스 피싱이라 부른다지? 그 사람 말을 듣자마자 수상하다는 걸 알았지. 그래서 전화기를 옆에 내려놓고 주방으로 가서 차를 끓였다네. 전화요금이라도 많이 나오게 말이야. 자네가 해킹당한 건가? 휴대전화 비밀번호를 바꾸는 게 좋을 거야. 우리 아들 말로는 보통 그 방법이 효과가 있다더군." 재니스는 알겠다고 말하고 전화를 끊는다.

앨런 소령의 이야기는 이른바 반쪽짜리 이야기다. 소령의 집 빈방에는 214개의 신발 상자가 있다. 그걸 아는 이유는 그녀가 직접 세어봤기 때문이다. 상자에는 예쁜 여자 신발이 들어 있다. 소령은 재니스에게 신발을 보여주며 마음껏 감탄하게 했다. 신발은 전부 3사이즈이고 (앨런 소령은 11사이즈) 신어본 흔적이 전혀 없었다. 소령은 자신이 왜 이 (3사이즈의) 신발들을 모으는지 말해주지 않았고, 재니스도 묻지 않았다. 이야기 수집은 일부러 물어서 하지 않는다. 상대가 자진해서 말해줘야 한다. 이 규칙의 예외는 버스나 카페에서 수집한 이야기들뿐이다. 그 이야기들에는 보통 그녀가 상상한 요소들이 첨가되기 때문에 (그리고 픽션과 논픽션 사이로 분류되기 때문에) 원칙에서 벗어나는 것이 허용된다.

다음은 닥터 황이다. 그녀와의 통화는 조금 더 난처하다. 닥터 황의 어조에서 그녀가 마이크의 전화를 무례하고 불쾌하게 생각하고 있으며, 남편이 전화번호를 빼돌리게 내버려둔 재니스도 탐탁지 않게 여긴다는 걸 알 수 있다. 재니스는 그녀를 탓하지 않는다. 닥터 황이 그녀를 해고하지 않는 유일한 이유는 (몇 달간 기다린 끝에) 최근에야 재니스의 고객이 됐기 때문일 것이다. 아직 닥터 황의 이야기는 발견하지 못했지만 아마 그녀가 온실에서 기르는 아름다운 난초와 연관이 있을 듯하다. 시간이 지나면 알게 되리라.

조디에게 전화할 차례가 되자 재니스는 몸이 떨리고 춥다. 차의 히터를 켜고 뒷좌석에서 더 따뜻한 외투를 꺼내어 입어보지만 별로 효과가 없다. 첫 번째 신호음이 울린 뒤에 조디가 전화를 받지만 그는 다른 일에 정신이 팔린 듯하다. 바쁜 걸까? 아니면 그녀의 말이 잘 들리지 않는 걸까? 헛간 옆에 주차한 낡은 차에 앉아서 세계적으로 유명한 성악가에게 미안하다고 소리치고 있는 지금 이 상황을 웃어넘길 수 있다면 좋으련만. 하지만 말하는 동안 그녀의 목소리가 점차 울먹인다. 조디도 그걸 알아차린 듯하다. 왜냐하면 조디가 더는 건성으로 대답하지 않기 때문이다. "걱정 마. 내 주변에는 그런 아부꾼들이 널리고 널렸다고." 하지만 이 위로는 재니스를 더 속상하게 한다. 마이크의 전화가 불쾌하고 부적절했을 뿐 아니라 예상대로 마이크가 조디에게 알랑거렸다는 사실을 확인해 주기 때문이다.

조디는 더는 아무 말이 없고, 재니스는 지금 숨을 들이쉬었다가는 자신이 흐느낀다는 게 들통날까 고민한다.

"전화 안 끊었지?"

조디가 볼 수 없다는 걸 아는데도 재니스는 고개를 끄덕인다. 또 울먹거릴까 봐 말을 할 수가 없다.

침묵이 흐르더니 다시 조디의 우렁차고 믿음직한 목소리가 들린다. "날 좀 도와주겠어, 재니스? 지금 뭐 하고 있어?"

"차에 있어요." 재니스는 울지 않고 간신히 그렇게 말하지만 목소리는 속삭이듯 작다. 조디가 제대로 들었는지조차 의문이다.

"나 좀 도와줄 수 있나? 난 지금 매니저가 택시를 잡아 오길 기다리는 중이야. 캐나다에 갈 거거든. 토요일부터 순회공연을 시작하는데……."

그때 조디가 멀리 있는 누군가에게 외친다. "나 여기 있어, 친구. 금방 갈게. 저기, 그동안 집을 봐줄 사람이 필요해. 날 대신해서 집을 좀 봐주겠어, 재니스? 3주 동안이야. 너무 부담스러우려나? 애니가 키우던 화분들 알잖아. 그게 죽게 두면 애니가 날 용서하지 않을 거야."

재니스는 조디가 죽은 아내의 화초 때문에 이런 제안을 했다고는 생각하지 않는다. 조디가 이렇게 집을 비울 때면 재니스가 가끔씩 들러서 집 안팎을 보살핀다는 걸 둘 다 알고 있다.

이제 재니스는 울음을 멈출 수가 없다. 방금 조디는 그녀에게 구원의 손길을 내밀었다. 아마 조디도 알고 있으리라. 하지만 다시 생각해 보면 조디는 어릴 때 런던까지 두 발로 걸어갔던 사람, 함께 걸어가던 부랑자에게 도움을 청했던 사람이다.

재니스는 흐느낌을 멈추고 제대로 말할 수 있게 되자 이렇게 말한다. "여행 잘 다녀오세요. 제 동생도 캐나다에 살아요."

"캐나다 어딘데?"

"토론토요."

"잘됐군. 공연 보러 오라고 해. 나한테 동생 이메일 알려주면 내가 초대권 두 장을 보내줄게. 동생한테 공연 끝난 뒤에 들러서 나랑 인사하고 가라고 해. 꼭."

"그럴게요." 재니스가 간신히 대답한다. "그리고 고마워요, 조디."

"쓸데없는 소리. 자네가 내 부탁을 들어주는 거야. 우리 집 열쇠는 가지고 있을 테고, 필요한 게 있으면 뭐든 마음껏 사용해."

조디는 그렇게 말하고 전화를 끊는다. 재니스는 추위와 피로와 안도감으로 몸을 떨며 차 안에 앉아 있다.

조디의 집에 도착하자 현관문 앞에 외등이 켜져 있고, 현관 거울에 그녀에게 남긴 쪽지가 붙어 있다.

앞쪽 손님방에 자네가 잘 수 있도록 침대를 정리해 뒀어.
냉장고에는 자네를 위한 술이 한 병 들어 있고. 3주 뒤에 보세.
G x

재니스는 차에서 책이 든 상자와 가방을 가져와 현관에 놓아둔다. 현관문을 닫고 집 안에 감도는 정적에 귀를 기울인다. 대형 괘종시계의 은은한 똑딱똑딱 소리, 온수 파이프가 미세하게 삐걱거리는 소리(조디는 히터를 틀어두었다), 무엇보다도 이런 소리와 조심스럽게 뒤섞이는 부드러운 침묵. 재니스는 복도에 놓인 의자에 앉아 이 기분 좋은 정적을 음미한다. 비행기를 만들지 않은 남자의 이야기를 떠올리며 지금 이 순간에는 세상에서 가장 아름다운 새소리라고 해도 이 정적과 바꾸고 싶지 않다고 생각한다.

잠시 후 빛바랜 금색으로 칠해진 넓은 주방으로 들어간다. 노송으로 만든 가구들이 있고, 목제 찬장 위쪽에 설치된 선반에는 애니가 수집하던 빨간색과 푸른색 접시들이 진열되어 있다. 알록달록한 색의 수많은 화분도 있다. 애니가 조디와 멕시코로 여행을 갔을 때 이런 화분을 많이 샀다고 말한 기억이 난다. 재니스는 중간 선반에 있는 애니의 사진을 바라본다. 긴 검은 머리에 키가 크고 매력적인 여성이다. 조디는 미국으로 순회공연을 갔다가 애니를 만났다. 당시 애니는 그의 공연 홍보를 맡은 홍보 대행사에서 일했다. 언젠가 애니는 자신이 어릴 때 보육원에서 자랐고, 자신의 혈통에 대해 잘 모른다고 말했다. "하지만 이 머리카락을 좀 봐요, 재니스. 이건 순수한 체로키 혈통이 틀림없어요." 재니스는 애니가 고아였기 때문에 조디와 함께 그렇게 대가족을 꾸린 게 아닐까 생각했다. 둘은 모두 여섯 명의 자녀를 뒀는데 세계 각지에 흩어져 산다. 남편과 자식들에게 사랑받은 아내이자 어머니였으나 환갑을 하루 앞두고 암으로 세상을 떠난 애니의 사진을 골똘히 바라보던 재니스는 나직이 말한다. "고마워요, 애니."

불현듯 지금 들리는 소리가 중앙난방으로 인한 파이프 소리가 아니라 자신의 배에서 나는 소리임을 깨닫는다. 배가 고파 죽을 지경이다. 냉장고를 열어보지만 피클 몇 병과 버터, 잼, 우유 반통, 샴페인 한 병을 제외하고는 별다른 음식이 없다. 샴페인 병에는 그녀의 이름이 적힌 포스트잇이 붙어 있다. 재니스는 냉장고를 닫는다. 차라도 마셔야겠다. 축하하고 싶은 기분은 들지 않는다.

냉동실을 열어 보니 조디가 마크스 앤드 스펜서에서 구입해 쟁여
둔 냉동식품이 있다. 이 중 하나를 전자레인지에 돌려 먹을 것이
다. 내일 사서 채워두면 된다. 주전자 물이 끓기를 기다리는 동안
애니의 화초들을 확인한다. 비록 아무 문제 없으리라는 걸 알고
있지만. 조디는 이 화초들의 주인을 살려내려고 애썼을 때와 똑
같은 열정적인 사랑으로 이 식물들을 살리려고 노력한다. 조디는
더 이상 이 집에서 어떤 것도 죽게 내버려두지 않을 것이다.

"나라면 몰라도. 그리고 내가 죽으면……."

"알아요, 조디." 재니스는 종종 조디 대신 그 말을 마무리한다.
"사람들은 당신의 심장이 「라 보엠」 악보로 싸여 있는 걸 알게 되
겠죠." 재니스는 마음속으로 그 악보가 애나의 아름다운 머리카
락으로 묶여 있을 거라고 생각한다.

서랍장 위, 접란 화분 옆에 구식 CD 플레이어가 있고 그 옆에
애니가 좋아하는 음반들이 쌓여 있다. 그녀는 프랭크 시내트라,
니나 시몬, 엘라 피츠제럴드, 루이 암스트롱처럼 감미롭고 마음
을 달래주는 노래를 좋아한다. 아직 춤을 출 기분은 아니지만 이
음악은 들을 수 있을 것 같다. 아무 CD나 고르고 보니 옛날 노래
모음집이다.

재니스는 난로 옆에 있는 조디의 큼직하고 낡은, 소나무로 만
든 의자에 앉아 차를 홀짝거린다. 프랭크 시내트라가 "나는 오늘
떠나네"♦라고 노래하자 재니스는 미소 짓지 않을 수 없다. 좋다,

♦ 「뉴욕, 뉴욕」에 나오는 가사.

225

비록 프랭크 시내트라는 케임브리지 교외의 넓은 주택이 아니라 뉴욕으로 떠나지만 그래도 재니스는 그의 심정을 이해한다. "당신과 나, 우리 둘 다 떠나네요, 프랭크." 울먹이지 않고 더 강해진 자신의 목소리를 들으니 마음이 놓인다.

다음 노래가 흘러나오자 재니스는 찻잔을 내려놓고 살짝 몸을 흔들며 냉동실 쪽으로 걸어간다. 냉동식품 중에서 하나를 고를 것이다. 하지만 음악이 너무 유혹적이다. 재니스는 냉동실 문을 열기 전에 발꿈치를 든 채 제자리에서 빙글 돈 다음 옆으로 스텝을 밟으며 부엌을 가로지른다. 결국 냇 킹 콜이 노래하듯이, 앞으로 문제가 생길수도 있지만 언제나 음악에 몸을 맡기고 춤출 수 있다.

스물셋

셰에라자드를 찾아서

재니스는 문자 알림 소리에 잠에서 깬다. 순간적으로 여기가 어딘지 어리둥절하다. 커튼을 통해 방으로 들어오는 햇빛이 평소와 달리 은은한 복숭앗빛을 띤다. 늦잠을 잔 게 틀림없다. 커튼 천에 초점을 맞추니 마치 누군가 작약과 복숭아꽃을 그려놓은 듯하다. 아, 애니가 고른 커튼이다. 그제야 정신이 든다. 침대가 어찌나 푹신한지 매트리스가 몸을 감싸는 기분이다. 지난번 대학 게스트룸에서 잤던 딱딱한 침대가 떠오른다. 그때와 지금은 정반대다. 있어야 할 곳에 있다는 느낌만 제외하고.

문자에 대한 생각이 그녀의 몽롱한 상념을 뚫고 들어온다. 마이크일까? 앞으로 계속 이럴까? 휴대전화 알림음이 울릴 때마다 마이크가 보냈을까 생각하며 속이 약간 울렁거릴까? 누가 보낸 문자인지 바로 알 수 있도록 발신인에 따라 알림음을 다르게 설정할 수 있다고 들은 적이 있다. 어쩌면 애덤이 그 방법을 알려줄지 모른다. 재니스는 따뜻한 이불 속으로 파고들며 남편의 알림음을 어떤 소리로 해야 할지 고민한다. 그러다 자신이 생각한 것들이 대부분 너무 가혹하다는 결론을 내린다. 특히 방귀 소리는 쓰면 안 될 것이다. 사람들은 그녀가 방귀를 뀐 줄 알 것이다. 재니스는 키득거리다가 지금 문자를 확인하기로 마음먹는다. 아직 웃고 있을 때 해치워 버리는 편이 낫다.

내일 정오에 킹스 칼리지 맞은편에 있는 코퍼 케틀에서 만나면 어떨까요? 버스 운전사 *aka* 유언.

맙소사! 생각할 게 한두 가지가 아니다.

시간이 될까? 어떻게든 시간을 낼 것이다. 그러려면 일을 일찍 시작해야 한다. 앨런 소령이 아직 침대에서 자고 있는데 그녀가 진공청소기로 침대 주위를 미는 모습을 상상한다. 그러자 더 활짝 웃는다. 이미 웃고 있지만.

다음으로는 그가 고른 카페가 마음에 든다. 그곳은 전망이 멋지다.

정오? 커피를 마시려는 걸까, 아니면 점심을 먹으려는 걸까? 어쩌면 그는 신중히 접근하려는 것일 수도 있다. 우선 커피를 마시면서 분위기를 보려는 걸까?

새로 산 부츠를 잊지 않고 가져왔나? 가져왔다. 차 안에 있다.

스커트랑 빨간 스웨터, 재킷은? 침대 밑에 넣어둔 가방 속에 있다.

그가 문자를 보낼 때 마침표를 찍은 것도 마음에 든다.

어쩌면 유언도 책을 좋아할지 모른다.

메시지 끝에 키스를 의미하는 x가 없네? 현명한 선택이다. 만약 있었더라면 오히려 부담스러웠으리라.

재니스는 가장 중요한 문제를 맨 마지막으로 생각한다. 유언? 느낌이 어떤가? 멋진 이름 같다. 유언은 시골 산책을 좋아할 것 같고 모든 나무의 이름을 알 것 같은 남자의 이름이다. 한때는 지리를 가르쳤을 수도 있다.

재니스는 재빨리 답장한다.

네, 그거 좋겠네요. 재니스 aka 청소 도우미.

이제는 가만히 누워 있을 수가 없다. 일어나서 무언가를 해야 한다. 오늘은 일이 없다(오늘 청소하는 두 집 다 스키 여행을 갔다). 지금은 현실적인 문제를 생각하고 싶지 않다. 이를테면 마이크는 뭘 하고 있을지, 내 나머지 물건은 어떻게 가져올지, 조디가 돌아오면 어떻게 해야 할지 같은. 이런 문제는 나중에 생각해도 된다. 지금은 오랫동안 욕조 목욕을 하면서 책을 읽고 커피를 마시고 싶다. 그녀 입맛대로 설탕을 넣지 않은 커피. 재니스는 마음속으로 다시 한번 조디에게 감사한다.

그러자 사이먼이 생각난다. 사이먼 덕에 부츠를 샀으니 고맙다고 말해야 한다. 재니스는 주말에 아들과 통화할 수 있기를 바란다. 비록 무슨 말을 하게 될지는 모르겠지만. 지금으로서는 문자가 최선이다.

어제 네가 보내준 존 루이스 상품권을 썼어.
특별한 물건을 사려고 아껴뒀지. 그걸로 멋진 검은색 부츠를 샀단다. 정말 고맙다. 엄마 xx

멋진 부츠를 사셨다니 잘됐네요. 사이먼 x

사이먼의 메시지에는 받아도 부담스럽지 않은 키스 표시가 있다. 이러다 또 우는 건 아닐까.

욕조에서 나오려는 순간, 휴대전화가 울린다. 스탠이다.

목욕물의 온기가 아직 남아 있는데도 갑자기 재니스는 몸이 차가워진다.

"당신이 와봐야 할 것 같아요."

"아, 안 돼요, 스탠! 무슨 일이에요?"

제발 그 일만은 아니기를. 제발. 어젯밤에 계속 전화했어야 했다.

재니스가 패닉에 빠진 걸 눈치챘는지 스탠이 말한다. "아니, 그런 일은 아니에요……. 다만…… 당신이 오는 게 제일 좋을 것 같아요. 달리 전화할 사람이 생각나지 않더라고요."

아직 젖은 머리로 차에 탄 후에야 재니스는 생각한다. 왜 스탠은 티베리우스에게 전화하지 않았을까?

스탠은 재빨리 그녀를 B 부인의 집으로 안내한다. 평소 드나드는 현관문이 아니라 캠퍼스 사각형 잔디밭 쪽으로 난 작은 나무문이다. 스탠은 무슨 일이 있었는지 전혀 설명하지 않고 그저 "나한테는 전혀 말씀을 안 해요. 그냥 꺼지라고만 해요"라고 말한다.

재니스는 서둘러 혼자 거실로 들어간다.

"다 꺼져버려." B 부인이 그렇게 말하더니 정적이 흐른다. "아, 자네로군."

처음에 재니스는 B 부인을 보지 못했다. 그러다가 떡갈나무 테이블 아래 앉아 있는 그녀를 보았다. 테이블 중앙에 있는 지지대에 등을 댄 채 다리를 앞으로 쭉 뻗은 B 부인의 모습은 마치 누군가 거기 세워놓은 아주 작고 지저분한 인형 같다. 지팡이는 거실 반대쪽에 있다. 부인이 저쪽으로 던져버린 듯하다.

"아, B 부인, 제가 일으켜 드릴게요. 그렇게 거기 앉아 있으시면 안 돼요."

"자네한테까지 꺼지라고 말하고 싶지 않아, 재니스. 사실 자네는 내가 그렇게 말할 수 있는 몇 안 되는 사람이야. 그러니 제발 날 내버려둬."

"그럴 순 없어요. 분명 무슨 일이 있었다고요. 제가 부인을 일으켜 드릴 순 없을까요? 그런 다음에…… 모르겠네요. 핫초콜릿이라도 타드릴까요?" 재니스는 이렇게 덧붙이려고 했다. '그리고 무슨 일이 있었는지 제게 다 말해주세요.' 하지만 B 부인이 건방지다고 생각할까 걱정되기도 하고, B 부인이 욕하고 싶지 않은 사람이라는 자신의 지위를 잃고 싶지 않다. 그 사실이 꽤 자랑스럽다.

"집어치워, 재니스."

그러니까 그 지위는 오래가지 못했다.

"핫초콜릿 같은 소리 하네. 내가 애야? 난 아흔두 살이라고. 그리고 지금까지 이 대학 역사상 가장 높은 학점을 받은 졸업생 중하나야. 우리 남편이 이 대학의 총장이 될 수 있었던 것도 내 인맥 덕분이었다는 사실을 알아두라고. 그이의 인맥이 아니라 내 인맥. 나는 4개 국어에 능통하고, 아이큐도 높고, 벨트로 한 남자를 목 졸라 죽인 적도 있어. 나를 죽이려고 했던 그의 동료에게 마취제를 투여해서 꼼짝 못 하게 한 다음에 말이야. 그러니까 유모가 맛있는 핫초콜릿 따위를 타 준다고 해서 내 기분이 조금이라도 나아질 수는 없다고."

재니스는 완전히 당황한다. 뭐라고 말해야 할지 모르겠다. 그러니까 B 부인은 사람을 죽였다.

B 부인은 테이블 아래서 더욱 몸을 웅크린 채 혼잣말을 하는 듯하다. 재니스에게 들리는 것은 뒤죽박죽 섞인 말뿐이다. "큼직한 자루에 넣어버렸어야 해……. 건방진 녀석……. 제가 어떻게 감히……."

이 말을 들으니 그녀가 대학 게스트룸에 묵었던 날이 생각난다. B 부인은 취한 걸까? 재니스는 가벼운 어조로 묻는다. "또 브랜디를 드셨어요, B 부인?"

"어떻게 감히 그런 말을 해, 재니스! 어떻게 감히! 자네도 똑같아." B 부인은 분노에 차서 그렇게 내뱉더니 두 손으로 바닥을 밀며 허리를 더 꼿꼿이 세우려 한다.

B 부인이 아무리 뭐라고 해도 재니스는 도저히 참을 수가 없다. 그녀를 돕고 싶어서 한 발짝 다가간다.

"더 가까이 오지 마. 대체 내가 왜 아우구스투스의 총을 다 버려버렸는지 모르겠군. 문을 잠그고 너희들을 다 쏴버리고 싶어." B 부인은 그렇게 말하더니 갑자기 눈물을 흘린다.

흐느낌에 그녀의 가냘픈 몸이 떨리고, B 부인은 턱을 가슴에 댄 채 두 손을 힘없이 떨어뜨린다. 완전히 패배한 모습이다.

재니스는 테이블 아래서 나와 쏜살같이 나선형 계단을 올라가 푸른색 담요와 침대 옆에 있던 화장지를 집어 든다. 몇 초 뒤엔 테이블 아래에서 B 부인 옆에 무릎을 꿇은 채 B 부인의 몸을 앞으로 숙여―마치 그녀가 인형인 것처럼―담요를 둘러준다. 화장지는 B 부인 옆에 두고, 안락의자에서 쿠션 두 개를 가져와 그녀 주위에 받쳐준다. 순간적으로 B 부인을 들어 올려 안락의자에 앉힐까 생각하지만 그렇게 했다가는 B 부인이 모욕감을 느낄 것임을 본능적으로 깨닫는다. 하지만 적어도 부인을 더 편안하게 해줄 수는 있다.

재니스는 한동안 테이블 밑에 앉아 B 부인 옆에서 그녀의 손을 잡는다. B 부인은 손을 뿌리치지 않고 잠시 후에는 재니스의 손을 살짝 힘주어 잡는다.

"휴지 드릴까요?" 재니스가 화장지를 건네며 말한다.

"아, 집어치워, 재니스." B 부인은 그렇게 말하지만 한 장 뽑아 코를 푼다.

마침내 재니스가 묻는다. "지팡이를 저렇게 멀리까지 던지셨어요?"

"그랬을 거야."

"창던지기 세계 기록도 보유하고 계세요? 그건 깜빡 잊고 말 안 하신 거예요?"

B 부인은 코웃음을 치더니 참지 못하고 덧붙인다. "사실 난 장애물 경기 선수였어."

"무슨 일이 있었는지 말해주실래요?"

B 부인은 눈을 감고 한숨을 쉰다. "꼭 말해야 한다면 말해주지." 그러더니 더 부드러운 목소리로 덧붙인다. "잠시 여기 테이블 아래 있어도 괜찮을까? 여긴 이상하게 마음이 편해."

재니스도 그랬다. 지금까지는 메인 창문의 낡은 유리로 들어오는 햇살이 위층 회랑의 벽과 서가에 그림자를 드리우는 모습을 유심히 본 적이 없다. 여기에 있으면 마치 물속에서 그 광경을 바라보는 듯하다.

B 부인이 재니스의 손을 잡은 채 말문을 연다. "우리 남편 아우구스투스는 훌륭한 와인을 아주 좋아했어. 오랫동안 여러 나라를 옮겨 다니면서 우리 부부는 엄선한 와인들로 작지만 특별한 와인 컬렉션을 만들었지. 마치 큐레이터처럼 말이야. 그렇게 말해도 과언이 아닐 거야. 각 와인은 우리가 살았던 나라를 상징하고, 다양한 병과 빈티지는 우리에게 중요했던 특정한 사건을 기념하지. 우린 복도 옆에 있는 작은 수납실에 와인을 보관했어."

재니스도 거기 들어가 본 적이 있기 때문에 그 사실을 어느 정도는 알지만 B 부인은 그 방을 청소하지 말라고 아주 분명하게 말했다.

"그런데 오늘 내 아들, 티베리우스가……." 이 대목에서 B 부인은 그의 이름을 말하기가 힘들다는 듯이 눈을 질끈 감는다. "녀석이 집에 와서 그 와인을 몽땅 다 가져갔어."

"세상에." 재니스는 참지 못하고 그렇게 말한다.

"내가 알코올중독이라서 그렇다는 거야. 말은 그래. 내 장바구니에서 빈 브랜디 병이랑 머그잔을 찾아냈거든. 그러다가 침실에서 와인 한 병도 찾아냈고."

티베리우스가 난리를 치며 집 안을 뒤지고, B 부인이 무력하게 앉아 있는 장면이 재니스의 머리에 떠오른다. 상상만 해도 끔찍하다. "하지만 부인은 술꾼이 아니에요. 머그잔에 대해서는 제가 아드님께 설명해 드릴 수 있어요. 그리고 제가 방을 청소하기 때문에 부인이 평소 침실에 와인을 놓아두지 않는다는 건 제가 알아요."

"그래, 맞아. 어제는 특별히 와인을 침실로 가져갔어. 왜냐하면 어제가 우리 결혼기념일이었거든. 보르도로 여행 갔을 때 우리가 함께 구입한 와인이었지."

재니스는 손으로 입을 틀어막는다. 이런 사적인 이야기를 하는 것이 B 부인에게 얼마나 힘든지 알고 있다. "싫으시면 더 말씀 안 하셔도 돼요. 그 와인을 되찾을 방법이 틀림없이 있겠죠?" 하지만 그 말을 하는 동안에도 재니스는 과연 방법이 있을지 의문이다. B 부인의 몸으로는 그 집에 가서 와인을 가져오기가 불가능하다. 그녀가 어떤 식으로든 도울 수 있을까?

"진짜 문제는 말이야, 재니스, 내가 술을 마시느냐, 안 마시느냐가 아니야. 솔직히 말해서 아흔두 살에 매일 술을 두어 병 마신다고 한들 그건 남이 상관할 바가 아니지. 이 모든 일은 나를 대학에서, 그것도 내 대학에서 쫓아내려는 우리 아들의 계략일 뿐이야."

데키우스. 데키우스는 어떻게 될까? 갑자기 데키우스가 생각나자 재니스는 공포에 휩싸인다. 2분 전만 해도 티베리우스의 집에 쳐들어가 와인을 돌려달라고 할 기세였다. 심지어 그래그래그래 부인이 남편과 외출했을 때를 노려 차에 와인을 싣고 돌아올 상상까지 했다. 하지만 지금은? 재니스는 발끝으로 걷는 데키우스의 우스꽝스러운 걸음걸이, 복슬복슬하면서 독특한 눈썹, 데키우스의 털에 얼굴을 묻을 때의 편안함을 떠올린다. 데키우스랑 어떻게 헤어질 수 있을까? 만약 그녀가 B 부인과 공모했다는 사실이 티베리우스의 귀에 들어갔다가는 당장 해고될 것이다. 그에게 빈 브랜디 병에 대해 사실대로 설명해야 할 책임감을 다시 한번 느낀다. 그건 정말로 그녀의 탓이기 때문이다. 하지만 B 부인이 정말로 그렇게 해달라고 할까 봐 말할 엄두가 나지 않는다.

B 부인은 위로하듯 그녀의 손을 토닥이지만 재니스는 열 배로 더 속상해질 뿐이다. "걱정 마, 재니스. 이건 나와 내 아들의 문제야. 그리고 마이크로프트를 잊으면 안 돼."

"마이크로프트요?" 재니스는 그를 까맣게 잊고 있었다. "아, 마이크로프트."

"그래, 모레 마이크로프트가 올 거야. 그 자리에 자네가 있어 주면 고맙겠어. 그때쯤이면 내 아들이 내 집을 어떻게 하려는지 더 잘 알게 될 거야. 내가 이중 첩자를 영입했거든."

B 부인은 그 생각에 기운이 나는지 허리를 더 똑바로 편다.

"그게 누군데요?" 재니스가 믿을 수 없다는 말투로 묻는다.

"스탠리 토페스."

"누구요?" 재니스는 다시 물었지만 누군지 알 것 같다. "아, 스탠." 그러고는 이렇게 덧붙이지 않을 수 없다. "부인은 스탠 이름도 모르셨잖아요."

"나의 큰 실수였지." B 부인은 약간 미안해하며 말한다. "나중에 잊지 말고 스탠에게 아까 욕한 일을 사과해야겠군. 하지만," B 부인이 환하게 웃으며 말한다. "그 정도 욕은 평소 스탠이 듣는 것에 비하면 아무것도 아니야."

"그게 무슨 말이에요?"

"스탠리의 아내 갈리나는 러시아인이야. 스탠리는 언젠가 아내에게 나를 소개해 주겠다고 약속했지. 정말 기대돼. 듣자 하니 그 여자는 성깔이 대단한 것 같더라고. 그리고 알다시피 러시아어는 표현력이 아주 풍부하잖나. 욕이 아주 다양하고 뉘앙스도 섬세하게 조절할 수 있지."

재니스는 고개를 뒤로 젖혀 테이블 가운데에 있는 지지대에 머리를 기댄다. "정말 대단하시네요, B 부인. 아, 그건 그렇고 저 남편이랑 헤어졌어요."

"그건 전혀 놀랍지 않은 일이군. 지난번에 자네 남편이 전화했을 때 난 자네가 그럴 거라고 확신했어. 하지만 이런 일들은 가끔씩 자기만의 속도로 진행되어야 해. 절대 서두를 수 없어. 외부인이 보기에는 속이 터져도 말이야."

"그래서 아무 말도 안 하신 거예요?"

"내가 그 일을 언급하지 않은 이유는, 재니스, 여자는 남편의 행동이나 도덕성으로 평가받아서는 안 된다고 믿기 때문이야. 아우구스투스와 나는 늘 그 점에 있어서 아주 확고했지. 우리가 서로를 끔찍이 사랑한 건 사실이지만 우린 아주 독립적인 사람이야. 그러니 남편이 한 짓을 자네가 사과할 필요는 없어. 내가 자네 남편이 마미단 조끼*를 입고 무릎을 꿇은 채 거리에서 채찍질을 당해 마땅하다고 생각하는지는 전혀 다른 문제야."

재니스는 옆에 앉아 있는 B 부인에게 키스하고 싶지만 대신 마지막으로 그녀의 손을 꽉 쥐며 핫초콜릿을 권한다.

"그래, 그거 좋겠군. 그리고 이제 그만 안락의자로 자리를 옮기는 게 좋겠어. 엉덩이 감각이 완전히 사라졌어."

재니스는 지팡이를 집어 들고 B 부인이 일어날 수 있도록 부축한다. 그렇게 B 부인을 의자에 앉힌 뒤 부엌으로 간다. "집에 술은 전혀 없나요, B 부인? 충격적인 일을 겪으셨으니까 핫초콜릿에 브랜디 한 방울 정도는 넣어도 괜찮을 것 같은데요."

"유감스럽게도 없어. 티베리우스가 이 집에 있는 술이란 술은 죄다 없애버렸어. 하필 싱크대 밑에서 술이 나와서 상황이 더 악

　♦　중세 시대에 참회와 고행을 위해 입던 거친 털옷으로, 죄를 뉘우치는 상징을 뜻한다.

화됐지. 다른 찬장은 손이 안 닿아서 거기 보관해 둔 것뿐이라고 내가 설명했는데도 그 녀석은 믿지 않는 것 같았어."

"하지만 왜 부인이 원하는 곳에 술을 보관하면 안 되죠? 그건 다른 사람이 상관할 문제가 아니잖아요."

"유감스럽게도 티베리우스는 그걸 다른 사람이 상관해야 할 문제로 만들려는 중이야. 날 병약자라는 이유로 이 집에서 쫓아내는 데 실패하니까 이제는 날 술주정뱅이로 몰아가고 있어. 그래도 우리에게는 상황을 계속 살펴보고 있는 스탠리가 있지. 또 마이크로프트도 있고."

재니스는 잠깐 나가서 음식을 사 오고, B 부인의 핫초콜릿에 넣을 브랜디도 사 오겠다고 제안하고 싶은 마음이 든다. 하지만 티베리우스가 또 찾아온다면? 티베리우스에게 여기 있는 걸 들키기라도 하면? 그때 B 부인이 말한다. "자넨 이 일에 연루되면 안 돼, 재니스. 지금 자네 처지를 위태롭게 하고 싶지 않아." 재니스는 예수를 배반한 유다의 심정을 알 것 같다.

두 사람이 난로 옆 안락의자에 앉아 있을 때 B 부인이 묻는다. "그래서 베키 이야기를 더 들려줄까? 오늘은 아니더라도 다음번에 말이야. 아니면 베키가 결점이 너무 많은 성격이라서 이젠 관심이 안 가나?"

"아, B 부인. 그런 게 아니에요. 그때 제가 왜 그랬는지 아시잖아요."

"부분적으로는 알지. 하지만 자네가 말하지 않은 이야기가 훨씬 많을 거야."

재니스는 머그잔 테두리 너머로 B 부인을 바라본다. "부인이 무슨 꿍꿍이였는지 전 정확히 알아요."

"내 꿍꿍이가 뭐였는데?" B 부인이 순진한 표정을 지으며 대답한다.

"부인은 제가 다시 이 집에 와서 청소할 거라고 생각하지 않은 거예요. 맞죠? 그래서 저한테 이야기를 들려준 거예요. 베키의 이야기를. 그러면 제가 더 듣고 싶어서 계속 올 거라고 생각하신 거죠."

"효과가 있었지. 안 그래?" B 부인은 재미있어하며 깔깔거린다.

"셰에라자드!" 재니스가 비장의 카드를 꺼내듯 외친다. "제가 『천일야화』를 언급했더니 부인이 불편해하시길래 그 책을 찾아봤어요."

"그랬더니?"

"한 술탄에 관한 내용이더군요. 첫 번째 부인이 다른 남자와 바람을 피우자 술탄은 너무 상심한 나머지 아내를 죽여버리죠. 그 후로 매일 밤 새 처녀를 신부로 들여서 딱 하룻밤만 자고 이튿날 아침에 죽여버렸어요. 다시는 상처받지 않으려고요. 셰에라자드가 불행히도 신부로 간택되었을 때 그녀는 밤에 술탄에게 아주 재미있는 이야기를 들려주었죠. 술탄은 그 이야기에 푹 빠져서 그녀를 죽이지 않았어요. 이튿날 밤에도 셰에라자드가 이야기를 계속 들려주길 바랐으니까요. 셰에라자드는 이야기를 계속했고, 그다음 날 밤에도 이야기는 계속됐죠. 그리고 모든 좋은 이야기가 그렇듯이 두 사람은 사랑에 빠져 영원히 행복하게 살았어요."

재니스는 약간 우쭐한 기분이 들지 않을 수 없다.

"그래서 내가 셰에라자드라고?" B 부인이 미소를 지으며 묻는다.

재니스는 B 부인의 눈빛을 정확히 읽을 수는 없지만 그녀가 뭔가 꾸미고 있다는 건 안다.

"수녀님들이 지금 자네의 이런 모습을 보면 얼마나 부끄러워할까?" B 부인은 고개를 절레절레 흔든다.

"네?" 재니스가 의심스럽게 말한다. 이 여자는 믿을 수가 없다. 지나치게 교활하다.

"좀 더 철저하게 조사를 했어야지." 높은 학점으로 대학을 졸업한 전직 스파이가 말한다. "셰에라자드는 술탄에게 매일 밤 똑같은 이야기를 한 게 아니야. 매일 다른 이야기를 했고, 이 아름답고 신비로운 이야기들을 모은 책이 영어 번역본으로는 『아라비안 나이트』가 되었지."

B 부인은 작은 발을 앞뒤로 흔든다. 지금 엄청나게 즐거워한다는 확실한 신호다.

"셰에라자드는 이야기꾼이지만 무엇보다도 이야기 수집가야." B 부인이 반짝이는 눈으로 재니스를 바라본다.

"재니스, 자네야말로 의심할 여지 없이 셰에라자드지."

스물넷
책으로 이루어진 섬

앨런 소령은 재니스가 일을 일찍 시작하는 걸 전혀 개의치 않는 듯하다. 재니스가 도착했을 때 그는 이미 커피를 두 잔째 마시며 《텔레그래프》의 십자말풀이와 씨름하고 있다.

"늘 아침 6시에 잠이 깨서 늦어도 6시 반에는 일어난다네. 오랜 군 생활에서 비롯된 습관이지. 군대에서도 병사들을 그렇게 훈련해. 아침 7시에 배변을 하고 하루를 시작하지." 소령은 헛기침을 하고는 다시 십자말풀이를 한다. 마지막 말은 괜히 했다고 후회하는 걸까?

재니스는 신속하면서도 철저하게 청소한다. 연륜이 쌓인 덕분에 가능한 일이다. 소령의 침대에서 벗겨낸 시트를 둘둘 말아 다용도실로 가져가는 동안 재니스는 셰에라자드를 생각한다. 그러니까 셰에라자드는 이야기꾼이었다. 자신도 진지한 이야기 수집가이고 이제는 이야기꾼인 듯도 하다. 자신의 몇몇 이야기를 B 부인에게 들려주지 않았던가. 하지만…… 내가 셰에라자드라고? 그건 너무도 아름다운 이름이다. 이국적이고 가슴이 떨린다. 반면 그녀는 대걸레를 집어 들어 부엌 바닥에 흘린 차와 오트밀 얼룩을 닦은 다음, 세탁기에 빨래를 잔뜩 넣는 사람이다. 내가 셰에라자드라고? 말도 안 된다.

재니스는 다시 B 부인의 말을 생각한다. 재니스가 그녀에게 말하지 않은 이야기가 훨씬 많을 거라는 말. 물론 그 말은 사실이다. B 부인도 알고, 재니스도 안다. 재니스는 정말로 자신이 아무 이야기도 없는 여자라고 믿었을까? 결국 그녀는 셰에라자드고 (점점 더 그렇게 믿고 싶어진다) 사람은 누구나 들려줄 이야기가 있다는 사실을 깨닫게 될 것이다. 하지만 우리가 자신의 이야기를 선택할 수 있을까? 재니스는 애덤을 생각한다. 애덤이 자신을 위해 다른 이야기를 선택할 수 있기를 바란다. 그리고 만약 애덤이 그럴 수 있다면, 그녀도 그럴 수 있지 않을까?

재니스는 어제 데키우스와 함께 들판에서 뛰어놀던 애덤의 모습을 떠올린다. 하지만 평소처럼 마냥 기쁘지만은 않다. 뭔가 다른 감정이 숨어 있다. 이 소중한 순간이 위협받고 있다는, 끈질긴 두려움이다.

어제 산책을 마치고 집으로 돌아가는 동안 데키우스는 유달리 들떠 있다. 그때만큼은 그녀의 기분을 전혀 의식하지 않는 듯했다. 현관에서 재니스가 목줄을 풀어주자 데키우스는 고개를 돌려 그녀의 손을 핥았다. 데키우스의 표정은 마치 '너와 나. 우린 드림

팀이야'라고 말하는 듯했다. 재니스는 데키우스의 얼굴을 바라보기가 힘들었다. 마치 티베리우스의 서재 입구 복도에 쌓아둔 와인 상자를 보기가 힘들듯이. 순간적으로 서재에 가서 와인 한 병을 빼내 B 부인에게 가져다줄까 생각했다. 고작 한 병 없어진 건 티베리우스도 알아차리지는 못할 것이다. 하지만 그때 마룻바닥에 발톱이 톡, 톡, 톡 부딪치는 익숙한 발소리가 들렸고, 데키우스를 못 볼지도 모른다는 사실이 기억나자 재니스는 몸을 돌려 쏜살같이 집에서 뛰쳐나갔다.

재니스는 오후 12시 5분에 카페에 도착한다. 정확히 이 시간에 도착하려고 카페를 지나 더 위쪽에 있는 시장 근처를 서성거렸다. 너무 늦지도, 그렇다고 너무 이르지도 않은 시간. 5분 늦었다는 것은 그녀가 그를 만나려고 너무 안달하지 않았지만 그렇다고 해서 부주의하고 약속을 지키지 않는 사람이 아니라는 걸 보여준다. 유언은 이미 창가 자리에 앉아 차를 절반쯤 마신 상태다. 재니스는 몇 초 만에 그걸 파악한다. 거기다 그가 카키색 바지에—지난번에 입은 바지와 비슷하지만 색이 다르다—지퍼가 달린 검은색 멋진 스웨터를 입었다는 사실도. 유언이 일어나서 미소 짓자 재니스는 다시 심장이 두근거린다. 부츠를 사두길 정말 잘했다. 재니스는 전직 스쿼시 국가대표 선수에게 이 부츠를 샀다는 사실을 상기한다. 실내를 가로지르는 동안 그 생각이 그녀에게 힘을 준다.

초반 대화는 쉽다. 유언은 그녀에게 어떤 커피를 마시고 싶은

지, 혹은 뭘 먹고 싶은지, 킹스 칼리지 건너편 경치가 멋지지 않
냐고 묻는다. 재니스는 자전거가 많이 보인다고, 당신도 오늘 자
전거를 타고 왔냐고 묻는다. 유언이 아니라고 대답하자 그럼 버
스를 타고 왔냐고 묻고(혹시 본인이 직접 운전했냐고 농담을 던진
다), 그가 일리 근처에 산다는 사실을 알게 된다.

　그다음에는 침묵이 흐른다. 재니스는 커피를 젓는다. 유언은
빈 머그잔을 들여다본다. 그녀는 내일모레면 쉰이고, 유언은 쉰
다섯쯤 되어 보인다. 그렇다면 이런 대화 정도는 더 쉽게 나눌 수
있어야 하는 것 아닌가? 그렇게 오래 살았는데도 그들 내면에서
10대 청소년들이 깨어나 기지개를 켜고 '세상에, 이거 너무 민망
하다!'라고 말한다는 사실이 너무 부당해 보인다.

　'정신 차려, 이 여자야.' 데키우스가 있었다면 이렇게 말했으리
라. B 부인이 평판 조회를 할 때 그중 한 사람이 그녀에게 사람을
편안하게 해주는 능력이 있다고 하지 않았나? 아마 지금도 그럴
수 있을 것이다. 자기 자신도 포함해서.

　"그거 스코틀랜드 억양인가요?" 재니스가 대화를 시도한다.

　"'유언'이라는 이름도 약간 그렇게 들릴 겁니다." 그는 고개를
들더니 다시 미소 짓는다. "우리 가족은 원래 애버딘 출신인데 내
가 일곱 살 때 이사해서 와이 밸리에서 살았어요. 헤이온와이*에
서 별로 멀지 않죠. 거기 가본 적 있어요?"

　"아뇨, 하지만 늘 가보고 싶었어요." 이제 대화가 점점 쉬워진

　◆　헌책방 마을로 유명한 웨일스의 관광 명소.

다. 그리고 그저 예의 바른 대화를 하기 위해서가 아니라 정말로 묻고 싶은 것이 있다. "거기서 열리는 북 페스티벌에 대해 읽은 적이 있어요. 그 축제에 가봤어요?"

'제발, 제발, 제발 당신도 책을 좋아한다고 말해줘요.'

"학생일 때는 거기서 자원봉사를 하곤 했죠. 주차를 도와준다 거나……."

'그렇군요. 하지만 책을 좋아하냐고요?'

"……그리고 요즘은 거의 매년 그 축제에 참석해요. 옛 친구들을 만날 수 있는 좋은 기회거든요. 그리고……." 유언은 재니스의 커피잔이 빈 것을 발견한다. "한 잔 더 마실래요?"

"네. 좋아요." 하지만 재니스의 머릿속에는 이 생각뿐이다. '책이 좋아서 가는 거예요? 아니면 그냥 친구들을 보러 가는 거예요?'

유언은 카페 직원을 불러 커피와 차를 한 잔씩 더 주문한다. 그가 다시 재니스를 바라보자 그녀는 기대에 찬 표정으로 앉아 있다. 아마 그녀가 치킨 스낵을 가져왔기를 바라는 데키우스와 같은 표정이지 않을까?

"무슨 이야기를 하고 있었죠? 아, 북 페스티벌. 축제 때는 마을이 아주 북적거리죠. 음악이 연주되고, 가판대에서 음식과 술을 팔고. 약간 파티 같기도 합니다. 그런 분위기가 싫어서 집을 빌려주고 떠나는 사람들도 있어요." 젊은 아가씨가 다가와 테이블을 치우자 유언은 말을 멈추고 그녀에게 빈 잔을 건넨다. "네, 피신 가는 사람들도 있지만 난 좋아합니다. 하지만 나야 원래 책을 좋아니까요. 물론 그것 때문에 학교에서 두들겨 맞기도 했지만 어쩌겠어요." 그는 어깨를 으쓱이며 덧붙인다. "하지만 아버지가 늘 상처를 치료해 주셨어요. 호들갑을 떨면서요. 아마 죄책감이 들었을 거예요." 유언이 빙그레 웃는다. "결국 애초에 절 곤경에 빠뜨린 게 아버지니까요. 아버지가 서점을 운영하셨거든요."

재니스는 자리에서 일어나 테이블 너머로 몸을 내민 다음, 두 손으로 이 멋진 남자의 얼굴을 잡고 자기 쪽으로 끌어당겨 입에 키스하는 상상을 한다. 하지만 이것은 상상일 뿐이고 현실에서는 그저 그에게 어떤 책을 즐겨 읽는지 물어본다.

한 시간이 순식간에 지나고 커피는 점심으로 이어진다. 재니스는 유언이 헤밍웨이를 좋아하고 피츠제럴드에게는 거부감이 있다는 사실을— 문장은 아름답지만 이야기가 도저히 현실성이 없어요— 알게 된다. 하마터면 자신이 이야기를 모은다고 말할 뻔한다. 하마터면. 하지만 말하지는 않았다. 그가 최근에 멕시코 작가들의 책을 많이 읽는다고 말하자 재니스는 애니와 그녀의 화분이 떠오른다. 디저트를 먹을 때쯤에는 (그렇다, 당연히 둘 다 디저트는 먹어야 한다) 훌륭한 작품을 다작하는 작가가 나은지,『앵무새 죽이기』처럼 뛰어나게 아름다운 걸작을 하나만 쓰는 게 더 나은지에 대해 이야기한다.

그런 다음 커피를 주문하고 대화가 중단된다. 유언은 손목시계를 본다. 아직 시간이 좀 더 있다고 말한다. 재니스는 화장실에 다녀온다. 다시 자리로 돌아왔을 때는 평범한 일상이 다시 그들을 짓누르는 듯하고, 자신이 비교적 낯선 사람과 여기 앉아 있다는 것을 깨닫는다. 그녀는 유언에 대해 아는 것이 거의 없다. 갑자기 자신의 나이, 체구, 청소 도우미의 거칠고 투박한 손을 의식하게 된다. 이제 그녀 안에 있던 10대 소녀가 다시 나타나더니 의자를 가져와 앉으며 이렇게 말한다. '그래……. 하지만 이젠 또 무슨 말을 하지?'

책에 대한 이야기는 두 사람에게 공통된 기반—함께 거닐 수 있는 섬—을 만들어주었고, 그곳에서는 둘 다 편안했다. 하지만 그 섬에 영원히 머무를 수는 없다. 이제 재니스는 어디로 가야 할지 모른다. 막막한 기분이 들고, 계속 책 이야기를 해봐야 이런 기분만 더욱 강해질 터다.

"난 남편과 헤어졌어요."

이 말을 왜 했을까? 대체 무슨 생각을 하는 거지? 마치 둘만의 안전한 섬에 있다가 갑자기 얼음처럼 차가운 물로 뛰어든 것 같다.

"아, 그랬군요……. 네……. 괜찮아요?"

유언은 이 사실을 어떻게 받아들여야 할지 전혀 모르겠다는 표정이다. 당연하다. 그들은 그저 만나서 차를 마시는, 혹은 오늘처럼 점심도 먹는 친구로 지내자고 했을 뿐이다. 그가 내적으로 갈등하는 게 보이고, 그 모습을 지켜보기가 고통스럽다. 왜 집에서 나왔는지 물어봐도 될까? 물어보는 게 예의일까? 재니스가 개의치 않을까? 그런 고민을 하던 유언은 결국 고개를 들고, 그들이 처음 만났을 때 재니스가 했던 대로 안전한 잡담을 시도한다.

"당신은 어때요? 이디에서 자랐어요?"

재니스는 긴장을 푼다. 이 질문에는 대답할 수 있다. 전부 다 말하지는 않더라도. "난 노샘프턴에서 자랐어요. 일곱 살 때 영국으로 이사 왔죠."

두 사람의 과거에서 사소하지만 비슷한 점을 인정하며 유언이 고개를 끄덕인다. 유언도 그 나이에 헤이온와이로 이사했기 때문이다.

"난 탄자니아에서 태어났지만 아버지가 더럼 대학교 고고학과 교수직을 맡으면서 더럼으로 이사했어요. 대학 측에서는 올두바이 협곡에 대한 아버지의 연구에 관심이 아주 많았죠."

"나도 그 계곡에 대해 읽은 적이 있어요. 초기 인류의 흔적이 발견된 곳 아닌가요?"

재니스는 고개를 끄덕이며 더럼에서의 교직 생활보다 협곡에 대한 사랑이 아버지 이야기의 핵심이라고 생각한다.

"그런데 어쩌다 더럼이 아니라 노샘프턴에서 살게 된 거예요?"

재니스는 창밖으로 지나가는 자전거와 건물 너머 훨씬 먼 곳을 바라본다. "내가 열 살 때 아버지가 돌아가셨거든요. 췌장암으로요. 순식간에 돌아가셨죠." 그게 좋은 일인지 나쁜 일인지 재니스는 지금도 알 수 없다. 그녀는 다시 유언을 바라본다. 그가 반사적으로 뻔한 위로의 말을 건네지 않아서 다행이라고 생각한다. 이미 재니스가 충분히 슬퍼하고 있으니 유언까지 그럴 필요는 없다.

"우리가 노샘프턴으로 이사한 이유는 엄마가 계속 영국에서 살고 싶어 했고, 노샘프턴에 이모가 있었기 때문이죠."

"어머님이 아직도 노샘프턴에 계신가요?"

"아뇨, 15년 전에 돌아가셨어요."

그제야 유언이 위로의 말을 건넨다. "안타깝네요."

지금은 그렇게 말해도 된다. 하지만 재니스는 엄마의 죽음이 별로 슬프지 않고, 이게 옳지 않은 일임을 알고 있다. 그러자 엄청난 죄책감이 밀려든다. 다행히 그녀의 내면에는 이미 죄책감이 단단히 자리 잡은 터라 새롭게 하나가 더해져도 별 상관없다.

아까 책 이야기를 할 때만 해도 보통 음량으로 대화를 나누었는데 이제 두 사람의 어조는 나지막해졌다. 재니스는 그에게 가족 이야기를 할 수 있을 거라고 생각했지만 그렇지 않았다.

"형제자매가 있나요?" 유언이 묻는다.

재니스는 간신히 "여동생이 있어요"라고 말하지만 이제 그만 가고 싶다. 이런 이야기를 해봐야 아무 소용 없다. 어차피 우린 잘될 리가 없다. 재니스는 자리에서 일어나고 그러자 곧 유언도 일어난다. 유언은 그녀를 향해 반쯤 손을 내민다. 마치 무언가 하려는 듯이. 뭘 하려고 했을까? 그녀가 떠나는 걸 막으려고? 아니면 손을 잡으려고? 그러더니 유언이 손을 내린다. 재니스는 그를 힐끗 보았지만 그가 인상을 쓴 채 걱정한다는 걸 알 수 있다.

"가야겠어요." 재니스가 의자 뒤쪽에 놓아둔 가방을 집어 들려고 몸을 돌리며 말한다.

"저기, 재니스." 이번에는 그가 정말로 손을 내민다. 그녀를 잡지는 않고 둘 사이 어딘가에서 머뭇거린다. "다시 시작하면 안 될까요? 가족 이야기는 안 해도 돼요. 책 이야기를 합시다. 그 이야기만 해요."

재니스는 아까 그들이 거닐었던, 책으로 이뤄진 섬을 생각한다. 무엇보다도 그 섬으로 돌아가고 싶다. 놀랍게도 그녀의 입에서 이런 말이 나온다. "난 이야기를 수집해요. 책 속의 이야기 말고요. 그런 이야기도 몇 개 있기는 하지만, 그보다 사람들 이야기요. 그냥 사람 사는 이야기." 재니스는 더 뭐라고 설명해야 할지 모르겠다.

"난 대화를 수집합니다." 유언은 마치 수제 케이크 판매 행사에 슈퍼에서 파는 비스킷 한 봉지를 가져온 사람처럼 민망한 말투로 말한다. "제대로 된 이야기라고 할 수는 없어요. 그냥 우연히 들은 이야기들인데 웃기거나 생각하게 만드는 내용이라서……." 그가 말끝을 흐린다.

그러더니 다시 말을 꺼낸다. "우리 그냥 책에 대해 이야기하고 서로의 이야기를 나누죠……. 뭐, 사실 내 이야기는…… 그렇게 거창하지는……."

유언이 애쓰는 모습이 안쓰럽고 그를 다시는 볼 수 없다고 생각하면 견딜 수가 없어서 재니스가 그의 말을 자른다. "좋아요."

유언은 스노든산을 등반한 사람처럼 지친 한숨을 쉰다.

그 자리를 뜨면서 재니스는 유언의 이야기가 무엇일지 궁금하지 않을 수 없다. 다음번에 만날 때 그가 이야기해 주면 좋을 텐데. 하지만 만약 그가 이야기해 준다면 공정한 거래는 아닐 것이다. 왜냐하면 재니스가 자신의 이야기를 들려주는 일은 결코 없을 테니까.

스물다섯
행간 읽기

B 부인은 키가 작고 둥실둥실한 남자와 함께 떡갈나무 테이블에 앉아 있다. 남자의 얼굴은 과일 그릇에 너무 오래 방치된 사과처럼 쪼글쪼글하다. 만약 재니스에게 수수한 옷차림을 한 저 남자의 직업을 알아맞히라고 한다면 그녀는 배관공이라고 대답할 것이다. 그것도 대대로 배관공을 해오던 집안 출신의 배관공.

"이쪽은 마이크로프트야." B 부인이 재니스에게 말하며 어서 오라고 손짓한다. "그리고 이쪽은 재니스." 재니스를 향해 고갯짓하며 B 부인이 말한다.

키 작은 남자는 벌떡 일어난다. 나이에 비해 놀랄 정도로 기운이 넘친다. 그는 재니스에게 손을 내민다. "그냥 프레드라고 불러요. 굳이 그 별명으로 부를 필요 없습니다. 전 프레드 스핑크예요. 만나서 정말 반가워요, 재니스."

그의 입에서 '얘기 많이 들었어요'라는 말은 나오지 않았지만 분명 그런 분위기다. 재니스는 자신이 들어오기 직전에 두 사람이 그녀 이야기를 했다고 확신한다. B 부인이 뭐라고 했을지 궁금하지 않을 수 없다.

B 부인이 그녀의 생각을 방해하며 말한다. "말도 안 돼요, 프레드. 나한테 당신은 언제나 마이크로프트예요."

재니스는 움찔하며 지금 B 부인이 끼를 부린다는 걸 깨닫는다. 저렇게 경박할 수가.

마이크로프트는 낄낄거리며 얼굴을 붉힌다. 그의 얼굴은 점점 더 사과 같아진다. "자, 이제 점잖게 굴어요, 로지. 안 그러면 마다가스카르에서 있었던 일을 재니스에게 다 말해버릴 거예요."

로지? 재니스는 의자를 끌고 테이블로 다가간다. 집에 와인이 있으면 좋으련만. 와인을 한두 잔 마시며 '마다가스카르에서 있었던 일'을 듣고 싶다. 하지만 물론 이 집에는 와인이 없다. 빼앗긴 와인 생각을 하니 기분이 착 가라앉는다. 마이크로프트의 다음 말도 그렇고.

"자, 샛길로 빠지기 전에 우리가 당면한 문제부터 해결합시다." 마이크로프트는 테이블에 놓인 서류 몇 장을 자기 앞으로 끌어당기더니 은테 안경을 쓴다. "스탠리와 꽤 자세히 이야기를 나눴고 당신이 보내준 서류도 모두 읽어봤어요, 로지."

재니스는 어쩔 수 없이 다시 '로지'라는 이름에 정신이 팔린다. 자신이 B 부인을 '로지'라고 부르는 걸 상상해 보려 하지만 실패한다. 애초에 B 부인에게 이름 같은 것이 있다고 생각해 본 적도 없거니와 저렇게 소녀 같은 이름은 더더욱 아니었다. 만약 재니스에게 B 부인의 이름을 고르라고 했다면 드루실라 같은 이름을 골랐으리라. 아니면 메두사나. 메두사는 머리에 뱀이 달린 여자였던가? 아무튼 로지는 아니다. 로지는 남자를 죽이는 여자에게 어울리지 않는 이름이다.

"재니스, 우리에게 관심 좀 가져주겠어? 너무 무리한 부탁인가?" B 부인은 어김없이 그녀에게 호통친다.

마이크로프트가 말을 잇는다. "게다가 대학에서 보관하는 문서를 보는 데 어느 정도 성공했고, 음…… 뭐라고 해야 할까……." 이 대목에서 그의 시선이 거실 반대편 귀퉁이로 이동한다. "운 좋게도 이해 당사자 사이에 오간 이메일을 살짝 엿본 것 같기도 해요." 그는 몇 초 전보다 훨씬 더 모호한 표정을 짓는다.

"그러니까 그쪽 시스템을 해킹했군요." B 부인이 그렇게 말하더니 테이블 아래에서 두 발을 신나게 흔든다.

"아, 그건 내 능력을 훨씬 벗어나는 일이고, 만약 그런 추측이 나온다면 난 강력히 부인할 겁니다." 마이크로프트가 고개를 좌우로 움직이며 안경 너머로 두 사람을 번갈아 바라본다.

B 부인은 아직 발을 흔들고 있다. "하지만 당신은 해킹할 수 있는 사람을 알잖아요."

"다시 한번 말하지만, 그건 내 능력을 훨씬 벗어나는 일이에요. 누가 뭐라 해도 나는 그저 은퇴한 공무원이고, 세븐오크스에서 아내와 조용히 살고 있으니까요. 요즘 내게 가장 신나는 일이라고는 우리 동네 조류 협회에서 매달 열리는 모임에 참석하는 거죠. 그거 알아요? 최근에 우린 시어니스♦에서 이동경로에서 벗어나 바람에 밀려온 휘파람새도 한 마리 봤답니다."

하지만 B 부인은 넘어가지 않는다. "그래서 이메일에 뭐라고 적혀 있던가요?"

"우리가 읽을 수 있는 이메일 사본이 있나요?" 재니스가 묻는다.

B 부인과 마이크로프트가 동시에 고개를 홱 돌려 재니스를 바라본다.

마이크로프트가 손을 뻗어 재니스의 손을 토닥인다. "오, 이런, 절대 기록을 남겨서는 안 돼요." 그러더니 그녀를 부드럽게 나무라듯 고개를 젓는다. "내가 요약해 줄게요. 중요한 사실은 이겁니다. 아우구스투스는 여기서 총장으로 재직할 때 증조부가 설립한 교육 기금의 위원장 자격으로 그 기금에서 상당한 금액을 대학에 기부했어요." 마이크로프트는 말을 멈추고 재니스를 바라본다. "당신이 알 수도 있고, 모를 수도 있지만 원래 아우구스투스 집안은 주류 및 기타 독주의 수입과 유통으로 재산을 일궜죠. 수익성이 매우 좋은 사업이었어요. 특히나 18세기 말에는. 하지만 아우구스투스의 증조부는 경찰에 체포되면서 인생의 전환점을 맞이하게 되죠. 물론 그저 우연히 그 자리에 있었다는 이유로 체포됐지만 말입니다……." 마이크로프트는 그렇게 빈정거리더니 거실 끄트머리의 서까래를 골똘히 바라본다. "……클리블랜드 거리 스캔들로 알려진 사건인데 경찰이 남창들이 모인 사창가를 급습

♦ 영국 켄트주 셰피섬에 위치한 항구도시.

했다가 유력 인사를 무더기로 체포하게 된 겁니다. 그중에는 공작도 있었죠. 증조부는 공식적으로 기소되진 않았지만 런던 사교 클럽에서 그의 이름이 은밀히 떠돌았어요. 그러자 공작은 악덕의 원인들, 특히 술로 인한 사회적 문제를 근절하자는 캠페인을 대대적으로 벌였죠."

B 부인이 끼어든다. "아우구스투스는 증조부가 자기 선조 중에서 가장 한심한 인물로 기록될 거라고 늘 말했어요. 성적 취향 때문이 아니라 집안의 부를 쌓는 기반이 되었던 바로 그 사업을 공격했다는 점에서 말이죠."

"그래서 어떻게 됐나요?" 재니스는 궁금하다.

마이크로프트는 말을 잇는다. "증조부는 교육 기금에 막대한 금액을 투자했죠. 초기에는 금주 생활 습관을 장려하기 위한 목적이었지만 시간이 흐르면서 다양한 교육 분야로 범위가 넓어졌어요. 다행히도 아우구스투스의 증조부는 얼마 지나지 않아 뇌졸중으로 사망했죠. 따라서 더는 가족의 재산이 기금으로 빠져나가지 않았어요."

"그래서 그 기금에서 대학에 얼마나 기부했나요?"

B 부인이 재니스에게 대신 대답한다. "얼추 4000만 파운드 정도."

"우와!" 재니스가 외친다.

마이크로프트는 몸을 앞으로 내밀고 양 손가락 끝을 모은다. "그리고 여기서 외교관이자 협상가로서 아우구스투스의 수완이 빛을 발하죠." 그는 B 부인을 돌아본다. "아우구스투스는 정말 대단한 남자였어요."

"알아요, 프레드." B 부인이 부드럽게 말한다.

마이크로프트는 헛기침하고 이야기를 이어간다. "아우구스투스의 기부 조건에 이 집을 어떻게 해달라고 명시되어 있지는 않아요……."

절대 기록을 남기지 마라. 재니스는 빠르게 배우는 중이다.

"하지만 특정 문구들을 보면 암묵적으로 조건이 있다는 걸 알수 있죠. 행간을 읽어보면 일시불로 지급하는 기부금이 워낙 거액이고, '조건'을 들어준다고 해도 밑지는 장사가 아니기 때문에 대학 측에서는 이를 기꺼이 수용한 듯해요. 공식 문서에는 이를 추가적 기부, 개인적 기부로 언급했더군요. 하지만 정확히 말하자면 조건부 증여라고 해야 할 겁니다. 그 내용은 아우구스투스가 다른 신탁(기금)에 총 200만 파운드를 맡겨 그 수익을 대학에 기부하겠다는 겁니다. 비록 기록으로 남아 있지 않고, 명시되어 있지도 않지만 여기에 함축된 의미는 분명해요. 대학이 받게 될수익은 사실상 로지가 생을 마칠 때까지 여기서 살게 해주는 것에 대한 보상이라는 의미죠. 이 계약서는 아우구스투스가 최종적으로 암 진단을 받았을 때, 그러니까 치료가 불가능하다는 걸 알았을 때 작성됐어요."

"여기에서 계속 살 수 있게 남편분께서 조치를 취하셨네요." 재니스가 결론짓는다.

B 부인은 그저 고개를 끄덕인다. 말문이 막힌 게 분명하다.

재니스는 마이크로프트를 본다. "그럼 여기 계속 살아도 되는 거죠?"재니스는 B 부인의 친구들 앞에서 그녀를 어떻게 불러야 할지 난감하다. 지금까지는 일부러 호칭을 사용하지 않았다. 'B 부인'이라고 부르는 건 부적절하고 '로지'라고 부르는 건 생각만 해도 웃긴다. 언제까지 이 상태를 유지할 수 있을지 모르겠다.

마이크로프트는 다시 한번 천장을 뚫어지게 바라본다. "이건 계약 내 규정을 준수하느냐 마느냐의 문제죠. 조건에 따르면 로지는 확실히 여기서 살 수 있어요. 하지만 만약 로지가 자발적으로 이 집을 떠나거나, 여기서 살기 어렵다고 판단될 경우 200만 파운드는 다시 아우구스투스의 재산으로 귀속됩니다. 그리고 결국에는 그의 아들 티베리우스에게 유증되죠."

"티베리우스가 그 200만 파운드를 노리는 건가요?"재니스는 지난번에 티베리우스가 돈을 언급한 일이 이해가 가기 시작한다. 하지만 당시 그는 돈 때문이 아니라고 말하지 않았던가? "아니면 그 돈으로 이 집에 아버지를 기리는 무언가를 만들고 싶은 건가요?"

마이크로프트는 천장의 들보가 세상에서 제일 흥미로운 대상이라는 듯이 바라본다. "아, 확실히 티베리우스는 대학이 그렇게 믿기를 바랄 겁니다. 그리고 대학 측에서도 이에 기꺼이 동조할 거고요. 결국 대학 측에서는 이 건물을 되찾을 수 있고, 티베리우스가 제안한 투자 프로젝트도 얻을 수 있으니까요……. 하지만……." 거기서 의미심장하게 말이 끊긴다.

B 부인이 그 뒤를 이어 단호히 말한다. "하지만 당신은 티베리우스가 그 돈을 대학에 기부할 의사가 전혀 없고, 그 녀석이 준비

중인 프로젝트도 그저 대학의 지원을 얻기 위한 명목에 불과하다는 걸 알았겠죠."

마이크로프트는 오랜 친구의 아내를 보며 살짝 슬퍼 보이는 미소를 짓는다. "정치인들이 흔히 말하듯이 '그렇게 생각할 수도 있을 테지만 난 뭐라 할 말이 없군요.'"

늦은 오후 햇살이 그의 안경 렌즈에 반사된 탓에 재니스는 마이크로프트의 눈을 볼 수가 없다.

세 사람 모두 등받이에 등을 기댄다.

"그럼 이제 어떻게 하죠?" 재니스가 다시 침묵을 지키는 B 부인을 힐끗 보며 마이크로프트에게 묻는다. B 부인은 아들의 배신을 어떻게 받아들이고 있을까? 이미 알고 있었을까? 어렴풋이 눈치챘을까? 그러니까 재니스가 이 집에 대해 엿들은 말들은 전부 거짓말이었다. 아니면 티베리우스는 대학이 이 집을 가져가는 건 개의치 않을 수도 있다. 자기 돈만 건드리지 않는다면. 그렇게 되면 어머니는 어떻게 할 생각이었을까? 틀림없이 함께 살 계획은 없었으리라.

마이크로프트가 말을 잇는다. "내가 스탠리에게서 받은 정보에 따르면 티베리우스는 대학 측에 증거를 모으라고 부추기고 있어요. 당신이 쇠약할 뿐 아니라 알코올중독으로 당신 자신과 당신이 사는 이 건물에 위험이 된다는 증거를. 그렇게 해서 당신을 강제로 내쫓으려는 거죠."

B 부인은 두 사람을 바라보더니 고개를 젓는다. "두 사람에게는 아마 내가 여기 남고 싶어 하는 아주 어리석은 여자로 보일 테

지만······."

"전혀 그렇지 않아요." 마이크로프트가 안경을 벗고 눈을 문지른다.

"아마 당신은 내 아들이 그 돈을 받을 자격이 있다고 생각할······."

"로지, 나 좀 끼어들게요. 내가 아우구스투스의 유언 집행인이었던 거 기억하죠? 아우구스투스가 티베리우스에게 돈을 아주 넉넉히 남겼다는 건 우리 둘 다 아는 사실이에요."

"맞아요. 하지만 그 녀석 취향이 워낙 비싼 물건을 좋아해서······." B 부인은 잠시 말을 멈추고 무언가를 찾는 듯 서가를 둘러본다. "시간이 지날수록 아우구스투스에 대한 그리움이 줄어들기보다는 더 커져요. 가끔이나마 그이를 느낄 수 있는 곳이 바로 여기, 우리의 행복한 보금자리였던 이 공간이에요. 그이가 앉던 의자 맞은편에 앉아 있으면 아직 그이가 내 곁에 있는 듯하죠. 이 곳을 떠나면 남편과의 추억도 사라질까 두려워요."

살갗이 종잇장처럼 얇은 뺨 위로 눈물이 천천히 흐르는 B 부인을 보며 재니스는 결심한다. 만약 이것이 전쟁이라면 자신이 누구 편에 설지 그녀는 알고 있다. 스탠이 이미 이중 첩자라고 하니 그녀에게 좋은 동료가 될 것이다. 그저 각별히 조심하기만 하면 된다. 재니스는 데키우스 생각은 하지 않으려고 한다. 데키우스는 그저 개일 뿐이라고 넘길 수 있다면 좋으련만 그건 절대 불가능하다.

"제가 도울 일이 있을까요?" 자신이 누구 편인지 분명히 밝히며 재니스가 말한다.

마이크로프트는 오랜 친구를 바라보더니 왼손을 내밀어 B 부인의 손을 잡는다. 오른손으로는 종이 한 장을 끌어당기고 펜을 들어 거기에 몇 글자를 적은 다음, 재니스에게 건넨다. "우리의 법적 전략을 시작하려면 이 책에서 영감을 받을 수 있을 겁니다. 아마 여기 서가에 이 책이 있을 거예요."

재니스는 B 부인의 책을 족히 3분의 2 이상 정리한 터라 이 집에 법률 서적은 없다고 확신한다. 쪽지를 힐끗 본 재니스는 거기 적힌 책 제목을 보고 얼굴을 찡그리다가 이내 깨닫는다. 그리하여 충동적으로 손을 뻗어 B 부인의 어깨를 건드리며 말한다. "아, 아마 마음에 드실 거예요." 기쁘게도 그녀를 올려다보는 B 부인의 눈에서 예전의 활기가 희미하게 되살아난다.

재니스는 B 부인에게 더는 아무 말도 하지 않고 2층 회랑으로 올라가 마이크로프트가 적어준 책을 찾는다. 이 책이 정확히 어디 있는지 알고 있다. 『바나비 러지』와 『데이비드 코퍼필드』 사이에 직접 꽂았기 때문이다. 재니스는 찰스 디킨스의 『황폐한 집』 가죽 양장본을 들고 돌아와 마이크로프트에게 건넨다. 한마디 안 할 수가 없다. "잔다이스 대 잔다이스 소송 말씀이시죠?"✦

B 부인의 칼날처럼 날카로운 눈빛이 재니스의 얼굴에서 마이크로프트의 얼굴로 빠르게 스쳐 가고, 그녀의 발이 앞뒤로 흔들리기 시작한다. "그러니까 그 방법을 쓰려는 거로군요, 그렇죠?

✦ 『황폐한 집』에서 잔다이스 가문은 재산을 두고 가족이 소송을 벌이는데 소송이 너무 오래 계속되자 결국 비용이 눈덩이처럼 불어나 유산이 다 사라진다.

설마 날 파산시키지는 않겠죠, 마이크로프트?"

"그럴 리가요. 난 『황폐한 집』의 변호사들과 달라요. 그들은 잔다이스의 재산을 놓고 수년 동안 싸워서 소송이 끝날 무렵에는 아무것도 남지 않았지만 난 수임료 없이 이 일을 맡을 테니까요."

"아, 하지만 그럴 순 없어요, 프레드. 아우구스투스가 절대 그걸 원치 않았을 거예요."

"자기 아들을 상대로 그런 지연 전술을 써야 한다는 사실에 아우구스투스는 분명 괴로워했을 거예요. 하지만 내가 당신 변호인이 되어 상대측의 혼을 빼어놓는 길고 지루한 법적 싸움을 벌인다는 걸 알면 아주 기뻐했을 겁니다. 아무렴. 기뻐하고 말고요."

재니스는 B 부인이 또 우는 것 같다고 생각했으나 동시에 미소 짓는 것 같기도 하다. "와인을 되찾을 방법이 있을까요?" 재니스가 묻는다.

"유감스럽지만 그건 어려울 겁니다. 아무리 사소한 일이라도 로지가 와인에 중독된 병약한 노인이라는 그들의 주장을 뒷받침할 만한 일은 하지 않는 게 좋아요." 마이크로프트는 재킷 주머니로 손을 뻗어 지갑을 꺼낸다. "하지만 그렇다고 해서 이 문제를 해결할 다른 방법이 없다는 말은 아니죠. 자, 재니스, 실례가 안 된다면 아까 내가 길모퉁이에서 봤던 와인 가게에 잠깐 다녀와 줄 수 있겠어요? 그러면 우리의 새로운 동맹을 기념해 축배를 들 수 있을 겁니다. 스탠리도 꼭 초대해야겠군요. 나는 평소에 화를 잘 내는 사람이 아니지만, 티베리우스가 로지와 아우구스투스의 귀중한 와인을 가져갔다는 소식을 들었을 때는 욕이란 욕은

다 퍼부었죠. 나중에 우리 아내에게 물어봐요."

재니스는 싱크대 옆 찬장으로 가서 필요한 물건을 챙긴다.

"양동이?" 마이크로프트가 의아해하며 묻는다.

"우리가 무슨 일을 하는지 대학 측에서 한 명이라도 알 필요는 없으니까요. 양동이를 들고 가는 중년의 청소 도우미를 누가 쳐다보겠어요?"

"아, 앞으로 자넬 스파이로 훈련해야겠군." 재니스가 문을 향해 걸어가자 B 부인이 말한다.

스물여섯

이국의 왕자

마이크로프트는 두 번째로 따라주는 와인을 단호히 거절한다.

"고맙지만 한 잔이면 충분해요. 난 운전해야 하고, 곧 출발하지 않으면 아내가 걱정할 겁니다."

잠시 후 마이크로프트는 재니스에게 방문객 주차장까지 가는 길을 안내해 줄 수 있겠냐고 정중히 부탁한다. 재니스는 그가 단지 길을 몰라서 부탁하는 것만은 아니라는 느낌이 들었는데, 역시 그녀의 예상이 맞았다.

"당신만 따로 데리고 나와서 미안해요, 재니스. 로지를 돌봐줘서 고맙다고 말하고 싶었어요. 로지는 겉보기보다 여린 사람이에요. 여기 내 연락처가 있으니까 필요하면 연락 줘요." 마이크로프트는 그렇게 말하면서 작고 하얀 명함을 내민다. 재니스는 명함에 '스핑크 앤드 선스, 1910년부터 대대로 배관공'이라고 적혀 있지 않을까 반쯤 기대한다. 하지만 명함에는 그저 전화번호만 인쇄되어 있을 뿐 다른 정보는 아무것도 없다. 아, 절대 기록을 남기지 말라고 했지. 명함을 받아들며 재니스는 B 부인에게 그랬듯이 마이크로프트에게도 호칭을 어떻게 해야 할지 난감하다. 차마 '마이크로프트'나 '프레드'라고 부를 수가 없고, 그렇다고 해서 '스핑크 씨'라는 호칭은 부자연스러운 듯하여 가급적 그를 부르지 않으려고 한다.

"슬픈 일은 말이에요, 재니스, 티베리우스와 대학은 그냥 몇 년 더 조용히 기다리면 저절로 돈과 건물을 돌려받게 될 텐데 이렇게 조급하게 굴면서 로지에게 불필요한 고통을 주고 있다는 사실이에요. 난 로지가 앞으로 5년, 아니 그 이상을 살기를 바라지만 우린 현실적으로 생각해야만 합니다. 난 그 사실을 염두에 두고 내 아들 앤드루에게 이 문제를 충분히 설명해 뒀어요. 앤드루는 자랑스럽게도 이 아비를 따라 법조인이 되었고, 만약 내가 세상을 뜬다면 기꺼이 음…… 그러니까…… 잔다이스 대 잔다이스 사건을 맡을 겁니다. 앤드루는 아우구스투스를 무척이나 좋아했고, 그 애가 몽골에서 돼지와 도둑맞은 낙타가 얽힌 문제에 휘말렸을 때 아우구스투스가 이를 해결해 준 일로 크게 신세를 졌죠. 물론 젊은 날의 일탈이었지만 몽골 정부는 그 사건을 그렇게 보지 않았어요."

(이야기 수집가인) 재니스는 언젠가 마이크로프트를 설득해 아들의 이야기를 들려달라고 할 수 있을지 궁금하다.

마이크로프트는 차 문을 연다. 육중한 체구를 좌석에 앉힌 뒤 재니스를 돌아보며 말한다. "이 모든 일에서 가장 속상한 점은 로지처럼 강한 여자를 단지 늙었다는 이유만으로 괴롭히고 속인다는 겁니다. 그런 짓을 하는 당사자가 다름 아닌 로지의 아들이라는 사실이 이루 말할 수 없이 슬프군요." 마이크로프트는 고개를 절레절레 흔들고는 차 문을 닫는다. 재니스는 불현듯 적어도 자신과 사이먼 사이의 문제는 둘 사이가 점점 더 멀어졌기 때문이지, 서로에 대한 반감이나 기만에 뿌리를 두지는 않았음을 깨닫는다.

돌아가는 길에 경비실을 지나던 재니스는 다시 제자리에 돌아온 스탠을 발견한다. 재니스가 지나가자 스탠이 우리는 공범이라는 듯한 윙크를 보낸다. 모퉁이를 돌아 사각형 안뜰로 들어서며 휴대전화를 확인해 보니 마이크가 보낸 문자가 네 개나 있다. 그전에 받은 문자도 이미 여덟 개나 된다. 이 문자들은 말투가 제각각인데 애정 어린 말투가 있는가 하면(안녕 자기야 제발 답 좀 해줘 보고 시퍼) 살짝 짜증을 내기도 하고(당신을 꼭 봐야게써 이건 올치 아나) 뭔가를 요구하기도 한다(지금 당장 차가 필요하다고!!!!!!). 재니스는 마이크가 '오늘 저녁은 뭐야?'라고 묻지 않았다는 게 놀랍다. 지금까지는 현재 자신이 친구 집에 안전히 머물고 있다는 사실을 알리는 것 외에 다른 문자에 일절 답하지 않았다. 차 문제는 나중에 생각할 것이다. 마이크에게서 차를 빼앗은 건 비열한 짓이라는 느낌이 들기는 하지만 그녀는 너무도 오랫동안 차 없이 살아야 했기 때문에 마이크도 빗속에서 버스를 기다리는 게 어떤 심정인지 알아서 나쁠 일은 없으리라.

마이크와 관련해 재니스는 두 가지 일에 시간을 할애했다. 첫째로 은행에 전화해 마이크가 그들 공동 계좌에 마이너스 대출을 설정하지 못하게 했고, 둘째로 빌딩 소사이어티*에 연락하려 했다. 두 번째는 성공하지 못했는데 빌딩 소사이어티 웹사이트에 나와 있는 연락처를 클릭하면 실제 전화번호나 이메일 주소가 나오는 게 아니라 자주 묻는 질문 페이지로 계속 넘어가기 때문이었다. 재니스는 마이크가 행여라도 그들의 집을 담보로 또 대출을 받는 일이 없게 하고 싶다.

유언에게서도 문자가 왔는데 두 사람은 내일 저녁 강가의 펍에서 만나 술을 한잔하기로 약속했다. 처음 그의 문자를 읽었을 때는 공포감에 휩싸였으나 재니스는 그냥 책과 이야기라는 주제에만 집중하면 다 잘될 거라고 자신을 다독였다. 그 방법이 효과가 있었는지 이제는 정말로 유언과의 만남이 기다려진다.

B 부인에게로 돌아와 보니 부인이 기대에 찬 표정으로 난로 옆에서 그녀를 기다리고 있다. 벌써 둘이 마실 와인까지 한 잔씩 더 따라두었다. 그걸 본 재니스는 오늘 밤에는 차를 여기에 두고 버스를 타고 돌아가기로 한다. 유언이 심야 버스를 몰기도 할까?

"베키 이야기 다음 편을 들을 준비가 됐어?" B 부인이 의자에 좀 더 편안하게 앉으며 묻는다.

"이제 극적으로 외국인 왕자가 등장할 차례죠?"

"그렇지."

◆ 금융기관으로 특히 저축과 주택담보대출을 전문으로 한다.

"B 부인, 이야기를 시작하기 전에 먼저 확인할게요. 괜찮으세요?"

"뭐야, 이제 다시 B 부인이 됐네? 마이크로프트 앞에서는 아예 날 부르지를 않던데."

"'로지'라고 부를까 생각 중이었어요."

B 부인은 그 말을 무시하고 와인을 한 모금 마시지만, 입꼬리가 실룩거리며 웃음을 참는 게 보인다.

"그러니까 베키가 파리에서 즐거운 시간을 보내는 대목까지 했지? 당시는 1917년이고 파리는 전쟁 중이었지만 돈과 인맥만 있다면 여전히 즐겁게 지낼 수 있는 곳이었고, 베키에게는 이 두 가지가 풍족했으니까. 우린 콩코르드 광장이 내려다보이는 크리용 호텔에서 베키가 점심을 먹는 장면으로 돌아가자고. 한 세기쯤 전에 마리 앙투아네트가 교수대에서 목이 잘리면서 세속의 짐을 영원히 벗어던진 콩코르드 광장을 내려다보면서 베키가 랍스터를 깨작거리는 모습이 떠오르는군."

"이런, B 부인, 표현이 점점 서정적으로 변하시네요." 와인을 마시려고 손을 뻗으며 재니스가 말한다.

"셰에라자드와 많은 시간을 보내다 보니 그렇게 됐어."

이번에는 재니스가 웃음이 터지는 걸 참는다.

"오랜 친구 하나가 베키의 테이블에 합류해서 베키에게 누군가를 소개해 주고 싶다고 했지. 자네도 알다시피 베키의 세상에는 특정한 규칙이 있고, 그건 새로운 사람을 소개할 때도 마찬가지였어. 새로운 '구혼자'는 반드시 제삼자를 통해 먼저 다가가야 해. 그래서 베키의 친구가 중간에서 소개를 해준 거야. 친구의 동행은 20대 초반의 젊은 남자였어. 베키가 그 남자를 더 어리게 봤더라도 무리는 아니었지만. 날씬하고 소심하지만 잘생긴 청년이었지. 외국에서 온 왕자였어."

"어느 나라 왕자예요? 저도 들어본 적이 있나요?"

"곧 알게 될 거야. 왕자는 베키 옆에 앉았고, 둘은 이야기를 나눴어. 왕자는 프랑스어를 딱히 좋아하지는 않았지만 그래도 꽤 유창했지. 독일어는 훨씬 더 잘했어. 가벼운 점심을 먹은 뒤에 두 사람은 왕자가 '꿈처럼 행복했던 사흘'이라고 표현한 시간을 가졌지. 그들은 한적하고 나뭇잎이 무성한 시골로 드라이브를 갔어. 전쟁터에서 멀리 떨어진 곳이었지. 함께 몽마르트르에서 저녁을 먹고, 극장에 가고, 아침마다 베키의 마구간에 있던 말을 타고 불로뉴숲을 가로지르며 승마를 즐겼어. 파리 중심부의 나이트클럽들이 전쟁 때문에 문을 일찍 닫는다는 걸 알고 다른 사람들과 함께 파리 외곽의 외딴 저택에서 열리는 파티에 몰려가 밤새도록 술을 마시고 춤을 췄지. 물론 그들만의 은밀한 시간도 빼놓을 수 없지."

"그래서 이제 왕자는 '중요한 남자'가 됐나요?"

B 부인은 고개를 끄덕인다. "누가 베키를 비난할 수 있겠어? 그는 젊고 매력적일 뿐 아니라 왕자에다 엄청난 부자이기까지 했으니까. 여기서 우리는 쿠르티잔의 또 다른 규칙을 접하게 돼. 왕자는 베키가 제공하는 서비스에 현금과 같은 천박한 대가를 지불하지 않는다는 법칙이지. 대신 다른 보상이 있어. 명성을 얻는 것

은 물론이고, 왕자에게서 보석이나 옷을 받을 거야. 꽃이나 비싼 향수를 받을 수도 있고. 이 젊은 왕자가 그랬듯이 프랑스어로 '내 사랑'이라고 부르며 사랑을 고백하는 편지를 받을 수도 있지. 유치한 애정 표현을 간간이 넣어가면서. 그 답례로 베키는 왕자가 좋아하는 초콜릿과 에로틱한 문학작품을 보내곤 했는데 왕자는 그런 작품들을 정말로 아주 좋아하게 되었어. 하지만 내가 너무 앞서가고 있네. 우린 아직 파리에 있고, 두 커플은 꿈처럼 행복했던 사흘을 보냈고, 이제 왕자는 자신의 임무로 돌아가야 했어."

"왕자는 어디로 갔나요? 아까 독일어를 잘한다고 하셨잖아요."

"카이저 빌헬름의 젊은 친척이라고 상상하나 보군. 크리용 호텔의 소파에 그의 검은 독일제 부츠가 세워져 있기는 했지. 부분적으로는 맞는 말이야. 왕자의 아버지인 국왕이 카이저의 사촌이었으니까. 이 이야기에 등장하는 왕자는 웨일스 공이야."

"에드워드요? 심프슨 부인과 결혼한 에드워드?"

B 부인은 매우 만족스러운 표정으로 고개를 끄덕인다.

"농담이죠?"

B 부인은 그저 미소를 짓고, 그 미소를 본 재니스는 유달리 큰 나뭇가지를 물어올 때의 데키우스가 생각난다.

"부인이 '외국인'이라고 하셔서 전 이집트인일 거라고 생각했어요. 베키의 예전 애인처럼요."

"그러니까 영국 사람은 절대 외국인이 될 수 없다는 건가? 놀랍군그래." B 부인이 덥수룩한 눈썹을 치켜세운다.

"맙소사, 제가 절대 그렇게 생각하지 않는다는 거 아시잖아요. 아주 어릴 때 탄자니아를 떠나기는 했어도 그때 제게 외국인은 아버지와 함께 유적지를 방문한 영국인들이었죠. 아직도 기억해요."

"그러니까 자네는 원래 탄자니아 출신이고 아버지는 고고학자였군. 아마 올두바이 협곡을 연구하셨겠지?"

또 B 부인의 함정에 빠지다니 믿을 수가 없다. 최고 성적으로 대학을 졸업하고 사람을 죽인 적이 있는 전직 스파이를 절대 과소평가해서는 안 된다는 또 다른 증거다. 아무리 나이가 많다고 해도.

재니스는 큰 소리로 말한다. "교활하시네요, B 부인. 그 우스꽝스러운 보라색 기모노를 입은 부인을 처음 봤을 때부터 보통이 아니란 걸 알았죠."

B 부인은 마치 최고의 칭찬을 들었다는 듯이 미소를 짓는다. "에드워드와 베키에 대해 더 알고 싶지 않아?"

"당연히 알고 싶죠." 재니스가 남은 와인을 그들의 잔에 마저 따라버리며 말한다. "전 에드워드에게 다른 애인이 있는 줄도 몰랐어요. 당연히 있었을 텐데 우린 심프슨 부인에 대해서만 들었잖아요."

"에드워드는 이른바 '늦게 배운 도둑'에 해당한다고 할 수 있지. 베키를 만나기 몇 년 전, 왕실에서는 에드워드를 프랑스로 보내 한 가정에서 지내도록 했어. 아마도 에드워드에게, 이렇게 표현해도 될지 모르겠지만, 좀 더 세련된 세상을 소개해 주려고 그랬을 거야. 유감스럽게도 그를 맡게 된 프랑스 가족은 에드워드가 아주 지루한 사람이라는 걸 알게 됐겠지. 에드워드는 밤에 일찍 잤고 오로지 테니스, 폴로, 승마, 요트, 골프 같은 스포츠에만 관심이 있었거든. 그를 유흥과 연애의 세계로 끌어들이려는 계획은 처참히 실패했지. 그에게 좀 더 교양 있는 상류층 사교계를 소개해 주려는 가족들의 노력도 실패했고. 솔직히 말해서 에드워드에게는 유명 인사들과의 점심 식사가 지루하기 짝이 없었고, 차라리 테니스 코트나 골프장에서 공을 치는 편이 훨씬 더 좋았어.

하지만 베키를 만나기 전에 에드워드는 어느 상냥한 여자를 만나게 됐는데 그 여자는 왕실로부터 왕자가 연애 경험을 쌓도록 도와주라는 권유를 받은 상태였지. 그래서 여자는 그렇게 했고, 결과는 아주 놀라웠어. 에드워드가 여자를 좋아하게 된 거야. 심지어 스포츠만큼이나. 그러고는 잃어버린 시간을 벌충하기 시작했지. 하지만 그가 여자에게 관심이 있다고 해서 그들을 대하는 태도가 늘 훌륭하다는 뜻은 아니었어. 에드워드는 '지독하게 못생긴' 여자들에게는 전혀 관심이 없었고, 여자에 대한 그의 발언 중 상당수가 상대를 모욕하면서 비하했지. 하지만 매력적이라고 생각되는 여자 앞에서는 상대의 호감을 사면서도 배려할 줄 알았어. 흥미롭게도 그를 만나본 많은 사람들은 그가 상대를 우쭐하게 할 정도로 관심을 쏟는 법을 알고 있다고 했어. 하지만 에드워드를 더 잘 아는 사람들은 사실 왕자가 그런 만남을 거의 기억하지 못한다는 사실을 알고 있었지.

그런데도 베키와의 점심 식사는 그에게 의심할 여지 없이 매우 인상적이었어. 에드워드는 정서적으로 미숙했고, 베키와 비교하면 당연히 성적으로도 초보였지. 따라서 그가 베키에게 아주 푹 빠진 건 놀랄 일이 아닐 거야. 베키가 그의 진정한 첫사랑이라고 해도 과언이 아니지. 흥미롭게도 훗날 에드워드는 매우 지배적인 성향의 여자에게 끌리게 돼. 심지어 자신을 심하게 때려달라는 부탁까지 했지. 누가 알겠어. 어쩌면 그의 이런 성향이 도미나트릭스 역할을 하던 베키에게서 시작되었을지."

"이게 정말 다 실화라고요, B 부인? 믿기지가 않네요."

"많은 역사가들에 의해 기록된 이야기야. 난 그저 잘 다듬어서 자네에게 소개할 뿐이고."

재니스는 고개를 끄덕인다. 그녀도 이야기 수집가일 뿐 아니라 이야기꾼이 되어가고 있으므로 그 말을 이해할 수 있다.

"그 이야기를 통해 에드워드가 실제로 어떤 사람이었는지 파악하셨나요?" 재니스는 베키 이야기의 새로운 캐릭터인 에드워드에게 매료되었다.

"에드워드는 아마도 그 무렵에 가장 매력적이었을 거야. 스물세 살의 나이에도 수줍음이 많고 다정한 성격의 청년이었지. 그러다 나이를 먹으면서 어떤 이야기에서든 악당이 될 만한 자질이 충분해졌어. 자기중심적이고 허영심 많으며 탐욕스러웠지. 나중에 퇴위하는 동안에는 나라로부터 새로운 삶의 재정적 지원을 받으려고 재산을 속이기도 했고. 성격이 심술궂은 데다가 자기가 싫어하는 사람들에게는 원한을 품기도 했지. 게다가 고집이 어마어마하게 셌어. 생긴 건 사슴 같은데 고집은 황소라고들 했지. 아주 친한 친구들조차도 그를 똑똑하다고 하지는 않았어. 그리고 자네도 알겠지만, 나중에 독일과 이탈리아에서 발흥한 파시즘에 다소 부적절한 관심을 보였지. 인종차별과 성차별은 그의 오랜 친구가 되었어. 그를 오래 보좌해 온 신하들과 총리 모두 그가 최악의 왕이 될 거라고 생각했어. 실제로도 그렇게 밝혀졌고. 하지만 모든 사람, 모든 악당이 그렇듯 늘 다른 면이 존재하기 마련이야."

"그 다른 면이 뭐였나요?"

"자네에게 사건 하나를 들려주는 게 가장 좋은 방법일 것 같군. 1차 세계대전 당시 에드워드의 역할은 주로 행정 업무와 군인들의 사기 진작이었지. 그 일의 대부분이 에드워드에게는 끔찍하게 지루했고, 곧 알게 되겠지만 그는 틈만 나면 파리나 베키가 머무는 곳으로 도망쳤어. 하지만 이 사건에서 다룰 그날 아침에는 전투에서 부상당한 병사들을 방문하기로 되어 있었어. 병원에는 심각하게 다친 병사들이 있었는데 사지를 잃거나 시력을 잃은 이들도 있었고, 처참한 안면 부상을 입은 병사들도 있었지. 에드워드가 병동을 걸어가는데 의사 한 명이 여기 있는 환자들은 빙산의 일각이라고 툭 던지듯 말했어. 안면 부상이 가장 심한 환자들은 눈에 띄지 않게 격리되어 있다고 말이야. 그 말을 들은 에드워드는 그 환자들을 찾아가겠다고 우겼고, 마침내 한 환자를 보게 됐어. 왕자를 제대로 쳐다보지도 못하고, 인간이라고도 할 수 없는 형상의 남자였지. 에드워드는 허리를 숙여서 그 남자의 남은 뺨에 키스했어."

재니스는 갑자기 눈물이 나서 눈을 깜빡거린다. 그런 그녀를 유심히 지켜보던 B 부인은 그저 "그렇다니까"라고만 말한다. 그러다가 잠시 후에 이렇게 덧붙인다. "자네는 평범한 사람들에게 훌륭한 재능과 선함, 용기가 숨어 있다는 걸 보여주는 이야기가 좋다고 했지. 그렇다면 악당도 구원받을 수 있다는 희망을 주는 이야기도 몇 개쯤은 받아들일 수 있어야 해. 나는 악당도 구원받을 수 있다고 믿고 싶어."

B 부인은 자기 아들을 생각하는 걸까? 친구의 얼굴을 바라보던 재니스는 ─ 불현듯 B 부인이 친구라는 생각이 든다 ─ 그녀의 주름에 새겨진 슬픔이 보인다.

"제가 남편과 재결합해서 그를 구원해 주기를 바라지만 않으신다면 괜찮아요. 그런 일은 절대 일어나지 않을 테니까요." 재니스는 B 부인을 웃게 하려고 그렇게 말하고 B 부인은 웃는다. 사실이기 때문이다.

의자에 앉아 있던 B 부인은 몸을 똑바로 세운다. "그러니까 다시 베키와 그녀에게 새로 생긴 '중요한 남자'로 돌아가자고. 두 사람은 시간이 날 때마다 함께 보냈고, 일반적으로 베키는 웨일스 공의 '정인'으로 인정받았어. 국왕과 왕비가 프랑스를 방문해 어쩔 수 없이 그들과 함께 지내야 했을 때도 에드워드는 시간을 내서 베키가 머무는 도빌로 갔다가 새벽에 돌아왔지. 베키와 멀리 떨어져 지낼 때는 유치한 애정 표현이 가득한 편지를 보냈는데 거기에는 전쟁 상황에 대한 정보와 국왕에 대한 비판 등 경솔한 내용도 적혀 있었어."

B 부인은 고개를 절레절레 흔든다. "앞서 말했듯이 에드워드는 결코 똑똑한 사람이 아니었어."

"그의 장점을 감안하더라도요."

"맞아. 그래서 둘의 관계는 이제 막 성을 탐색하기 시작한 에드워드가 다른 여자에게 관심이 옮겨 가면서 끝나게 됐어. 이번에는 런던에서 만난 영국 여자로 하원의원과 결혼한 유부녀였지. 이제 에드워드는 자기중심적이고 경솔하며 조잡한 내용의 편지들을 애인에게 보냈고, 그에게 베키는 과거의 여자가 되었지. 휴전이 선언된 후에 에드워드는 파리를 방문했지만 당시 파리로 돌아와 살고 있던 베키에게 가지 않았어. 베키에게 연락하지도 않았고, 신사답게 둘의 비즈니스를 마무리 짓지도 않았지. 쿠르티잔의 규칙에 따라 그녀를 대하지 않은 거야."

"청소 도우미처럼 대했군요."

"정확해. 그리고 그건 실수였어. 자네도 나도 알다시피 베키는 성깔이 보통이 아닌 여자니까." B 부인은 하품을 참는다. "오늘 이야기는 여기까지 하자고. 베키가 세브르 도자기를 벽에 던지고, 에드워드에게 받은 실크 속옷을 갈가리 찢어버리면서 아파트를 난장판으로 만들도록 내버려두고 말이야."

"에드워드에게 받은 편지는 찢지 않았나 봐요?"

B 부인은 살짝 코웃음을 친다. "당연히 아니지. 에드워드가 어리석은 것만큼이나 베키는 영악하니까."

버스를 타러 가기 전에 주차해 둔 차가 잘 있는지 확인하러 걸어가면서 재니스는 B 부인이 했던 말, 악당도 구원받을 수 있어야 한다는 말을 생각한다. 그 말을 받아들이긴 싫지만 B 부인은 나이가 아주 많다. 정말로 아들과 다투면서 생을 마감하고 싶지는 않으리라. B 부인은 아들이 돈을 차지하려고 거짓말하고 계략을 꾸민 일은 용서해 줄 수 있을 것이다. 하지만 재니스로서는 그가 귀중한 와인을 빼앗아 가고, B 부인을 술주정뱅이로 몰고도 이 모든 게 아버지를 위해서라고, 부인이 그토록 사랑했던 아우구스투스를 위해서라고 한 일은 그냥 넘어가기 힘들다. 티베리우스가 얼굴의 절반이 날아간 남자에게 키스하는 모습은 상상도 할 수 없다. 하지만 B 부인은 분명 악당에게도 구원의 희망이 있기를 바라고 있다.

그렇다면 재니스는 무엇을 원할까? 모르겠다. 외국인에 대해 했던 B 부인의 말은 재니스가 영국으로 막 이사해서 이방인이 된 기분을 느꼈던 시절을 떠올리게 한다. 그중에는 특히 더 아픈 기억들도 있다. 하지만 지금은? 그녀는 거의 30년 동안 케임브리지와 그 인근에서 살아왔다. 따라서 지리적 이유로 이질감을 느끼지는 않지만 때때로 자신의 삶에서조차 이방인이 된 기분이 들 때가 있다.

재니스가 이 엉킨 생각을 풀려고 애쓰는 동안 차를 세워둔 거리에 도착한다. 주차권을 추가로 더 구매해야 하는지 확인해야 한다. 주차해 둔 자리를 둘러보지만 텅 비어 있다. 차가 사라졌다. 그때 길 끝에서 멀어지는 그녀의 차가 보인다. 운전석에 앉은 사람의 뒤통수는 단번에 알아볼 수 있다. 마이크다.

스물일곱

진짜 이야기는 술 한잔 마신 후에야 시작된다

재니스는 유언과의 약속에 지각한다. '난 그다지 절박하지 않아요'를 보여주기 위해 5분 정도 늦는 지각이 아니라 꼬박 30분을 늦었다. 상대에게 '내가 왜 바람맞을 걸 몰랐지? 대체 무슨 생각을 한 거야?'라고 생각하게 만드는 지각이다. 자동차가 없어서 버스를 타야만 했는데 시간표를 잘못 읽었다.

유언은 벽난로 옆 테이블에서 기다리고 있다가 재니스를 보자 벌떡 일어선다. 일단 (재니스가) 사과하고, "걱정 마세요. 버스기사가 잘못했네요"라고 (유언이) 말한 뒤에 술을 주문하고 둘은 자리에 앉는다. 버스 정류장에서 달려온 터라 벽난로의 불이 더 따뜻하게 느껴진다. 다시 한번 재니스 내면의 10대 소녀가 신음하며 깨어나 '맙소사…… 지인짜 민망하네'라고 말한다. 하지만 이번에는 그녀에게 무기가 있다. 재니스는 가방에서 책을 꺼내

(꺼내면서 10대 소녀 자아의 머리를 한 대 툭 치고) 유언에게 건넨다. "지난번에 이 책을 안 읽었다고 해서 도서관에 간 김에 빌려 왔어요."

"아, 고마워요. 정말 좋네요."

그녀로서는 대담한 행동이며 이걸로 지각을 보상할 수 있기를 바란다. 이런 행동의 피할 수 없는 결론은 이것이다. 네, 난 당신 생각을 하고 있었어요. 당신이 좋아할 만한 무언가를 가져오느라 고생을 마다하지 않았고, 게다가 이건 도서관 책이니까 이 책을 반납하려면 당신은 날 또 만나야 해요. 재니스는 유언이 부담스러워할까 걱정했는데 그는 그저 기쁜 듯하다. 두 사람은 2차 세계대전을 배경으로 한 책들에 관해―이 소설의 배경이 그때였다―이야기를 나누고, 유언은 재니스에게 받은 책의 표지를 쓰다듬으며 토닥인다. 저 책처럼 유언의 손길을 받으면 어떤 기분일까? 재니스는 궁금하지 않을 수 없다.

그들은 맥주를 더 주문하면서 햄과 치즈 플래터도 주문해서 나눠 먹기로 한다. 그러니까 유언은 채식주의자는 아닌가 보다. 등산하러 다니며 야외 활동을 좋아하는 사람들은 환경에 관심이 많아서 채식주의자인 경우가 많다.

"혹시 지리를 가르쳤던 적이 있나요?"

아무래도 와인 첫 잔을 너무 빨리 마신 것 같다.

유언이 웃음을 터뜨린다. "그런 질문을 할 줄은 몰랐네요." 그러더니 미소 지으며 말한다. "지리 선생님이 되면 뭐가 달라지나요? 아니면 날 보면 당신이 늘 싫어했던 지리 선생님이 떠오르는 건가요?"

재니스는 와인을 꿀꺽꿀꺽 마신다. 이제는 빠져나갈 방법이 없다. "그냥 버스에서 당신을 처음 봤을 때 지리 선생님처럼 생겼다고 생각했어요."

유언은 이제 고개를 절레절레 흔들며 웃는다.

"난 지리 선생님들을 좋아해요." 재니스가 말한다.

그 말에 유언이 한층 더 크게 웃는다. "지리 선생님이면 무조건요?" 그러더니 재니스를 바라보며 마음의 결정을 내린 듯하다. "사람들의 이야기를 모은다고 했죠? 내 이야기 하나 들어볼래요?"

"이야기가 몇 개나 있는데요?" 재니스는 다시 이야기 수집가 모드로 돌아간다. 한 사람당 하나의 이야기만 가질 수 있다.

"대략…… 네 개 정도요. 하지만 다섯 개로 만들고 싶어요."

이건 무슨 말일까? 한 사람이 그렇게 많은 이야기를 가질 수는 없다. 그건 규칙 위반이다. 그러자 두 가지 생각이 한꺼번에 밀려든다. 애초에 왜 그런 규칙이 필요했을까? 그리고 유언의 다섯 번째 이야기, 그건 그녀와 연관이 있을까?

"어서 말해봐요. 난 몇 개까지 허용되나요? 누구에게나 하나 이상의 이야기가 있지 않나요?"

재니스는 머리가 제대로 돌아가지 않는다. 한 사람당 하나의 이야기. 그것이 규칙이다. 하지만 왜 그래야 할까? 머릿속에 이야기를 정리하기 위해서? 불안을 억누르려는 나만의 방식일까? 하지만 이제 그녀는 마이크와 헤어졌다. 그런데도 아직 불안해질 일이 있을까? 그렇다. 항상은 아니지만 가끔은. 곧 조디가 돌아온 다는 사실을 생각할 때면 그녀는 패닉에 빠진다. B 부인이 앙상 한 손가락으로 그녀의 유달리 약한 부위를 건드릴 때도, 동생을 생각할 때도 그렇다. 하지만 지금 펍에서 이 남자와 함께 있을 때 도 그럴까?

"원하는 만큼 가질 수 있어요." 재니스가 이 반항적이고 새로 운 생각을 입 밖에 내는 순간, 한동안 조용했던 버너뎃 수녀님의 속삭임이 다시 들린다. '착하게 굴었으니까 하나 더 가져가렴, 재 니스.' 뭘 하나 더 가져가라는 말이었을까? 정찬식의 와인? 그럴 리 없다. 버너뎃 수녀님은 술의 해악이 얼마나 큰지 분명히 말씀 하셨다. 그렇다면 또 다른 이야기? 그러자 정말로 천지개벽할 만 한 생각이 든다. 아무 이야기도 없는 여자(혹은 다른 사람에게 말 하고 싶지 않은 이야기를 가진 여자)가 되느니 내게 새로운 이야기 를 써줄 수 있지 않을까?

재니스는 기대에 찬 표정으로 기다리는 유언을 바라본다. 그 는 방금 자신이 무슨 짓을 했는지 전혀 모른다.

"아, 당신이 무슨 꿍꿍이인지 알아요. 당신이 계속 침묵을 지 키면 내가 그 이야기를 다 해줄 거라고 생각하는 거죠? 머리 잘 썼네요. 하지만 한꺼번에 전부 다 해줄 수는 없어요. 내가 지리 선생님과 가장 비슷하게 살았던 이야기는 들려줄게요. 당신이 지 리 선생님에게 약한 것 같으니까요. 소소하지만 괜찮은 이야기예 요. 내 생각에는요. 슬프게 끝나지도 않고요."

"그럼 당신 이야기 중에 슬프게 끝나는 것도 있나요?" 실례되는 질문이라는 걸 알지만 묻지 않을 수가 없다.

"딱 하나요." 유언은 짧게 대답한 후 맥주를 한 모금 마신다. 마치 기다리는 듯이, 생각하는 듯이. 그러더니 결론을 내린 듯하다. 유언이 술잔을 들여다보며 말한다. "슬픈 이야기가 하나 있어요. 언젠가는 당신에게 그 이야기를 해줄지도 모르죠. 난 그 이야기를 네 가지," 이 대목에서 그는 고개를 들어 재니스를 본다. "어쩌면 다섯 가지일지도 모를 내 이야기 중 하나로 간직할 거예요. 왜냐하면 내 중요한 일부거든요. 하지만 내 인생에는 다른 일들도 있었어요. 다른 일들도 겪었죠……." 유언은 말을 멈추고 손에 맥주잔을 든 채 안에 든 맥주를 천천히 돌린다. 그러다 심호흡을 하고 그녀를 바라본다.

"난 예전에 아일랜드에서 구조선 조타수로 일했어요. 원래 우리 집안은 어업에 종사했죠. 아버지가 변화가 필요하다고 하면서 이사하기 전까지는요. 하지만 학교를 졸업한 뒤 결국 난 아일랜드에서 살게 됐고, 다시 배를 타게 됐죠. 처음에는 왕립 구조선 협회에서 자원봉사를 하다가 대형 구조선의 조타수로 정식 채용됐어요. 난 그 일이 너무나 좋았어요. 햇빛, 바다, 높은 파도, 지평선. 훌륭한 동료들도 있었고요. 하지만 어느 날 말 그대로 느닷없이 폭풍우가 몰아쳤어요. 물론 우린 폭풍우를 추적하고 있었지만 폭풍우는 갑자기 방향을 틀더니 경로를 바꿔버렸죠. 우리는 조난당한 요트를 찾아 나섰어요. 마침내 요트를 발견하고……." 유언이 말을 멈춘다.

"그러니까 부모와 어린 딸은 구했어요. 하지만 아들, 어린 남자아이는 찾지 못했죠. 그 일로 내 안에서 뭔가가 변했어요. 우리 모두 최선을 다했다는 거 압니다. 그 일을 하면서 죽음을 목격한 적이 처음은 아니었지만, 그 아이의 죽음은 내가 감당할 수 있는 한도를 넘어섰던 것 같아요. 육지에 도착한 뒤 난 그 일을 그만뒀죠. 벌써 18년 전 일이네요. 그 후로는 배를 타고 바다에 나간 적이 없습니다."

유언은 아주 천천히 술잔을 좌우로 기울여 맥주가 잔 안에서 출렁거리게 한다. 재니스가 지금까지 모은 이야기들을 생각해 보면 원래 그녀는 예기치 못한 이야기를 아주 좋아한다. 하지만 이 이야기는 너무 고통스럽다. 애초에 규칙과 카테고리를 만든 이유도 고통으로부터 자신을 방어하기 위해서가 아니었던가? 하지만 고통을 피할 수 있다고 생각하는 건 어리석다. 이 이야기를 머릿속 도서관 서가 깊은 곳에 처박아 두고, 해피 엔딩으로 끝나는 이야기만 가질 수는 없다.

유언이 희미하게 미소 지으며 고개를 든다. "저기, 우리가 아직 서로를 잘 모른다는 거 압니다. 나도 원래는 사람들에게 이런 이야기를 하지 않고요. 하지만 우리가 이야기를 교환할 거라면 당신에게 이 이야기를 해주고 싶었어요. 왜냐하면 이걸 내 이야기로 받아들이지 않을 거니까요. 그렇다고 해서 내가 그 일을 생각하지 않는다는 건 아닙니다. 다만 그 사건에 지배당하고 싶지 않아요. 말이 되는지 모르겠지만요."

"내 이야기는 내가 선택할 수 있다고 생각하세요?" 재니스가 애덤을 대신해서 묻는다. 희망이 있는지 알고 싶기도 하고.

"그러길 바라죠. 어쨌든 이건 내 이야기 중 하나일 뿐 이게 전부가 아니에요. 그걸 명심하세요. 그리고 난 버스 운전이 좋습니다. 비록 안전에 관해서는 내가 유별을 떨기는 하지만요. 다른 운전사들은 날 '체크포인트 찰리'*라고 부르죠."

유언은 맥주를 더 주문하러 가고, 재니스는 그의 뒷모습을 유심히 바라보며 바다에서 배를 운전하고 선원들을 돌보는 유언을 상상해 본다. 왠지 모르게 그 모습이 쉽게 상상이 된다. 그를 지켜보는 동안 잡다한 생각들이 그녀를 스쳐 간다. 왜 그의 상처를 치료해 준 사람은 아빠였을까? 엄마는 어디에 있었을까? 그가 간직하고 있다는 슬픈 이야기는 뭘까? 재니스는 아빠의 서점을 헤집고 다니는 어린 유언의 모습도 상상해 본다.

다시 자리로 돌아온 유언은 우울한 분위기를 떨쳐버리고 싶은 기색이 역력하다. 그래서 유언이 자리에 앉는 동안 재니스도 그에게 공감하며 미소 짓는다. "좋아요, 내 이야기 중 하나를 들려줄게요. 내 삶에서 지리 선생님과 가장 비슷한 면에 관한 이야기예요." 유언은 기대감을 높이기 위해 잠시 뜸을 들인다. "난 사실 여행하는 버스 운전사예요."

재니스는 정말로 웃겨서 웃음을 터뜨린다. "모든 버스 운전사가 다 그렇지 않나요?"

"나처럼은 아니죠. 난 지리를 가르친 적은 없지만 지도를 좋아하고, 가본 적이 없는 곳에 가는 걸 좋아해요. 특히 좋아하는 책

♦ 베를린 장벽의 가장 유명한 검문소.

에서 접한 지역을 가보는 게 좋아요. 이건 몰랐을 텐데 지금 전국적으로 운전기사가 부족합니다. 그리고 나처럼 오래 운전했다면 버스 회사에서 급하게 운전기사가 필요할 때 기사들을 파견해 주는 회사에 쉽게 취직할 수 있죠. 난 그 일을 여행하는 버스 기사 슈퍼 히어로라고 생각해요. 타이츠만 안 입었을 뿐이죠." 유언은 씩 웃는다. "그래서 그런 일자리를 눈여겨보고 있다가 원하는 지역에 일자리가 생기면 기차에 자전거를 싣고 바로 떠나요. 회사에서는 펍이나 비앤드비에 숙소를 잡아주죠. 운전하지 않을 때면 난 자전거를 타거나 산책합니다. 또 책에서 읽었던 장소들을 찾아가기도 하고요. 몇 주 전에는 브레컨 비컨스에 갔고, 작년 여름에는 노섬벌랜드에서 하드리아누스 성벽을 구경하기도 했고요." 유언은 맥주를 한 모금 더 마신다. "이것도 이야기로서 괜찮나요? 자격이 돼요?"

"훌륭한 이야기네요." 재니스가 진심으로 말한다. 그러고는 무심코 묻는다. "혼자 그렇게 돌아다니는 거예요? 제 말은 혹시 결혼했다거나…… 뭐 그런……." 그러자 그녀 안의 10대 소녀 자아가 앙갚음을 하러 (아마도 아까 머리를 한 대 맞은 것에 대한 보복) 돌아온다. '맙소사! 내가 자기한테 관심 있다는 걸 알 거야……. 너무 창피해……. 내가 자기랑 결혼하고 싶어 한다고 생각할 거야.' 버너뎃 수녀님도 다시 돌아와 속삭인다. '하지만 그게 사실이잖니. 안 그래, 재니스?' 하지만 그 말은 전혀 도움이 안 된다. 재니스는 러시아 찻집에 가득 찬 김 사이로 모습을 드러냈던 B 부인을 생각한다. 지금도 그때와 같은 '완벽한 순간'일까? 그럴 리 없다. B 부인의 그 순간은 너무도 낭만적으로 들렸지만 지금은 그냥 너무 이상하다.

유언은 마치 그녀의 생각을 어느 정도 공유한다는 듯이 미소를 짓고, 재니스는 새로 따른 와인을 거의 다 마셔버린다.

"아뇨, 난 결혼한 적 없어요. 하지만 그건 다른 이야기와 얽혀 있어요. 지금은 한 가지 이야기만 해줄게요. 다른 이야기는 다음에 만날 때 해줄게요."

그 말에 재니스는 셰에라자드를 생각한다. 다른 이야기를 들려주겠다는 약속으로 상대에게 다시 만나자고 유혹하는 셰에라자드. 만약 B 부인이 이 자리에 있었다면 코웃음을 쳤으리라.

"자, 이제 당신 차례예요. 내 이야기 하나를 했으니까 이제는 당신 이야기를 해봐요." 유언은 미소 짓지만 자신이 무슨 짓을 했는지 모른다.

재니스는 자기 손을 내려다보며 양손을 단단히 맞잡고 있음을 깨닫는다. 마치 한쪽 손으로 다른 손을 꽉 잡으면 자신이 추락하는 걸 막을 수 있다는 듯이. 하지만 소용없다. 그녀는 무슨 생각을 하고 있었던 걸까. 손톱이 살을 파고들 만큼 양손을 꽉 쥐어봐도 재니스는 이미 무너지고 있다.

그때 그의 말이 떨어지는 재니스를 붙잡는다. "재니스, 미안해요. 저기, 꼭 당신 이야기를 할 필요 없어요. 그냥 당신이 수집한 이야기 중에서 하나를 해줘요. 그건 할 수 있겠죠?"

재니스는 테이블에 놓인 책을 바라본다. 그러자 마음이 안정된다. 머릿속 도서관을 훑어본다. 2차 세계대전에서 시작되는 이야기들이 꽤 많다. 재니스는 B 부인에게 이야기해 줄 때처럼 마치 큼직한 이야기책을 읽어주듯이 말할 작정이다. 그렇게 말하다 보면 마음이 진정되기 때문이다. 유언이 그녀의 그런 말투에 개의치 않으면 좋을 텐데.

재니스는 이야기를 시작한다.

"이건 거의 모든 곳에서 곰팡이를 제거하는 비결을 터득한 남자의 이야기예요." 재니스는 덧붙인다. "실력이 뛰어난 청소 도우미라면 다 좋아할 만한 이야기죠." 유언에게 (그리고 자기 자신에게도) 상황이 다시 정상 궤도로 돌아왔다고 안심시키기 위해서 한 말이다. 지금은 그저 청소 도우미와 버스 기사가 술을 마시며 책과 이야기에 대해 말하는 중이라고.

"2차 세계대전 중에 이 이탈리아인은 아프리카로 파병되었지만 사실 그다지 훌륭한 군인은 아니었어요. 전쟁 전에는 목수 훈련을 받았고, 그 일을 훨씬 더 잘했죠. 그는 곧 포로로 잡혀 영국으로 끌려가 레이크 디스트릭트의 포로수용소에 수감되었어요. 거기서 지역 농장과 인근 숲에서 노역했죠. 그는 고국을 배신하는 기분이 들었지만 사실은 지금 사는 영국 시골이 좋았어요. 햇볕에 따라 색이 변하는 카멜레온 같은 언덕과 바람결에 속삭이는 숲을 사랑했죠. 무엇보다 거기서 만나는 사람들, 농부, 마을 사람, 상점 주인, 심지어 교도관들까지 좋아했고 그들도 그를 좋아했어요. 그는 누구라도 좋아하지 않을 수 없는 사람이었거든요. 다른 이탈리아인 포로들과도 친구가 되었는데 그중에는 그처럼 길을 잃었다고 생각한 시점에 오히려 집에 온 듯한 기분이 들었던 사람들도 있었죠.

하지만 그를 가장 좋아했던 사람들은 그를 볼 수 없는 어린아이들이었어요. 물론 아이들은 학교 가는 길에 그가 옆으로 지나가는 것을 보았고, 양 떼와 함께 언덕을 성큼성큼 오르는 모습을 목격하기도 했죠. 하지만 그가 아이들을 위해 숲에 남겨놓은 선물을 만들고 있는 모습은 본 적이 없어요. 오래된 나무 그루터기와 통나무로 동물을 조각해 둔 사람이 그라는 사실을 아이들은 끝내 몰랐죠. 아이들이 본 것은 그저 마법처럼 나타나 숲에서 그들과 함께 놀아준 오소리와 여우, 토끼 조각들뿐이었어요.

전쟁이 끝나자 포로수용소를 운영하던 사람이 이탈리아인을 찾아와 영국에 남아 있고 싶어 하는 이탈리아인 포로들에게 일자리를 찾아주는 걸 도와달라고 했어요. 그때쯤 그는 포로들에게 일자리를 제공해 줄 만한 사람들을 거의 다 알고 있었고, 이탈리아인과 영국인 모두의 신뢰를 얻고 있었죠. 그래서 그는 그렇게 했고 그 일을 아주 잘했어요. 알고 보니 너무 잘해서 탈이었지만요. 몇 주가 지나자 그는 적합한 일자리에 적합한 이탈리아인을 모두 채워 넣었어요. 하지만 한 가지를 잊고 있었죠. 정작 자신의 일자리를 못 구한 거예요. 이탈리아인은 지금은 자신의 고향이 되어버린 이 지역을 떠나고 싶지 않았어요. 그래서 매일 신문에서 자신이 할 만한 일을 찾았죠. 그러다 마침내 클리니지 세일즈맨 모집 광고를 보게 됐어요. 그는 청소에 대해 아무것도 몰랐고 새로 출시된 클리니지 청소 제품은 들어본 적도 없었죠. 하지만 그 자리에 지원해서 채용되었어요. 이내 그는 다리미 바닥에 눌어붙은 끈끈한 얼룩을 지우는 법과 어디에서든 곰팡이를 제거하는 최상의 방법을 터득하게 되었죠. 워낙 빨리 배우는 사람이거든요.

이탈리아인이 그 일을 하면서 가장 좋았던 건 사랑하는 시골을 돌아다니며 좋아하는 사람들과 이야기를 나눌 수 있다는 점이었어요. 고객들은 대부분 그에게 차를 한잔 마시고 가라고 권했죠. 특히 혼자 살거나 오랫동안 찾아오는 사람이 없는 사람들이요. 이탈리아인은 기꺼이 그 집에 머물렀고, 그들을 위해 심부름도 해줬으며, 고객들의 집은 어느 때보다 반짝반짝했죠. 한 고객은 너무 쇠약한 할머니라서 그에게 구입한 훌륭한 클리니지 제품을 사용할 수조차 없었어요. 그러자 그가 할머니에게 시범을 보여주었고, 그 과정에서 집 전체를 청소하게 됐죠. 다음 주에도 다시 그 집을 찾아가 또 시범을 보여줬어요. 그다음 주에 커튼레일이 떨어졌을 때는 다시 박는 법을 시범으로 보여줬고요. 그다음 주에는 비가 새는 지붕을 어떻게 고칠 수 있는지 시범을 보였죠.

할머니는 돌아가시면서 자신의 집과 땅을 그 이탈리아인에게 물려줬고, 그 사람은 거기서 여든다섯 살까지 살다가 죽었어요. 동네 사람들은 늘 그의 집이 동네에서 가장 깨끗하다고 말했죠."

재니스는 주위를 둘러본다. 지금 자신이 펍에 앉아 있다는 사실에 약간 당황한다. 더군다나 도서관에서 빌려온 책을 토닥이던 유언의 손이 지금은 자신의 손을 잡고 있다는 사실에 한층 더 놀란다.

스물여덟

절대 기록을 남기지 마라

재니스는 다락에서 피오나와 함께 그녀가 새롭게 개조한 인형의 집을 바라보고 있다.

"그래서, 어떻게 생각해요?" 피오나가 묻는다.

"아주 멋져요……. 하지만 왜……?"

"치즈 가게로 바꿨냐고요?"

재니스는 고개를 끄덕인다. 원래 이 집의 설정이었던 제베디아 주어리(장의사)가 사라지고 새로 달린 간판에는 '피오나 주어리'라고 적혀 있다. 그 옆에 금박 페인트로 '장의사'라고 적혀 있던 자리는 아직 비어 있다.

"예전에 존과 버스로 주말여행을 갔다가 세상에서 제일 멋진 치즈 가게를 본 후로 늘 치즈 가게를 운영하고 싶었거든요."

한때 관이 있었던 아래층에는 찬장 그리고 둥근 치즈와 부채

꼴 모양으로 자른 치즈가 가득 쌓인 테이블들이 있다. 그중 작은 테이블에는 소형 금전등록기와 금색 저울이 놓여 있다.

"햄이나 케이크도 함께 팔지는 아직 결정하지 못했어요. 그래서 간판을 비워둔 거예요. '피오나 주어리 델리카트슨'이라고 할까 싶어요. 어떻게 생각해요?"

"가게 앞에 테이블과 의자를 놓고 커피와 케이크를 팔 수도 있겠네요." 재니스는 쇼윈도 앞에 빨간색과 하얀색 체크무늬 식탁보를 씌운 테이블이 늘어선 모습을 상상하며 제안한다.

"좋은 생각이에요." 피오나가 동의하며 가게 내부를 더 자세히 들여다본다.

"이름은 왜 바꿨어요?" 재니스가 묻는다. "하긴 제베디아라는 이름은 브라우니를 곁들인 라테 두 잔을 뚝딱 만들어낼 사람 같지는 않아요."

"바로 그거예요." 피오나는 그렇게 말하고 등받이에 등을 기대며 재니스를 바라본다. "이건 내 사업이에요. 그리고 여자가 운영할 거예요. 스스로 경영할 수 있는 방법을 찾아낼 여자요."

재니스가 미소를 지어야 할지 울어야 할지 몰라 하는 사이에 애덤과 데키우스가 다락으로 불쑥 뛰어든다.

"산책 가실 거예요, 안 가실 거예요?" 데키우스는 애덤 옆에서 빙그르르 돈다. 정말로 서커스에서 일해도 되겠다. 재니스는 공 위에서 두 발로 균형을 잡고 서 있는 데키우스의 모습을 상상한다. 그러자 데키우스가 그녀를 힐끗 바라보는데 (언제나 그렇듯) 표정이 모든 것을 말해준다. '그런 상상은 하지도 마.'

그래, 알았어.

대신 재니스는 애덤에게 묻는다. "새로 바뀐 인형의 집이 마음에 드니?"

애덤은 미친 사람을 보듯이 그녀를 바라본다. 그래도 "그런 거 같아요"라고 대답한다. 하지만 재니스는 이 또한 '미드소머 살인 사건'의 영역에 속한다는 걸 알 수 있다. 애덤으로서는 인형의 집 자체가 '어떻게 저런 걸 좋아할 수 있지'의 대상인 것이다.

재니스는 혼자 미소 지으며 계단으로 향하는 그들을 따라간다. 다락에서 막 나오려는데 피오나가 말한다. "애덤에 대해 지금 생각 중인 게 있어요. 나중에 기회가 될 때 말해줄게요. 애덤이 없을 때요."

재니스도 피오나에게 하고 싶은 말이 있다. 자신의 친구 유언(여행하는 버스 기사)이 그들의 산책에 합류할지도 모른다고. 유언을 데키우스에게 소개해 주고 싶다. 둘의 만남이 어떨지 궁금하다.

그날 오후 재니스는 B 부인의 집에 들어가며 자신이나 피오나나 하려고 했던 말을 다 못 했다는 사실이 기억난다.

B 부인은 평소와 다름없이 안락의자에 앉아 있고 기운이 넘쳐 보인다.

"마이크로프트에게 연락 온 거 있나요?" 재니스가 양동이에서 헨드릭스 진 한 병과 토닉 워터 세 병을 꺼내며 묻는다. 와인은 사지 않았다. 뭘 사 오라고 말해주는 마이크로프트가 없으니 뭘 사야 할지 확신이 안 섰기 때문이다. 하지만 예전에 서가 선반에서 헨드릭스 진 한 병과 술잔 몇 개가 담긴 쟁반을 본 기억이 났다.

"내가 전에도 말했듯이 자넨 정말 독보적인 청소 도우미야." 진을 본 B 부인이 말한다. "돈을 줄 테니까 얼마인지 나한테 꼭 알려달라고."

"독보적인 '여자'라고 하셨던 것 같은데요." 재니스는 쟁반에 병을 정리하며 말한다. 그 말에 B 부인이 반응하지 않자 재니스는 다시 묻는다. "마이크로프트에게 연락 온 거 있냐고요."

B 부인은 신이 난 듯 두 손을 비벼댄다. "그래, 짧은 소식이 있었어. 진토닉 마시면서 얘기할까?"

"핫초콜릿 먼저 드시죠." 재니스가 타협안을 내놓는다. 자신의 규칙상 낮술을 마셔도 될지 확신이 없다.

"자네가 그렇게 말한다면야."

부엌으로 가는 동안 재니스는 생각한다. 오후 2시에 B 부인과 진토닉을 마시는 게 뭐가 그리 큰 문제일까? 사실은 아무 문제도 없다. 유언이 이야기 수집에 있어서 그녀의 규칙을(한 사람당 이야기 하나) 깨뜨린 이후로 예전에 절대적이라고 여겼던 다른 규칙들에도 의문이 생긴다.

"그래서 마이크로프트가 뭐래요?" B 부인에게 핫초콜릿을 건네고 먼지떨이를 집어 들며 재니스가 다시 묻는다.

"자넨 안 앉을 거야?" B 부인이 남편이 앉던 의자를 힐끗 보며 묻는다.

"조금 이따가요." 아무리 B 부인과 친하다고 해도 청소 도우미라는 본분에 약간은 충실해야 한다는 말을 어떻게 해야 할까? 그녀로서는 정당하게 돈을 벌고 있다는 느낌이 필요하다. 조디는 곧 돌아올 예정이고, 은행 잔고는 부족하며, 빌딩 소사이어티와는 아직 통화도 못 했다.

B 부인은 마음대로 하라는 듯 코를 벌름거리고는 잠시 후에 말문을 연다. "마이크로프트는 두 갈래로 장기적인 공격을 할 거야. 대학이 가진 자산 중에서 주거용 건물을 감독하는 위원회에 연락해 법률적 질의 목록을 보냈대. 그걸 다 확인하려면 크리스마스까지 바쁠 거라더군. 심지어 헨리 8세 시대의 법령에서도 한 구절 인용했다고 했어." B 부인은 신나서 발을 앞뒤로 흔든다. "마이크로프트가 그 법령을 지어냈다고 해도 전혀 놀랍지 않아. 그 사람은 정말 사악한 유머 감각이 있거든."

재니스는 참지 못하고 모르는 척하며 묻는다. "두 분이 마다가스카르에 있었을 때처럼요?"

B 부인은 핫초콜릿에 대고 코웃음을 친다. "아, 그 정도로는 안 넘어가. 아까 말했듯이 마이크로프트는 다른 접근법도 시도하고 있어. 현재 이 대학 총장과 같은 클럽의 회원인 것 같더라고. 둘이서 샤토 마고 몇 병을 마시면서 조류학에 관한 공통의 관심사를 이야기했나 봐." B 부인은 고개를 들어 서까래를 뚫어지게 바라본다. "아우구스투스가 늘 말하길 마이크로프트의 가장 큰 장점은 상대가 모르게 일을 꾸미는 것이라고 했지." B 부인은 다시 재니스를 보며 킬킬 웃는다.

청소를 마친 재니스는 아까 B 부인이 했던 제안을 받아들여 진토닉 두 잔을 만들어 B 부인 맞은편에 앉는다. "이제 베키와 편지 이야기를 해주세요. 그래서 베키가 어떻게 했죠?"

"베키는 왕자에게 편지를 썼어. 우린 베키가 성질이 아주 못된 여자라는 사실을 기억해야 해……." 여기서 B 부인은 옆길로 빠진다. "한번은 베키가 공공장소에서 승마용 채찍으로 애인을 때린 적도 있었어. 그 남자는 원래 온화한 성격이었다고 하는데, 그런 사람에게도 그 행동은 너무 심했지. 남자는 베키를 레스토랑에 남겨둔 채 차에 탔고, 베키를 차에 태우지 않으려고 했어. 그러자 베키는 운전석으로 가서 가여운 운전사를 끌어낸 다음, 자기가 대신 운전석에 타서 시동을 걸었지. 그렇게 애인을 집까지 바래다줬어. 정말 대단한 여자야!"

B 부인은 진토닉을 한 모금 마신다. "그러니까 베키가 웨일스 공에게 어떤 편지를 썼을지 상상할 수 있을 거야. 에드워드는 한마디 말도 없이 그녀를 찼을 뿐 아니라 신사답게 보상을 해주지도 않았어. 편지를 뜯어 본 에드워드는 편지지가 활활 타오를 것 같았을 거야. 베키는 그들이 예전에 나눈 서신과 그가 썼던 신랄한 표현들, 그중에서도 특히 국왕에 대해 했던 말을 상기시켰어."

"분명 베키는 편지를 읽는 에드워드의 얼굴을 보고 싶었을 거예요."

"당연하지. 이제 웨일스 공은 고문단을 소집할 수밖에 없었어. 공안부의 바질 경에게도 자문을 구한다는 소문까지 돌았지. '파리의 여인'에 대한 이야기가 파리, 런던, 윈저의 닫힌 문들 뒤에서 은밀히 회자되었어. 편지에 대한 질문을 받았을 때 에드워드는 베키가 '편지를 하나도 태우지 않았다'고 인정했고, 베키가 '10만 파운드를 받거나 아니면 아예 받지 않을' 여자라고 말했어. 예전에 베키를 불렀던 낯 간지러운 애칭들은 다 사라지고 이젠 '그 물건'이라고 불렀지."

"베키는 신경도 안 썼을 것 같은데요." 재니스가 말한다.

"나도 그렇게 생각해." B 부인이 고개를 끄덕인다. "다음 문제에 있어서 나는 몇몇 역사가들의 의견에 동의하지 않는다는 걸 말해둬야겠어. 베키가 정말로 왕자를 협박할 생각이었다고 주장하는 역사가들도 있어. 난 베키가 정말로 그럴 생각은 아니었다고 봐. 베키는 돈이 많았고, 부유한 남자들의 후원을 받아 돈을 벌었어. 그런 상황에서 괜히 세간에 알려졌다가 다른 남자들을 도망가게 할 행동으로 미래의 소득까지 위태롭게 했을 거라고는 생각하지 않아. 베키는 황금알을 낳는 거위의, 아니 수컷 거위의 배를 가르지 않았을 거라고. 비유가 너무 억지스럽기는 하지만."

"그렇다면 베키가 그냥 복수심에 그랬다고 생각하세요?"

"응. 규칙에 따라 게임을 하지 않은 에드워드를 벌주고 싶었던 거라고 생각해. 그와의 이별이 정말로 속상해서 그랬다고는 믿지 않아. 아마 베키는 에드워드에게 큰 애착이 없었을 거야. 그는 단지 목적 달성을 위한 수단이었을 뿐이지."

"그래서 어떻게 됐나요?"

"아, 자넨 이 결말이 마음에 들 거야……. 아닐 수도 있고…….."

재니스가 한쪽 눈썹을 치켜세우자 B 부인은 말을 잇는다. "우리의 베키는 결혼을 했어. 아주 부유한 남자를 골랐는데…….”

“당연히 그랬겠죠.”

“……공군 장교였지. 아버지가 크리용 호텔의 이사이자 고급 백화점 중역이었어.”

“베키가 가족 할인을 받았기를 바라요.” 재니스가 끼어든다.

“어울리지 않는 커플이었어. 베키 본인도 결혼이 오래가지 못하리라는 걸 알았지. 남편은 문학을 좋아하고 가끔씩 오페라도 듣고 조용한 밤을 좋아했어. 하지만 베키는…….”

“그런 취향이 아니죠.”

“그만 끼어들고 술이나 더 따라.” B 부인이 호통친다.

재니스는 씩 웃으며 부인의 말대로 한다.

“결혼을 통해 베키는 원하던 세 가지를 얻었어. 사람들의 존경을 받을 만한 결혼 후의 성姓, 돈, 그리고 딸을 파리로 데려올 기회.”

재니스는 술을 따르던 도중에 고개를 든다. “결국은 딸을 집으로 데려왔군요!”

“뭐 한동안은.”

B 부인은 걱정스러운 표정으로 재니스를 바라본다.

“설마. 또 딸이 마차에 치이게 둔 건 아니죠?”

B 부인은 약간 슬픈 미소를 짓는다. “아니야. 얼마 후에 베키는 결혼 생활도 모성애도 자기에게 맞지 않는다는 걸 알았어. 그래서 일본으로 떠나는 남편과 이혼했고, 꽤 넉넉한 위자료를 받았지. 그리고 딸은 영국에 있는 기숙학교로 보냈어.”

"아." 재니스는 이 일을 어떻게 받아들여야 할지 모르겠다. 그녀와 마이크도 사이먼에게 같은 짓을 하지 않았던가.

"아드님을 기숙학교로 보내셨어요?" 재니스가 묻는다.

"물론이지. 티베리우스는 제 아버지가 다녔던 학교에 다녔어."

"그게 몇 살 때였어요?"

"여덟 살."

재니스는 B 부인의 몸이 굳는 걸 느낀다.

"그게 못마땅한 거야, 재니스? 우린 아들을 위해 최선을 다했어. 학업 성적이 우수한 학교였고, 아들을 위한 올바른 선택이었어."

재니스는 B 부인이 그녀를 설득하려는 것인지 자기 자신을 설득하려는 것인지 의아하다.

"자네 아이들처럼 동네 공립학교에 다니지는 않았지만 우린 티베리우스에게 그게 최선이었다고 믿었어."

B 부인은 화난 기색이 역력하다. 하지만 재니스도 마찬가지다. "제가 가난하고 청소 도우미나 한다고 해서 제 아들에게 최고로 좋은 걸 주고 싶어 하지 않을 거라고 생각하세요? 공교롭게도 제 아들 사이먼도 열두 살에 그와 비슷한 사립학교로 전학을 갔어요. 애초에 제가 왜 이 빌어먹을 도우미 일을 시작했다고 생각하세요? 사이먼이 장학금을 받아도 돈이 많이 들어갔기 때문이라고요." 재니스는 술잔을 테이블에 쾅 내려놓는다. "하지만 적어도 전 그게 옳은 선택이었다고 확신할 수 없다는 건 인정해요. 아이 아빠가 그 학교에 다녔기 때문에 당연히 그 학교에 가야 했다는

생각을 고집하지는 않는다고요." 이제 너무 화가 난 터라 참지 못하고 속마음을 내뱉는다. "그리고 적어도 전 제 아들에게 티베리우스라는 이름을 지어주지는 않았어요. 아이들이 다른 아이들을 놀릴 때 얼마나 잔인한지 아세요?"

쥐 죽은 듯한 정적이 내려앉는다.

정적이 계속 이어지고, 재니스는 혹시라도 가죽 안락의자에서 삐걱 소리가 날까 봐 움직일 엄두가 나지 않는다.

B 부인이 헛기침한다. "티베리우스의 단짝 이름은 앨저넌과 에우리피데스였어."

재니스는 어쩔 수 없이 웃음을 터뜨린다. "죄송해요, B 부인."

"뭐가? 우리 부부가 아들에게 그렇게 우스꽝스러운 이름을 지어준 거?" B 부인은 대답을 기다리지 않고 말을 잇는다. "아니, 사과해야 할 사람은 나야. 티베리우스의 양육이 내게 민감한 주제라는 걸 자네도 눈치챘을 거야. 난 가끔씩 우리 부부가 티베리우스와 충분한 시간을 보낸 것 같지 않다는 느낌이 들어. 이 나라에서 저 나라로 이동하며 사는 우리 삶의 방식 때문에 어쩔 수 없다고 믿고 싶었던 것 같아. 하지만 사실 아우구스투스와 나는 둘이 있을 때 너무도 온전한 기분이었고, 그게 분명 우리 아들에게는 힘든 일이었으리라는 걸 이제야 깨달았어."

"아드님과 그 이야기를 해본 적이 있으세요?" 재니스가 묻는다.

"아니. 그러는 자네는…… 사이먼이라고 했나? 사이먼하고 얘기해 본 적 있나?"

재니스는 고개를 젓는다.

"그래, 우린 참 비슷하군. 안 그래?" B 부인이 손을 뻗어 재니스의 팔을 토닥인다.

그날 저녁 재니스는 조디의 집까지 걸어가기로 한다. 그다지 멀지 않은 데다 생각할 시간이 필요하기 때문이다. 과연 그들 부부는 사이먼을 위해 옳은 일을 했을까? 아직 사이먼에게 집을 나왔다는 말조차 못 했다. 주말에 통화하며 간단히 안부를 묻기는 했으나 사이먼의 집에 친구들이 오는 바람에 전화를 급히 끊어야 했다.

재니스는 아들의 번호로 전화한다.

"엄마, 무슨 일 있어요?"

"잠깐 시간 좀 내줄 수 있니?"

"네. 왜 그러세요?"

아들의 목소리에서 걱정이 느껴진다. 어떻게 말문을 열어야 할까? 지금까지는 비록 완벽한 가정은 아니더라도 이혼 가정은 아니라는 사실을 위안으로 삼곤 했다. 아들에게 돌아올 수 있는 터전이 있다고 생각했다. 혹시라도 돌아오고 싶다면. 물론 사이먼은 그럴 필요가 없었지만.

"엄마?"

"나 집 나왔다."

정적이 흐른다.

"사이먼? 내 말 들었니?"

"화해하실 거잖아요. 늘 그랬듯이."

지금 집으로 돌아가라고 권하는 걸까? 한 번만이라도 아들에게 솔직해야 할 필요가 있다.

"아니, 이번에는 아냐. 내가 하지 않을 거다. 난 집을 나왔고 다시는 돌아가지 않을 거야."

사이먼이 전화를 끊었나 싶을 정도로 긴 침묵이 흐른다. 그러더니 한숨을 푹 내쉬는 소리가 들린다. "드디어 헤어지셨군요!"

"뭐라고?" 재니스는 아들의 말이 믿기지 않는다.

"들으셨잖아요." 사이먼이 말을 멈춘다. "지금까지 엄마를 함부로 대하는 아빠를 지켜보는 게 얼마나 힘들었는지 아세요? 늘 뒤처리를 하고 문제를 해결하는 사람이 누구인지 제가 모르는 줄 아세요? 미안해요, 엄마. 제가 엄마를 더 응원하고 연락도 자주 해야 했다는 걸 알지만 아빠를 참아주는 엄마에게 너무 화가 났어요."

"그랬어?" 믿기지 않는다는 듯이 재니스가 말한다. 하지만 동시에 희망에 찬 목소리다.

"네! 제가 엄마에게 해줄 수 있는 말이 없다고 생각했어요. 아빠는 엄마를 하녀처럼 대했고, 난 엄마가 아빠에게 맞서기를 바랐어요. 결국에는 도저히 지켜볼 수가 없었죠."

"아, 세상에, 사이먼, 엄마가 미안하다."

"맙소사, 엄마가 왜 미안해요? 엄마는 그동안 최선을 다했어요. 난 그저 엄마가 현실을 볼 수 있길 바랐어요. 아빠가 자신이 보는 방식이 옳다고 엄마를 설득하는 걸 도저히 지켜볼 수 없었다고요. 그래서 아빠도 만나지 않는 거예요. 아빠의 그 빌어먹을 미친 세상에 휘말리고 싶지 않아요."

"하나만 물어봐도 될까?"

"뭐든지 물어보세요, 엄마. 원하는 건 뭐든지요."

"우리가 널 멀리 떨어진 기숙학교에 보낸 게 싫었니? 엄마가 반대하지 않은 게 원망스럽지 않아?"

"아뇨, 천만에요. 전 학교가 정말 좋았어요. 물론 처음에는 힘들었죠. 장학금을 받고 들어온 학생이라는 점에서요. 하지만 덕분에 내가 어떤 사람인지 알아갈 수 있는 계기가 됐어요. 그때 만난 아이들과 아직도 친하게 지내요. 그리고 그 학교에 다닐 때는 매일 24시간 동안 온갖 운동을 다 할 수 있었어요. 그 나이에 제가 가장 원했던 거죠."

재니스는 아들의 말이 믿기지 않는다. 왜 지금까지 한 번도 물어보지 않았을까. 마음이 가벼워진다. 열 살은 더 젊어진 듯하다.

"우리 언제 만나서 점심 먹을 수 있을까? 내가 런던에 가면 말이야." 안도감이 들기는 해도 재니스는 아들에게 다가가는 게 여전히 조심스럽다.

"물론이죠, 엄마. 저도 그러고 싶어요. 근데 괜찮으세요? 지금 어디서 지내세요?"

"당분간 친구의 빈집을 대신 봐주고 있어."

아빠를 잘 아는 사이면은 걱정스러운지 이렇게 묻는다. "아빠가 은행 계좌에서 돈을 전부 인출하지는 않았죠? 마이너스 통장을 만들거나요."

재니스는 마이크가 이미 그렇게 했다는 말은 하지 않는다. 하지만 공동명의로 만든 신용카드에서 진작에 자신의 이름을 뺐다고 말해준다.

"담보 대출은요?"

재니스는 세세한 데까지 신경 쓰는 아들에게 감탄하지 않을 수 없다.

"아빠가 다시 대출받지 못하도록 빌딩 소사이어티에 연락하려는 중인데 당최 전화를 안 받네."

전화기 너머에서 사이먼이 웃는 소리가 들린다.

"왜? 왜 그러니?" 재니스는 자기도 모르게 미소를 짓지만 그 이유를 알 수 없다.

"제가 무슨 일을 하는지 아세요, 엄마?"

"잘은 몰라." 재니스에게는 인정하기 싫은 사실이다. "그냥 시티✦에서 일하는 거 아니니?"

"저 금융감독청에서 일해요. 음, 비록 제가 엄마의 주택담보대출의 근거가 되는 계약을 심사했을 테지만, 정보 유출의 우려 때문에 엄마 문제를 직접 상담해 줄 수는 없어요. 저한테 엄마가 대출받은 빌딩 소사이어티가 어디인지 알려주시면 상담해 줄 담당자 전화번호를 찾아볼 수 있어요. 담당자에게 제 이름을 말하셔도 돼요. 그 정도면 도움이 될까요?"

"그럼." 재니스는 불현듯 자신이 혼자가 아니라는 기분이 든다.

"그리고 엄마?"

✦ 런던의 금융 중심지.

"응?"

"빨리 저 만나러 오세요, 네?"

전화를 끊으며 재니스는 생각한다. B 부인도 티베리우스와 대화를 나누면 지금 자신처럼 기분이 좋아질까? 왠지 아닐 것 같다.

스물아홉

조용한 목소리들

마이크와 함께 살던 집에 가보니 진입로에 차가 없다. 재니스는 마이크가 외출했기를 바란다. 마이크는 차를 가져간 뒤로 연락을 거의 하지 않았다. 그저 문자 메시지만 두어 개 보냈을 뿐이다. 하나는 "차가 필요하다고 했잖아"였고, 다른 하나는 밤늦게 왔는데 "난 사랑을 믿지 않았어. 하지만 낭신 미소를 본 뒤로 다시 믿게 됐지. 당신을 사랑하고, 생각하고, 그리워해"였다. 재니스는 마이크가 술에 취해 인터넷에서 이 문구를 복사해 메시지창에 붙여넣는 모습이 떠오른다. 맞춤법이 하나도 틀리지 않았다는 게 결정적 증거다. 이튿날 아침, 마이크는 다시 원래대로 돌아가 이런 문자를 보냈다. "다리미 못차게써." 어제저녁 조디네 진입로 끝에서 차를 몰고 지나가는 그를 본 것 같았지만 분명 착각일 것이다. 낡은 폭스바겐 에스테이트를 몰고 다니는 사람이 한둘도 아니고,

그녀가 어디에서 지내는지 마이크가 알 리 없다.

집 안은 쥐 죽은 듯 고요해서 재니스는 마이크가 없다는 걸 금세 알 수 있다. 가져온 더플백에 여분의 옷과 책을 얼른 챙겨서 넣는다. 여기까지 버스를 타고 왔는데 마침 유언이 모는 버스였고, 재니스는 운전석 가까이 앉았다. 유언은 너무 앞에 앉지 말라고 아주 엄격하게 주의를 주었다. 그런 그를 보자 구조선 조타수로 일하며 선원들을 통솔하는 모습이 상상된다. 유언은 그녀에게 어디든 원하는 장소에 내려주겠다고 제안했다. 심지어 집 앞에 세워주겠다고까지 했다. 재니스가 웃으며 다른 승객들이 뭐라고 하겠냐고 했더니 유언은 그저 웃으며 "내 버스니까 내 마음이죠"라고 말했다. 그들은 그날 오후 늦게 만나 데키우스를 산책시키기로 했고, 재니스는 마음이 설레면서도 불안하다. 유언에게 자신이 데키우스를 얼마나 사랑하는지 말해두었지만 데키우스가 입이 거칠다는 말은 하지 못했다.

재니스는 옷장과 책꽂이에서 필요한 옷들을 꺼내고 자신이 쓰던 침실을 들여다본다. 상자는 아직 그대로지만 일부는 이제 열려 있다. (그녀의 돈으로 구입한) 이 물건들을 마이크는 대체 어쩔 생각일까? 브러시 몇 개를 가져갈까 고민하다가 아무리 생각해도 저걸 어디에 써야 할지 모르겠다. 재니스는 재빨리 집 안을 마저 둘러본다. 예상만큼 더럽지는 않지만 그래도 꽤 지저분하다. 더는 자신이 알 바 아니라고 마음을 다잡는다. 가스레인지 옆 찬장에서 다리미를 꺼낸 다음 마이크에게 쓴 쪽지와 함께 식탁에 놓아둔다. 그가 없을 때를 골라 집에 몰래 들어왔다는 인상을 주고 싶지 않다. 누가 뭐라 해도 그녀에게는 이 집에 들어올 권리가 충분히 있다. 마지막으로 우편물을 살펴보니 고지서 몇 통뿐이다. 언젠가 공과금 지불, 그리고 이 집을 어떻게 할 것인지도 이야기를 나눠야 하리라. 사이먼은 빌딩 소사이어티의 상담원 전화번호를 문자로 보내줬고, 전화를 받은 상담원은 큰 도움을 주었다. 심지어 그들의 상황과 관련된 절차 및 법적 요건을 설명해 주는 지침서까지 보내주겠다고 했다. 다시 한번 재니스는 혼자가 아니라고 느낀다. 다른 많은 부부도 이런 일을 겪었으니 그들도 극복할 수 있으리라.

그래그래그래 부인의 집으로 다가가는 동안 재니스는 긴장한다. 유언에게 진입로 끝에서 기다려달라고 부탁한다. 그녀가 새로 찾은 행복을 이들 부부가 힐끗 쳐다보는 것조차도 싫다. 그렇다, 그녀는 행복하다. 재니스는 그 사실을 인정했다. 훗날 돌이켜 봤을 때 지금이 '완벽한 순간'인지는 모르겠지만 상관없다. 그녀가 인정할 수 있는 사실은 지리를 가르친 적이 없는 버스 기사가 자신을 행복하게 해준다는 것이다. 그 이상은 생각하지 않으려고 한다. 왜냐하면 그럴 때마다 냇 킹 콜의 노래가 귓가에 맴돌기 때문이다. "앞으로 문제가 생길수도 있지만……." 버너뎃 수녀님의 속삭임이 들리는 편이 더 좋았을 텐데.

그래그래그래 부인이 현관문을 열더니 재니스에게 눈길도 주지 않고 홱 돌아선다. 통화 중이다.

"그래그래그래…… 내 말이. 그렇다니까." 부인은 주방으로 사라진다. 그러자 데키우스가 아치형 통로를 미끄러지듯이 내려온다. 아마 데키우스도 어서 빨리 그래그래그래 부인에게서 벗어나고 싶을 것이다. 재니스가 고리에 걸린 목줄을 집어 드는 동안 부엌 뒤쪽의 작은 방에 있는 티베리우스가 언뜻 보인다. 그곳은 아무것도 없이 썰렁한 정사각형 방이다. 미닫이문이 거의 닫혀 있지만 그가 좌우로 서성이면서 문틈으로 나타났다 사라지기를 반복한다. 티베리우스 역시 통화 중인데 기분이 별로 좋지 않은 듯하다.

"그럼 해결하라고 해. 그 빌어먹을 건물을 되찾을 거야, 말 거야?"

잠시 정적이 흐른다.

"총장이 뭐라고 했다고?"

휴지통을 걷어차는 소리가 들린다.

"그놈이 이 일 하고 무슨 상관이야?"

다시 정적이 흐른다.

"어머니의 법률 자문? 개소리하고 있네."

데키우스가 어디에서 욕을 배웠는지 분명히 알 수 있다. 그리고 아우구스투스가 옳았다. 마이크로프트는 상대가 모르게 일을 꾸민다.

갑자기 티베리우스가 고개를 들더니 자신을 지켜보는 재니스를 바라본다. 재니스에게는 숨을 곳도 없고, 그녀가 그의 통화를 엿듣고 있었다는 사실은 의심의 여지가 없다. 티베리우스는 재니스를 보다가 데키우스를 보더니 다시 재니스를 보고는 미닫이문을 쾅 닫는다.

재니스는 몸이 떨린다. 데키우스의 표정은 그녀와 똑같이 이렇게 말하고 있다. '좋됐네.'

"괜찮아요?" 재니스가 옆에서 달리는 데키우스와 함께 진입로를 성큼성큼 내려오자 유언이 걱정이 역력한 표정으로 묻는다.

"얼른 여기서 나가요."

그들은 몇 분간 조용히 걷는다. 불현듯 재니스는 이 모든 일을 혼자 감당할 필요가 없음을 깨닫는다. 마이크의 무관심과 무시에 너무 익숙해진 터라 이 일을 누군가와 공유할 수 있고, 그 누군가가 지금 바로 옆에서 걷고 있다는 사실을 이제야 비로소 깨닫는다. 그래서 유언에게 왜 자신이 그래그래그래 부인의 집에서 일하는지, 왜 그들 부부에게 그런 별명을 지어줬는지, 어떻게 B 부인을 만나게 됐는지 설명한다. B 부인을 설명하는 데는 시간이 더 걸리고, 베키의 이야기도 마찬가지다. 유언은 베키의 매력에 푹 빠졌으나 혼란스러워한다. "그러니까 그 여자 이름이 정말로 베키 맞아요? 아니에요?"

재니스는 자신이 『허영의 시장』을 얼마나 좋아하는지, 그리고 B 부인이 그녀를 위해 『허영의 시장』에 나오는 베키 샤프와 같은 여주인공(그렇게 불러도 될지 모르겠지만)이 등장하는 실화를 고르게 된 상황을 설명한다.

"인터넷으로 검색해 보면 틀림없이 진짜 이름을 찾아낼 수 있을 겁니다. 아니면 B 부인에게 물어볼 수도 있고요." 유언이 말한다.

재니스는 그녀가 그냥 베키로 남기를 바라는 자신의 심정을 설명한다. 이 이야기가 베키 샤프에서 시작되었기 때문에 그래야 할 것만 같다. 그래도 그녀의 실제 사진을 보고 싶기는 하다고 고백한다.

재니스는 자신이 B 부인 앞에서 폭발한 일, B 부인이 자신의 사연을 알아내려고 계속 찔러대던 일, 자신을 셰에라자드라고 부른 일, B 부인이 사람을 죽인 일 등은 말하지 않지만 그 외의 거의 모든 것을 말해준다. 유언은 이야기 듣는 걸 좋아하고 공감을 잘해준다. 웃어주기를 바라는 대목에서 웃어주고, 힘들었던 상황을 설명할 때는 손을 잡아준다. 충고를 하려고 하지 않지만 그렇다고 그녀의 걱정을 별거 아닌 것으로 치부하지도 않는다. 피오나의 집 앞에 도착하자 유언은 데키우스를 보더니 다시 그녀를 본다. "당신 말대로 이 문제는 조심스럽게 접근해야 할 것 같아요." 그의 말투에 재니스를 걱정하는 기색이 역력하다.

재니스가 초인종을 누르고 기다리는 동안 유언은 쪼그리고 앉아 데키우스의 머리를 긁어준다. 그를 주의 깊게 바라보던 재니스는 갑자기 불안해진다.

"이걸 줘도 괜찮을지 모르겠네요." 유언이 그렇게 말하며 주머니에서 비닐봉지를 꺼낸다.

재니스가 대답하기도 전에 데키우스가 유언의 무릎에 두 발을 올리며 먼저 대답한다.

"데키우스가 닭고기를 좋아한다고 했잖아요. 이건 아주 작은 조각이에요."

"이런 헤픈 녀석!" 재니스는 웃으며 데키우스에게 그렇게 말한다.

데키우스는 건성으로 꼬리를 흔들고는 고개를 돌려 그녀를 슬쩍 돌아본다. 마치 그녀를 향해 한쪽 눈썹을 치켜세우고 이렇게 말하는 듯하다. '아줌마도 만만치 않거든.'

애덤이 교복을 갈아입고 나오기를 기다리는 동안 피오나는 두 사람을 집 안으로 들이고, 현관에서 그들과 함께 이야기를 나눈다. 피오나는 오늘 유가족과 약속이 있어서 함께 산책할 수 없다. 이야기를 나누는 동안 피오나의 눈은 계속 유언과 재니스를 오간다. 마침내 애덤이 나타나고 그들이 현관문을 향해 돌아서자 피오나가 유언의 등 뒤에서 재니스에게 엄지를 치켜든다.

"그 엄지는 뭐예요, 엄마?" 애덤은 그렇게 말하더니 래퍼들이 사용하는 제스처를 연달아 선보인다. 그러고는 어이없다는 듯 눈을 치켜떴다가 고개를 절레절레 흔든다.

재니스는 유언에게 피오나와 애덤의 상황을 살짝 말해두기는 했으나 인형의 집 이야기는 하지 않았다. 아울러 그 집이 피오나의 회복을 상징하는 은유 같다는 자신의 생각도. 들판에 도착하자 유언과 애덤은 데키우스가 물어 올 나뭇가지를 찾아 나선다. 둘이 나누는 대화가 그녀에게 흘러온다. 유언은 대화를 천천히 끌어가는 듯하다. 먼저 축구에 대해 몇 마디 해본다. 애덤이 약간 반응을 보이지만 격한 반응은 아니다. 이번에는 애덤이 SF 만화를 언급하지만 유언은 굳이 거기에는 반응하지 않는다(아마 매우 현명한 처사일 것이다). 대신 넷플릭스에서 방영하는 시리즈들을 언급한다. 한차례 대화가 오가다 침묵이 흐르고 이내 유언에게 행운이 따른다. 애덤이 최근 새로 방영된 야생동물 시리즈에 대해 이야기하자 둘은 죽이 척척 맞는다. 유언은 큰 고양잇과 동물을 다룬 그 시리즈를 다 보지는 않았지만 동부 르완다에 사자를 다시 들여오는 프로젝트에 관한 책을 읽은 터였다.

두 사람이 가끔씩 멈춰서 데키우스에게 나뭇가지를 던지며 이야기를 나누는 동안 재니스는 그들을 바라보며 자문한다. 만약 마음이 상처받을 수 있다면 그 상처가 아물 수도 있지 않을까? 예전과 같을 수 없겠지만 더는 산산이 부서진 잔해는 아니지 않을까? 재니스는 존을 생각하며 그가 바로 지금 이 순간에 아들 애덤을 볼 수 있기를 바란다. 언젠가 그녀도 탄자니아로 돌아갈 수 있을까? 발목까지 오는 젖은 풀밭에 서서 재니스는 생각한다. 지금까지는 상황 때문에 그리고 돈 때문에 불가능했고, 마이크도 전혀 관심을 보이지 않았다. 사실은 가기 싫다는 의사를 분명히 밝혔다. 하지만 그때는 그녀도 생쥐처럼 소심했다. 만약 그녀가 좀 더 암사자 같았다면 어떻게든 방법을 찾아냈으리라. 강에서 안개가 피어오르는 걸 바라보며 케임브리지 초원에 서 있는 지금, 재니스는 탄자니아의 암사자가 보고 싶다.

유언과의 대화가 아무리 재미있다 해도 애덤이 대화에 집중할 수 있는 시간은 한계가 있는 터라 이내 데키우스와 함께 앞으로 달려 나간다. 유언은 재니스와 함께 걷기 위해 뒤로 물러나고 두 사람은 말없이 길을 따라 걷는다. 두 사람은 침묵에 점점 더 익숙해지지만 가끔은 어색하기도 하다. 애덤을 지켜보며 재니스는 지금이 아이에 대해 이야기하기 좋은 순간이라고 생각하지만 유언에게는 아이가 없고, 그녀도 아직 사이먼과 서먹서먹한 사이며 그걸 유언에게 말할 준비는 되지 않았다. 그래서 둘은 계속 말없이 걷고, 둘 다 마음속에서 다시 10대 청소년의 자아가 깨어나는 걸 느낀다. 그들은 요즘 잘 나타나지 않지만 그래도 여전히 가끔씩 나타난다. 이제 녀석들은 등교할 때 신는 신발로 바닥을 문지르며 말한다. '무슨 이야기를 하고 싶어……? 모르겠어……. 무슨 이야기를 하고 싶어……? 모르겠어.'

유언은 몸을 돌려 10대 아이들을 길게 자란 풀숲으로 차버린다. "내가 수집한 대화를 들어볼래요?"

"좋죠." 재니스는 정말로, 정말로 듣고 싶다.

"버스에 있으면 온갖 대화를 다 듣게 돼요. 당신처럼 이야기는 아니지만 듣고 나면 생각하게 되거나 웃음이 터지는 대화들이죠. 가끔은 둘 다 해당되기도 하고요. 예를 들면 이런 거예요. 한 여자 목사가 친구에게 이렇게 말하더군요. '목사로 사는 게 힘든 이유는 누군가에게 잘 지내냐고 물어보면 그걸 인사치레로 넘기지 않고 정말로 속사정을 다 털어놓는다는 거야.' 그 말을 들으니 저 목사의 삶이 어떨까 생각하게 되더군요. 또 누군가 진심으로 목사의 안부를 묻는 사람이 있는지도요."

재니스는 계속하라는 뜻의 미소를 짓는다. 유언이 긴장한다는 걸 알 수 있다. 가끔씩 수줍어하는 그의 모습이 사랑스럽다. 하지만 버스를 운전할 때는 딴판이라서 아주 편안하고 자신감이 넘친다. 재니스는 구조선의 총책임자로 파도와 씨름하는 젊은 청년을 떠올린다. 아마 유언에게는 사람을 대하는 일이 더 힘들 것이다.

"또 해줘요." 그녀가 말한다.

"요전 날에는 엄마와 아들이 탔는데 아들에게 주사를 맞히러 가는 길이더라고요. 무슨 예방접종 같았어요. 엄마는 아이에게 예방접종의 원리를 열심히 설명했죠. 네 몸에 병균을 조금만 넣어주면 몸이 거기 맞서 싸우는 법을 배운다고요. 그러자 아들이 그러는 거예요. '그래서 내가 감기에 안 걸리는 거야.' 엄마가 물었죠. '왜 안 걸리는데?' 아들이 말했어요. '왜냐하면 난 코를 후비고 코딱지를 먹거든.'"

재니스는 웃음을 터뜨리고 유언은 약간 빨리 걷는다. 말하는 동안 그의 근육이 풀어진다. 성큼성큼 걷는 유언을 보니 흔들리는 갑판에서도 발을 단단히 디딘 그의 모습이 떠오른다.

"어느 날 저녁에 두 남자가 버스에 탔어요. 오랫동안 서로 알고 지낸 사이였는데 친구라기보다는 지인에 가까웠죠. 동창이거나 뭐 그랬을 거예요. 그중 한 명은 단번에 알아봤는데 화가였어요. 여기 케임브리지 출신이지만 요즘은 텔레비전에서 더 자주 볼 수 있죠. 당신도 아는 사람이에요. 늘 낡은 푸른색 중절모를 쓰는 남자죠. 어쨌든 그의 지인이 최근 열린 전시회가 어떻게 돼가냐고 묻더니 네가 처음 그림을 그렸을 때 작품을 샀어야 했다고 농담을 하더군요. 그러자 화가가 말했어요. '지금이라도 하나 사. 지금 구입해도 좋은 투자가 될 거야.' 그러자 지인이 웃으면서 그 정도 돈을 마련하기는 죽었다 깨어나도 힘들 거라고 말했어요. 그러더니 '혹시 자네 모자를 살 수 있을까? 모자는 살 수 있을 것 같은데'라고 농담을 던졌죠. 화가는 내릴 때가 되었는지 자리에서 일어나 문을 향해 걸어가더니 '어이, 지미'라고 외치며 지인에게 모자를 던지고는 버스에서 내렸어요. 거의 매주 버스에서 지미를 보는데 아직도 화가가 준 모자를 쓰고 다니더군요."

유언은 이제 신이 나서 또 다른 이야기를 시작한다. 유언이 너무 겸손했다. 이건 그냥 대화가 아니라 분명 이야기이다.

"버스에 어떤 부부가 탔어요. 둘 다 선생님 같은데 여자는 확실히 선생님이에요. 왜냐하면 지난번에 어떤 아이가 그 여자를 '선생님'이라고 불렀고, 또 다른 아이는 '로저스 선생님'이라고 불렀으니까요. 아무튼 그 여자가 남편에게 오늘 마지막 수업이 10학년이었는데 완벽한 수업을 했다고 하더군요. 자랑하는 말투가 아니라 그냥 사실대로 말하는 말투였어요. 수업 시간에 그녀 옆에서 실습하던 교생 선생님이 있었는데 수업이 끝나자 그 선생님이 자기는 이 수업을 어떻게 판단해야 할지 잘 모르겠다고 그러더래요. 말썽 부리는 학생이 워낙 없어서 로저스 선생님이 아이들을 지적할 일이 없었다면서요. 그 말을 들은 남편이 그러더군요. 그 교생 선생이 상황 파악을 전혀 못 하고 있다고. 왜냐하면 아내가 학생들을 잘 통제해서 아무 문제도 없는 것처럼 보였던 게 분명하니까요. 그런 사정을 아는 걸 보니 남편도 틀림없이 교사 같았어요. 그러자 아내가 오늘 자기가 뭘 했는지 아무도 알아주지 않을 거라고 하더군요. 큰 틀에서 보면 자기가 잘하든 못하든 아무런 차이도 없을 테지만 자신은 알고 있다고요. 그리고 오늘 가르친 부분이 나중에 졸업 시험에 나오면 학생들이 다 맞힐 거라고요."

그러니까 로저스 선생님은 자기만의 '완벽한 순간'을 맞이한 거라고 재니스는 생각하며 유언의 손을 잡는다.

"버스에서도 이야기를 수집한 적 있어요?" 그가 묻는다.

"네, 하지만 보통 잠깐 타고 내리기 때문에 이야기의 절반만 듣고 나머지는 내가 지어내요. 하지만, 맞아요, 가끔은 충격적이거나 감동적인 이야기를 듣게 되고 저 사람에게는 그게 바로 자신만의 이야기라는 걸 깨달아요. 한 여자분의 이야기를 우연히 들었을 때처럼요. 그분의 어머니는 전쟁 중 독일의 강제수용소에 있었어요. 가스실로 보내질 예정이었는데 가스실이 고장 나서 수리공을 불렀대요. 그 사실만으로도 놀라웠어요. 그런 괴물 같은 시설을 수리한다는 사실 자체가요."

"네, 예전에 기업 홍보 책자에 자기들이 설계한 가스실 사진을 싣는 회사도 있다는 기사를 읽은 적이 있어요." 유언이 말한다.

"믿기지가 않아요." 재니스는 고개를 절레절레 젓는다. "아무튼 그 여자의 엄마는 이제 수리공들이 오면 죽겠구나 생각했는데 이튿날 아침에 미군이 수용소로 들이닥친 거예요. 그리고 나중에는 그들을 해방시켜 준 미군 중 한 명과 결혼했대요. 결혼식에서는 남자의 낙하산으로 만든 웨딩드레스를 입었고요."

"정말 재미있는 이야기네요."

"버스에서 문제가 생긴 적은 없어요?" 갑자기 재니스는 궁금해진다. "기사에게 소리를 지르거나 욕하거나 무례하게 구는 승객들 있잖아요."

유언이 씩 웃는다. "당연히 있죠. 버스 기사를 만만하게 보는 사람들이 있어요. 특히 술에 취한 사람들이 그렇죠."

재니스는 그게 어떤 기분인지 안다. "그럴 땐 어떻게 하나요?"

"조용한 목소리에 귀를 기울여요."

재니스는 걸음을 멈추고 그를 바라본다. "무슨 말이죠?"

"아주 오래전에 깨달았어요. 내게 소리 지르는, 몇 안 되는 사람들의 말에 귀를 기울인다면 난 그들을 필요 이상으로 중요한 존재로 만든다는 사실을요. 그들이 한 말은 내게 머물면서 날 속상하게 하고 그 고성은 계속될 거예요. 고함이 멈춘 뒤에도요. 그래서 대신 대다수 사람들의 조용한 목소리에 귀를 기울이죠. 아무도 모르게 완벽한 수업을 한 선생님. 코딱지를 파 먹는 아이. 지인에게 자기 모자를 준 화가. 가끔은 누군가가 자신에게 어떻게 지내냐고 물어봐 주기를 바라는 목사. 이 사람들, 이 조용한 사람들의 말이 훨씬 더 의미 있는 것 같아요."

재니스는 유언의 말에 크게 공감한다.

산책이 끝난 뒤 두 사람은 처음 만나서 점심을 먹었던 카페에서 애프터눈 티를 마시기로 한다. 그들 내면의 10대 청소년들은 마침내 떨어져 나간 듯하고, 재니스는 그들이 투덜대며 아까 애덤과 걸었던 들판을 가로질러 사라지는 모습을 상상한다. '이제 뭘 해야 하지……? 모르겠어, 넌 뭘 하고 싶어……? 모르겠어, 넌 뭘 하고 싶어……?' 재니스는 그들의 떠나는 뒷모습을 보게 되어 반갑다.

차를 마시고 케이크를 먹으며 두 사람은 다양한 주제로 이야기를 나눈다.

좋아하는 음식: 재니스는 멕시코 음식을, 유언은 태국 음식을 좋아한다.

복권에 당첨된다면: 재니스는 강가에 있는 집을 사고, 도우미 일을 그만둔 다음 캐나다와 탄자니아로 여행을 갈 것이다. 유언은 큰 금액은 원치 않고 55만 파운드 정도가 딱 좋을 것 같다. 잠시 돈다발을 깔고 앉아서 어떻게 할지 생각해 볼 것이다.

재니스는 그 대답이 다소 지루하다고 생각해서 유언에게 당첨금으로 새 자전거를 사라고 설득한다.

음악과 춤(재니스는 유언이 춤추는 걸 좋아하길 바라며 이 둘을 묶어서 묻는다): 재니스는 한마디로 춤을 출 수 있는 음악이라면 뭐든지 좋아한다. 유언은 음악 취향이 다양한데 말하기 조심스럽지만 컨트리 음악을 좋아한다. 재니스는 지리 선생님들이 대부분 그렇다고 대꾸한다. 그다음이 대박이었다. 유언은 재니스에게 웃지 말라면서 자신은 예전부터 스포츠 댄스를 배우고 싶었다고 말한다. 특히 탱고.

재니스는 또다시 몸을 앞으로 내밀어 이 남자에게 키스하는 상상을 한다. 언젠가 정말로 그렇게 될 듯하다. 하지만 과연 둘이 함께 탱고를 출 수 있을지는 나중에 생각할 문제였다.

이런 생각들이 머리를 스치는 동안 재니스는 창밖을 바라본다. 놀랍게도 가슴 포켓에 배지가 달린 말끔한 남색 재킷을 입은 마이크가 보인다. 그가 가진 바지 중에서 두 번째로 좋은 바지를 입었는데 제대로 다리지 않아서 쭈글쭈글하다. 말아 접은 우산을 오른손에 쥐고 있다가 갑자기 들어 하늘을 향해 찌른다. 그러자 그를 따르던 무리가 우뚝 멈춰 선다. 마이크는 몸을 돌려 그들을 마주 보더니 연설을 시작한다. 무슨 말을 하는지는 알 수 없지만 중년과 노년의 사람들은 그의 이야기를 즐겁게 듣고 있으며 얼굴에 미소가 가득하다. 숱한 직업을 거친 마이크는 이제 시티 투어 가이드로 활동하는 듯하다. 잘 해낼 것이다. 마이크는 초면에는 유쾌한 사람이고 이 도시를 잘 안다. 관광객들은 그와 한 시간 이상 함께 있을 필요가 없다. 그러자 그와 함께 일할 상사들을 생각한다. 며칠이 지나면 마이크는 상사에게 그들이 선택한 루트가 잘못됐다고 말할 것이다. 나중에는 자기가 만나는 관광객들에게 방수가 되는 멋진 가방에 담긴 다용도 전자 브러시 세트를 팔려고 하지 않을까? 그게 더 걱정된다.

그때 유언이 그녀의 생각을 방해한다. "무슨 생각해요? 정신이 딴 데 가 있네요."

"이젠 내가 알 바 아니라는 생각이요."

"뭐가요?"

마이크 이야기를 꺼내기에 좋은 때란 결코 오지 않으리라는 것을 알기에 재니스는 창문을 가리킨다. "저 사람이 내 남편이에요. 하지만 더는 내 걱정거리가 아니라고 말할 수 있어서 기쁘네요."

"재킷 입은 남자요?"

"네."

"그럼 투어 가이드인가요?"

"당분간은요." 재니스가 하고 싶은 말은 그뿐이었으므로 화제를 바꾼다. "당신 이야기를 하나 더 들려준다고 했잖아요."

유언은 미간을 찌푸리고 마이크를 몇 번 더 힐끗거린다. 이제 마이크는 우산을 높이 든 채 단호한 걸음으로 킹스 칼리지 정문을 통과한다. "그랬죠." 그가 주저하는 말투로 말한다.

"어서요." 재니스가 격려하듯이 말한다.

유언은 다시 재니스를 보더니 정신을 차리려는 듯 고개를 살짝 흔든다. "맞아요, 내 이야기."

그는 머그잔의 차를 한 모금 마시고 다시 이야기를 시작한다. "두 번째 이야기는 내가 결혼하지 않은 이유에 관한 거예요. 나도 여자를 사귀어봤어요." 유언이 고개를 들어 재니스를 바라본다. 마치 그녀를 안심시키려는 듯이. "사실 꽤 많이 만나봤습니다. 하지만 문제는 나랑 사귄 여자들은 십중팔구 나 다음에 만나는 남자랑 결혼하거나 옛 남자와 재회해서 결혼하더군요. 다들 잘 사는 것 같아요. 정말로 행복해 보이거든요." 그는 조금 전에 마이크가 통과한 문 쪽을 힐끗 본다.

재니스는 유언에게 남편은 신경 쓸 것 없다고 말해주고 싶지만 장황하게 설명하고 싶지 않다. 그리고 어쨌든 유언의 이야기에 훨씬 더 관심이 갔다. "어쩌다 그렇게 된 거죠?"

"음, 처음에는 특별한 이유가 있다고 생각하지는 않았어요. 예전 여자 친구들 중 대부분은 아직도 친구로 지내거든요……."

아, 함께 차를 마신다는 여자들이로군. 재니스는 그들이 결혼해서 행복하다니 다행이라는 생각이 저절로 든다.

"……내 자랑이 아니라 그 친구들이 해준 말인데, 내가 자기들이야기를 정말로 잘 들어준대요. 분명 그랬을 겁니다. 왜냐하면 관심이 있었으니까요. 그들 대부분은 예전 연애에 관해 이야기했어요. 종종 특정 연애를 언급하면서 왜 그 연애가 틀어졌는지 설명했죠. 아니면 자기들이 끌리는 남자 타입에 대해 이야기하고, 나는 왜 그런 남자를 고르는지 물어봤고요."

재니스는 고개를 끄덕인다. 여기까지는 이해가 간다. 유언은 본인이 얼마나 특이한지 모르는 듯하다.

"아무튼 몇 주 혹은 몇 달 동안 여자들은 자기들이 하고 싶은 이야기를 다 하고서 내 생각을 묻곤 했죠. 내 의견이 듣고 싶다고 했으니까 난 의견을 들려줬고요. 하하하. 아무래도 그 부분에서 내가 약간 실수한 것 같아요. 아무튼 무례하게 굴지는 않았기를 바라지만 그래도 질문을 받았으니 답은 했죠. 어쨌든 내 의견을 물은 거니까요. 그 후로 어떻게 됐는지는 상상이 갈 거예요."

"네, 충분히요."

"하지만 내가 한 말 때문에 그러는 건지, 아니면 솔직히 나와 헤어진 후에는 어떤 남자라도 더 나아 보여서 그랬는지 잘 모르겠어요……. 아무튼 내가 사귄 여자들은 대부분 나와 헤어진 뒤에 만난 남자와 결혼했어요. 앞서 말했듯이 가끔은 예전에 사귄 남자와 재회해서 결혼한 경우도 있고요. 아니면 이전까지 만났던 타입이 아닌 완전히 새로운 타입의 남자를 만나서 결혼하기도 했고요."

이제 재니스는 웃음을 터뜨린다. "당신이 여성들에게 귀중한 서비스를 제공한 것 같네요. 하지만 당신에게는 약간 슬픈 일이죠. 그중에서 결혼하고 싶었던 사람은 없었어요?"

이제는 유언이 웃는다. "아일랜드에서 정말로 마음에 드는 여자를 사귄 적이 있어요. 예쁘고 수다스러웠죠. 사실은 그냥 수다스러운 정도가 아니었어요. 말이 정말 많았다고 해두죠."

"입을 안 다물었군요."

유언은 빙그레 웃을 뿐 아무 말도 하지 않는다.

"그래서 어떻게 됐어요?"

"바다가 내려다보이는 아름다운 장소로 그 친구를 데려갔어요. 주머니에는 반지가 들어 있었고요. 아무튼 난 케이스를 꺼내 손에 꽉 쥔 채 바다를 바라보며 청혼했죠. 문제는 그 친구가 떠드느라 바빠서 내 말을 듣지 못했다는 거예요. 나는 거기 앉아서 생각했죠. 다시 청혼해야 할까? 그러다가 무언가에 이끌려 케이스를 다시 주머니에 넣었어요."

깔깔 웃던 재니스가 갑자기 웃음을 멈춘다.

"난 당신이 무슨 짓을 하고 다니는지 다 알아!" 마이크가 손에 우산을 든 채 테이블 옆에 나타나 그녀를 노려본다.

"마이크, 당신이 왜 여기 있어?"

유언은 그제야 누가 말하는지 보려고 고개를 돌리는데, 마이크는 유언을 무시한다.

"당신이 무슨 짓을 하고 다니는지 다 안다고. 난 당신을 미행했어."

"무슨 소릴 하는 거야."

"무슨 소린지 잘 알잖아."

그 말을 하는 마이크의 얼굴에 이상한 표정이 감돈다. 화가 난 동시에 의기양양하다.

"나는 상대가 안 된다는 데 다들 동의했다고." 마이크는 그렇게 말하더니 놀라서 조용해진 손님들을 뒤로 하고 성큼성큼 카페를 걸어 나간다. 마침내 다시 웅성거리는 대화 소리가 들리고 카페 안에서 조용한 사람은 재니스와 유언 둘뿐이다.

유언이 몸을 앞으로 내민다. "괜찮아요?"

재니스는 고개를 끄덕이다가 자신이 웃음을 참고 있다는 걸 깨닫는다.

"왜요?"

"아무래도 남편은 내가 조디 보면과 바람이 났다고 생각하는 거 같아요. 그리고 이상하게도 그 사실을 꽤 자랑스러워하는 것 같고요."

"조디 보면이랑 아는 사이예요?"

재니스는 한숨을 쉬지만 여전히 미소 짓고 있다. 비록 이 문제를 조디와 어떻게 풀어나가야 할지는 신만이 알 테지만. "네, 조디 보면과 아는 사이예요. 소개해 줄까요?"

"아뇨, 딱히 만나고 싶지는 않아요. 훌륭한 성악가인 건 알지만 내가 오페라를 그다지 좋아하지 않아서요."

그 말을 듣고 재니스는 자신의 친구 중에서 유언을 제일 먼저 조디에게 소개하기로 마음먹는다. 둘이 잘 어울릴 것 같다는 예감이 든다.

서른

이야기의 결말

"오늘 달라 보이네."

테이블에 왁스를 칠하던 재니스가 동작을 멈추고 B 부인의 다음 말을 기다린다.

B 부인이 《타임스》에서 고개를 든다.

"그다음은요?" 재니스가 묻는다. 빨리 끝내버리는 편이 낫다.

"그다음은 없어. 그게 다야." B 부인이 킥킥 웃는다. "지난번 실수를 되풀이하면 안 되지."

재니스는 한발 물러서기로 한다. "맞아요. 저 달라졌어요. 행복해요."

"그렇다면 잘된 일이군. 나한테 말해주고 싶은 소식은 없고?"

"없어요." 재니스는 미소 지으며 말하고는 이렇게 덧붙인다. "아직은요."

B 부인은 코웃음을 치더니 신문을 접는다. "그럼 베키 이야기를 계속할까? 오늘이 마지막 장이 될 것 같아. 아주 재미있을 거야."

재니스는 들고 있던 천에 왁스를 좀 더 칠한 다음 자리에 앉아 테이블을 닦으며 이야기를 경청한다.

"자, 지난번에 베키가 이혼하고 딸을 영국에 있는 기숙학교에 보냈다는 데까지 얘기했지."

재니스가 불쑥 끼어든다. "사이먼과 이야기를 나눴는데 학교생활이 정말 즐거웠대요. 다음 주에 만나서 점심 먹기로 했어요." 그 말을 하고 나니 하지 말걸 그랬다는 후회가 든다. B 부인과 아들의 관계는 점점 더 악화될 것이 뻔하기 때문이다. "아무튼 다시 베키 이야기로 돌아가죠." 재니스가 서둘러 말한다.

"베키는 곧 예전에 하던 일로 돌아갔고, 머지않아 부유한 이탈리아인 은행가의 보호를 받으며 카이로에 살게 됐어. 여기서 베키는 우리 이야기에 등장하는 두 번째 왕자의 눈에 띄게 되는데……"

"왕자인데 왕자가 아닌 사람 말이군요." 재니스는 그 말을 기억한다.

"맞아. 작위를 받은 젊은 신사였지만 그렇다고 왕실 왕자와 동등한 신분은 아니었어. 하지만 본인은 그 사실에 별로 개의치 않았을 거야. 그리고 돈 많은 플레이보이였기 때문에 해외여행을 자주 했는데 그럴 때마다 사람들이 자신을 왕자로 불러주는 데 만족했지. 그의 이름은 알리……"

"프린스 알리네요." 재니스는 웃음을 터뜨린다. "죄송해요.「알라딘」을 생각하고 있었어요."

"아, 셰에라자드, 18세기 버전의 『천일야화』에 나오는 마법의 램프를 든 소년 이야기 말이야?"

"아, 네." 재니스가 떨떠름하게 동의한다. 그녀가 생각한 것은 디즈니 애니메이션「알라딘」이었기 때문이다.

"그럼 편의상 그 남자를 프린스 알리라고 부르지. 자, 프린스 알리는 아름다운 베키를 몰래 훔쳐봤고, 부유하고 젊고 다소 어리석은 젊은이답게 자신의 부를 과시해서 베키의 마음을 사로잡을 수 있다고 생각했어. 프린스 알리에게는 보트가 있었는데 그것도 한두 척이 아니었지. 예전에 몬테카를로 보트 경주에서 자신의 쾌속정을 타고 우승한 적도 있었지만 다시 베키 이야기로 돌아갈게. 프린스 알리는 배 한 척을 골라 베키의 이니셜로 거대한 꽃 장식을 만들었고, 다른 배의 선체에도 같은 이니셜을 조명으로 비췄지. 겨우 20대 초반의 젊은이니까 너무 야박하게 평가하지는 말자고. 그의 돈줄은 잘 나가는 목화 사업이었지. 어린 나이에 아버지에게서 물려받은 사업이었어. 프린스 알리는 외아들이었고, 어머니와 누이들 손에서 한껏 버릇없이 자랐어. 아마 그를 제재하는 유일한 사람은 비서뿐이었을 거야. 프린스 알리의 비서 겸 멘토로 일하기 전에는 카이로 내무부에서 일했던 노년의 남자였지."

"베키가 그에게 넘어갔나요?"

"그럴 리가. 남자가 오라고 손가락을 까닥거린다고 해서 순순히 갈 베키가 아니지. 전에도 말했다시피 그 바닥에도 법칙이 있고, 제대로 소개를 받아야 해."

"그래서 프린스 알리는 베키를 소개해 줄 사람을 찾아냈나요?"

"응. 몇 다리 걸쳐서 베키를 아는 여자를 겨우 찾아냈고, 그다음에 파리에 방문했을 때 소개받았어. 두 사람은 마제스틱 호텔에서 점심을 먹었고 얼마 지나지 않아 베키는 그가 머무는 그 호텔 스위트룸으로 이사했지. 프린스 알리는 보석과 값비싼 선물 공세를 퍼부었어."

"베키는 운이 참 좋네요."

"아니, 자기 몸값을 받은 거지." B 부인이 중얼거린다. "그 후로 베키는 밀고 당기기를 시작했어. 때로는 그를 따라 도빌, 비아리츠로 여행을 가기도 했지만 방문을 미루고 아예 가지 않을 때도 있었지. 카이로로 돌아간 프린스 알리는 베키가 와주기를 간절히 바랐고, 마침내 꾀병까지 부렸어."

"하지만 베키는 틀림없이…… 그걸 뭐라고 하셨죠? '정인'? 그 남자의 정인이 되길 바랐을 텐데요."

"그거야 당연하지. 하지만 조건이 충족되어야 했어. 마침내 베키는 오리엔트 특급열차를 타고 이집트로 향했어. 하지만 도착해 보니 프린스 알리는 아주 멀쩡했지. 열정적인 재회 후에 그는 베키에게 청혼했어."

"프린스 알리의 가족들은 둘의 결혼을 어떻게 받아들였나요?"

"좋아했을 리가 없지. 다들 질색했어. 베키는 평판이 나쁠 뿐 아니라 이슬람교도도 아니었으니까."

"프린스 알리에게는 그 점이 문제가 되지 않았나요?"

"베키는 개종하기로 했고, 두 사람은 결혼을 기념해 예식을 두 번 치르기로 했어."

"그래서 둘은 행복했나요?"

"잠시는 그랬을 거야. 하지만 아주 짧은 기간이었지. 둘은 당연히 이집트에서 호화로운 생활을 했어. 그해는 투탕카멘의 무덤이 발굴되었던 1922년이었지. 그들은 묘를 발굴한 카나번 경과 식사를 했고, 현장도 방문했고, 베키는 석관 앞에서 사진도 찍었어. 채찍을 든 두 손을 가슴에 X자로 올리고 말이야. 솔직히 말해서 그 광경을 정말 보고 싶어."

"저도요." 재니스는 왁스 칠은 포기하고 테이블에 앉아 두 손으로 턱을 받치고 있다.

"하지만 둘의 관계는 폭풍 같았어. 프린스 알리는 많은 남자가 범하는 실수를 저질렀지. 이국적인 요부와 사랑에 빠지고서 결혼 후에는 여자가 자기 엄마처럼 행동해야 한다고 믿은 거야."

"베키에게는 그런 요구가 전혀 안 먹혔을 것 같은데요."

"당연하지. 하지만 베키가 얼마나 성깔 있는 여자인지 잊어서는 안 돼. 두 사람이 아주 공개적으로 싸운 예가 많은데 맛보기로 몇 개만 말해주지. 한번은 호텔 로비에서 프린스 알리가 베키의 손목에 감겨 있던 다이아몬드 팔찌를 뜯어내 그녀에게 던졌어. 또 한번은 베키를 강에 던져버리겠다고 협박했고 그러자 베키도 지지 않고 와인병으로 그의 머리를 깨버리겠다고 협박했지. 프린스 알리는 베키에게 창녀라고 소리쳤고, 베키는 그에게 포주라고 맞받아쳤어. 둘 다 치고받고 싸우느라 몸 곳곳에 멍과 흉터가 있었고, 종종 프린스 알리의 참을성 많은 비서가 둘을 말려야 했지. 한번은 프린스 알리가 아내를 극장에 놓아둔 채 혼자만 집에 온 적도 있었고, 또 한번은 베키가 권총으로 남편을 위협하기도 했어. 눈이 휘둥그레질 정도로 값비싼 보석 때문에 베키는 베개 밑에 반자동 브라우닝 권총을 두고 잤거든."

"두 사람은 계속 카이로에 살고 있었나요?"

"아니, 그들은 한창 뜨는 도시와 부자들을 따라 세계 각지로 여행을 다녔지. 그러다 파리에 있을 때 가장 심하게 싸웠어. 베키가 옛 고객들과 어울리는 걸 아무렇지도 않게 생각했거든."

"참 대단한 여자예요." 재니스는 인정하지 않을 수 없다.

"베키 샤프의 환생이나 다름없지. 말했듯이 베키는 곧 예전에 알던 사람들을 만나고 다녔고, 당연히 부부싸움은 점점 더 심해졌어. 그러다 1923년 7월, 천둥이 치고 무더운 어느 여름밤에 드디어 일이 터졌어. 당시 두 사람은 런던 사보이 호텔에 묵고 있었지. 사교계 시즌을 맞이해 런던을 방문한 터였고, 사보이 호텔의 스위트룸과 수행원들이 묵을 방을 한 달 동안 예약해 뒀어. 베키는 늘 시녀 하나와 운전기사를 데리고 여행했고, 프린스 알리는 훨씬 더 많은 수행원을 데리고 다녔어. 충직한 비서도 빠질 수 없고, 개인 시중을 드는 하인도 있었지. 문맹인 수단 소년도 있었는데 소년은 주인이 부를 때까지 몇 시간이고 문밖에 쪼그리고 앉아 기다리곤 했어."

"가여워라."

"아, 하지만 프린스 알리 말대로 그 애는 '하찮은 존재'였어."

"프린스 알리에게는 그럴지 모르지만 다른 사람에게는 의미 있는 존재였을 거예요."

"그렇지." B 부인이 동의한다.

"끼어들어서 죄송해요. 두 사람이 사보이 호텔에 있고, 폭풍우가 몰아치는 밤이라고 하셨어요."

"이제부턴 입 다물고 내 얘기나 들어." B 부인이 언제나처럼 또 호통친다. "그날 밤 젊은 부부는 극장에 갔어. 베키는 코코 샤넬이 그녀를 위해 만들어준 하얀색 새틴 드레스를 입었지. 공연이 끝난 뒤에는 사보이 호텔로 돌아가 저녁을 먹었어. 저녁 식사는 평소처럼 말다툼으로 끝났지. 베키는 화를 내며 스위트룸으로 올라가 버렸고, 프린스 알리는 택시를 타고 밖으로 나갔어. 하지만 베키는 곧바로 잠들지 않았어. 파리로 일찍 돌아갈 준비를 하고 있었거든. 사실 그날 밤에 말다툼을 벌인 이유도 그 때문이었어. 프린스 알리는 베키가 런던에 계속 머물기를 바랐지만 그녀는 파리로 돌아가고 싶어 했어. 마침내 프린스 알리가 호텔로 돌아왔을 때도 둘은 계속 말다툼을 벌였던 모양이야. 왜냐하면 1923년 7월 10일 새벽 2시에 베키가 남편의 뒤통수에 총 세 발을 쏴서 죽였으니까."

"뭐라고요?"

"들었잖아." B 부인이 흡족한 표정으로 말한다.

"네? 어떻게요? 와! 목격자가 있었나요?"

"짐을 운반하던 벨보이가 그들의 스위트룸 앞을 지나갈 때 두 사람이 복도로 나왔어. 평소처럼 싸우면서 말이야. 베키는 하얀 드레스 차림이었고, 프린스 알리는 화려한 로브를 입고 있었지. 프린스 알리는 벨보이에게 얼굴 흉터를 보여주면서 아내가 자기를 때렸다고 그러니 당장 지배인과 이야기해야겠다고 말했어. 그동안 베키는 남편을 다시 객실로 끌고 가려고 했고, 그녀가 키우는 자그마한 강아지는 복도에서 원을 그리며 뛰어다니고 마구 짖어댔지. 가여운 벨보이는 엘리베이터 담당자에게 프린스 알리의 말을 전한 다음, 서둘러 모퉁이를 돌아 다른 스위트룸에 마저 짐을 배달하려고 했어. 그때 세 발의 총성이 들린 거야. 벨보이는 다시 프린스 알리의 스위트룸으로 달려갔고, 복도에 피를 흘린 채 쓰러진 그를 발견했지. 베키는 손에 총을 든 채 문간에 서 있다가 총을 옆으로 던져버렸어."

"스위트룸 밖에 대기하던 남자아이는요?"

"자네가 그 애를 기억할지 궁금했어. 다른 사람들은 그 애의 존재를 다 잊어버린 듯해. 아마 경찰이 진술도 받지 않았을 거야."

"맙소사. 베키는 어떻게 됐나요? 아, 편지……. 베키는 아직 그 편지를 가지고 있죠?"

"자넨 너무 앞서 나가고 있어, 재니스. 하지만 확실히 옳은 방향으로 가고 있기는 해. 한바탕 소란 끝에 베키는 체포되어 홀러웨이 교도소로 보내졌어. 하지만 지저분한 감방이 아니라 병동에 수용됐지. 그리고 마침내 재판정에 섰어. 이 기간에 베키의 변화를 지켜보는 게 꽤 흥미로워. 처음에 베키는 정말로 겁에 질렸던

331

것 같아. 분명히 자기가 남편을 쐈다고 말했고, 계속 '내가 무슨 짓을 한 거야'라고 중얼거렸거든. 처음 경찰 앞에 등장할 때는 피 묻은 흰 드레스를 벗고 깔끔한 녹색 치마 정장으로 갈아입었지. 법정에 섰을 때는 검은 옷을 입었지만 멋진 보석을 착용했어. 본 격적인 재판이 시작되자 보석을 빼고 칙칙한 검은 옷만 입은 채 오열과 실신의 기술을 완벽하게 구사했고."

"그 모든 게 연기였다고 생각하세요?"

"처음에는 자기가 저지른 짓에 충격을 받았겠지만 충격이 가 신 후에는 다시 우리가 아는 베키로 돌아갔을 거야. 철저히 자신 의 이익만 추구하는 여자로."

"재판은 어떻게 됐나요? 편지는요?"

"한 번에 하나씩 하자고. 사보이 총격 사건의 범인이 누구인 지 밝혀지자마자 그 소식은 들불처럼 퍼졌고, 웨일스 공의 측근 들 사이에도 확산됐지. 이제는 공안부도 개입했어. 그들은 신속 히 행동했고, 에드워드는 영국에 예정된 공식 일정이 있었는데도 갑자기 '공무수행'이라는 명목 아래 캐나다로 떠나버렸어. 한때 베키와 사귀었다는 사실만으로도 여론이 나쁠 텐데 만약 베키가 편지를 공개하기라도 한다면……. 그동안 시간이 흘렀지만 그 사 이에 편지는 더욱 위험한 무기가 되었을 뿐이야. 편지에 적힌 애 정 표현과 몰지각한 행동도 문제였지만 그보다 더 큰 문제는 편 지 속 왕자가 수백만 명이 죽는 동안 문란한 성생활을 즐기고 파 티를 벌였던 사람으로 그려진다는 점이었어. 그때쯤에는 사람들 이 1차 세계대전의 폐해가 얼마나 큰지 좀 더 잘 알게 됐고, 따라

서 전쟁 당시 왕자의 행실은 매우 비판적인 시각에서 평가될 수
밖에 없었어."

"당시 에드워드가 무슨 생각을 했는지 우리가 알 수 있나요?"

"자세히는 알 수 없지만 아직 월리스 심프슨을 사귀기 전이었
던 그가 당시 정인에게 보낸 편지를 보면 걱정이 아주 많았던 걸
알 수 있지."

"베키가 에드워드에게 받은 편지들을 이용했나요?"

"이 시점에서 자네는 마이크로프트와 그의 격언을 기억해야
해."

"절대 기록을 남기지 마라?"

"그래. 마이크로프트 같은 사람들이 이 사건의 배후에서 분주
히 움직였겠지. 그러니 베키가 홀러웨이 교도소에 있을 때 모종
의 거래가 이뤄졌다고 봐도 무방할 거야. 런던행 기차를 타고 온
중요한 인물들이 편지 뭉치를 들고 왔을 거라는 소문이 돌았지.
확실한 건 판사가 베키의 과거를 증거로 인정할 수 없다는 판결
을 내렸다는 사실이야."

"정말요?"

"그래, 정말로. 그리고 솔직히 그건 놀라운 일이지. 대신 프린
스 알리의 삶은 시시콜콜한 것까지 파헤칠 수 있었고, 베키를 담
당한 명망 있는 변호사는 실제로 그렇게 했어. 그는 프린스 알리
를 천하의 쓰레기로 몰고 갔지. 아내를 때리고 괴롭히며 정상적
인 여자라면 따르는 것은 고사하고 듣는 것조차 용납이 안 되는
비정상적인 성적 취향을 가진 남자로 말이야. 또한 그가 비서와

보통 관계가 아니었고, 남자들과 섹스할 때 했던 짓을 아내한테
도 강요했다고 암시했어. 이 모든 증거가 나오는 동안 베키는 법
정에서 울다가 기절했으며 종종 반쯤 부축을 받은 채 나가야 했
지. 한때 항문 성교를 서비스로 제공하던 여자치고는 대단한 연
기였어."

"하지만 베키는 자기가 프린스 알리를 쐈다고 인정했잖아요."

"프린스 알리의 가장 큰 죄를 잊은 모양이군. 그는 외국인이었
어."

"하지만 그건 베키도 마찬가지죠. 그리고 베키는 절대 인종차
별주의자가 아니에요. 사귄 남자 중에서 적어도 두 명이 이집트
인이었잖아요. 이집트인 남자 친구가 암살당하려는 걸 구한 적도
있고요."

B 부인은 고개를 끄덕인다. "하지만 알다시피 베키는 주로 자
신의 이익만 챙기는 데 관심이 있어. 따라서 지금은 통역사를 통
해 용감하게 증거를 제시하는, 부드러운 말투의 프랑스 여자 행
세를 했지. 물론 둘 다 외국인이었지만 베키는 백인이었다는 사
실을 기억해야 해."

재니스는 침묵한다. 이런 이야기가 나올 걸 예상했지만 이제
야 그 의미가 와닿는다.

"배심원단은 증거를 살펴봤고 비교적 짧은 시간에 무죄 평결
을 내렸어……."

B 부인은 재니스를 힐끗 보고 잠시 멈췄다가 말을 잇는다. "사
람들은 광분했어. 이제 베키는 얼마든지 파리로 돌아갈 수 있었

지. 실제로도 파리로 돌아가 다시 옛날처럼 생활했고. 재미있는 사실은 말이야, 베키가 남편을 쏜 날 저녁에 두 사람이 함께 본 연극이 「유쾌한 과부」였다는 거야." B 부인은 재니스를 다시 힐끗 쳐다보지만 재니스는 그녀를 볼 수가 없다. "베키는 여든 살에 사망할 때까지 파리에서 살았어. 리츠 호텔 맞은편 아파트에서 말이야. 사망할 당시에도 여전히 옛 연인들에게서 연금을 받아 생계를 유지했을 거야. 거기 사는 동안 틀림없이 에드워드, 심프슨 부인과도 마주쳤겠지. 왜냐하면 두 사람은 파리로 이사한 후에 리츠 호텔에서 꽤 오래 살았거든……." B 부인이 이야기를 멈춘다. "왜 그래, 재니스? 무슨 일이야?"

재니스는 혹시라도 자신의 동작이나 눈빛에서 자신이 무슨 생각을 하는지 드러날까 두려워서 미동도 하지 않는다. B 부인을 도저히 볼 수가 없다.

B 부인은 재니스에게 몸을 반쯤 내민 채 그녀를 유심히 지켜보지만 이야기를 마무리 짓는다. "베키가 죽었을 때 마지막 연인이었던 은행장이 그녀의 집에 가서 고객들의 성적 취향이 적힌 장부를 없앴다고 해. 또한 한때 웨일스 공이었던 남자가 쓴 편지도." B 부인은 다시 말을 멈추고 얼굴을 찡그린 채 재니스를 보다가 말을 잇는다. "베키는 죽을 때까지 에드워드의 편지 몇 통을 간직했던 모양이야." 이제 B 부인은 테이블에 거의 닿을 정도로 몸을 숙인다. "재니스, 무슨 일이야?"

재니스는 B 부인을 힐끗 보고 평소와 완전히 다른 목소리로 밝게 말한다. "훌륭한 이야기네요, B 부인. 들려주셔서 고마워요.

그러니까 편지로 거래를 한 거군요, 네, 알겠어요. 그래서 그녀가 사람을 죽이고도 처벌받지 않은 거예요."

그렇게 말하자마자 재니스는 자신의 실수를 알아차린다. 그 실수는 닦아낼 수도 없고, 찬장 속에 넣어버릴 수도 없다. '그녀'라는 말에 담긴 미묘한 뉘앙스가 울려 퍼지며 재니스는 몸을 부르르 떤다. 베키를 나타내는 '그녀'가 아니라 재니스를 나타내는 '그녀'다. 베키와 재니스를 모두 포함한 '그녀'. 재니스는 그 단어를 가져다가 아무도 찾아낼 수 없는 어두운 곳에 밀어 넣고 싶다. 미동도 하지 않은 채 자신의 숨소리에 귀를 기울인다. 가슴은 두근거려도 최대한 조용히 호흡할 수 있다.

B 부인은 다시 의자에 등을 기댄 채 아무 말도 하지 않는다. 재니스는 B 부인에게 아무 말도 할 필요가 없음을 깨닫는다. B 부인에게 비밀을 말할 필요가 없다. B 부인은 이미 알고 있다. 이 방에 살인을 저지른 적이 있는 사람이 둘이라는 사실을. 그리고 베키처럼 재니스도 처벌받지 않았다는 사실을.

서른하나

아무에게도 들려주지 않은
이야기

재니스는 자신이 전기난로의 불을 얼마나 들여다보고 있었는지 모른다. 틀림없이 꽤 시간이 흘렀으리라. 왜냐하면 이제 그녀 옆 테이블에 두 잔의 차가 놓여 있기 때문이다. 핫초콜릿이나 브랜디가 아니라 하필 차라니 이상했다. 아마도 B 부인은 충격을 완화하려고 설탕을 듬뿍 넣었으리라. 하지만 B 부인은 충격받은 표정이 아니다. 오히려 저 의자에 앉아 아주 오랫동안 이 순간을 기다린 사람 같다. B 부인의 얼굴은 백지장처럼 새하얗고, 그녀가 차 두 잔을 준비하느라 얼마나 힘들었을지 생각하니 재니스는 마음이 아프다. 두 머그잔 중 하나를 집어 들고 손으로 감싸지만 마시지는 않는다.

"아버지가 돌아가셨을 때 전 열 살이었고 여동생 조이는 다섯 살이었어요."

여기서부터 시작해야 한다. 그녀의 이야기는 모든 것이 바뀌면서 시작된다.

"아버지는 자신이 죽어간다는 걸 알고 있었고, 학자답게 자기 죽음도 학문을 연구할 때처럼 체계적으로 정리했던 것 같아요. 서재에 책과 논문을 탑처럼 여러 개 쌓아두셨죠. 전 그걸 보면서 만약 저 탑 하나를 밀어버리면 나머지 탑들도 줄줄이 쓰러질까 궁금했어요. 이 집에 처음 와서 부인의 책들을 봤을 때 아버지가 생각났죠." 재니스는 고개를 들고 이제는 정돈된 서가를 훑어본다. "아버지가 병원에 입원하기 전까지 몇 주 동안 사람들이 우리 집에 드나들었고, 때로는 책을 한 꾸러미 가져가기도 했어요. 동생과 전 종종 계단에 앉아 그 모습을 지켜보곤 했죠. 부모님에게 아버지가 죽어간다는 말을 들었지만 그게 무슨 뜻인지 잘 몰랐어요. 이사할지도 모른다고만 생각했죠." 재니스는 말을 멈춘다.

"아버지는 죽음을 두려워하지 않으셨던 것 같아요. 고고학을 연구하면서 인간을 70년이 아닌 수천 년 단위로 생각하셨죠. 하지만 자신이 죽은 뒤에 닥칠 일을 미리 준비해 두고 싶으셨을 거예요. 그래서 연구를 정리했고, 우리의 교육비로 가능한 한 많은 돈을 신탁에 넣어두셨죠." 재니스는 아직도 마시지 않은 차가 담긴 머그잔을 손으로 더 꼭 감싸고 이 온기가 가슴을 따뜻하게 녹여주길 바라며 몸 가까이 끌어당긴다. "우리에게 작별 인사를 하는 것만 잊어버린 것 같아요."

B 부인이 몸을 앞으로 내민다. "차 좀 마셔, 재니스. 도움이 될 거야."

"정말 그럴까요?" 재니스는 옆에 앉은 노부인을 바라본다.

B 부인도 그녀를 돌아본다. "아니. 별로 도움이 안 될 거야."

그래도 재니스는 한 모금 마신다. 온기에 긴장했던 목구멍이 풀린다. "부모님을 설명하기가 어렵네요. 아버지는 깨진 거울처럼 기억의 파편으로만 남아 있어요. 남은 조각 하나하나에서 아버지의 모습을 선명하게 힐끗 볼 수 있죠." 재니스는 고개를 젓는다. "제가 잘 알지도 못하는 아버지를 너무 완벽하게 묘사한다는 거 알아요. 하지만 아버지는 정말로 좋은 분이었고, 전 아버지를 아주 많이 사랑했어요." 재니스는 울고 싶지 않지만 저절로 눈물이 흐른다.

"어머니는?"

"아버지가 돌아가셨을 때 엄마는 그 길로 일어나서 떠나버린 것 같아요. 물리적으로 우릴 떠났다는 말이 아니라 엄마는 자신의 삶도 끝났다고 생각한 듯해요. 그러고선…… 우리에게 냉담해졌죠. 그냥 냉담한 수준이 아니었어요……. 당시 열 살이었는데도 전 엄마도 우리 곁을 떠났다는 걸 알았어요. 엄마는 해야 할 일들을 기계적으로 할 뿐 그게 다였어요."

"아버지가 돌아가신 뒤에 어떻게 됐는데?"

재니스는 그 질문을 무시한다. "부인이 제 동생 조이가 어릴 때 어떤 아이인지 아셨더라면 좋을 텐데요." 갑자기 B 부인이 이 사실을 이해하는 게, 조이를 이해하는 것이 중요하게 느껴진다. "부인이 베키의 남동생 이야기를 했을 때 전 조이가 생각났어요. 조이도 그런 아이였거든요." 재니스는 적당한 말을 찾아내려고 고군분투한다. "아이에게 이름을 지어줄 때 부모는 그게 아이에게 어울리는 이름인지 어떻게 알까요?" 부모가 자식에게 전혀 어울리지 않는 이름을 지어주는 실수를 저지르기도 한다는 걸 재니스는 알고 있다. 재니스는 B 부인의 대답을 기다리지 않고 서둘러 말을 잇는다. "조이는 정말로 그 애에게 완벽하게 딱 맞는 이름이었어요. 베키 이야기에 나오는 그 남동생 같았죠. 혼자서 또 다른 사람들에게 쉴 새 없이 종알거렸어요. 마치 정말로 웃기는 비밀을 알아냈고, 이 재미있는 비밀을 다른 사람들과 나누고 싶다는 듯이요. 화가 났을 때는 불같이 화를 냈지만 오래가는 법이 없었죠. 그러다 갑자기 잠들곤 했어요. 조이는 아무 데서나 잘 수 있는 아이었어요. 밥을 먹다가 의자에서도 자고, 2층으로 올라가는 계단 중간에서도 잤죠. 전 잠든 조이를 지켜보곤 했어요. 조이는 자면서 주먹을 쥐었다 폈다 했고, 뺨은 아주 토실토실하고 보드라워 보였어요. 실제로도 보드라웠고요. 가끔은 제가 손을 뻗어 조이의 코끝을 만지고, 볼을 쓰다듬기도 했죠."

재니스는 차를 한 모금 더 마신다. "아버지가 돌아가신 후로 조이가 아버지를 그리워했는지는 잘 모르겠지만 아마 그랬을 거예요. 하지만 조이가 가장 그리워한 사람은 엄마였어요. 조이가 여전히 행복해 보일 때도 있었지만 아버지가 돌아가신 뒤로는 가끔씩만 행복해 보였어요. 그리고 다른 사람들, 특히 엄마를 기쁘게 해드리려고 애썼죠." 재니스는 말을 멈추고 잠시 B 부인을 바라본다. "조이가 변하는 모습을 지켜보는 게 너무 힘들었어요. 또 조이가 엄마를 행복하게 해주려고 온갖 노력을 다했지만 늘 실패하는 걸 지켜보는 것도요."

"자네도 많이 힘들었겠어, 재니스. 주변에 도와줄 사람은 없었어?"

"우리가 살던 집이 대학 소유라서 아버지가 돌아가시자 우린 이사해야 했어요. 그때 노샘프턴으로 왔죠. 엄마의 언니, 이본 이모가 거기 살았거든요. 이모 집에서 모퉁이만 돌면 나오는 작은 집에서 살았는데 전 어쩌면 상황이 바뀔지도 모른다고 생각했어요. 이모가 엄마를 행복하게 해주거나, 너무 불행해진 조이를 보고 뭔가 도와줄 거라고요."

"그래서 이모가 도와줬나?"

"엄마를 밖으로 데리고 나가 술에 취해 돌아오게 하는 걸 도와준다고 할 수 있다면 이모는 확실히 도와준 거죠. 하지만 아뇨, 그 외에는 별로 도와준 게 없어요. 이모는 늘 말뿐이었어요." 그제야 재니스는 자신이 이모를 닮은 남자와 결혼했다는 생각이 든다. 그걸 이제야 깨달았다는 사실, 혹은 그렇게 멍청한 짓을 저질렀다는 사실이 믿기지 않는다.

B 부인이 재니스의 손에서 빈 머그잔을 살그머니 가져가 테이블에 놓는다.

"아버지가 돌아가시기 전에 어머니는 어떤 분이었지?"

"주로 기억이 잘 안 나다가 갑자기 어떤 장면이 번뜩 떠올라요. 빵을 굽는 엄마의 모습이라든가 조이의 머리를 묶어주는 모습, 읽기 숙제를 제대로 했는지 확인하려고 교과서를 살피는 모습 등이요. 하지만 이젠 그게 진짜 내 기억인지 내가 바랐던 모습인지도 모르겠어요."

"그럼 아버지가 돌아가신 뒤에는 누가 자네와 동생을 위해 그런 일들을 해줬지?"

"대부분 제가 했죠. 엄마와 이모는 가끔씩 밤에 외출했다가 며칠이 지난 뒤에야 돌아왔어요. 그럴 때면 사탕이나 초콜릿, 젤리와 싸구려 액세서리를 잔뜩 사 와서 생색을 냈죠. 하지만 엄마가 없을 때마다 조이는 겁에 질렸어요. 전 엄마가 볼일을 보러 갔다고 둘러대고, 우리가 먹을 음식을 요리하고, 수업에 필요한 물건을 챙겨줬지만 소용없었어요. 제가 진실을 감추고 있다는 걸 알았던 거죠. 그때 전 열두 살이고 조이는 일곱 살이었어요. 동생은 아주 똑똑했죠." 이 말을 하는 재니스는 자부심을 숨길 수가 없다. "전 엄마에게 애원도 해보고 소리도 질러봤지만 아무 소용 없었어요. 엄마는 제가 투명 인간인 것처럼 행동했죠. 그리고 제가 난리를 쳐봐야 조이에게는 더 안 좋았어요. 왜냐하면 조이는 엄마의 핑계가 사실이기를 바랐고, 엄마가 정말로 우리를 생각해서 선물을 사 오는 거라고 믿고 싶어 했으니까요."

"자네 집 상황을 알고 도와주려는 사람은 없었나? 이웃 사람이라든가 선생님이라든가."

재니스는 또다시 B 부인의 질문을 무시한다. 그녀에게는 B 부인에게 하고 싶은 말이 있다. "동생은 조이라는 이름으로 세례를 받았지만 전 재니스라는 이름으로 세례받지 않았어요. 어찌 보면 받았다고도 할 수 있겠지만요. 재니스는 제 중간 이름이거든요. 제가 만난 적이 없는 할머니 이름을 땄죠."

"그럼 무슨 이름으로 세례를 받았지?"

"호프." 재니스는 고통스러울 정도로 아이러니한 자신의 이름과 그 이름에 얽힌 기억을 떠올리며 눈을 감는다. "저희는 보수적인 집안이라서 머시, 그레이스, 해피가 꽤 흔한 이름이었어요. 호프와 조이. 그런 이름으로 불리는 게 어떤 기분인지 상상이 가세요? 노샘프턴의 새 학교로 전학 가면서부터 전 중간 이름인 재니스를 썼어요."

"엄마는 자넬 뭐라고 불렀지?"

"엄마는 가능한 한 절 부르지 않았어요. 엄마가 제 이름을 부른 기억이 거의 없어요."

"그럼 동생은? 동생은 자넬 뭐라고 불렀지?"

"동생은 주로 '언니'라고 부르거나 가끔은 호프라고 불렀어요. 학교에서는 절 재니스라고 불러야 한다는 걸 잊지 않았고요. 조이는 그렇게 똑똑한 아이예요. 뭐든 금방 파악하죠."

방 안이 조용해졌고, 두 여자는 각자 상념에 잠긴다.

마침내 B 부인이 한숨을 내쉬며 부드럽게 묻는다. "자넬 호프라고 불러줄까?"

"부인도 제가 로지라고 불러주길 바라신다면요." 두 여자 모두 미소를 지으려고 했으나 미소 짓는 법을 잊어버린 듯하다.

B 부인은 의자에 앉은 채 몸을 좀 더 똑바로 세운다. "왜 자네 자매가 방치되었다는 사실을 아무도 몰랐는지 알고 싶군." 아까 질문으로 돌아가 B 부인이 다시 묻는다.

"저희는 이웃 사람들을 전혀 몰랐고, 제가 조이에게 학교에서는 집안일을 절대 말하지 말라고 당부했어요. 제가 하는 일이 잘 못된 행동이라는 건 알고 있었어요. 만약 저 혼자 동생을 돌본다 는 걸 누가 알면 크게 곤란해지리라는 것도요." 재니스는 고개를 젓는다. "지금 생각해 보면 정말 믿기지 않는 일이에요."

"하지만 학교에서 가정생활에 대해 물어본 사람이 없었어?"

"아빠가 마련해 둔 돈 덕분에 저희 자매는 사립학교에 다녔어 요. 수녀원에서 운영하는 학교요." 다른 상황이었다면 재니스는 이 일로 B 부인과 농담을 주고받으며 웃었을 것이다. B 부인의 추측이 옳았기 때문이다. 재니스는 수녀들에게 교육받았다. "매 우 격식을 차리는 학교였어요. 선생님은 다정하지도 친근하지도 않은 수녀님들이었죠. 오로지 한 선생님, 영어를 가르쳤던 버너 뎃 수녀님만 제게 진심으로 관심을 가지셨어요. 수녀님은 친절했 어요. 가끔 쉬는 시간이나 점심시간에, 방과 후에는 절대 아니고 요. 왜냐하면 제가 수업이 끝나면 꼭 집에 가야 한다고 했거든요. 아무튼 수녀님은 제게 서가 정리를 시켰고, 일이 끝나면 비스킷 을 주셨어요."

"그것만으로는 안 되지." B 부인이 담담히 말한다.

이제 와서 그게 뭐가 중요할까. 그때 뭐가 달라졌든 그건 그때 일이고, 재니스는 늘 버너뎃 수녀님에게 감사할 것이다. 그녀로 서는 수녀님의 작은 친절을 좋은 일로 간직하고 싶다. 그게 아니 라면 그녀에게는 아무것도 남지 않기 때문이다.

재니스는 옆에 앉은 B 부인을 바라본다. 자기가 울고 있다고 생각했는데 B 부인이 울고 있다. 재니스는 둘이 웃고 울었던 밤을 생각한다. 둘이 일심동체였던 그날 밤. 지금도 누가 우는 건지 분간할 수 없다. 재니스는 높은 곳에서 내려다보는 기분이 든다. 자신이 그냥 떨어지게 둘 수 있을까? 분명 의도적인 도약이 아니라 추락일 테지만 그냥 놓아 보낼 수는 있으리라. 만약 그럴 수 있는 공간이 있다면 바로 여기, 책에 둘러싸인 채 B 부인 옆에서일 것이다.

"그러다 엄마에게 남자가 생겼어요. 엄마와 같은 회사에서 일하는 사람이었죠. 엄마는 사무실 관리자였는데 그 남자가 무슨 일을 했는지는 잘 몰라요. 아무튼 어느 날 갑자기 그 남자가 나타났어요."

"어떤 사람이었지?"

"아, 레이 아저씨는 못 하는 게 없었어요. 그리고 엄마는 딴사람이 됐죠. 이제 엄마는 웃고, 집 안에서 노래를 부르고, 외모에 신경을 썼어요. 조이는 너무 행복해했고, 엄마가 옷 입는 걸 지켜보며 엄마에게 너무 예쁘다고 계속 말해줬죠."

"자네는?"

"전 너무 화가 났어요. 왜 엄마는 그토록 사랑스럽고 다정한 조이만으로는 행복해지지 못했을까요? 한편으로는 조이도 저처럼 화내기를 바랐어요. 하지만 또 한편으로는 저도 조이처럼 행복해지고 싶었어요. 그냥 그 상황을 다 받아들이고 싶었어요. 왠지 괜찮을 거라고 믿고 싶었던 것 같아요. 이젠 엄마도 다시 엄마답게 행동할 거라고요."

"정말로 그렇게 됐나?" 이미 답을 아는 사람처럼 B 부인이 묻는다.

"어떨 거 같아요?" 역시나 답을 아는 사람처럼 재니스가 대답한다.

"얼마나 시간이 흘렀는지 모르겠지만 아무튼 얼마 후에 레이 아저씨는 우리와 함께 살게 됐어요. 가져온 물건도 별로 없었어요. 근력 운동기구들과 샌드백이 전부였는데 거실 텔레비전 맞은편에 놓아두었죠. 돌이켜 보면 굳이 왜 그랬나 싶어요. 왜냐하면 엄마가 훌륭한 샌드백이라는 사실을 곧 알게 됐을 테니까요. 아저씨는 작고 마른 체격이지만 다부지고 민첩했어요. 집에서 아저씨의 존재감이 크지 않았을 거라고 생각하실 테지만 그렇지 않았어요. 집 안 곳곳에서 아저씨가 느껴졌죠. 설사 아저씨가 방에 없어도 우리 마음속에 있었어요. 아저씨가 언제 들어올지 두려웠으니까요."

"아저씨가 자네와 동생을 학대했나?" B 부인이 단도직입적으로 묻는다.

"처음에는 안 그랬어요. 그리고 부인이 생각하는 그런 학대는 결코 아니었고요. 돌이켜 보면 아저씨는 선천적으로 폭력적인 사람이었어요. 감정에 변화가 생기면 몸으로 반응하는 사람이요. 주로 공격적인 방식으로. 하지만 처음에는 그게 명확하지 않았어요. 우리 자매가 아는 사실은 그저 아저씨가 우릴 지켜보고 있다는 것뿐이었어요. 우린 텔레비전을 틀어둔 채 소파에 앉아 엉겨붙어 있곤 했죠. 그러다 고개를 들어보면 아저씨가 눈을 반쯤 감은 채 우리를 보고 있었어요. 시간이 흐르면서 전 아저씨가 관심을 가진 사람은 내가 아니라 조이라는 걸 깨달았죠. 아저씨는 주로 조이가 행복한 상태일 때, 조이가 아장아장 걸어 다니던 때처럼 행복으로 환하게 빛나는 순간에 그 애를 지켜보더군요. 마치 저런 사람은 처음 봤다는 듯이요."

"자네 엄마는? 그동안에 자네 엄마는 뭘 했지?"

"엄마는 바빴어요. 요리하느라 바쁘고, 말하느라 바쁘고, 아저씨를 따라다니며 치우느라 바쁘고, 머리와 손톱을 손질하느라 바빴죠. 하지만 무엇보다 아저씨가 하는 말마다 웃어주느라 바빴어요. 아저씨도 따라서 웃으면 조이도 거기에 동참해 웃었어요. 아저씨와 엄마가 왜 웃는지도 모르면서요."

"자네는?"

"전 다들 입 좀 다물어줬으면 좋겠다고 생각했죠. 그 웃음소리를 견디기가 힘들었어요. 반복해서 울려대는 자동차 경보음 같았거든요. 집 안 곳곳에서 그 거슬리는 웃음소리가 울려 퍼졌죠. 전 도저히 함께 웃을 수 없었기에 대개 그냥 말없이 앉아서 조이를 바라보고, 아저씨를 바라봤어요. 아저씨는 저한테 뚱한 사춘기 소녀라고 농담을 해댔고, 다들 거기 가세했어요. 심지어 조이도요. 그러고는 다시 와르르 웃어대기 시작했죠."

"아, 재니스." 거의 속삭이듯 B 부인이 말한다.

"저 못하겠어요, B 부인." 갑자기 패배감에 휩싸여 재니스는 그렇게 선언한다.

"할 수 있어, 재니스. 자네는 독보적인 여자고 나는 자네가 아주 용감하다고 생각해."

재니스는 자신이 그렇지 않다는 걸 안다. "세상에 얼마나 많은 이야기가 있다고 생각하세요? 일곱 개? 여덟 개? 몇 개인지 기억이 안 나요. 어디선가 잡지에서 읽은 적이 있는데 세상에는 일정한 숫자의 이야기들만 전해진대요."

B 부인은 말없이 앉아 재니스를 지켜본다.

재니스는 한숨을 쉰다. "앞으로 어떻게 될지 부인도, 저도 알지 않나요? 예측 가능한 이야기예요. 태초부터 전 세계의 오두막과 궁전에서 벌어진 이야기죠. 세상에 새로운 이야기는 없어요, B 부인."

"하지만 이건 자네 이야기야, 재니스. 자네는 이 이야기를 해야만 해."

"그런가요? 말하면 뭐가 달라질까요? 제가 결말을 바꿀 수도 없는데."

"바로 그 대목에서 자네가 틀렸다는 거야." B 부인이 간단히 말한다. 그러고는 말을 멈췄다가 덧붙인다. "남편이 좋아하는 철학자 키케로의 명언 중에 이런 말이 있어. '살아 있는 한 희망은 있다.' 암과 투병하는 동안 남편에게는 그 말이 필요했고, 도움이 됐지. 결국 암이 남편을 데려가기는 했지만." B 부인은 팔을 뻗어 친구의 손을 잡는다. 희망이라는 이름의 친구를. "때때로 우리에게 필요한 건 약간의 희망뿐이야." 재니스는 맞잡은 두 손을 내려다본다. 분필처럼 새하얀 손과 반질반질한 삼나무처럼 그을린 손. 재니스는 고개를 돌려 아름다운 창문 너머 하늘을 응시한다. 아까 낮에 모여들었던 비구름이 깨끗이 걷히고 이제 비에 씻긴

맑은 햇볕이 쏟아진다. 재니스는 저 순수하고 깨끗한 빛이 자신을 희망으로 가득 채우기를 바라지만 희망의 느낌을, 자신의 이름을 붙잡을 수가 없다. 떡갈나무 테이블에 분산되어 무늬를 그리는 굴절된 햇살처럼 희망은 그녀의 손가락 사이로 빠져나간다. 재니스는 서가를 둘러본다. 저기 꽂힌 책들은 전부 그녀의 손을 거쳤다. 저 책들을 보니 어쩌면 방법이 있을지도 모른다는 생각이 든다. 희망을 찾을 방법. 그녀는 이야기 수집가이자 이야기꾼이다. 그러니 다른 사람의 이야기를 들려준다고 생각하며 자신의 이야기도 할 수 있지 않을까?

그래서 재니스는 이야기를 시작한다. "이건 구두를 만드는 도시에서 여동생과 함께 살았던 한 소녀의 이야기예요. 자매가 살았던 집은 크지 않았지만 두 소녀와 엄마, 아빠가 아닌 남자가 함께 살기에 충분했죠. 엄마는 이 남자를 아주 많이 사랑했어요. 심지어 남자가 판화칼로 자신의 팔을 그어 피가 나는데도요. 물방울처럼 바닥에 똑똑 떨어진 피는 남자가 미안하다면서 사다 준 장미처럼 붉은색이었죠."

재니스가 B 부인을 바라보자 그녀는 보일 듯 말 듯 하게 고개를 끄덕인다.

"남자는 엄마에게 사랑한다고 말했지만 자매에게는 한 번도 사랑한다고 말한 적이 없어요. 그럴 이유가 없죠. 친자식이 아니었으니까요. 게다가 소녀는 남자를 볼 때면 '난 당신이 어떤 사람인지 알아요'라고 말하는 눈으로 그를 보았어요. 그러니 남자가 자신을 사랑할 리 없다는 걸 알았죠. 키가 작고 마른 남자는 소녀를 보지 않았고, 소녀는 그가 자신의 눈빛이 무슨 뜻인지 이해했다고 생각했죠. 대신 남자는 소녀의 동생을 지켜봤죠. 이 동생은 세상이 자신을 행복한 사람으로 믿기를 바랐어요. 그래서 웃고 뛰어놀며 행복한 사람 행세를 했어요. 또 다른 사람들을 행복하게 해주려고 했고요. 그들을 행복하게 만들면, 그 행복은 전염될 것이고 그러면 자신도 그 행복을 어느 정도 누릴 수 있을 거라고 믿었거든요. 가끔씩 남자는 동생 덕분에 행복해진 척하며 장난치듯이 그 애를 허공으로 던졌어요. 그러다 가끔은 동생을 놓치고 실수인 척했죠. 그러고는 돌아서서 씩 웃었어요. 남자는 아무도 자신이 웃는 걸 보지 못했다고 생각했어요. 엄마도, 우는 아이도. 하지만 소녀는 봤어요. 왜냐하면 깨어 있는 한, 남자에게서 눈을 떼지 않겠다고 다짐했으니까요."

재니스는 자신의 손을 꽉 잡은 B 부인의 차가운 손을 느끼며 여리지만 굳건한 그녀의 손을 잡는다. 마치 이 손이 그녀가 추락하지 못하도록 잡아주리라는 듯이. 이렇게 작은 손이 과연 그럴 수 있을지 확신이 안 가지만 B 부인이 이 손을 놓지 않으리라는 건 알고 있다. 또한 필요하다면 그녀와 함께 추락하리라는 것도.

"어느 날 남자가 집에 와서 엄마에게 줄 선물이 있다고 했어요. 개였죠. 엄마는 어색하게 웃었어요. 왜냐하면 엄마는 개를 좋아하지 않았으니까요. 엄마는 남자에게 그 사실을 들키지 않으려고 좀 더 웃었어요. 개는 남자처럼 조그마했고, 남자처럼 힘이 셌어요. 하지만 남자는 마른 반면, 개는 작은 바위처럼 두툼했죠. 동생은 개를 볼 때마다 엄마처럼 웃었어요. 무서웠지만 개를 쓰다

듣어줬죠. 소녀는 남자를 볼 때와 같은 눈으로 개를 바라봤으나 남자와 달리 개는 소녀를 바라봤어요. 소녀는 학교에서 읽은 책을 생각했어요. 신의 모든 피조물이 처음에는 바다에서 헤엄치는 물고기였다고 적혀 있었죠. 저 개도 처음에는 틀림없이 상어였을 거라고 소녀는 확신했어요. 왜냐하면 여전히 상어와 같은 눈을 가지고 있었으니까요.

동생은 개와 친구가 되려고 노력했어요. 왜냐하면 남자가 개를 아주 예뻐했으니까요. 남자는 개에게 말할 때는 목소리가 달라졌고, 바닥을 뒹굴며 개와 함께 놀았죠. 동생도 그렇게 하려고 했지만 덩치가 작고 마른 남자는 개에게 동생의 손가락과 발가락을 물어뜯게 했어요. 소녀는 동생에게 아프지 말라고 뽀뽀해 주며 살갗의 피를 닦아줬어요. 그 피는 바닥에 물방울처럼 떨어졌던 엄마의 피와 같은 붉은색이었죠. 남자는 동생에게 피처럼 붉은 꽃은 사주지 않았어요. 대신 동생이 보고 있지 않을 때 킬킬 웃었죠. 소녀는 그걸 알고 있었어요. 왜냐하면 남자에게서 절대 눈을 떼지 않았으니까요.

어느 화창한 날, 엄마가 쇼핑하러 나간 사이에 소녀는 방에서 책을 읽고 있었어요. 남자가 친구들을 만나러 나간 덕분이었죠. 그래서 이번만큼은 그를 지켜볼 필요가 없었어요. 하지만 창문 너머로 동생을 지켜봤어요. 동생은 정원에서 인형들과 함께 티파티를 하고 있었죠. 그동안 남자를 지켜보느라 너무 피곤했던 소녀는 곧 잠이 들었어요.

잠에서 깨어보니 동생의 울음소리와 남자의 고함이 들렸어요.

또 다른 소리도 들렸어요. 역겹고 끔찍한 소리였지만 그게 무슨 소리인지는 알 수 없었죠. 소녀는 살면서 그 어느 때보다도 빨리 달려갔어요. 남자가 마치 인형을 다루듯 동생을 들어 올린 채 흔들어대는 모습이 보였어요. 남자는 동생 코앞에 얼굴을 들이대고 침을 튀겨가며 소리를 질렀어요. 그 옆에는 개가 입에 거품을 문 채 누워 있었고요. 마치 양조장 옆으로 흐르는 더러운 강물에서 올라오는 거품처럼요. 남자는 동생이 개를 데리고 인형들과 함께 티 파티를 해서 화가 났어요. 인형들은 그다지 배가 고프지 않았기 때문에 동생이 접시에 놓아둔 초콜릿을 개가 다 먹어 치웠거든요. 자기 몫은 물론 다른 인형들의 몫까지도요. 남자는 동생이 개를 괴롭히려고 일부러 그랬다고 말했어요.

소녀는 너무 무서웠지만 동시에 동생을 지켜보지 않고 잠들어버린 자신에게도 화가 잔뜩 났어요. 그래서 아버지가 아닌 남자에게 달려들어 마구 때렸죠. 마침내 남자는 동생을 바닥에 떨어뜨리고는 몸을 돌려 소녀를 바라봤어요. 마치 소녀도 인형처럼 흔들어주고 싶다는 듯이, 혹은 더 심한 짓을 하고 싶다는 듯이요. 그래서 소녀는 동생의 손을 잡고 계단을 올라가 침실로 갔어요. 남자는 빨랐지만 이번만큼은 자매가 더 빨랐어요. 침실 앞에 도착하자 소녀는 동생을 방으로 밀어 넣고 문을 닫아버렸어요. 자신은 동생과 함께 방으로 들어가지 않았어요. 왜냐하면 남자가 화났을 때 문을 차서 발로 들어가는 걸 본 적이 있기 때문이죠. 이번에는 문뿐 아니라 자신도 발로 차야만 들어갈 수 있을 거라고 소녀는 생각했어요.

남자는 소녀를 향해 쏜살같이 계단을 올라왔고, 소녀는 평생 그렇게 무서운 적은 처음이었어요. 하지만 자신이 끔찍이 사랑하는 동생을 남자에게 넘겨주고 싶지 않았으므로 소녀 역시 남자에게 달려갔어요. 그때 일이 터졌죠. 작고 마른 남자는 발이 작았어요. 만약 발이 더 컸다면, 좀 더 느리게 달렸다면 그 일은 일어나지 않았을 거예요. 하지만 그의 작은 발은 계단 꼭대기에서 미끄러졌고, 소녀는 온 힘을 다해 남자를 계단 아래로 밀었어요."

B 부인이 끼어들려고 하지만 재니스는 이야기를 끝내야 한다. B 부인에게 전부 다 말해야 한다.

"이제 남자는 어디가 부러진 사람처럼 바닥에 누워 있었어요. 팔이 비뚤어지고, 다리도 비뚤어졌지만 목소리는 멀쩡해서 소녀에게 온갖 욕을 퍼부어 댔죠. 소녀는 그 말이 다 무슨 뜻인지 몰랐지만 동생이 곤란해질 거라는 건 알았어요. 그래서 남자를 도우러 가지 않고, 수녀님들에게 배운 대로 앰뷸런스를 부르지도 않았어요. 대신 계단 꼭대기에 앉아서 난간 사이로 남자를 바라봤죠. 어떻게 해야 할지 몰랐어요. 들리는 소리라고는 방문 뒤에서 동생이 흐느끼는 소리와 몸이 비뚤어진 남자의 고함뿐이었어요. 소녀를 벌주기 위해 동생을 가만두지 않겠다고 했죠.

그때 소녀는 남자가 근력운동할 때 사용하는 바벨의 원판을 봤어요. 소녀의 뒤쪽 층계참에 놓여 있었죠. 남자가 퍼붓는 욕을 더는 견딜 수 없던 소녀는 원판을 계단 꼭대기 가장자리로 끌고 왔어요. 그러고는 두 발로 밀어버렸죠. 그러자 고함이 멈췄어요. 소녀는 계단을 내려가 부러진 남자를 넘어서 주방에서 마른행주를 가져왔어요. 그걸로 무거운 원판에 묻은 자신의 지문을 닦은 다음 다시 계단 아래쪽에 툭 떨어뜨렸죠. 비뚤어진 남자가 동생을 떨어뜨렸듯이요. 소녀는 그 일을 하는 동안 개를 보지 않았지만 그럴 필요가 없다는 걸 알고 있었어요. 이젠 개를 무서워할 필요가 없다는 것도요. 소녀는 뒷문으로 나가 낡은 줄넘기를 가져와 계단 중간쯤에 놓아두었죠. 그런 다음 동생과 함께 방에서 기다렸어요. 이 층 침대의 일 층에 앉아 동생 손을 잡은 채 동생 귀에 아주, 아주 부드럽게 속삭였어요."

서른둘

슬픔은 죄책감만큼
무겁지 않다

"자네가 한 일에 죄책감을 느껴서는 안 돼. 알지, 재니스? 자넨 동생을 보호한 거야." B 부인이 진지하게 말한다.

어디서부터 시작해야 할까? 자신이 죄책감을 느끼는 일과 느끼지 않는 일을 어떻게 설명해야 할까? 두 목록 다 길지만 한쪽이 다른 하나보다 더 길다. 그러자 그냥 B 부인에게 다 말해야 한다는 생각이 든다. 어쨌든 여기까지 말했으니까.

"스탠에게 부탁하면 브랜디를 한 병 가져다줄까요? 이야기를 계속하고 싶은데 술 없이는 못 할 것 같아요. 제가 사러 가기에는 다리에 힘이 없고요."

"난 늘 그래." B 부인은 그렇게 말하고, 그 대답은 재니스에게 마치 브랜디 한 잔을 마신 듯한 힘을 준다. 둘이 옥신각신하며 상대를 바보로 만들어 서로 이기려고 했던 때가 떠오른다. B 부인이 휴대전화를 집어 들자 이내 스탠이 나타난다. 마침 그의 사물함에 작은 브랜디 한 병이 들어 있다며 그들이 (혹은 그가) 술을 사러 나갈 필요가 없도록 기꺼이 빌려주겠다고 한다.

재니스는 브랜디를 한 모금 마신 후에 이야기를 시작한다. "첫째로, B 부인, 전 레이 아저씨를 죽인 데 죄책감을 느낀 적이 없어요. 그러면 안 된다는 거 알아요. 한밤중에는 그런 나에 대한 죄책감을 억지로 끌어내기도 해요. 다른 사람들은 이해하지 못할 거예요. 어떻게 누군가의 목숨을 빼앗고서 죄책감을 느끼지 않을 수 있냐고 하겠죠. 하지만 사실이에요. 전 죄책감이 전혀 들지 않아요."

"그거 다행이군."B 부인이 말한다. 그녀의 말투로 보아 만약 그날, 그 현장에 B 부인이 있었다면 재니스는 아저씨를 계단에서 밀어낼 필요가 없었을 거라는 느낌이 든다. B 부인이 기꺼이 대신 밀어줬을 테니까.

"경찰에 거짓말한 것도 죄책감을 느끼지 않아요. 레이 아저씨가 동물병원 전화번호를 찾으러 계단을 뛰어갔는데 안타깝게도 계단에 물건이 너무 많이 널려 있었다고 말했죠. 아저씨가 서둘러 가다가 물건에 발이 걸려 미끄러진 것 같다고요. 저랑 제 동생은 방에서 책을 읽고 있었기 때문에 그 장면을 직접 보지는 못했다고 했어요. 돌이켜 보면 경찰이 제 말을 어떻게 생각했는지 잘 모르겠어요. 젊은 남자 형사는 단순 사고가 아니라고 의심하는 것 같았고, 계속 집에 누가 또 있었냐고 물었죠. 경찰은 엄마의 알리바이를 확인한 상태였지만 아저씨의 전과를 알고 있었어요.

지금 생각해 보면 경찰은 몸싸움이 있었을지 모른다고 생각했던 것 같아요. 하지만 조이와 전 계속 사실대로 말했어요. 집에 우리 말고는 아무도 없었다고요. 경찰은 그 말의 숨은 의미를 몰랐던 것 같아요. 그래도 레이 아저씨가 어떤 인간인지는 알고 있더군요. 알고 보니 아저씨는 여자를 때린 폭력 전과가 있었어요. 사실 엄마를 보기만 해도, 우리 집을 보기만 해도 알 수 있었죠. 벽에도 멍이 들어 있었으니까요."

B 부인은 고개를 끄덕이며 잔에 든 브랜디를 빙빙 돌린다. 부인의 남편이 썼던 최고급 잔인데 부인은 꼭 그 잔에 마시겠다고 고집을 부렸다.

"전 수년 동안 동생에게 경찰에 진술했던 그대로 말해주고 또 말해줬어요. 그 일은 그냥 사고고⋯⋯."

"사고가 맞지." B 부인이 끼어든다.

둘 다 그 말이 거짓말이라는 걸 알지만 재니스는 B 부인이 자기 편이라는 사실이 너무 좋다. 좀 더 젊었을 때 부인을 알았더라면 얼마나 좋았을까? 그때 만났더라면 친해지지 못했을까? 아마 살면서 특정한 시간과 공간에서만 꽃피우는 관계도 있을 것이다.

재니스는 다시 동생 이야기로 돌아간다. "솔직히 전 조이가 제 진술을 믿었다고 생각했어요. 그리고 조이가 너무 어렸기 때문에 그렇게 기억하고 있을 거라고 생각했고요."

"그런데?" B 부인은 뭔가가 더 있다는 걸 감지한다.

"지난번에 조이를 만났을 때, 제가 캐나다에 갔을 때요. 마지막 날에 동생이 했던 행동을 어떻게 생각해야 할지 모르겠어요."

B 부인은 기다린다.

"우린 정말 즐거운 시간을 보냈어요. 조카들, 제부와도 훨씬 더 친해졌지만 그들은 학교와 직장에 가야 했기 때문에 온종일 조이와 나, 단둘이서 보냈죠. 정말 좋았어요. 당시 동생은 다니던 병원을 그만두고 새로운 병원으로 출근하기 전이라서 3주를 통째로 쉴 수 있었죠. 동생은 소아과 전문 간호사예요. 정말 똑똑한 애죠." 재니스는 이 말을 반복할 가치가 있다고 생각한다. "우린 어린 시절에 겪었던 일들을 이야기했어요. 안 할 수가 없었죠. 그리고 이야기할 수 있어서 좋았어요. 별로 좋은 기억은 아니고, 아주 고통스러운 기억도 있지만 그 시절을 잘 아는 사람과 함께 이야기하고 공유하는 건 우리 둘 모두에게 도움이 됐어요. 하지만 조이는 그날의 일은 절대 언급하지 않았어요. 그리고 그날과 관련해서 조이가 하는 말을 들어보면 제가 말해준 대로 기억한다는 사실을 확인할 수 있었고요. 그런데 그 마지막 날 저녁, 단둘이 있을 때 조이가 책상으로 가서 종이를 한 장 꺼내더니 낡은 만년필로 이렇게 적었어요. '난 언니가 한 일을 알고 있어.' 딱 그렇게만요."

"아무 말도 없이?"

"네. 그러고는 저녁을 만들기 시작했어요."

"기분이 안 좋아 보이던가?"

"전혀요. 오히려 살짝 미소를 지었죠."

"어쩌면 자네가 한 일을 기억하고, 그랬어도 괜찮다고 말한 걸까?" B 부인이 제안한다.

"아뇨, 그건 절대 아니에요. 만약 조이가 레이 아저씨에 대해 이야기하고 싶었다면, 제가 거기 머무는 동안 말할 기회가 많았어요. 그리고 그 미소는 '있잖아, 난 언니가 아저씨를 죽인 걸 알아'라고 말하는 미소가 아니었다고요."

"그래서?"

"이제 걱정이 돼요. 어쩌면 제가 틀렸고, 그동안 조이는 진실을 안 채 그 무게를 짊어지고 살아왔을 수도 있잖아요. 그런데 조이에게 어떻게 물어봐야 할지 모르겠어요. 요즘은 예전만큼 전화 통화나 인터넷 영상 통화도 하지 않고……. 전 조이가 그리워요."

"오늘 저녁에 집에 가면 동생에게 전화해서 물어봐. 둘이 그동안 겪은 일을 생각하면 동생에게 물어보지 못할 게 없을 거야. 지금 동생은 행복한가?"

재니스는 B 부인이 그걸 알고 싶어 한다는 사실에 감동받는다. "네, 네, 조이는 행복해요. 다시는 원래의 모습, 어린 시절의 조이로 돌아가지는 않을 테지만 그런 일을 겪지 않았어도 변했을지 몰라요. 조이는 지금의 남편을 만나면서 딴사람이 됐어요. 두 사람은 부인과 남편분의 경우와 비슷한 것 같아요. 둘만으로 충분했죠. 아이를 낳은 뒤에는 더 행복해졌고요. 네, 조이에게는 아이들이 도움이 많이 된 것 같아요. 조이가 우리 엄마와는 완전히 다른 엄마가 될 수 있었으니까요."

B 부인은 만족스럽다는 듯이 고개를 끄덕인다. "동생에게 꼭 물어봐, 재니스. 이 관계를 방치하면 안 돼. 나는 형제자매가 없는데 자매가 있었더라면 참 좋았을 거야. 그리고 요즘 시대에 멀리

떨어져 사는 건 그다지 큰 장벽이 아니야."

재니스도 동의한다. 하지만 저축해 둔 돈을 남편이 다 써버리고, 대출금을 갚아야 하고, 살 곳을 구해야 하는 상황은 거리보다 더 큰 장벽이 되는 법이다.

"자, 이제 다른 면에 대해 이야기해 봐. 지금까지는 죄책감을 느끼지 않는 것들에 대해 이야기했잖아. 그렇다면 자네를 그토록 괴롭히는 게 뭐지?" B 부인은 손을 뻗어 그들이 마실 브랜디를 두 잔째 따른다.

"제가 괴롭다는 걸 어떻게 아셨어요?"

"아, 재니스, 우리가 처음 만났을 때부터 알았지." 부인이 미소 짓는다. "어쨌든 난 스파이야. 그런 걸 알아차리는 훈련을 받았다고."

재니스는 심호흡을 한다. B 부인의 자세가 편하기를 바란다. 이 이야기를 다 하려면 시간이 꽤 걸릴 테니까. "전 대체로 항상 죄책감을 느끼고, 거의 평생을 그렇게 살아온 것 같아요. 동생을 제대로 보호하지 못했다는 데 죄책감을 느껴요. 어른이 되고 보니 당시 제가 할 수 있는 일이 거의 없었다는 걸 알았지만 그래도 조이가 마땅히 누려야 할 행복한 어린 시절을 누리지 못했다는 데 여전히 죄책감을 느껴요. 아저씨가 죽은 뒤에 조이의 삶이 더 힘들어졌다는 데도 죄책감을 느끼고요. 그게 제 탓인 것 같아요."

"아저씨가 죽은 뒤에 어떻게 됐는데?"

"아빠가 죽었을 때 엄마도 아빠와 함께 떠났다고 했죠? 지금 생각해 보면 그게 엄마 나름의 버티는 방식이었어요. 엄마의 일부는 여전히 남아 있었던 거죠. 그러다 아저씨가 죽자 엄마는 갑자기 엄청난 에너지를 내뿜으며 존재감이 강해졌어요. 그렇게 표현하는 게 맞는지 모르겠지만요. 하지만 엄마가 집중한 대상은 우리가 아니었어요. 엄마는 오로지 자신의 슬픔에만 집중했죠. 아저씨에게 맞았다는 사실은 중요하지 않은 듯했어요. 엄마에게는 어떤 위로도 소용없었어요. 시간이 흘러 처음의 충격이 사라진 후에도 엄마는 몸이 아플 정도로 고통스러워했어요. 전 암에 걸리면 저럴까 생각하곤 했죠. 아빠도 돌아가실 때 저렇게 고통스러웠을까? 엄마는 자신의 아픔 외에는 아무것도 볼 수 없었기 때문에 조이도, 당시 조이는 여덟 살이었어요. 제 말은 조이는 엄마의 사랑을 원하고 필요로 하는 어린 소녀였는데……."

"그건 자네도 마찬가지야, 재니스. 자넨 겨우 열세 살이었잖아."

"전 더 나은 삶을 살 자격이 없어요. 하지만 조이는 다르죠. 조이는 아무 짓도 하지 않았으니까요."

"아까 죄책감을 느끼지 않는다고 하지 않았나?" B 부인이 반박한다.

"어쩌면 죄책감은 병과 같은지 몰라요. 자기도 모르게 걸리는 거죠." 지금까지 한 번도 못 해본 생각이다. 어쩌면 죄책감은 영원히 그녀의 피에 흐르는 걸까?

"어쨌든 전 엄마에게 최선을 다했지만 엄마는 절 싫어했어요. 제가 한 짓을 알았던 것 같아요. 엄마는 그 일에 대해 아무 말도 안 했지만 바벨 원판이 원래 계단에 없었다는 건 알고 있었죠. 그래도 경찰에게 아무 말도 하지 않았어요. 가끔씩 엄마는 소파에서 조이를 부둥켜안은 채 시간을 보냈어요. 저는 그런 시간을 마련하려고 두 사람이 좋아할 만한 DVD를 찾아내고, 젤리 같은 간식도 챙겨뒀죠. 저는 두 사람 옆에 있을 필요가 없었어요. 그냥 다른 의자에 앉아 영화를 보는 두 사람을 지켜봤죠." 어릴 때 다른 사람을 지켜보며 얼마나 많은 시간을 보냈을까?

"아, 재니스." B 부인이 말한다. 아까 느꼈던 슬픔의 메아리다.

"그러다 엄마가 다시 집을 비우기 시작했어요. 가끔은 며칠씩 집을 비웠죠. 전 어떻게든 상황을 해결하려고 노력했어요. 보통은 집 안에 약간의 현금과 쿠폰이 있었고, 초창기에는 엄마가 돈을 남겨두고 갔죠. 하지만 본격적으로 술을 마시기 시작한 뒤로는 돈을 남겨둬야 한다는 걸 잊어버린 것 같아요. 그래서 전 엄마가 그렇게 술을 마시게 된 데에도 죄책감을 느껴요. 아저씨가 죽지 않았다면 엄마는 술꾼이 되지 않았을 테니까요."

"그랬다면 레이가 자네 엄마나 자네, 혹은 조이를 죽였을 수도 있지. 그 생각은 안 해봤나?" B 부인이 톡 쏘아붙인다.

재니스는 어깨를 으쓱인다. 그녀도 모든 가정을 다 해보았다. 재니스는 B 부인을 돌아본다. 그녀에게 하고 싶은 말이 있다. "전 단 한 순간도 부인이 술꾼이라고 생각한 적 없어요. 알코올중독자가 어떤지 너무 잘 아니까요."

B 부인은 그건 이 일과 상관없다는 듯 고개를 젓는다. "자네가 이 모든 일에 죄책감을 느낀다는 게 난 아직 화가 나, 재니스."

"죄책감은 허락을 구하지 않고 들어오는 것 같아요. 문을 두드리고 밖에서 얌전하게 기다리지 않는다고요."

"번식력이 아주 강한 잡초처럼." B 부인이 말한다. 재니스는 B 부인이 자신을 웃기려고 한다는 걸 알았고, 거의 웃을 뻔한다.

"또 어떤 죄책감이 들지?" B 부인이 묻는다.

"이 모든 일에서 엄마를 피해자로 본 적이 없다는 사실에 죄책감이 들어요. 엄마는 남편을 따라 외국으로 이사했고, 거기서 남편을 잃었고, 자신이 좋아하지 않는 일을 다시 해야 했고, 술주정뱅이 언니에게 푸대접을 받았고, 남자에게 학대를 당하다가 다시 죽음을 겪어야 했어요. 엄마를 이해하지 못한 것, 혹은 안타깝게 여기지 못한 데 죄책감을 느껴요."

"또?"

B 부인은 용의자 신문을 했더라면 잘했을 거라고 재니스는 생각한다. 늘 어떤 대목에서 뭔가가 더 있다는 걸 눈치채는 듯하다.

"마침내 사회복지국에서 우리를 찾아왔을 때, 아마 이웃 사람이 신고했을 거예요, 제가 한시름 놓았다는 데도 죄책감을 느껴요. 우리를 맡아준 위탁가정은 완벽하진 않았지만 더는 제가 모든 걸 책임질 필요가 없었죠. 그래도 조이를 실망시켰다는 느낌은 떨칠 수가 없어요."

"말도 안 돼!" B 부인은 그 말에 화가 난다는 듯이 호통친다.

B 부인이 다른 말을 하기 전에 재니스는 이야기를 계속한다. "제가 가장 죄책감을 느끼는 일은 15년 전 엄마가 구세군 쉼터에서 알코올중독으로 돌아가셨다는 거예요. 전 엄마를 방치했고, 엄마의 죽음에 슬퍼하지도 않았어요."

"자네는 할 수 있는 일을 다 했어. 그 일은 자네가 감당할 수 있는 일이 아니야. 내 말 믿어. 그동안에 자네가 의지할 수 있는 사람, 자네를 돌봐주는 사람은 없었어?"

뭐라고 말해야 할까? 재니스는 열여덟 살에 직장에서 마이크를 만났다. 그리고 마이크가 자신을 돌봐줄 줄 알았다. 혹은 둘이 서로를 돌볼 줄 알았다. 얼마나 큰 착각이었는지. 남편과 함께했던 세월을 다시 떠올리고 싶지 않았기에 그녀는 그저 이렇게만 설명한다.

"이야기 속 소녀는 한 남자를 만났고, 그가 자신을 도와주길 바랐어요. 남자는 왕이나 왕자는 아니었지만 소녀는 상관없었어요. 무엇보다 상냥한 남자를 원했으니까요. 하지만 알고 보니 그 남자는 자신을 황제라고 생각했어요. 그리고 벌거벗었는데도 자신이 아주 좋은 새 옷을 입고 있다고 생각했죠."

요란한 웃음소리가 브랜디보다 효과가 더 좋았고, 재니스는 미소 지으며 B 부인의 손을 꽉 잡는다.

서른셋

모든 이야기의 양면성

"언니가 조디 보면과 아는 사이인 줄 몰랐어!"

재니스는 난로 옆 조디의 의자에 앉아 있고, 순간적으로 어리 둥절하다. 조금 전에 동생을 생각하는 중이었는데 조디의 집에서 동생 목소리를 들으니 이상한 꿈속으로 들어온 기분이다.

"언니, 듣고 있어?"

"아, 응. 사실은 지금 조디의 의자에 앉아 있어."

"하지만 조디는 캐나다에 있는데. 설마 조디랑 사귀는 건 아니지?"

동생의 들뜬 반응에 재니스는 당황한다. "아냐, 아냐, 난 영국에서 조디의 집을 대신 봐주고 있어."

"근데 어떻게 조디랑 그렇게 친해진 거야?"

"난 그냥 조디의 집을 청소해 주는 도우미야."

"아닌 것 같은데. 언니도 조디가 나한테 보낸 이메일을 읽어봐야 해. 우리한테 토요일 공연의 VIP 티켓을 보내주면서 공연 끝나고 같이 술 한잔하자고 했다니까. 난 늘 언니가 예사롭지 않다고 생각했어."

"네 목소리 들으니까 너무 좋다, 조이." 재니스는 두 다리를 들어 의자에 올린 뒤 양팔로 끌어안는다. 또 눈물이 날 것 같다.

"괜찮아, 언니? 목소리가 이상해."

"나 마이크랑 헤어졌어."

"뭐라고? 완전히 헤어진 거야?"

"응." 왜 조이와 사이먼 둘 다 저렇게 물을까?

"와, 드디어 헤어졌구나."

남편과 진작 헤어졌어야 했다는 걸 그녀만 몰랐던 걸까?

"괜찮아, 언니?" 조이가 다시 묻는다. 하지만 더 행복해진 목소리다. 언니가 마침내 개자식이랑 헤어져서 행복한 것이다.

"괜찮아. 오늘 저녁에 너한테 전화할 생각이었어. 물어볼 게 있어서."

"물어봐……. 잠깐만, 우선 와인 한 잔 따르고. 언니도 와인 준비했어?"

"아니, 가져올게." 재니스는 술을 또 마시고 싶은 생각은 전혀 없지만 둘이 통화할 때면 늘 함께 와인을 마셨다. 생각해 보니 그런 지도 꽤 오래되었다.

"다 됐어. 그래, 뭐가 알고 싶어?" 동생이 돌아왔다.

"내가 캐나다에 갔을 때 말이야. 마지막 날에 네가 종이에 뭘

가 적었는데 난 그 말이 무슨 뜻인지 모르겠어."

조이가 부드럽게 웃는다. 언니가 사람을 죽였다는 사실을 상기시키는 웃음은 아니다. "언니가 그 일을 기억할지 모르겠다. 근데 언니는 웬만하면 다 기억하더라고."

"뭔데?"

"엄마가 집에 한창 들어오지 않았던 때야. 아마 그때도 2주 정도 집을 비웠을 거야. 긴 시간이었지. 그때 내가 열 살쯤 됐을걸? 그럼 언니가 몇 살이었지?"

"열다섯."

"언니는 틀림없이 기억할 거야." 조이가 우긴다.

재니스는 동생이 무슨 얘기를 하려는 건지 모르지만 적어도 레이 아저씨 이야기는 아닌 걸 알고 안도감에 몸을 떨며 옆에 있던 레드와인을 한 모금 마신다.

"아까도 말했듯이 엄마가 안 계셨고, 엄마는 많지는 않지만 약간의 돈을 남겨두고 가셨을 거야. 그리고 곧 크리스마스였지. 호프 언니, 언니가 이걸 기억 못 할 리가 없다니까." 동생이 다시 우긴다.

옛날 이름을 들으니 기억이 돌아온다. 당시 재니스는 크리스마스에는 엄마가 틀림없이 돌아올 거라고 생각했으나 엄마는 돌아오지 않았다. 크리스마스를 하루이틀 남기고 돈이 다 떨어졌고, 재니스는 밤늦게까지 집을 꾸몄다. 도와주던 조이가 잠들자 재니스는 동생을 놀라게 해주려고 좀 더 꾸몄다. 조이를 위해 몇 가지 선물을 만들고, 자기가 가진 물건 중에 조이가 좋아할 만한 물건을 리폼하려고 했다. 하지만 가진 돈이 얼마 없었고, 대부분 음식을 사는 데 썼다. 그래도 조이에게 줄 선물 하나를 마련했다. 새 물건이었다. 아빠가 골랐을 법한 선물.

"그래, 이제 기억나." 재니스는 세상에서 누구보다 사랑하는 동생에게 말한다.

"그때 언니가 사준 만년필을 난 아직도 가지고 있어. 그래서 그날 그 만년필로 글을 쓴 거야. 그 글을 보면 언니가 이해할 줄 알았거든."

"이제 이해했어." 재니스는 그 말밖에 할 수 없다. "조이?"

"응."

조이에게 물어봐야 한다. 이제는 알아야 한다. "레이 아저씨에게 있었던 일, 기억해?"

"당연하지. 그걸 어떻게 잊어."

"하지만 정말로 무슨 일이 있었는지 알아?"

"무슨 말이야?" 조이가 의심스러운 어조로 말한다.

정적이 흐른다. 재니스는 적당한 말을 찾을 수가 없다.

그러자 조이가 도와준다. "언니가 아저씨 죽인 거?"

재니스는 숨을 몰아쉰다. 그녀가 늘 말한 대로 조이는 아주 똑똑한 아이다.

"듣고 있어, 언니?" 조이가 걱정스러운 목소리로 말한다.

"언제부터 알았어?"

"처음부터. 바벨 원판과 줄넘기가 원래 계단에 없었다는 걸 알고 있었지. 다만 언니가 그 일을 이야기하고 싶어 하지 않는다고 생각했어."

재니스는 어디서부터 시작해야 할지 모르겠다. "그럼 넌……
넌 괜찮은 거야?"

"당연하지. 아저씨는 우릴 죽이려고 했어, 호프. 그날만 그랬던
거라는 말은 하지 마. 언니가 세상에서 제일 좋은 언니인 거 알
지? 내가 얼마나 사랑하는지도 알고? 언닌 날 한 번도 실망시킨
적 없어."

이제 재니스는 눈물을 참을 수가 없다. "그런 일을 겪게 해서
정말 미안해."

"나한텐 언니가 있었잖아. 그걸로 됐어."

재니스는 피오나를 떠올린다. 자신도 그녀에게 똑같은 말을
했다. '애덤에게는 당신이 있잖아요.'

"늘 궁금했던 게 하나 있는데 물어봐도 돼?" 조이가 묻는다.

"뭐든지 물어봐."

"언니가 그 개도 죽였어?"

재니스는 웃음을 터뜨린다. 비록 개를 좋아하고, 동물의 죽음
에 웃어서는 안 되지만 "아니, 네가 죽였잖아"라고 말하지 않을
수 없다.

이제 조이도 함께 웃는다. "젠장, 그 개는 정말 사악한 놈이었
어. 개는 주인을 닮는다고 하잖아."

재니스는 그 말이 꼭 진실은 아니라는 걸 알고 있다. 주인과 전
혀 다른 폭스테리어도 있다.

"빨리 나 만나러 와." 조이가 말한다.

"나도 정말 그러고 싶은데 살 집을 먼저 구해야 해. 그리고……."

재니스는 지금 자신이 돈에 쪼들린다는 사실을 동생에게 말하기가 힘들다.

"에이, 몰라. 그냥 날짜만 정해. 비행기표는 내가 보내줄게."

"그럴 순 없어."

"왜 안 돼. 난 언니 동생인데."

재니스는 대답할 말이 없다.

서른넷

소년과 개

재니스는 그래그래그래 부인과 마주치지 않고 집 안을 거의 다 청소했다. 그래그래그래 부인이 어떤 구역으로 오는 발소리가 들리면 재빨리 다른 구역으로 달려간다. 마룻바닥이라서 발소리가 크게 울리는 덕분에 집주인이 오는 소리를 쉽게 들을 수 있다. 재니스가 이 방에서 저 방으로 소리 없이 돌아다니는 동안(신발은 현관에 벗어두고 왔다) 데키우스가 그녀를 따라다닌다. 데키우스는 '대체 왜 이 지랄이야, 이 여자야?' 하는 표정으로 재니스를 바라보지만 그녀는 신경 쓰지 않는다. 재니스는 조이와(조이가 얼마나 똑똑한지) B 부인을 생각하고 있다. B 부인에게 자신의 이야기를 한 것만으로도 변화가 일어났다. 또한 그 후에 동생에게 이야기한 일도. 아무것도 변하지 않았지만 또한 모든 것이 변했다. 좋은 쪽으로.

유언에게서 문자가 왔고, 그들은 이따 만나 애덤과 함께 데키우스를 산책시킬 예정이다. 언젠가 유언에게 자신의 이야기를 할수 있을까? 할 수 있을 거라고 생각하고 싶지만 여러 시나리오를 생각해 봤는데도 적당한 말을 꺼내는 시나리오가 도저히 떠오르지 않는다. 그래서 대신 다른 두 가지를 생각한다. 어쩌면 유언과 함께 탱고를 배울 수 있을 것이고, 함께 캐나다에도 갈 수 있을 것이다. 그러기 위해 돈 문제가 해결되고 새 옷이 걸린 옷장을 상상하는 사치를 누린다.

"아, 여기 있었군."

티베리우스의 목소리에 재니스는 화들짝 돌아선다. 그가 오는 소리를 듣지 못했다. 티베리우스는 소리가 나지 않는 양가죽 모카신을 신고 있는데, 재니스는 처음으로 그가 안짱다리라는 사실을 알아차린다.

"이게 무슨 의미인지 설명해 줄 수 있나요?" 티베리우스가 4분의 1만 남은 브랜디 병을 들어 올리며 묻는다. 재니스가 브랜디 전문가는 아니지만 저 병이 어제 그녀와 B 부인이 함께 마신 브랜디라는 사실은 확실하다.

재니스는 침묵을 지키지만 머릿속에서는 온갖 생각이 속사포처럼 쏟아진다.

B 부인을 또 괴롭혔나요?

B 부인은 괜찮나요?

당신은 진짜 천하의 불효자야.

마이크로프트가 무슨 일을 꾸미고 있나?

어쩌면 그렇게 안짱다리일 수가 있죠?

그건 스탠의 브랜디예요.

스탠을 난처하게 할 말은 절대 하면 안 돼.

지가 뭔데 나한테 저런 식으로 따지는 거야?

특히 마지막 생각이 뇌리에서 사라지지 않는다. 대체 왜 저 거만한 인간은 사람을 하찮게 취급해도 된다고 생각하는 걸까?

"이게 무슨 뜻이냐고 묻잖아요."

데키우스가 때맞춰 그녀의 다리를 툭 친다. 데키우스를 내려다본 재니스는 이 강아지를 다시는 못 볼지도 모른다는 사실을 기억해 낸다. 오늘 아침에는 특히 데키우스의 표정이 설득력이 있다. '쓸데없는 말 하지 마.'

"죄송한데 무슨 말씀이신지 모르겠어요." 재니스는 (캐시미어 걸레에) 기다란 손잡이가 달린, 특별히 고안된 바닥용 대걸레를 들고 그의 옆으로 지나간다.

그러자 티베리우스가 팔을 뻗어 재니스의 팔을 잡는다. 세게 잡은 것은 아니지만 그래도 그녀를 만진 것이고 재니스는 마음 깊은 곳에서 모욕감을 느낀다. 그리하여 꼼짝하지 않은 채 그의 손을 바라본 다음 그의 얼굴을 올려다본다. 티베리우스가 황급히 손을 뗀다.

"앞으로 다시는, 다시는 내 몸에 손대지 마세요." 재니스가 분노를 간신히 참으며 말한다.

왼쪽 바닥에서 낮게 으르렁거리는 소리가 들린다. 평소 데키우스가 보여주던 유쾌함은 온데간데없다. 만약 지금 데키우스의 옆구리에 손을 대보면 경계 상태에 돌입해 근육이 딱딱할 것이다. 데키우스는 티베리우스에게서 잠시도 눈을 떼지 않는다. 재니스는 곤경에 처했지만 마음 한편으로는 자신이 내면의 암사자를 발견했듯 사랑하는 데키우스가 그녀를 지켜주는 늑대가 되었다는 사실이 뿌듯하다.

티베리우스가 방을 나가면서 팽팽하던 긴장감이 깨진다.

"이대로는 안 될 것 같죠?" 티베리우스가 말한다. 질문이 아니다. "이번 주까지 일하고 끝내는 걸로 하죠. 아내가 보수를 챙겨줄 겁니다."

재니스가 현관으로 가서 코트를 꺼내고 데키우스의 목줄을 내릴 때까지도 분노는 사그라지지 않는다. 재니스는 분노에 휩싸인 채 진입로를 끝까지 내려간 다음 길을 건너 들판으로 들어선다. 피오나와 애덤의 집까지 절반쯤 갔을 때 갑자기 몸에서 힘이 빠지고 속이 울렁거린다. 옆에서 자랑스럽게 통통 튀듯 걷는 데키우스를 보고 싶지 않다. 하지만 보지 않아도 어떤 표정일지 알 수 있다.

"아, 데키우스, 우리가 무슨 짓을 한 거야." 재니스가 큰 소리로 말한다.

그녀를 돌아보는 데키우스의 표정은 역시나 예상한 대로다. '저 병신한테 본때를 보여준 거야.'

데키우스에게 이제 다 망했고, 앞으로 우리는 만나지 못할 거라는 말을 어떻게 해야 할까?

그리고 애덤은? 맙소사, 애덤에게 뭐라고 하지? 그 생각을 하니 더 속상했다. 애덤을 배신한 듯한 기분이 들기 때문이다. 애덤은 아직 어린아이일 뿐이다. 이 문제를 해결할 방법을 찾아야 한다. 티베리우스가 다시 그녀를 고용할 일은 없을 것이다. 데키우스는 누구 편을 들지 선택했고 이제 돌이킬 방법은 없다. 하지만 어쩌면 애덤이 그래그래그래 부인에게 접근해서 데키우스를 산책시키는 일을 맡을 수 있지 않을까? 그래그래그래 부인은 애덤이 재니스와 아는 사이라는 사실을 굳이 알 필요가 없고, 재니스를 대신해서 데키우스를 산책시킬 사람이 필요할 것이다.

"무슨 일이에요?" 재니스가 피오나와 애덤의 집 현관으로 이어지는 길 초입에 들어서기도 전에 유언이 그녀를 향해 성큼성큼 다가온다.

'내 얼굴에 다 써 있나?' 어쩌면 구조대원 경력이 있어서 문제를 알아차리는 데 노련한지도 모른다. 재니스는 문장을 구사하려고 하지만 말이 통하지 않는 단어들만 나온다. 유언이 다가와 (스노든산을 등반할 때 몸을 따뜻하게 해줄) 플리스 점퍼와 팔로 그녀를 감싸안는다. 흐느끼는 동안 재니스의 얼굴에는 점퍼의 푹신한 촉감이, 머리카락에는 그의 턱과 뺨이 느껴진다. 하지만 무엇보다도 자신이 사랑하는 사람의 품에 안겨 있다는 사실이 위안이 된다.

마침내 둘은 몸을 떼고, 그들의 다리에 칭칭 감긴 데키우스의 목줄을 풀기 위해 제자리에서 빙빙 돈다. "해결책이 있을 겁니다." 유언이 말한다. 재니스는 그 말을 믿고 싶지만 유언은 티베리우스가 어떤 작자인지 모른다.

재니스는 심호흡한다. "두고 보죠." 그녀가 할 수 있는 말은 그게 전부다.

　이제 진입로로 나온 애덤이 데키우스와 함께 폴짝폴짝 뛰고 빙글빙글 돌며 인사하는 의식을 치르고 있다. 그걸 보자 재니스는 더 우울해진다. 적어도 애덤이 데키우스를 계속 만날 방법을 찾아야 한다. 현관에 피오나가 나타나더니 재니스 쪽으로 걸어온다. 재니스는 방금 있었던 일을 최대한 빨리 설명한다.

　"정말 속상하겠네요." 피오나가 그녀의 팔에 손을 얹는다. 아까 티베리우스의 손이 닿았던 때와 비교하면 놀랄 정도로 느낌이 다르다. "저기, 안 그래도 전부터 재니스에게 하고 싶었던 말이 있는데 지금 애덤과 당신에게 말하는 게 좋겠어요." 피오나는 아들을 부른다.

　"애덤, 재니스가 앞으로는 데키우스와 산책을 못 할지도 모른대. 네가 데키우스를 계속 만날 수 있게 어떻게든 방법을 찾아내려고 하지만 난 예전부터 네가 강아지를 키웠으면 좋겠다고 생각했거든. 개 분양해 주는 사람들도 만나봤고. 데키우스 같은 강아지를 키우면 어떠니?"

　재니스는 피오나보다 먼저 큰일이 났다는 걸 직감한다. 그녀는 이 폭스테리어를 사랑하고, 세상에 데키우스 같은 개는 다시 없다는 걸 알고 있으므로 당연한 일이다.

　애덤은 거의 30초 동안 우두커니 서 있더니 악을 쓴다. "그럼 언젠가 아빠도 새로 데려올 수 있다고 생각하는 거야? 그냥 나한테 새아빠를 사주면 된다고? 새아빠, 빌어먹을 새 강아지." 애덤은 한쪽 발에서 다른 쪽 발로 체중을 옮긴다. "대체 어른들은 다 왜 그래요?" 이제 애덤은 그들 모두에게 소리친다. 재니스가 오른쪽을 힐끗 보니 피오나는 얼굴이 새하얗게 질린 채 입을 벌리고 있다. "대체 어른들은 다 왜 그러냐고요!" 애덤이 다시 말한다. "내 앞에서 아빠 얘기는 절대 안 하죠. 어쩌다 할 때면 마치 아빠가 잘못된 일은 한 적이 없는 완벽한 영웅인 것처럼 말하고요. 아빠도 어떤 때는 완전히 등신 같았어요. 왜 아무도 그냥 그렇다고 말하지 않는 거예요? 가끔은 아빠도 우릴 실망시켰어요. 아침에 일어나지 못하거나 약에 너무 취해서 아무것도 못 했다고요. 하지만 그래도 완벽한 아빠였어요."

발로 땅을 쿵쿵 구르는 애덤은 어린아이 같기도 하고, 또 한편으로는 성난 어른 같기도 하다. "아빠가 가끔씩 형편없었다고 해서 내가 아빠를 덜 사랑하는 줄 아세요? 아빠에 대해 솔직히 말하면 내가 아빠를 그리워하지 않을 거라고 생각해요?" 애덤은 몸을 돌려 재니스를 본다. "그리고 아무도 아빠 이야기를 안 하죠. 아줌마…… 아줌마." 애덤은 재니스에게 말한다. "아줌마는 다를 줄 알았어요. 아줌마는 나한테 아빠에 대해 물어볼 줄 알았다고요."

이제 애덤은 울고 있고, 유언은 땅을 디딘 발에 더 힘을 준다. 애덤의 말에 충격을 받은 와중에도 재니스는 그런 유언을 보며 곧 몰아칠 파도에 대비해 몸의 균형을 잡는 선원이 떠오른다. "어떻게 내가 다른 개를 키우고 싶어 할 거라고 생각할 수가 있죠? 왜 우리가 절대 숲에는 안 가고 늘 들판이나 초원만 가는지 내가 모를 줄 알아요? 숲에 가면 내가 아빠처럼 나무를 찾아서 목이라도 매달까 봐서 그러는 거예요? 대체 다들 왜 그래요?" 애덤은 그렇게 말하고는 몸을 돌려 달린다. 유언을 피해 데키우스와 함께 전속력으로 달린다. 마치 그래야 살 수 있다는 듯이. 재니스는 애덤이 그를 실망시킨 어른들에게서 최대한 멀어지는 모습을 지켜본다. 다들 멍한 상태에서 침묵이 흐르고, 재니스는 그저 데키우스가 애덤과 함께 있어서 다행이라는 생각만 든다.

기운이 빠져버린 피오나는 나직한 정원 담장에 앉아 있다. 경고도 없이 다리에서 힘이 풀려버린 듯하다. 그녀는 몸을 앞뒤로 흔들고, 입에서는 지금까지 재니스가 들어본 적 없는 소리가 흘러나온다. 고통에 신음하는 짐승의 소리 같다. 재니스는 피오나에게 한 발짝 다가갔다가 이번에는 머뭇거리며 애덤이 사라진 방향으로 한 발짝 내디딘다. 갑자기 유언이 그녀 곁으로 다가온다. "피오나를 집 안으로 데려가죠." 그러더니 담장에 앉은 피오나에게 몸을 돌려 그녀 옆에 쪼그려 앉는다. "피오나, 우리랑 함께 집으로 가요. 우리가 애덤을 찾도록 도와줄게요. 하지만 그러려면 당신이 먼저 우릴 도와줘야 해요."

피오나는 껵껵거리며 울다가 유언을 올려다본다. 그가 다시 말한다. "내가 도와줄 수 있어요, 피오나. 하지만 우리도 당신의 도움이 필요해요."

피오나는 앞뒤로 흔들던 동작을 멈추고 불확실한 눈으로 재니스를 바라본다. 재니스는 그녀의 손을 잡고 일어나도록 도와준다. "안으로 들어가요."

피오나는 반쯤 비틀거리며 그들과 함께 집으로 들어가고 재니스는 달리 어디로 가야 할지 몰라서 그냥 주방으로 데려간다. 재니스는 피오나와 나란히 식탁에 앉는다. 유언은 의자를 끌고 그들 옆으로 와 피오나를 똑바로 바라본다. "자, 피오나, 애덤이 어디로 갔을까요?"

그녀는 고개를 젓는다. 충격으로 말을 잃은 듯하다.

"친구 집에 갔을까요? 아니면 그보다는 혼자 있고 싶어 할까요?"

"애덤은 친구가 많지 않아요." 피오나는 간신히 말하더니 울기 시작한다. 재니스가 그녀의 손을 잡아준다.

"그렇다면 혼자 있을 확률이 더 높겠군요. 애덤이 어디로 갔을까요? 아까 애덤이 들판, 초원, 숲을 언급했어요." '숲'이라는 단어에 피오나가 움찔하지만 유언은 계속한다. "달리 생각나는 곳이 있나요?" 피오나는 고개를 젓는다. "애덤에게 휴대전화가 있나요?"

그 말에 피오나가 눈을 빛낸다. "있어요. 그걸로 위치를 추적할 수 있을까요?"

유언이 무언가를 말하려고 하지만 재니스가 끼어든다. 그녀는 애덤이 사용하는 휴대전화를 알고 있는데 지금 그 휴대전화가 주방 서랍장 위에 놓여 있다. "걱정하지 말아요." 유언이 피오나에게 그렇게 말하더니 전화기 옆에 있던 메모지와 볼펜을 가져온다. 그러고는 손목시계를 확인하고 재빨리 목록을 작성한다. "피오나, 이게 당신이 해줬으면 하는 일이에요."

피오나는 유언을 올려다본다. 희망과 불안이 담긴 그녀의 눈빛을 보니 재니스는 가슴이 찢어진다.

유언은 미소 지으며 말한다. "괜찮을 거예요, 피오나. 애덤은 현명한 아이예요. 지금은 그냥 속상해서 혼자만의 시간이 필요할 뿐이죠. 지금 우리가 하려는 일은 예방조치예요." 그가 다시 한번 말한다. "애덤은 괜찮을 겁니다." 그러고는 작성한 목록을 보여준다. "재니스와 난 아까 애덤이 언급한 세 곳을 빨리 훑어볼 거예요. 당신은 애덤이 돌아올 경우를 대비해 여기 남아 있어요. 우리는 서로 연락할 수 있도록 전화번호를 저장해 둡시다." 유언은 다시 손목시계를 확인한다. "한 시간 뒤면 해가 지니까 최대 40분 동안만 살펴보고 다시 여기로 돌아오기로 하죠. 우리가 없는 동안 당신은 이 목록을 작성하고 필요한 물건을 모아주세요. 애덤의 최근 사진하고……."

피오나는 놀라서 그를 올려다본다.

"그냥 예방조치예요. 직장에서 내 별명이 체크포인트 찰리거든요. 난 준비를 철저히 해둬야 직성이 풀려요." 유언은 피오나에게 미소 짓는다. "예전에 왕립 구조선 협회에서 일하기도 했고요. 이건 그냥 기본적인 준비물이에요. 하지만 무슨 일이든 미리 대비해 두는 게 좋죠. 아마 그 사진이 실제로 필요할 일은 없을 겁니다."

피오나는 한숨을 내쉬더니 고개를 끄덕인다.

"그러니까 사진을 준비해 주고, 애덤의 인상착의를 적어……."

피오나가 그의 말을 끊는다. "애덤은 코트도 안 입었어요. 교복 셔츠만 입었어요."

"그럼 더 빨리 돌아오겠네요." 유언은 그녀를 안심시킨다. "또 친구들 명단도 적어주세요. 이름과 전화번호요. 애덤이 사용하는 SNS가 있나요? 비밀번호를 아세요?"

피오나는 고개를 끄덕인다.

"잘됐네요. 그럼 애덤이 갈 만한 다른 장소, 특히 애덤과 아빠에게 중요한 장소가 어디인지 생각해 보세요. 그것도 여기에 적어주고요." 유언은 메모장을 가리킨다. "이제 우린 출발할게요. 늦어도 40분 안에는 돌아올 겁니다. 애덤은 멀리 못 갔을 겁니다. 그리고 데키우스와 함께 있어요. 애덤은 데키우스를 끝까지 지킬 겁니다. 그건 확실해요. 데키우스를 위험에 빠뜨리지 않을 거예요."

피오나는 그를 올려다본다. "내가 무슨 생각을 한 걸까요? 그렇게 어리석었다니 믿을 수가 없어요. 난 그냥……." 피오나는 말을 맺지 못한다.

재니스는 얼른 그녀의 어깨를 끌어안는다. "당신은 그저 어떻게 하면 애덤을 행복하게 해줄까 생각했을 뿐이에요. 그건 잘못된 게 아니에요. 잘될 거예요. 애덤에게는 그저 시간이 필요할 뿐이에요."

재니스는 유언을 따라 복도로 나간다. "이제 어떻게 하죠?"

"숲이 어디 있는지 알아요? 난 우리가 산책했던 초원과 들판은 알아요. 당신 혼자 숲에 가도 되겠어요?"

"네, 멀지 않아요." 재니스가 말한다.

"정말 괜찮겠어요?" 갑자기 유언이 불안해하며 묻는다.

"네, 정말로 괜찮아요."

"그래요. 늦어도 40분이에요. 그런 다음에 다시 여기서 만나요."

"그다음에는요? 만약 그때도 애덤을 찾지 못하면요?"

"경찰을 불러야죠."

"그렇게 빨리요? 몇 시간 더 기다려야 하는 거 아닌가요?"

"아뇨, 절대 그렇지 않아요. 경찰에 바로 신고해야 해요. 애덤은 어린아이인 데다 지금 감정적으로 동요된 상태예요. 추운 밤을 버틸 옷차림도 아니고요. 우리에겐 경찰의 인력이 필요할 수도 있어요." 유언은 몸을 앞으로 내밀어 재빨리 재니스의 뺨에 키스한다. "'필요할 수도 있다'고 했잖아요. 난 그냥 체크포인트 찰리답게 철저히 대비하는 거예요. 그리고 기억해요, 애덤이 데키우스를 끝까지 지킬 거라는 내 말은 농담이 아니에요."

그들은 진입로 끝에서 헤어지고 재니스는 숲을 향해 처음에는 걷다가 이내 반쯤 뛰어간다. 이제 혼자가 되자 그녀는 애덤이 했던 말을 전부 곱씹는다. 왜 애덤에게 아빠에 대해 묻지 않았을까? 애덤이 피오나가 인정한 것보다 자신의 문제를 더 잘 알고 있다는 걸 재니스는 확실히 느꼈다. 그런데도 왜 묻지 않았을까? 애덤을 속상하게 하고 싶지 않았을까? 아니면 '그저 청소 도우미일 뿐'이기 때문에 나설 처지가 아니라고 생각했을까? 재니스는 마이크가 그녀의 직업을 깎아내리고 낙인을 찍는 데 화가 나 있던 터였다. 그런데도 그 말 뒤에 숨었던 걸까? '괜히 나서지 마, 재니스. 넌 그냥 청소 도우미일 뿐이야.'

재니스는 숲 가장자리에 이르러 사람들이 주로 다니는 길로 들어선다. 지난가을의 낙엽이 발밑에서 바스락 부서진다. 아래로 이어지는 길을 따라가니 움푹 파인 지형에 모여드는 안개가 보인다. 양옆으로 솟아오르는 검은 형체의 나무들보다 안개가 훨씬 더 무섭다. 애덤이 강으로 내려갔으면 어쩌지? 애덤이 안개 속에서 길을 잃고, 발을 헛디딘 건 아닐까? 재니스는 걸어가면서 애덤을 부르고 가끔은 어둠을 향해 데키우스를 부르기도 한다. 이제 다른 사람들의 시선은 신경 쓰지 않는다. 데키우스라면 틀림없이 그녀의 부름에 대답할 것이다. 그 생각을 하자 마음 한쪽이 무너진다. 데키우스는 그녀 편에 서서 그녀를 지켜줬는데 이제는 가끔씩 몇 시간조차 함께 보낼 방법이 없다. 재니스는 생각을 즉시 멈춘다. 지금은 애덤을 찾아야 한다. 자기 연민에 빠질 때가 아니다. "애덤!" 재니스는 목이 아프도록 최대한 큰 소리로 외치고 또 외친다.

큰길에서 벗어나 널찍한 케임브리지 전원이 내려다보이는 숲 가장자리 쪽으로 발길을 재촉한다. 지금 어디로 가는지 정확히 알고 있다. 작은 산등성이의 키 큰 나무 중 하나다. 애덤의 아빠 존이 목을 맨 떡갈나무. 존은 그 나무에서 가장 높은 가지를 골랐다. 그러니 아마도 한동안 그 가지에 서서 경치를 내려다봤을 것이다. 그 가여운 남자는 무슨 생각을 했을까? 아니면 이성적인 사고가 불가능한 상태였을까? 재니스는 찾던 나무를 발견하고 주위를 돈다. 작은 개를 껴안은 채 웅크린 형체가 있기를 바라지만 아무것도 없다.

피오나의 집으로 돌아가 보니 유언이 먼저 와서 동네 파출소에 신고하는 중이다. 아까보다 더 차분해진 피오나는 재니스에게 차를 권하며 고맙다고 인사한다. "이제 좀 괜찮아요?" 재니스가 묻는다.

"네, 유언이 너무 잘 처리해 주고 있어요."

재니스도 그 말에 동의하지 않을 수 없다. 지금은 너무 힘들어서 미처 생각할 겨를이 없었지만 그녀도 유언이 조용히 문제를 해결하고 있다는 걸 안다. 유언은 비범한 능력을 가진 평범한 사람이다. 그거야말로 그녀가 가장 좋아하는 이야기가 아니던가. 더 많은 사람들이 주방에 들어오자 재니스는 정신이 없다. 피오나가 서둘러 그들을 소개해 준다. 유언이 피오나에게 수색을 도와줄 만한 이웃 사람들을 불러달라고 부탁했다고 한다. 경찰이 도착할 때 바로 수색을 시작할 수 있도록 준비가 되어 있어야 한다. 달리 뭘 해야 할지 몰라서 재니스는 찻잔을 더 내오고, 보온병과 물병을 찾아낸다.

다음 몇 시간은 불규칙한 리듬으로 흘러간다. 한바탕 부산하게 움직일 때도 있고, 전화를 걸거나 수색조를 다시 짜면서 진행이 지연되기도 한다. 재니스는 경찰을 칭찬하지 않을 수 없다. 그들은 침착하고, 친절하고, 일을 잘할 뿐 아니라 예상외로 가끔씩 유머 감각까지 발휘해 피오나의 기운을 북돋아 준다. 그들에게 이일은 전혀 심각한 사건이 아닌 듯하고, 다들 잘 해결될 거라고 믿고 있는 듯하다. 재니스는 수색을 마치고 다시 집으로 돌아온 유언을 한쪽으로 불러 세운다. "경찰이 걱정하는 것 같아요?" 이제

밤 11시가 되어 기온이 뚝 떨어졌고, 경찰차와 경광등 불빛 때문에 이 집은 범죄 현장을 연상시킨다. "아주 철저하게 수색 중이에요." 유언은 그렇게 말하고 다시 밖으로 나간다. 하지만 그의 말투에서 불안해한다는 걸 알 수 있다.

주방에 있던 재니스에게 밤을 가르는 울음소리가 들린다. 그녀는 이웃 사람을 밀어내고 밖으로 나간다. 피오나가 진입로 자갈에 무릎을 꿇은 채 팔로 아들을 끌어안고 있다. 애덤은 엄마 위로 몸을 숙인 채 서 있는데 두 사람은 구분하기가 불가능할 정도로 엉겨 붙어서 몸을 부드럽게 앞뒤로 흔든다. 애덤이 반복해서 "미안해요, 엄마"라고 말하는 소리가 들린다. 두 사람에게서 약간 떨어진 곳에 티베리우스가 서 있다. 데키우스가 보이지 않자 재니스는 갑자기 겁이 덜컥 난다. 정지된 듯한 눈앞의 장면 속에 별안간 경찰이 들어오더니 모자를 둘러싸고 그들을 부축해 집 안으로 데려간다. 이웃 사람들은 서로 돌아보며 안도감에 두런두런 이야기를 나누고 그 너머로 경찰차에 시동 걸리는 소리가 들린다. 사람들이 그녀의 시야를 가로질러 돌아다닌다. 하지만 어디에서도 데키우스를 볼 수 없고, 유언도 보이지 않는다.

진입로 맞은편에서 티베리우스가 그녀를 바라보고 있다. 재니스는 남은 사람들 사이를 요리조리 빠져나가 그가 있는 쪽으로 간다. 다가가는 동안 티베리우스가 분노로 경직된 것을 볼 수 있다. 그녀가 아직 가까이 가지도 않았는데 티베리우스가 기다리지 못하고 폭발한다.

"당신은 혈통이 인증된 우리 순종견을 열두 살짜리 아이에게 맡기고 돈을 가로챘어. 그건 정직하지 못하고 사기일 뿐 아니라 귀중한 개를 위험에 빠뜨리는……."

재니스는 그의 말을 막는다. "데키우스는 어디 있죠?"

"집으로 돌아왔어. 하지만 당신 덕분은 아니야. 일곱 시간 넘게 행방을 알 수 없었는데 당신은 무례하게도 우리에게 전화도 하지 않고……."

이번에도 재니스는 그의 말을 자른다. 안도감 덕분에 용기가 생겼다. "집에 있었나요?"

"그건 별개의 문제야."

"일이 생긴 걸 알리려고 집으로 한 시간마다 전화했는데 아무도 안 받았어요."

"공교롭게도 우리는 와인 시음회에……."

"누가 데키우스를 집으로 데려갔죠?"

"저 소년이 데려왔어."

아, 애덤이 데키우스의 목걸이에 달린 인식표를 읽은 게 틀림없다. 애덤이 데키우스를 끝까지 지킬 거라는 유언의 말이 맞았다.

"당신이 집에 도착했을 때 애덤이 기다리고 있던가요?"

"그래……."

"애덤이 얼마나 기다린 거죠?"

"그건 모르고 관심도 없어. 지금 중요한 건 그게 아니야."

하지만 재니스에게는 중요하다. 피오나가 걱정으로 정신이 나가 있는 동안 애덤이 추위에 떨며 티베리우스의 집 뒷문 계단에서 기다렸다고 생각하니 마음이 아프다. 물론 애덤은 집에 아무도 없을 때 사용할 수 있는 열쇠 보관함이 있고, 그 열쇠로 뒷문으로 들어갈 수 있다는 사실을 몰랐으리라. 그나마 데키우스가 애덤 곁에 있어 줬다는 게 유일한 위안이다. 갑자기 재니스는 엄청나게 피곤하다. "알겠어요. 중요한 건 이제 애덤이 집에 돌아왔고, 데키우스가 무사하다는 거예요. 그러니 다 잘된 거죠."

"전혀 잘되지 않았……."

"이봐요, 다 잘된 거라고요. 당신은 애덤이 어떤 일을 겪었는지 몰라요." 극심한 피로에도 불구하고 재니스는 애덤을 돕기 위해 힘을 내고 싶다. "애덤은 당신 개를 정말로 사랑해요. 데키우스에게 무슨 일이 생기도록 두지 않을 거예요. 더 이상 날 고용하고 싶어 하지 않는 건 이해해요. 하지만 제발 부탁이니까 애덤을 데키우스의 산책 도우미로 써줄 수 없을까요? 애덤은 정말 책임감 있는 아이예요. 이번에도 보세요. 당신의 집 주소를 알아내서 데키우스를 무사히 집으로 데려갔잖아요."

티베리우스가 숨을 '하' 내쉬더니 마치 지금 들은 말을 믿을 수가 없다는 듯이 고개를 젓는다. "당신 머리가 어떻게 됐어? 아니면 그냥 바보야? 당신이 그렇게 말한다고 해서 내가 소중한 우리 개를 저 아이에게 믿고 맡길 수 있을 거라고……."

갑자기 재니스가 한 손을 허공으로 들어 올린다. 모든 피로가 기적처럼 사라졌다. 그녀는 도로에서 교통정리를 하는 경찰관처럼 티베리우스를 향해 손바닥을 내민다. 티베리우스는 말을 멈추고 어리둥절한 표정으로 좌우를 살핀다. "제발 나와 이 세상에 좋은 일을 하는 셈 치고 입 좀 다물어, 이 거만한 새끼야!" 재니스가 포효한다. 주위 사람들이 일제히 동작을 멈춘다. '즐겁게 춤을 추다가 그대로 멈춰라!'라는 게임을 하듯이. "이 말은 꼭 해야겠어. 너처럼 무례하고 거만하고 독선적인 속물은 평생 처음 봐. 넌 지금껏 내가 만난 사람 중에서 의심의 여지 없이 가장 무식해. 난 천하의 멍청이와 결혼했기 때문에 누구보다 잘 알지. 그리고 아까 나더러 사기꾼이라고 했는데 너야말로 좀도둑일 뿐이야. 너도 알고, 나도 알지." 재니스가 몸을 휙 돌려 진입로에 서 있던 사람들을 바라보자 그들은 갑자기 웅성이기 시작한다. "이젠 저 사람들도 알게 됐네."

티베리우스의 얼굴이 시뻘겋게 변한다. "그건 명예훼손이야. 당신이 이렇게 나온다면 나도 가만있지 않겠어. 내가⋯⋯."

재니스가 다시 그에게 다가가자 티베리우스는 서둘러 화단으로 뒷걸음질친다. "어디 해봐. 감히 그렇게 못할걸, 이 한심한 인간아. 너보다 백배 나은 네 어머니에 대한 존경심으로 이 정도에서 끝내는 거야. 안 그랬으면 당장 이렇게 말했을 거다. 꺼져, 이 새끼야!"

재니스는 다시 한번 몸을 휙 돌려 유언에게 곧장 성큼성큼 걸어간다.

"예기치 못한 결말이긴 하지만 그 외에는 훌륭하네요." 유언은 웃고 있다. "그리고 재니스?"

"네!" 그녀가 외친다.

"나중에 내가 당신을 열받게 하거든 오늘 일을 기억하라고 해줘요."

서른다섯

종이에 적힌 글

이번에는 천장이 아주 연한 초록색이다. 재니스는 낯선 침대에서 깨어나는 데 익숙해지고 있다. 이 침대는 너무 푹신하지도, 너무 딱딱하지도 않아서 재니스는 골디락스와 곰 세 마리 이야기[*]가 떠오른다. 그녀는 침대에 혼자 누워 있다. 그게 좋은 일인지 나쁜 일인지는 모르겠다. 애덤의 수색을 도와준 사람들이 다 떠났을 무렵 재니스는 자신과 피오나, 유언, 애덤이 먹을 베이컨과 달걀 샌드위치를 준비했는데 그때가 새벽 2시 30분이었고, 피오나는 두 사람에게 자고 가라고 고집을 부렸다. 그러고는 재니스를 슬쩍 불러내서 유언과 함께 잘 건지, 따로 잘 건지 물었다. 재니스는 잠시 함께 자고 싶은 유혹을 느꼈지만, 지금은 각방을 쓰겠다

[*] 영국의 전래동화로 '적당함'의 중요성을 이야기할 때 자주 인용된다.

고 하기를 잘한 것 같다.

　어젯밤 애덤은 유언과 재니스를 보려고 주방에 들러 유언에게
는 감사 인사를 하고, 재니스에게는 사과한 뒤 샌드위치와 우유
를 들고 방으로 갔다. 애덤은 너무 작고 창백했으며 여전히 불안
해 보였다. 하지만 재니스는 애덤이 장차 어떤 어른이 될지 얼핏
볼 수 있었다. 그 애가 말하는 방식에서는 묘한 품위가 느껴졌고,
하는 말이 모두 진심이라는 느낌이 들었다. 재니스 역시 아빠 존
에 대해 한 번도 묻지 않았던 것을 진심으로 사과하며 존을 더 잘
알고 싶으니 언젠가 사진을 보여줬으면 좋겠다고 했다. 둘 다 데
키우스 이야기는 하지 않았다.

　새 침대에 누워 천장을 바라보며 재니스는 앞으로 어떤 일이
일어날지 생각해 보려 하지만 아무런 답을 찾지 못한다. 모든 것
이 불확실하기 때문이다. 대신 지난 몇 주 동안 있었던 일을 생각
해 본다. 정리하기 어려운 문제지만 결국에는 극단적인 감정만
남아 있다. 그녀의 감정은 핀볼 머신 안에서 사방으로 튕겨 나간
금속 공과 같은 처지인데 그것들이 떨어질 곳은 두 군데뿐이다.
(수많은 별에 불이 들어오는) 경품 칸에 떨어지거나 핀볼 머신의
저 안쪽 깊숙이 처박히거나. 왜 예전에는 사는 게 지루하다고 불
평했을까? 차라리 지루한 편이 낫지 않나? 그녀는 얼른 그 생각
을 떨쳐버린다. 적어도 이제는 자신이 살아 있음을 알고 있다.

　경품 칸에 떨어진 긍정적인 감정 중에는 당연히 유언이 있다.
일단 유언으로 시작하고 싶다. 문득 끝도 유언이었으면 좋겠다는
생각이 든다. 그러니까 킹스 칼리지가 바라다보이는 카페에서 버

너댓 수녀님이 그녀의 귀에 속삭였던 말이 맞았다.

또한 조이와 B 부인에 대한 감정 역시 여기에 속한다. 재니스는 다른 친구들도 여기에 포함시키고, 자신은 그저 청소 도우미일 뿐이라는 생각을 그만하기로 마음먹는다. 청소 도우미가 뭐어때서? 청소 도우미도 얼마든지 친구가 될 수 있다. 어찌 됐든 그녀는 토치램프와 사포, 전기톱까지 사용할 줄 아는, 멀티태스킹이 되는 여자다.

그리고 자신의 과거, 자신의 이야기에 대한 감정도 바뀌었다. 완전히 긍정적으로 변했다고 할 수는 없지만 확실히 죄책감 일부는 덜어냈다. 이제는 자신이 동생을 어느 정도 잘 보살폈다고 생각한다. 그리고 레이 아저씨에게 한 짓이 딱히 마음이 편한 건 아니지만 받아들일 수 있게 되었다. 이야기를 들려준다는 것은 살면서 좋았던 일을 공유할 뿐 아니라 화자의 나쁜 기억을 내보내는 기능, 바람에 먼지가 흩날리듯 나쁜 기억을 흩어지게 하는 기능도 있는 걸까?

재니스는 사이먼도 생각한다. 사이먼은 둘의 점심 식사를 미뤄야 했지만 며칠 후면 케임브리지로 와서 함께 식사도 하고, 하룻밤 자고 가기로 했다. 사이먼 역시 당연히 좋은 쪽에 속한다. 어서 빨리 사이먼을 보고 싶다. 이제 마이크와 헤어졌고, 사이먼이 지금까지 왜 그녀를 멀리했는지도 알았으므로 이제부터는 아들이 다시 삶의 일부가 되기를 고대하고 있다. 또한 사이먼의 어린 시절도 덜 부정적으로 볼 수 있게 되었다. 그녀는 좋은 엄마였고, 아들이 자신과는 완전히 다른 환경에서 자랐다고 확신한다.

조이가 그랬듯이.

핀볼 머신 안쪽으로 떨어진 부정적인 감정을 살펴보는 건 훨씬 더 힘들다. 그래도 꺼내서 살펴봐야 한다. 우선 가장 쉬운 것부터 선택한다. 조디의 귀국일이 이제 일주일도 채 남지 않았는데 앞으로 어디서 지내야 할까? 돈도 별로 없고 현재로서는 갈 곳도 없다. 재니스는 집을 처음 나와 낡은 헛간 옆, 차 안에 앉아 있던 때를 떠올린다. 지금도 그때와 똑같이 패닉에 빠지지만 그래도 절망감은 없다. 지금은 도움을 청할 사람들이 있다. 친구도 있고…… 재니스는 유언을 뭐라고 불러야 할지 몰라서 말문이 막힌다. 쉰다섯 살 남자를 남자 친구라고 부를 수는 없고, 그들은 '연인'도 아니다. 적어도 아직은. 그 생각을 하자 심장이 빨리 뛰고, 그 박동이 탱고의 스타카토 리듬을 연상시킨다. 재니스는 아까 하던 생각에 집중한다. '연인'이 아니라면…… 뭘까? 예전에 스코틀랜드인―애버딘 출신인 유언에게 매우 적절한 예시―커플에 대한 이야기를 읽은 적이 있다. 그녀의 머릿속 도서관에 넣어둘 만큼 뛰어난 이야기는 아니었지만 결혼하지 않고 동거하는 커플이 서로를 '반려인'이라 부르는 대목이 마음에 들었다. 언젠가는 유언이 그녀의 '반려인'이 되기를 바란다.

그녀가 살펴봐야 할 마지막 두 가지 문제는 훨씬 더 골치 아프다. 하나는 아주 현재에 속하고, 다른 하나는 과거에 속한다. 그녀에게는 사랑하는 폭스테리어가 있고 앞으로 다시는 그 개를 볼 수 없다. 거기다 아빠를 잃은 소년도 그 개를 볼 수 없다. 이 문제는 해결책이 보이지 않는다. 남은 것은 슬픔과 상실감뿐이다. '그냥 개일 뿐이야'라는 말은 데키우스에게는 해당이 안 된다. 게다가 그녀는 이제 데키우스가 늑대라는 걸 알고 있다. 마지막으로 생각해야 할 문제는 엄마다. 이 문제는 암처럼 지난 몇 년 동안 그녀를 갉아먹은 죄책감의 핵심이다. 동생에 대한 감정과는 화해할 수 있지만, 마음 깊은 곳에서 재니스는 자신이 엄마를 실망시켰다고 굳게 믿는다. 특히 엄마가 알코올중독에 빠졌다는 점에서 더욱 그렇다. 여기에는 논리도 이성도 끼어들 여지가 없다. 그런 것들을 따져봐야 전혀 도움이 되지 않는다. 재니스는 자신의 행동 때문에 엄마가 술독에 빠졌고 결국 죽음에 이르렀다고 믿는다. 엄마의 죽음을 슬퍼하지 않는다는 사실 역시 죄책감을 칼처럼 가슴에 더 깊이 찔러 넣을 뿐이다.

노크 소리가 나더니 피오나가 문틈으로 고개를 내민다. "차를 좀 가져왔어요." 갑자기 현재로 돌아오자 재니스는 피오나에 대한 희망이 솟아오른다. 피오나에게는 애덤과의 관계를 바로잡을 기회가 있다. 어젯밤 야식을 먹으며 피오나는 애덤이 돌아온 후에 아이의 침실에서 오랫동안 이야기를 나눴다고 말했다. 둘 다 많이 울었지만 이번 일을 계기로 서로에게 좀 더 솔직해지게 되었다고 했다. 이 끔찍한 사건이 나중에 돌이켜 보면 틀림없이 좋은 추억이 될 거라고도 했다.

피오나는 침대 가장자리에 앉는다. "그건 그렇고 유언 이야기 좀 해봐요. 정말 멋진 남자더군요." 재니스는 둘이 어떻게 만났는지, 그리고 둘의 현재 상황에 대해 좀 더 설명하면서 아직 그의 네 가지 (혹은 다섯 가지) 이야기 중에 두 개밖에 못 들었다는 사실을 기억해 낸다. "그래서 지금 진지하게 만나는 거예요?" 피오나가 묻는다. 재니스는 '반려인'에 대한 자기 생각을 아직 공유할 준비가 안 된 터라 그냥 웃으며 차 잘 마시겠다고만 말한다.

애덤은 아침 식사 시간에 잠깐 얼굴을 비친다. 오늘은 토요일이라서 서둘러 등교할 필요가 없다. 말이 없고 내성적인 애덤을 보며 재니스는 지금 저 아이가 아빠에 이어 데키우스까지 잃고 얼마나 상실감이 클까 생각한다. 그녀가 커피를 두 잔째 따를 때 유언이 피오나에게 가더니 나직이 뭐라고 말한다. 그러자 피오나가 놀라서 그를 올려다본다. 그녀의 눈빛에는 재니스가 정확히 파악할 수 없는 무언가가 있다. 피오나는 유언에게 고개를 끄덕이고는 그의 팔을 토닥인다. 유언은 주방에서 나간다. 재니스가 무슨 일이냐고 묻는 표정으로 피오나를 바라본다.

"유언이 애덤과 잠깐 이야기 좀 해도 되겠냐고 물었어요."

두 사람은 한동안 식탁에 앉아 커피를 마시며 경찰과 이웃 사람들이 얼마나 친절했는지 이야기를 나눈다. 피오나는 사람들에게 감사 인사를 전할 방법을 생각 중이고, 재니스는 애덤이 안전하게 돌아온 것만으로도 충분하다고 안심시킨다. 시간이 지날수록 재니스는 유언이 애덤과 무슨 이야기를 나누고 있을지 점점 더 궁금해진다.

마침내 한 시간쯤 지나 문이 열리고, 둘 다 주방으로 들어온다. 두 사람 다 아무 말도 하지 않고, 아무 일도 없었던 것처럼 행동하지만 재니스는 애덤이 달라진 걸 볼 수 있고 피오나도 틀림없이 알아차렸으리라. 그렇다고 해서 애덤이 마냥 행복한 열두 살짜리로 변한 건 아니지만 얼굴이 덜 초췌하고 더 느긋해 보인다. 또한 울다가 나온 얼굴이다. 애덤은 토스트를 만들더니 창문 옆 안락의자에 앉아 먹기 시작한다. 재니스와 피오나는 애덤을 의식하며 이야기를 나눈다.

"엄마, 오늘 나랑 시내에 갈 수 있어요?"

"그야 물론이지." 피오나가 얼른 대답하고는 그 뒤에 올 말을 기다린다. 왜 시내에 가고 싶은지 설명을 들을 수 있을까 하고.

애덤은 전혀 개의치 않고 토스트만 우적우적 씹는다. 마침내 피오나는 재니스를 보며 어깨를 으쓱인다. 애덤은 다시 평범한 열두 살 소년의 대화 방식으로 돌아간 듯하다.

유언과 함께 집을 나서며 재니스가 묻는다. "애덤에게 뭐라고 했어요?" 유언은 마치 애덤이 들을까 걱정된다는 듯이 어깨 너머로 돌아본다.

"이따 말해줄게요."

두 사람은 늦은 점심을 먹으려고 강 근처의 바로 향한다. 해가 비치고 있지만 하늘에는 비구름이 몰려든다. 비가 흩날리는 전형적인 봄 날씨 같다.

바는 대학생과 쇼핑객으로 붐비지만 두 사람은 한쪽 벽에 붙은 자리를 찾아내 레드와인과 모둠 타파스를 주문한다.

"애덤에게 뭐라고 했는지 말해주기로 했잖아요." 재니스는 그렇게 말했다가 어제 그의 활약에 대해 아무 말도 하지 않았다는 사실이 기억나 그걸 언급하지만 유언은 그녀의 말을 끊는다. 그녀의 감사 인사에 민망해하는 기색이 역력하다. 재니스는 사람이란 얼마나 복잡한 존재인지 다시금 깨닫는다. 유언은 수줍어하다가도 다음 순간에는 놀랄만큼 자신감이 넘친다.

"그래서 애덤에게는 뭐라고 했어요?" 재니스가 다시 재촉한다.

유언은 와인 잔을 들여다보며 얼굴을 찡그리고, 재니스는 유언이 아일랜드의 구조선 협회에서 일할 때 익사한 소년의 이야기를 들려줬던 일을 생각한다.

"그냥 아빠에 대해 물어봤어요." 그가 고개를 든다. "애덤은 아빠의 단점에도 불구하고 아빠를 사랑할 수 있다고 말했지만 그게 그 애에게 얼마나 힘든 일인지 알 수 있었어요. 애덤은 아직 어리니까요. 그러니까 아빠의 좋은 점만 생각하고 싶어 하죠. 하지만 자기 곁을 떠난 아빠에게 분노가 치밀 때도 틀림없이 있을 거예요."

재니스는 고개를 끄덕인다. 그녀도 이해할 수 있다.

"애덤에게 종이를 주고 한쪽에 아빠의 좋은 점을 써보라고 했어요. 아빠와의 좋은 추억과 아빠를 사랑하는 이유에 대해서요. 그런 다음 반대쪽에 아빠가 속상하게 했거나 화나게 했던 일을 적어보라고 했죠. 그런 면도 아빠의 일부임을 아는 게 중요하다고 생각했어요."

유언은 다시 와인 잔을 골똘히 들여다본다. "이 작업을 하고 나면 그 사람을 더 정확히 이해하게 되죠. 양쪽 모두 사실이지만 둘을 분리할 수는 없어요. 하나를 빼고 나머지 하나만 가질 순 없죠. 종이를 다 찢을 수는 있을지라도 분리할 수는 없어요."

유언이 고개를 들며 말을 잇는다. "그 방법이 도움이 됐는지 모르겠어요. 조금은 된 것 같긴 해요. 피오나가 개를 사준다고 말한 건 실수였지만 그래도 피오나는 늘 애덤을 전적으로 지지해 줄 거예요. 좋은 부모가 한 명이라도 있는 건 큰 차이를 만들죠."

유언이 와인을 마시며 강을 내다보는 동안 재니스는 유언의 어머니에게 무슨 일이 있었던 걸까 생각한다. 유언은 아버지 이야기를 한 적은 있지만 어머니 이야기는 한 적이 없다. 어쩌면, 정말로 어쩌면 이렇게 섬세한 남자라면 그녀의 사연을 이해해 줄지도 모른다. 더 이상은 자신의 사연을 숨겨야 하는 남자와 함께할 수 없다.

유언이 다시 그녀를 바라본다. "당신에게 내 세 번째 이야기를 해줘야 할 것 같네요. 종이에 그렇게 적어보는 아이디어는 내가 생각해 낸 게 아닙니다. 누가 보여줬죠."

"어머니와 관련된 이야기예요?"

"네." 유언은 숨을 길게 들이쉰다. "내가 일곱 살 때 어머니가 자살하셨어요. 그래서 아버지가 직업을 바꾸셨죠. 책을 좋아하던 어부에서 낚시를 좋아하는 서점 주인이 됐어요. 처음에는 서점 일에 서툴렀지만 결국에는 잘 해내셨고 어떤 면에서는 그게 아버지를 구해준 것 같아요."

"당신 같은 아들을 둔 것도 틀림없이 도움이 되었을 거예요." 재니스는 그렇게 말하며 엄마에게도 조이가 그런 존재였기를 바란다.

유언은 고개를 끄덕인다. "네, 우린 함께 어떻게든 버텨냈죠. 난 책을 사랑하게 됐고, 책을 통해 온갖 것을 다 접했어요. 종이에 그렇게 적는 것도 아버지가 읽던 책에서 봤을 거예요. 난 어머니의 죽음을 잘 받아들이지 못할 때가 많았고 아이들과도 많이 싸웠죠. 과자도 많이 훔쳤고요." 유언이 슬쩍 웃으며 말한다. "그냥 분노로 가득 차 있었어요. 그래서 애덤이 소리를 질렀을 때 그 애가 어떤 기분일지 조금은 이해했죠."

아까 주방에서 유언이 피오나에게 했던 말도 이 말이었으리라. 피오나의 표정이 연민이었음을 재니스는 이제야 깨닫는다.

"내가 엄마의 죽음을 내 이야기로 간직하는 이유는 그 사건이 내 일부이기 때문이에요. 그 사건으로 아빠와 내가 달라졌고……." 그는 말을 멈춘다. "또 난 엄마를 사랑하니까요."

"어머님이 왜 자살하셨는지 알아요?"

"동생이 태어난 지 얼마 안 돼 죽었어요. 딸이었대요. 내가 자란 후에야 아버지에게 자세히 들었죠. 어릴 때는 무슨 일이 있었는지 잘 몰랐어요. 그냥 여동생이 죽은 줄로만 알았는데 그 뒤로 부모님이 술 문제로 다투시더군요."

"어머님이 술을 마셨어요?"

"네. 아버지가 상실감에서 조금이라도 회복되는 걸 못 견뎠던 것 같아요. 본인이 거기서 벗어나지 못했으니까요. 어머니는 슬픔에 발이 묶인 채 오도 가도 못했죠. 가족들은 나름대로 힘이 돼주려 했지만 당시 사회 분위기는 '그냥 견뎌내'라는 식이었죠. 우리는 어촌에 살았고, 그곳에서의 삶은 꽤 각박했죠. 어머니가 필요로 하던 도움은 받을 수 없었고, 어머니는 술로 자신을 서서히 죽여갔어요. 나중에 보니 그렇게 서서히 진행된 것도 아니었지만요. 어머니는 체구가 작았고, 죽겠다는 결심이 꽤 확고했거든요. 만약 어머니가 약이나 총을 구할 수 있었다면 훨씬 더 빨리 생을 마감하셨을 거라는 생각이 들어요."

재니스는 가슴에서 희망이 증발하며 얼굴에서 핏기가 사라지는 걸 느낄 수 있다. 지금 자신이 유리잔을 들고 있고, 창문 옆으로 강이 흐르고, 하늘에 태양이 떠 있다는 사실을 알고 있듯이 이 남자에게는 절대 자신의 사연을 털어놓을 수 없으리라는 걸 알 수 있다. 그녀는 엄마를 술독에 빠져 죽게 만든 장본인이다. 또한 엄마의 죽음이 전혀 슬프지도 않았다. 이런 사실을 유언에게 말하는 건 절대, 죽었다 깨어나도 불가능하다. 재니스는 창밖을 바라본다. 세상에는 눈물로 씻어낼 수 없는 후회도 있는 법이다.

재니스는 자리에서 일어난다. 지금 그녀는 놀랍도록 자신을 잘 통제하고 있다. 차분한 절망감에서 비롯된 행동이다. "더는 못하겠어요, 유언. 할 수 있을 줄 알았는데 안 되겠어요."

유언은 어리둥절한 표정으로 그녀를 올려다보고 재니스는 그가 상처받았다는 걸 알 수 있다.

재니스는 부산하게 가방과 의자에 걸어둔 코트를 챙긴다.

"재니스, 제발, 가지 말아요. 대화로 풀 수는 없어요?"

만약 유언이 책이나 이야기에 대해 이야기하자고 했다면 그녀는 마음이 무너져서 울었으리라⋯⋯. 아마 계속 남았으리라⋯⋯. 하지만 유언은 더는 아무 말도 하지 않고 그저 그녀를 바라본다.

재니스는 그를 볼 수가 없다.

정신을 차려보니 길 끝, 교차로에 서 있다. 아까 바에서 나온 뒤로 재니스는 걷고 또 걸었다. 옆으로 지나가는 차량 행렬을 바라본다. 검은색, 회색, 3월의 폭우로 색이 짙어진 도로에서 밝게 빛나는 형형색색의 자동차들. 자전거들은 모퉁이를 돌아 웅덩이를 피해 요리조리 빠져나간다. 자전거가 어찌나 가까이 지나가는지 손을 뻗어 밀 수 있을 정도다.
　휴대전화가 울린다. 유언일 거라고 생각했지만 액정에 스탠이라고 뜬다. 그의 목소리를 듣자마자 재니스는 무슨 일인지 직감하고 달리기 시작한다. 모퉁이를 돌아 캠퍼스로 이어지는 도로에 들어서자 주차된 앰뷸런스가 보인다.

한 시대의 종말

예배당은 추모객으로 가득하고 재니스는 오래된 흑백영화를 보는 기분이다. 추모객은 검은색이고, 꽃은 흰색이다. 백합, 수선화, 장미, 그리고 히아신스 냄새도 나는 듯하다. 재니스는 이런 꽃들의 조합이 고인과 어울리지 않는다고 생각한다. 각각의 꽃은 어울릴 수도 있지만 전부 합쳐놓으니 향이 너무 진해서 숨이 막힐 듯하다. 하지만 오늘은 아마 모든 것이 다 못마땅하리라.

예배당 앞에서 재니스는 검은 원피스형 코트를 입은 여자를 발견한다. 놀랍게도 그녀는 울고 있다. 재니스는 늘 그녀가 고인을 좋아하지 않는다고 생각했다. 그녀는 몸을 떨며 흐느껴 울더니 주머니에서 손수건을 꺼내고는 몸을 돌려 재니스에게 손짓한다. 재니스는 한번 더 놀란다. 재니스가 다가가자 그녀는 재니스의 손을 잡으며 "당신 자리를 맡아뒀어요"라고 말한다. 그러더니 옆에 선 건장한 남자를 돌아본다. "이쪽은 내 남편 조지예요. 전에 본 적이 있는지 모르겠지만." 재니스는 메이비스 옆자리에 앉으며 고맙다고 말한다. "캐리루이즈는 당신을 아주 좋아했어요. 자주 그렇게 말했죠. 당신이 재능을 숨기며 산다고요." 재니스는 눈시울이 붉어진다. 그렇게 말하는 캐리루이즈의 목소리가 들리는 듯하다. 하지만 캐리루이즈라면 분명 끝에 '자기야'를 붙였으리라.

캐리루이즈는 뇌졸중으로 사망했다. 너무 갑작스러운 죽음이었고, 재니스는 이번만큼은 '순식간에 벌어진 일이었다'라는 말이 축복일 수도 있다고 생각한다. 오랫동안 병세가 악화될 일도, 말을 못 하는 고통을 겪을 필요도 없다. 캐리루이즈라면 그런 상황조차 우아하면서도 유머러스하게 대처했을 테지만 그래도 이렇게 빨리 죽는 편을 선호했으리라. 다만 가장 오랜 친구인 메이비스가 그녀를 정말로 사랑했다는 사실을 캐리루이즈가 알 수 없어서 슬플 뿐이다. 캐리루이즈의 목소리가 들리는 듯하다. "자기야……. 메이비스를 축복해 줘. 이제 와서 보니 메이비스는…… 정말 좋은 사람이었어……." 또한 재니스는 관을 백장미로만 장식했더라면 더 좋았을 거라고 생각한다. 캐리루이즈는 정말 우아한 여성이었으니까. 이렇게 화려한 분위기의 장례식장은 약간 촌스럽다고 생각했으리라. "아, 자기야…… 항상…… 아주 심플해야 해……. 그게 제일 좋아."

장례식이 끝나고 다시 복도를 따라 걸어 나오다 마지막 줄에 앉은 낯익은 인물을 발견한다. B 부인이다. 그녀 옆에는 티베리우스가 서 있다. B 부인은 팔의 흰색 깁스를 제외하고는 온통 검은색이다. 지난번에 B 부인은 처음으로 나선형 계단에 굴복해 거꾸로 굴러떨어졌다. 한쪽 눈도 심하게 멍이 들었다. 재니스는 B 부인에게 가서 이야기를 나누고 싶지만 지난번 티베리우스와의 만남이 어땠는지 똑똑히 기억한다. B 부인이 몸을 내밀더니 아들에게 뭐라고 말하자 아들이 재니스를 바라본다. 그러고는 그녀를 향해 보일 듯 말 듯 고개를 까딱이고는 몸을 돌려 예배당에서 나간다. 재니스는 티베리우스가 데키우스를 데리고 왔는지 궁금하지 않을 수 없다. B 부인이 그녀에게 오라고 손짓한다.

"티베리우스가 차를 가지고 올 동안 여기 와서 앉아, 재니스."

"캐리루이즈와 아는 사이이신 줄 몰랐어요."

"케임브리지는 좁은 동네야. 캐리루이즈의 남편 어니스트와 아우구스투스는 친구였지. 아우구스투스는 내가 장례식에 가길 바랐을 거야."

"캐리루이즈는 사랑스러운 사람이었어요. 부인도 좋아했을 거예요."

B 부인이 고개를 끄덕이며 말한다. "특이한 이름이야."

"그분에게 잘 어울려요. 실제로도 독특한 분이었거든요. 용감하기도 하고요." 재니스의 생각은 이름으로 흘러간다. 지금처럼 자신의 원래 이름과 멀어진 적이 없는 듯하다. "중간 이름이 있으세요?" 자신의 생각에서 벗어나려고 재니스가 묻는다.

"메리."

재니스는 빙그레 웃는다.

"그 미소는 뭐야? 고결한 성모마리아♦를 생각하는 거야? 아니면 결함이 있는 막달라 마리아?"

"아, 아뇨. '메리야, 메리야, 고집불통 메리야'♦♦를 생각했어요." 오늘은 슬픈 날이고 여러 가지로 슬픔을 느끼는 중인데도 재니스는 계속 미소를 짓는다. 마음 한구석이 약간 가벼워진다. "어쨌든 어떻게 지내세요, B 부인?"

"뭐, 보다시피 다시 외출할 수 있게 됐어. 면회하러 와주고 꽃도 가져다줘서 고마워."

"그다지 말을 잘 듣는 환자는 아니셨어요, 그렇죠?"

"처음 만났을 때 말했잖아. 바보들에게 둘러싸여 살지는 않겠다고. 내가 입원했던 병원은 필요 이상으로 바보가 많았던 것 같아. 내 담당의는 틀림없이 태어날 때 머리를 다쳤을 거야."

재니스는 B 부인이 그 담당의와 말다툼하는 장면을 볼 수 있다면 무슨 짓이라도 하리라.

"병원에서 일하는 자원봉사자들도 나을 게 없어. 특히 잘난 척하는 한 여자는 '동물에게 친절을 베푸세요' 같은 문구가 적힌 티셔츠를 늘 입고 다녔지. 나는 그 여자에게 상기시켜 줘서 고맙다며 다음번에 우리 집 고양이를 쓰레기통에 버리기 전에 다시 한번 생각해 보겠다고 말했어."

"아, B 부인." 재니스는 그렇게 말하며 고개를 저었지만 웃지

♦ 영어로는 'Mary'다.
♦♦ 영국의 전래동요.

404

않을 수가 없다.

"그 여자를 딱하게 생각할 것 없어. 틀림없이 내 수프에 침을 뱉었을 테니까."

"동물에게 친절하라면서 사람에게는 더 친절하네요?"

B 부인은 코웃음을 친다.

"그럼, 이젠 어떻게 하실 건가요?"

"나도 똑같이 물어보려던 참이었어."

"아, 일이 천천히 진행되고 있어요. 아들 사이먼이 와서 즐거운 시간을 보냈죠. 게다가 아들이 마이크와 이야기해서 차를 다시 돌려받았어요. 또 집을 팔도록 설득하기도 했고요." 마이크는 조디 보먼이 집값의 절반을 자신에게 주기만 하면 굳이 번거롭게 집을 팔 필요가 없을 거라고 계속 투덜거렸지만 재니스는 그 이야기는 B 부인에게 하지 않았다. 혹은 그 후로 마이크가 동네 펍 여주인의 BMW를 몰고 다니는 걸 봤다는 이야기도. 마이크는 쉽게 그녀를 대신할 여자를 찾은 듯하고, 50대 후반의 풍만한 과부의 품에서 위안을 얻은 듯하다. 재니스로서는 그저 이렇게 될 줄미처 몰랐다는 사실이 놀라울 뿐이다. 앞으로 그 과부가 당할 일을 생각하면 딱하기도 하지만 재니스는 얼른 마음을 바꾼다. 예전에 남편과 함께 펍에 갈 때면 그 과부는 늘 재니스가 '한낱 청소 도우미'라는 듯한 눈빛으로 그녀를 보았기 때문이다.

재니스는 자신이 먼 곳을 멍하니 보고 있음을 깨닫고 다시 B 부인을 바라본다. "집이 팔릴 때까지 지낼 곳을 찾았어요." 그곳이 여행객들이 머무는 호스텔이고 거기가 싫다는 말은 하지 않는다. 그 이야기는 아무에게도 하지 않았다. 비뚤어진 자존심일 수도 있지만 호스텔에 오래 머물지 않기만을 바란다. 대신 이렇게 덧붙인다. "제 친구 피오나가 가끔씩 자기 집에서 자고 가라고 해줘요. 피오나 아들이 애덤이에요. 일전에 말씀드렸죠."

"아, 그래. 그 애는 어때?"

"잘 지내요. 이제는 반려견을 키울 수도 있다고 생각하는 것 같아요." 재니스는 B 부인에게 더 자세히 설명할 필요가 없음을 깨달았다. B 부인은 애덤이 사라졌던 일을 다 알고, 심지어 티베리우스에게 애덤을 데키우스의 산책 도우미로 고용하라고 설득하기까지 했다. 하지만 소용없었다.

"부인은 어떻게 지내세요? 마이크로프트는요?"

"내가 마이크로프트를 해고한 셈이야. 이사할 거거든."

"아, B 부인, 안 돼요! 부인의 책은······, 남편과의 추억은 어쩌고요······. 틀림없이 방법이 있을 거예요!" 더는 B 부인의 책들 속에서 시간을 보낼 수 없다고 생각하니 견딜 수가 없다는 말은 하지 않는다. 하지만 그 생각을 하지 않을 수 없다.

"아니야. 변화가 불가피하다는 사실을 받아들여야만 할 때가 있어. 이제 난 계단을 오르내릴 수가 없어······. 그리고 티베리우스도······."

"아드님이 왜요?"

"내 아들이 이 일의 원흉이라는 건 알지만 그래도 내 아들이니까 난 그 애와 합의하고 싶어. 그렇게 어렵지도 않았어."

'아무렴요. 200만 파운드가 달렸는데.' 재니스는 속으로 생각한다.

"어디로 이사하실 거예요?"

"강가에 있는 아파트 1층에 집을 구했어. 넓은 편이라서 내 책을 많이 가져갈 수 있어. 그리고 티베리우스가 와인도 일부 돌려주겠다고 했고. 거기 앉아 강을 바라보며 클라렛을 마실 거야." B 부인이 한쪽 눈썹을 치켜세운다. "그 아파트에서는 수요일 저녁마다 브리지 게임을 개최한다더군."

"오후에는 공예품 만드는 수업도 할 거예요. 부인도 좋아하실걸요." 재니스가 제안한다.

"그럴 일 없어. 왜냐하면 난 절대 가지 않을 거니까." B 부인이 강한 거부감을 드러내며 말한다.

"그럼 퀴즈의 밤은요?"

"집어치워, 재니스."

노부인이 재니스의 손을 잡는다.

"우리 집에 와서 청소해 줄 거지? 설사 청소 못 한다고 해도 와서 나랑 술 마셔줄 거지?"

"둘 다 할게요. B 부인."

"오늘 달라 보이네."

재니스는 이 질문에 걸려들면 안 된다는 걸 알고 있다. "그래요?"

"지난번에 내가 그렇게 말했을 때 자넨 행복하다고 했어." B 부인이 말한다.

"그런데요?" B 부인이 침묵을 지키자 재니스가 재촉한다.

"지금은 전혀 행복해 보이지 않아. 무슨 일인지 말해주겠어?"

"아뇨, 못 할 것 같아요, B 부인." 행복에 아주 근접했으나 결국에는 죄책감이, 많이 벗어났다고는 해도 아직 남아 있던 죄책감이 끝내 해피 엔딩을 막았다는 말을 어떻게 할 수 있을까? 하지만 재니스는 지금 처지가 그다지 불만스럽지 않다. 어릴 때 단란한 가정이 가장 그리웠는데 이제 아들, 동생과 미래를 만들어갈 기회가 생겼다. 조이는 벌써 그녀가 캐나다에 올 날짜를 잡느라 바쁘다.

"정말 말 안 해줄 거야?"

재니스는 고개를 끄덕인다. B 부인에게 유언에 대해 말할 수는 없다. 유언은 지금도 정기적으로 문자를 보낸다. 재니스는 차마 그의 번호를 지울 엄두는 안 나지만, 가끔은 그가 보낸 문자를 네댓 번씩 읽는다. 데키우스는 생각하지 않으려 한다. 데키우스를 잃은 상실감은 아물지 않을 상처처럼 가슴에 안고 살아갈 것이다.

"『허영의 시장』에 대해 생각해 봤는데 말이야." B 부인이 재니스의 손을 꽉 쥐며 말한다. 재니스는 화제가 바뀌어서 안도한다.

"자넨 어밀리아가 아니야. 비극적이게도 자네 어머니가 어밀리아였고, 어머니는 해피 엔딩을 맞지 못했어. 자넨 어린아이였고 어머니에게 어떤 책임도 없어, 재니스. 자네 어머니를 구원해줄 믿음직한 윌리엄 도빈♦이 없다는 사실은 현실이 소설보다 훨

♦ 『허영의 시장』 속 등장인물로 오랫동안 어밀리아를 짝사랑하며 그녀를 지켜준다.

씬 더 냉혹하다는 사실을 증명하지. 하지만 그건 확실히 자네 잘못이 아니야."

"그럼 전 베키 샤프인가요?"

"아니. 베키는 본질적으로 이기적인 여자고, 자네는 내가 만난 사람 중에 가장 이타적인 여자야. 하지만 가끔은 자네가 내면에 있는 '베키'를 좀 더 찾아내서 행복을 추구했으면 좋겠어." B 부인이 그렇게 말하자 재니스는 어떻게 자신이 암사자라고 생각할 수가 있었는지 의아하다. "어쨌든 이쯤 해서 그만하지. 저기 거만한 새끼가 오는군."

재니스는 놀라서 고개를 든다. "아드님이 제가 한 말을 전하던가요?"

"응, 아주 머리끝까지 화가 나서 그 일을 말해줬어." B 부인은 깔깔 웃는다.

"그래서 뭐라고 하셨어요?"

"아무 말도 안 했어. 할 수가 없었지. 웃느라 오줌을 지릴 뻔했거든." B 부인이 그때를 즐겁게 회상한다. "자넨 얼른 자리를 뜨는 게 좋겠어. 대신 월요일에 와주겠어? 그때쯤이면 이삿짐센터 직원들이 나와 내 물건을 새집에 다 옮겨놓았을 거야."

"제가 물건 정리하는 거 도와드릴 수 있어요, B 부인."

"말도 안 되는 소리. 티베리우스에게 돈을 받아내야지. 어쨌든 녀석은 그럴 여유가 있으니까."

서른일곱

우리는 모두 이야기꾼이다

B 부인의 새집은 조지안 양식을 흉내 낸 아파트로 안뜰을 둘러싸고 배치되었다. 안뜰 한가운데에 분수가 있고, 널찍한 정원 주위로 많은 조각상이 멋지게 놓여 있다. 틀림없이 B 부인은 첫눈에 질색했으리라. 넓은 로비는 공용 공간 및 복도와 연결되는데 복도는 다시 독립된 주거공간으로 이어진다. 다행히 아파트 안에서 오줌이나 양배추 냄새는 나지 않지만 플러그에 꽂아둔 방향제의 강력한 향이 감돈다. 재니스는 B 부인이 공용 라운지나 식당에서 많은 시간을 보낼 필요가 없기를 바란다.

B 부인의 집 현관문을 열면 넓은 로비가 나오는데 테이블과 의자 두 개가 놓여 있다. B 부인의 안내를 받아 복도를 걸어가며 재니스는 로비가 이 정도로 넓고 좋다면 나머지 공간도 괜찮을 거라고 생각한다. B 부인은 이 집이 주방과 욕실, 침실 두 개,

넓은 거실 겸 식당으로 이뤄져 있다고 말한다. 또한 대부분의 방에서 정원 너머로 강이 보인다고 한다. B 부인은 기분이 아주 좋아 보이고, 재니스와 행복하게 수다를 떤다. B 부인이 이런 경우는 절대 흔하지 않으므로 재니스는 혹시 부인이 술을 마셨나 의심스럽다. 하지만 그걸 물어보는 건 예의가 아님을 잘 알고 있다. B 부인을 따라 로비로 들어가며 재니스는 (보라색 옷에 빨간색 모자 차림의) 그녀를 처음 만나 박제된 다람쥐, 디저리두, 여행 가방, 낡은 골프채가 든 가방을 지나 집 안으로 들어갔던 때를 생각한다.

"B 부인, 창고에 있던 물건들은 다 어떻게 하셨어요?"

"대학에 기부했지." B 부인이 신이 나서 말한다.

"아, 대학에서 기뻐했겠네요." 재니스가 감탄하며 말한다. 그러고는 걸음을 멈춘다. B 부인도 걸음을 멈춘다. 거실 문 옆 의자에 자전거 헬멧이 놓여 있다. 재니스는 휙 돌아서 B 부인을 마주본다.

"무슨 짓을 하신 거예요? 안에 누가 있죠?" 재니스는 엄지로 문을 가리킨다.

"자네는 똑똑한 여자니까 이미 그 답을 알 텐데." B 부인의 표정은 죄책감을 느낀다기보다 도전적이다.

"무슨 짓을 하신 거예요, B 부인?" 이번에는 좀 더 천천히 재니스가 말한다. 가슴이 두근거리고 손바닥이 축축해진다.

"저 방에 있는 젊은이가 내게 연락했더군. 자네가 걱정된다면서 말이야. 자네에게 줄 선물도 가져왔어. 만나보니 참으로 점잖은 사람이었어. 버스 운전사치고는 의외로 책도 많이 읽었고. 하지만 요즘은 교육 수준이 워낙 높으니까."

재니스는 B 부인이 시간을 끄는 중임을 알고 있다. 하지만 문 너머에 누가 있는지 아는 이상 대화에 집중하기가 힘들다. 초조한 표정으로 기다릴 유언을 상상하니 기분이 더 불안해질 뿐이다. 그래서 쓸데없는 말을 한다. "저 사람은 쉰다섯이라서 젊은이라고 할 수 없어요. 아버지가 서점을 운영하셨고, 예전에는 구조선 조타수로 일했죠."

"그거 정말 재미있군. 서점 얘기는 들었는데 구조선은 몰랐어. 저 친구와 함께 있으면 정말 든든하겠군."

이제 재니스는 정말로 걱정이 된다. B 부인의 말투로 봐서 지금 긴장한 상태인데 이는 전혀 그녀답지 않은 일이다.

"재니스, 고백할 게 있어." 그녀가 뜸을 들인다. "내가 이 일을 오랫동안 고민했다는 걸 알아줬으면 해. 이번 경우에는 나도 이야기꾼이 되어야 한다고 생각했지. 그래서 유언에게 자네 이야기를 해줬어."

"뭐라고요?" 재니스는 그렇게 외쳤다가 문을 힐끗 보고 다시한번 분노에 차서 속삭인다. "뭐라고요? 어떻게 그러실 수가 있어요?"

B 부인은 복도에 놓인 의자에 앉아 유언의 자전거 헬멧을 무릎에 내려놓는다. 재니스는 그녀에게 괜찮은지 물어보고 싶지만 꾹 참는다.

"그 이야기를 하는 것이 자네의 신뢰를 저버리고 우리의 우정을 위태롭게 할 수 있다는 걸 충분히 알고 있었어. 쉽게 생각하고 한 일은 아니야. 그건 약속할 수 있어. 유언이 날 처음 찾아온 이후로 오랫동안 열심히 고민했어. 내가 이렇게 과감한 결정을 내린 이유는 두 가지야……."

B 부인은 자전거 헬멧을 구명부표처럼 꼭 붙잡고 있다.

"……첫째로, 자네가 근거 없는 죄책감 때문에 이 남자가 꼭 알아야 할 진실을 말하지 못한다고 생각했어. 그리고 설사 자네가 그 죄책감을 극복한다 해도, 난 그럴 가능성이 매우 낮다고 보지만, 여전히 그 이야기를 못 할 거라고 믿기 때문이야."

재니스가 도중에 끼어들려고 하자 B 부인이 손을 들어 그녀를 막는다. "난 자네를 잘 알아, 재니스. 만약 그 이야기를 하게 된다면 자네 동생을 중심으로 말할 테지. 하지만 그건 자네 이야기야, 재니스. 제발 한 번만이라도 자네가 그 사실을 알았으면 좋겠어. 그때 자넨 어린아이였고 전혀 보살핌을 받지 못했어. 어머니의 죽음이나 음주 문제는 자네 책임이 아니야." B 부인은 고개를 흔들며 그렇게 말하고, 재니스는 그녀가 안타까워하는 걸 알 수 있다. "자네를 도와준 사람이 아무도 없었다는 걸 생각하면 너무, 너무 화가 나. 자넨 어린아이였어, 재니스. 그렇게 무거운 짐을 져서는 안 됐다고." B 부인은 떨리는 손으로 눈가를 훑고 숨을 깊이 들이쉰다. 재니스는 더는 끼어들려 하지 않고 복도에 남은 의자에 털썩 앉는다.

"내가 저 친구에게 자네 이야기를 해준 두 번째 이유는 그를 만난 뒤로 자네가 변했기 때문이야. 그동안 자네와 함께 지내며 난 그걸 알 수 있었지. 저 친구는 자네를 행복하게 해줬어. 그리고 이 세상에 행복해질 자격이 있는 여자가 있다면 그건 자네야. 난 아우구스투스와 한 시간이라도 더 함께 할 수 있다면 무슨 짓이든, 무슨 짓이든 할 거야. 어리석고 잘못된 죄책감으로 이 기회를 놓치지 마. 이제 제발 나와 유언을 위해 좋은 일 한다 생각하고 그 가여운 친구와 이야기를 해봐."

재니스는 뭐라고 말해야 할지 몰라서 아무 말도 하지 않는다. 하지만 자리에서 일어나 문을 열고 거실로 들어가 문을 닫는다. 유언이 그녀를 등진 채 정원 너머 강을 바라보고 있다가 몸을 돌려 그녀를 마주 본다.

"날 보고 싶지 않으면 그냥 갈게요." 유언이 복도를 향해 고갯짓한다. "로지가 한 말 다 들었어요."

재니스의 머릿속에는 '로지라고!' 하는 생각과 그를 다시 봐서 좋다는 생각뿐이다. 유언은 피곤해 보인다.

"로지 말이 맞아요. 당신 잘못이 아니에요, 재니스. 하지만 우리가 그렇게 말한들 무슨 소용이 있겠어요. 우리가 어떻게 생각하는지는 중요치 않아요."

"당신도 내 잘못이 아니라고 생각해요?"

유언은 다시 몸을 돌려 강을 바라본다. "당연하죠, 재니스. 난 그저 당신이 그런 일을 겪었다는 게 너무 안타깝고…… 슬퍼요." 그는 몸을 돌려 어깨 너머로 그녀를 힐끗 바라본다. "애덤은 어떻게 지내요?"

재니스는 갑자기 주제가 바뀌어 당황하지만 한편으로는 안도

한다. 당연히 유언도 애덤이 어떻게 지내는지 궁금할 것이다. "조금씩 나아지는 것 같아요. 잘 극복하면 좋겠어요."

"그럴 수도 있고, 아닐 수도 있죠."

"시간이 걸릴 거예요."

유언은 여전히 그녀를 등진 채 어깨를 으쓱인다.

"애덤이 결국에는 괜찮아지길 간절히 바라요." 평소와 다른 유언의 비관적인 태도에 당황하며 재니스가 말한다.

그는 여전히 돌아보지 않는다.

"그럴 수도 있죠. 하지만 애덤은 아버지와 더 많은 시간을 보낼 수도 있었어요. 그 점을 생각해야 해요." 유언이 말한다.

"애덤으로서는 할 수 있는 일을 다 했어요. 아빠와 함께 캠핑도 다니곤 했으니까요." 재니스는 그의 달라진 태도에 어리둥절하다.

"애덤은 피오나가 생각하는 것보다 아빠의 문제에 대해 더 많이 알고 있었어요. 애덤이 아빠를 도와줄 수 있는 누군가에게 도움을 청했더라면 그런 일은 일어나지 않았을 수도 있어요."

"어떻게 그런 생각을 할 수 있어요, 유언?" 이제 재니스는 혼란스러울 뿐 아니라 짜증이 난다.

"난 그냥 애덤이 더 많은 일을 할 수도 있었다는 뜻입니다."

"지금 뭐라는 거예요?"

"존이 그런 선택을 한 데는 분명 이유가 있을 겁니다. 당신도 알잖아요. 부자 관계가 어떤지······."

재니스의 마음속에서 무언가가 툭 끊어진다. "애덤은 고작 열두 살이에요, 맙소사! 어린아이일 뿐이라고요!"재니스는 그에게 호령한다. 암사자가 돌아왔다.

유언이 몸을 돌려 그녀를 바라본다. "바로 그거예요. 애덤은 어린아이예요. 그때 당신과 같은 나이죠. 애덤을 위해 싸울 거죠? 그렇다면 제발 열두 살이었던 재니스를 위해서도 싸워줘요."

재니스는 그를 바라본다.

유언은 그녀에게 손을 내밀며 더 부드럽게 말한다. "제발 열두 살 재니스를 위해 싸워줘요. 누군가는 해야 해요."

재니스가 그의 손을 잡자 유언이 그녀를 끌어당겨 두 팔로 그녀를 감싸안는다. 그러고는 그녀의 머리카락에 대고 속삭인다. "당신을 위해서라면 나도 싸울 수 있어요, 재니스. 하지만 정말로 재니스를 위해 싸울 수 있는 사람은 당신뿐이에요."

그렇게 서 있는 동안 재니스는 그의 심장박동을 느낄 수 있다. 갑자기 어릴 때 조이와 함께 찍은, 몇 장 안 되는 사진 중 하나가 떠오른다. 그 사진을 구해서 사진 속 그 소녀를 봐야겠다. 자신을 봐야겠다. 호프라고 불리던 그 소녀를. 유언 말대로 당시 그녀는 너무 어렸다. 애덤과 같은 나이였는데 애덤은 아직 어린아이다.

잠시 후에 유언이 그녀의 생각을 읽은 듯 말한다. "당신에게 보여줄 사진이 있어요."

재니스는 그에게서 몸을 떼고 어리둥절해서 묻는다. "네? 내 사진이요?"

"아뇨, 하지만 당신도 보고 싶을 거예요." 유언이 재킷 주머니에 손을 넣어 젊은 여자의 진갈색 사진 한 장을 꺼낸다. "이 여자가 베키예요."

"정말이요?" 그녀를 바라보는 젊은 여자는 크고 까만 눈동자에 턱은 강하고 결연해 보인다. 표정은 읽을 수가 없다. 지겨워진 남편을 총으로 쏴버릴 만한 여자로 보이는가? 이 사진만으로는 알기 어렵다. 그렇다면 베키 샤프처럼 보일까? 그렇다, 확실히 그렇게 보인다. 재니스는 거실 건너편을 보며 B 부인을 복도에 홀로 남겨두고 왔음을 깨닫는다. 문을 열어보니 부인은 여전히 의자에 앉아 있다. 매우 만족스러워 보이는 표정이다.

"나 용서받은 건가?" B 부인이 의기양양하게 묻는다.

"아마도요." 재니스는 그렇게 말하고는 몸을 숙여 부인에게 키스한 뒤 덧붙인다. "영악하세요. 지나칠 정도로 영악하다니까요." 그런 다음 부인이 일어나도록 부축해 벽난로 옆 낡은 안락의자로 안내한다. 대리석으로 만든 벽난로 안에서는 가짜 장작불이 타오른다. B 부인은 의자에 앉으며 경멸하는 표정으로 벽난로를 바라본다.

"이거 보셨어요, B 부인?" 재니스는 그녀에게 베키의 사진을 건넨다. B 부인은 사진을 바라본 뒤 다시 돌려준다. "그래, 맞아. 정말 재미있군. 이 여자의 진짜 이름을 알려줄까?"

재니스는 고개를 젓고는 앞에 있는 젊은 여자의 사진을 뚫어지게 바라본다. "미인은 아니지만 굉장히 당당해 보여요."

B 부인이 코웃음을 친다. "정말로 진짜 이름을 안 알려줘도 되겠어?"

"네. 전 이 여자가 그냥 '베키'로 남는 게 좋아요. 그게 왜 중요한지 모르겠지만 그냥 그렇게 두고 싶어요."

재니스가 고개를 들자 B 부인이 다가와 다시 한번 사진을 본다. "당연한 말이지만 이 사진은 실물보다 별로야." B 부인은 그렇게 말하며 재니스에게 음흉한 눈빛을 던진다.

"뭐라고요?" 재니스와 유언이 동시에 외친다. 이 노부인에게는 '영악하다'는 말도 부족하다. "베키를 만난 적이 있으세요?" 재니스가 묻는다.

B 부인은 고개를 갸웃한다. "만났다기보다는 봤다고 하는 편이 더 정확할 거야. 그날 베키는 파리에 있는 리츠 호텔에서 술을 마시고 있었어. 아주 불쾌하게 생긴 작은 반려견과 덩치 크고 목청도 큰 미국인과 함께 말이야. 아우구스투스가 그녀를 알아봤지. 물론 당시 베키는 꽤 나이를 먹었지만 아우구스투스는 파리 지부를 운영하던 시절에 그녀에 대해 알고 있었거든."

"맙소사! 실제로 보니 어땠나요?"

"겉으로 보이는 외모 이상의 깊이가 있는 여자였어. 특별한 매력이 있었지."

"그래서 제게 베키 이야기를 해주신 건가요? 부인이 베키를 봤기 때문에? 왜 부인이 하필 베키를 선택했는지 예전부터 궁금했거든요."

"그건 나도 설명할 수가 없어." B 부인은 그렇게 말하더니 잠시 생각에 잠긴다. "아마 운명일 거야. 내가 운명을 믿는다면 말이지만. 아마 그때 내가 아우구스투스를 생각했기 때문인지도 몰라. 그러다 우리가 이야기에 대해 말하게 됐고……."

"우리가 아니라 부인이 그랬죠." 재니스가 끼어든다.

"아, 그래, 내가 이야기에 대해 말했고 왠지 모르게 리츠에서 저녁 식사를 했던 날 아우구스투스가 베키에 대해 해줬던 이야기가 생각났어. 평소 그이는 언사를 매우 조심하는데 그날은 나와 샴페인을 나눠 마신 상태였거든. 그리고 내가 그 이야기를 재미 있어하리라는 걸 알았던 것 같아."

"남편분이 베키의 편지와 그걸 이용한 거래에 대해서도 아셨을까요?"

"알았다고 해도 전혀 놀랍지 않지만 그 부분은 직업상 함구했어." B 부인은 덥수룩한 눈썹 아래에서 그녀를 바라봤고, 재니스는 부인이 모든 진실을 말해준 것인지 궁금해진다.

그때 초인종이 울리자 재니스가 말한다. "마침 초인종이 울려서 부인을 구해주네요."

B 부인은 무표정을 유지한 채 끙끙거리며 일어서려고 한다.

"제가 나갈까요?" 전직 스파이에게서 더는 알아낼 것이 없음을 깨닫고 재니스가 제안한다.

"아니, 안 가는 게 좋아. 티베리우스가 와인을 들고 왔을 테니까. 내가 하루에 감당할 수 있는 흥분의 양이 아주 적은데 자네가 내 아들을 또 도둑놈이라고 했다가는 내가 너무 힘들 거야." B 부인이 다시 씩 웃는다.

재니스는 부인을 위해 복도로 가는 문을 열어준 다음, 그녀가 나가자 문을 닫는다. 그녀와 유언은 다시 단둘이 남는다.

"로지는 정말 대단한 사람이에요." 유언이 문 쪽으로 고갯짓하며 말한다.

"로지라고요!" 재니스는 지적하지 않을 수가 없다.

"난 B 부인이라고 부를 생각은 없고, '레이디'라는 호칭은 너무 딱딱하니 쓰지 말라고 하더군요." 유언은 한 팔로 그녀를 끌어안는다. "이제 우린 괜찮은 거죠?"

"아, 괜찮은 정도가 아니죠."

"서두를 필요 없어요, 재니스. 그냥 하루하루 해나가면 돼요. 그건 할 수 있겠죠?"

재니스는 고개를 끄덕인다. "한 번에 하나씩이요." 그러고는 이 남자가 자기와 춤추고 싶어 할지 또다시 생각한다.

현관에서 목소리가 들리자 둘은 조용히 소파에 앉는다. 재니스는 교장 선생님을 피해 숨어 있는 말썽꾸러기 여학생이 된 기분이다. 현관문이 닫히는 소리가 나더니 갑자기 거실 문이 벌컥 열리고 그 사이로 폭스테리어 한 마리가 깡총깡총 뛰어 들어온다. 발끝을 세운 채 고개를 꼿꼿이 들고. 폭스테리어는 팽팽하게 당긴 줄에 끌려가듯 재니스를 향해 몸을 날린다. 재니스의 무릎에 착지한 데키우스의 표정은 이렇게 말한다. '*씨발, 왜 이렇게 오래 걸렸어.*'

재니스는 데키우스에게 그동안 얼마나 보고 싶었는지 말하느라 다른 사람과 말할 겨를이 없다. 그러다 마침내 고개를 들고 이렇게 말한다. "아, 감사해요, B 부인. 부인이 데키우스를 데려오셨군요."

"데려온 게 아니야. 샀어."

"그게 무슨 말이에요?"

"저런, 자네를 가르친 수녀들은 시간만 낭비했군."

"네?"

"데려온 게 아니라 샀다고. 할머니가 있었더라면 아마 할머니도 팔아먹었을 우리 아들과 했던 협상 일부는 내가 새로운 곳에서 혼자 사는 대신 말동무 겸 날 지켜줄 개가 필요하다는 거였어. 마침 특별히 점찍어 둔 개가 있었고."

"하지만 부인은 개를 키우고 싶어 하지 않잖아요. 좋아하지도 않으실 텐데요." 재니스가 외친다.

"바보 같은 소리 하지 마. 나야 당연히 개를 키우고 싶지 않지." B 부인이 안락의자에 앉으며 호통치지만 입꼬리가 실룩거린다. "데키우스는 자네 개야. 자네가 이 개의 가치를 알아줬으면 좋겠군. 대략 200만 파운드나 주고 샀으니까."

재니스는 움직일 수가 없어서 그저 정면만 응시한다. 그런 다음 노부인에게 달려들어 그녀의 몸이 짓눌리지 않도록 주의하며 그녀를 껴안는다. "정말 최고예요, B 부인!"

재니스가 껴안는 동안 B 부인의 목에서 작게 꾸르륵거리는 소리가 나더니 그 소리는 캑캑거리는 기침으로 변한다. 재니스는 티베리우스에게 데키우스라는 이름의 개가 있다는 사실을 B 부인에게 처음 말해줬던 때가 떠오른다. 재니스는 뒤로 물러서서 B 부인을 바라본다. B 부인은 양손으로 의자의 팔걸이를 내려치고, 주름진 얼굴 위로 눈물을 흘리며 웃는다.

"왜 그러세요, B 부인?" 재니스가 묻지만 그 말에 B 부인은 더 웃을 뿐이다. 그러더니 숨이 넘어갈 듯한 목소리로 간신히 "마이크로프트"라고 말한다.

"마이크로프트가 무슨 짓을 했나요?" 재니스가 그녀 옆, 카펫에 앉아 말한다. 한 손은 B 부인의 무릎에 올리고, 한 팔로 데키우스를 끌어안는다.

B 부인은 계속 웃느라 고개만 끄덕이고 몸을 앞뒤로 흔든다.

재니스는 유언을 바라보며 이해할 수 없다는 듯 고개를 절레절레 흔든다.

B 부인은 마지막으로 깔깔거린 다음에 데키우스의 머리를 토닥인다. "지금 생각해 보니 내가 이 훌륭한 개의 몸값을 다소 부풀린 것 같기는 하네." 그녀가 씩 웃는다. "정말로 200만 파운드인지는 잘 모르겠어."

재니스는 무릎을 꿇은 상태에서 발뒤꿈치를 세운다. "무슨 말씀이세요?"

"잔다이스 대 잔다이스." B 부인은 그렇게 선언하고는 킥킥거리는 듯한 소리를 낸다.

재니스는 고개를 젓는다.

"내가 설명해 줘야겠군."

"그러셔야 할 것 같아요." 재니스가 일어나서 다시 유언이 앉아 있는 소파 옆자리에 앉는다. 데키우스는 그녀의 발 위에 만족스럽게 엉덩이를 턱 내려놓는다.

B 부인이 행복하다는 듯 콧노래를 부른다. "아무래도 우리 아들이 간과한 것 같아. 아버지의 신탁과 관련된 모든 법적 비용

은······."

"그 200만 파운드 신탁이요?" 유언이 말한다.

B 부인은 고개를 끄덕이며 말한다. "그래, 신탁과 관련해서 발생하는 모든 비용은 유산이 양도되기 전 원금에서 먼저 공제되지. 그리고 마이크로프트는 엄청나게 비싼 변호사 같아. 물론 그만한 가치가 있지만."

재니스는 어리둥절하다. "하지만 마이크로프트는 변호사 비용을 청구하지 않을 거라고 하지 않았나요?"

"아, 친애하는 마이크로프트는 그렇게 말했지. 유산이 나의 악랄한 아들에게 전액 돌아갈 거라는 사실을 알기 전까지는." 이 대목에서 B 부인은 약간 슬픈 눈으로 재니스를 바라본다. "그걸 알게 되면서 자기가 크게 한몫을 떼어가도 괜찮겠다고 생각한 거야."

"부인은 그래도 괜찮으세요?" 유언은 재니스만큼이나 혼란스러워 보인다.

B 부인은 두 사람은 번갈아 바라본다. "마이크로프트를 절대 과소평가해서는 안 돼." 그러더니 재니스를 돌아본다. "그리고 자넨 절대 희망을 버려서는 안 되고. 왜냐하면 '희망'은 모든 걸 바꾸니까." B 부인은 재니스에게 고개를 살짝 끄덕이고, 재니스도 고개를 살짝 끄덕인다. B 부인이 말을 잇는다. "사실대로 말하자면, 내가 살던 집을 도서관으로 개조하는 과정에서 나와 마이크로프트가 어느 정도 발언권을 갖는다는 조건으로 마이크로프트가 수임료를 대학에 기부했어. 그 개조 프로젝트를 실행할 기금은 충분히 마련될 거고, 마이크로프트는 새 도서관을 아우구스투

423

스의 이름을 따서 짓는 문제를 총장과 논의하는 중이야." B 부인이 애틋한 미소를 짓는다.

"세상에, B 부인, 그거 정말 잘됐네요." 그러다 재니스가 덧붙인다. "역시나 마이크로프트는 상대가 모르게 일을 꾸미네요."

"그렇고말고. 그래도 안 돼." B 부인이 마치 재니스의 마음속을 읽은 듯이 덧붙인다. "마다가스카르에서 있었던 일은 말해주지 않을 거야."

재니스의 웃음이 뚝 그친다. "나중에 티베리우스가 화를 내지는 않을까요? 데키우스를 다시 데려가진 않겠죠?"

"아니, 그럴 일 없어. 우리가 서명한 계약조건에 데키우스를 완전히 포함시키려고 마이크로프트가 각별히 신경 썼어. 계약서를 작성하는 데 시간이 꽤 걸렸고, 아마 티베리우스는 수천 파운드의 비용이 들었을 거야."

B 부인은 멍하니 천장을 올려다보고, 그 모습을 보니 재니스는 B 부인의 친구, 프레드 스펑크가 떠오른다. "비용이란 게 눈더미처럼 불어날 수 있다는 사실이 놀랍지." B 부인이 꿈꾸듯 말한다. "자, 이제 축하하기 위해 특별한 와인 한 병을 따야 할 것 같군." B 부인이 다시 두 사람을 돌아보며 덧붙인다.

아우구스투스가 구입한 훌륭한 피노 누아를 마신 뒤 유언과 재니스는 B 부인에게 작별 인사를 하고 데키우스와 함께 다시 시내로 걸어간다. 유언은 자전거를 끌고, 재니스는 데키우스의 목줄을 꽉 쥐고 있다. 마치 이 줄을 놓아버리면 데키우스가 갑자기 사라져 버릴지도 모른다는 듯이. "애덤에게 가서 알려줘야 해요."

"나도 그 생각을 하고 있었어요." 유언이 보도에 설치된 차량 진입 방지용 말뚝 사이로 자전거를 빼내며 말한다. "데키우스는 순종견이죠?"

"그럼요." 재니스가 데키우스의 곱슬거리는 머리털을 다정하게 내려다보며 말한다.

"애덤에게 '데키우스 2세'를 주는 게 어때요?"

"아, 그거 정말 좋은 생각이네요. 하지만 그 얘기는 상황 봐서 꺼내는 게 좋겠어요. 지난번에 어떻게 됐는지 알잖아요."

둘은 말없이 걷고 재니스는 무언가 기억난다. "아직 당신의 네 번째 이야기를 못 들었어요."

"글쎄요, 더는 필요 없을지도 몰라요. 당신은 어때요? 앞으로도 다른 사람들의 이야기를 수집할 건가요?"

재니스는 고개를 끄덕인다. "멈출 수 없을 것 같아요. 멈추고 싶지도 않고요. 사람들의 이야기 속에서 우리가 될 수 있는 최고의 모습을 발견할 수 있는 것 같아요."

"당신은 어떤 사람이 되고 싶은데요?" 유언이 재니스의 옆얼굴을 바라보며 묻는다.

재니스는 그 답을 모르지만 이 남자가 곁에서 함께 걸어가 준다면 언젠가 알아낼 수 있을 거라 확신한다. 그래서 그저 유언을 보고 미소 지으며 고개를 젓는다.

"새로운 이야기를 써보는 건 어때요?" 유언이 기대하는 말투로 제안한다.

"아, 그래야겠네요. 그리고 아마 당신 말이 맞을 거예요. 어쩌면 내게도 서너 개의 이야기가 생길 거예요. 이제라도 따라잡아야겠어요." 재니스는 손을 내밀어 유언의 손을 잡는다. "어쨌든 당신 이야기를 해줘요. 다섯 개의 이야기를 가질 거라고 했던 것 같은데요."

"글쎄요, 아마도 그중 몇 개는 그냥 희망 사항이었을 거예요." 유언은 그녀를 힐끗 내려다본다. "자, 어느 쪽이 좋아요? 춤을 배우는 버스 운전사 이야기? 아니면 복권에 당첨된 버스 운전사 이야기?"

"아, 춤을 배우는 쪽이 좋죠. 안 그래요?"

"당신 좋을 대로 하죠." 유언이 동의한다.

둘은 말없이 걷는다.

"춤추러 가고 싶어요?" 유언이 묻는다.

"네. 어디 생각해 둔 곳 있어요? 탱고를 가르치는 곳이 있나요?"

"난 아르헨티나를 생각하고 있었어요." 그가 머뭇거리며 말한다.

"아르헨티나요? 장난치지 말고요."

"아, 장난 아니에요. 올 때는 캐나다를 경유할 수 있겠죠. 데키우스는 애덤이 봐줄 겁니다."

재니스는 그를 두 번 쳐다본다.

그제야 유언이 끌고 있는 자전거가 탄소 섬유로 만든 최신식이라는 걸 깨닫는다.

나는 에드워드 8세를 다룬 에이드리언 필립의 훌륭한 저서, 『떠나야만 했던 왕』을 읽다가 우연히 '베키'—실제 이름은 마르그리트 알리베르—의 이야기를 접하게 되었다. 그 책에서 마르그리트는 아주 짧게 언급되지만 그녀가 장차 영국의 왕이 될 남자와 밀접한 관계였으며, 살인을 저지르고도 처벌을 받지 않았다는 사실은 분명했다. 나는 그녀에 대해 더 많은 것을 알아내고 싶어서 그 스캔들을 다룬 앤드루 로즈의 책 『왕자, 공주, 그리고 완벽한 살인』을 읽는 것은 물론 그 사건을 다룬 흥미로운 기사와 다큐멘터리도 찾아보았다.

마르그리트가 웨일스 공을 협박할 의도가 있었는지, 그리고 그녀의 재판과 무죄 판결에 그 편지가 어떤 역할을 했는지는 아직 논쟁의 여지가 있다. 하지만 마르그리트가 왕자의 젊은 시절 성 경험에 중요한 역할을 했으며 왕자가 그녀에게 경솔한 내용이 담긴 편지를 보냈다는 것만은 의심의 여지가 없다. 나는 마르그리트라는 인물에 대한 B 부인의 해석에 동의한다. 그녀는 어느 모로 보나 베키 샤프다. 또한 나는 B 부인이 그 편지에 대해 말한 것보다 더 많은 것을 알고 있다고 확신한다.

감사의 말

그동안 내가 쓴 다양한 창작물을 읽어준 친구들과 딸들에게 감사
의 말을 전하고 싶다. 여러분의 인내심과 관용, 또한 의견을 보내
준 친절에 감사드린다. 특히 내게 끝없는 열정과 격려를 보내주
며 한 장 한 장 교정해 준 아버지에게 감사한다.

자신들의 이야기를 빌려준 분들께도 감사드린다. 지난 1년 동
안 나 역시 재니스처럼 이야기 수집가였다. 이 책에 나오는 거의
모든 이야기는 실화거나 사실에 근거했다. 때로는 내러티브에 맞
게 이야기를 윤색했고, 주인공의 신분을 감추기도 했으나 이야기
의 핵심은 실제 삶에서 가져왔다. 이는 재니스의 말이 옳다는 것
을 증명한다. 비범함은 평범한 사람들 속에서 찾을 수 있다.

에이전트인 타네라 시먼스에게 감사한다. 이제 내 글쓰기 인

생은 타네라를 만나기 전과 후로 나뉜다고 생각한다. 외부와 단절된 채 글을 쓰고, 반복해서 거부당하는 일은 우울하고 고독한 일일 수 있다. 타네라가 날 받아준 후로 내 곁에서 날카롭고 귀중한 조언을 해주는 친구가 생겼다.

편집자 샬럿 레저와 원 모어 챕터의 팀원들에게도 감사의 말을 전하고 싶다. 이들이 없었다면 데키우스는 결코 말하는 개가 되지 못했으리라. 그건 '졸라' 끔찍한 일일 것이다.

마지막으로 청소에 관한 책을 쓰면서 우리 집 청소 도우미 앤절라를 빼놓을 수 없다. 오랫동안 앤절라는 내 삶을 더 수월하게 해주었고, 우리 집을 훨씬 더 깨끗하게 해주었다. 고마워요, 앤절라.

옮긴이 노진선

숙명여자대학교 영문과를 졸업하고 전문 번역가로 활동하고 있다. 옮긴 책으로 매트 헤이그의 『미드나잇 라이브러리』, 피터 스완슨의 『죽여 마땅한 사람들』, 요 네스뵈의 『스노우맨』, 『레오파드』, 『네메시스』, 할런 코벤의 『사라진 밤』, 앨릭스 E. 해로우의 『재뉴어리의 푸른 문』, 니타 프로스의 『메이드』, 엘리자베스 길버트의 『먹고 기도하고 사랑하라』 등이 있다.

이야기를 지키는 여자

초판 1쇄 발행 2025년 3월 17일
초판 2쇄 발행 2025년 4월 23일

지은이 샐리 페이지
옮긴이 노진선
펴낸이 김선식

부사장 김은영
콘텐츠사업본부장 임보윤
기획편집 박하빈 **디자인** 박영롱 **책임마케터** 이고은
콘텐츠사업2팀장 김보람 **콘텐츠사업2팀** 박하빈, 채윤지, 김영훈, 박영롱
마케팅2팀 이고은, 양지환, 지석배
미디어홍보본부장 정명찬 **브랜드홍보팀** 오수미, 서가을, 김은지, 이소영, 박장미, 박주현
채널홍보팀 김민정, 정세림, 고나연, 변승주, 홍수경
영상홍보팀 이수인, 염아라, 김혜원, 이지연
편집관리팀 조세현, 김호주, 백설희 **저작권팀** 성민경, 이슬, 윤제희
재무관리팀 하미선, 임혜정, 이슬기, 김주영, 오지수
인사총무팀 강미숙, 이정환, 김혜진, 황종원
제작관리팀 이소현, 김소영, 김진경, 이지우, 황인우
물류관리팀 김형기, 김선진, 주정훈, 양문현, 채원석, 박재연, 이준희, 이민운

펴낸곳 다산북스 **출판등록** 2005년 12월 23일 제313-2005-00277호
주소 경기도 파주시 회동길 490
대표전화 02-704-1724 **팩스** 02-703-2219 **이메일** dasanbooks@dasanbooks.com
홈페이지 www.dasanbooks.com **블로그** blog.naver.com/dasan_books
종이 스마일몬스터 **인쇄 및 제본** 정민문화사 **후가공** 제이오엘앤피
ISBN 979-11-306-6443-9 (03840)